广西多民族文学的
共同发展

黄伟林◎著

中国社会科学出版社

图书在版编目(CIP)数据

广西多民族文学的共同发展/黄伟林著. —北京:中国社会科学
出版社,2018.9

ISBN 978-7-5203-3206-4

Ⅰ.①广… Ⅱ.①黄… Ⅲ.①民族文学—文学研究—广西
Ⅳ.①I207.9

中国版本图书馆 CIP 数据核字(2018)第 218108 号

出 版 人	赵剑英
选题策划	熊 瑞
责任编辑	王莎莎
责任校对	周 昊
责任印制	戴 宽

出　　版	中国社会科学出版社
社　　址	北京鼓楼西大街甲 158 号
邮　　编	100720
网　　址	http://www.csspw.cn
发 行 部	010-84083685
门 市 部	010-84029450
经　　销	新华书店及其他书店

印　　刷	北京明恒达印务有限公司
装　　订	廊坊市广阳区广增装订厂
版　　次	2018 年 9 月第 1 版
印　　次	2018 年 9 月第 1 次印刷

开　　本	710×1000　1/16
印　　张	19.5
插　　页	2
字　　数	281 千字
定　　价	78.00 元

目　　录

下篇　广西多民族文学个案阐释

结语 广西多民族文学审美呈现

总　论

广西多民族文学文化符号

广西地处南岭之南，巍峨的南方五岭成为广西与中原、江南等发达地区隔离的屏障。广西属于岭南的西部地区，其辖区内，山脉纵横交错，河流奔腾不息，山高水险，使广西千百年来成为多民族杂居的"化外之地"。山国，曾经是人们对广西的形象概括。

漓江，人们更多知道的是这河流的清澈美丽，却很少知道这条河流是沟通中原文化与岭南文化的最重要的载体。秦始皇开凿灵渠，使湘江和漓江得以汇通，进而沟通了长江水系和珠江水系，从而打破了广西这个山国的封闭状态，中原文化顺着湘江进入漓江，顺着漓江进入西江，岭南纳入中国版图，成为中国多民族文化版图的一个重要组成部分。

漓江—桂江—西江，穿越的是广西东部的地区。广西广袤的西部地区，有一座可以称之为"神山"的花山，如果不出意外，花山将于2016年进入世界文化遗产名录，在漓江满载中原文化千百年之后，花山仍然在中原文化的视野之外，为广西这个山国尚存的原始文化保鲜。

花山和漓江都是重要的广西文化符号，前者是广西少数民族文化的象征，后者是广西中原文化的载体，它们共同构成了广西多民族文化的兼容并包，和平共处，也成为广西多民族文学灵感爆发的触角，诗意想象的媒介。

第一章 山水广西

第一节 山水地貌

中国南方，被称为"五岭之南"的地方，有一片神奇美丽的土地，唐代以后，越来越多地引起了中原人士的关注。

822 年，御史中丞严谟出任桂管观察使。

御史中丞是京官，在当时唐朝京城长安任职，估计相当于如今的部级干部。

桂管观察使是地方官，桂即今天的广西，桂管观察使是今天广西的最高行政升官，相当于如今的省级干部。

严谟从京官调任地方官，官职没有变，但任职的地方变了。如今的广西属于西部地区，唐朝的时代恐怕也好不了多少，甚至更糟糕。因此，面对这个职务的变化，严谟肯定不开心。

临行之际，韩愈为严谟写了一首送别诗，标题为《送桂州严大夫》，全诗八句，内容如下：

> 苍苍森八桂，兹地在湘南。
> 江作青罗带，山如碧玉簪。
> 户多输翠羽，家自种黄甘。
> 远胜登仙去，飞鸾不假骖。

前面两句写的是八桂大地在湖南的南面，如今人们称广西为八桂，多与韩愈这首诗有关。三、四两句非常著名，桂林的水像美女身上青翠的绸带，桂林的山像美女头上碧绿的玉簪，成为千古传诵的桂林山水的经典描绘。五、六两句写的是桂林的出产，一种是翠羽，据说是翡翠鸟的羽毛，是当时名贵的妆饰品，当时桂林很多翡翠鸟，是给朝廷的供品，如今我们看不到这种珍稀名贵的饰品了；另一种是黄甘，通常的理解就是今天的柑橘，还有一种说法是黄皮果，无论是柑橘还是黄皮果，广西如今仍然盛产。最后两句表达的是一种心情，意思是广西这个地方山水如此美丽，物产如此丰富，实在是比仙境更美好，我们就没有必要骑着神鸟去寻找仙境了。

其实，韩愈并没有到过广西，他把广西写得如此美好，很大程度上是为了安慰他的朋友严谟。当然，从另一个角度说，韩愈没有来过广西，就能够对广西山水和物产做出如此具体生动的描绘，说明广西山水之美在当时的京城长安已经颇有名气，否则作为唐宋散文八大家之首的韩愈也不能凭空胡说。

300 多年后，公元 1172 年，南宋范成大以集英殿修撰出知静江府（广西桂林）兼广西经略安抚使。他从苏州出发，经江苏、浙江、江西、湖南，历时 3 个月，抵达桂林。他在广西为官 3 年，1175 年，转赴四川任职。

范成大留下了 6 部笔记，其中 2 部与广西有关，即《骖鸾录》和《桂海虞衡志》。"骖鸾"之名用的正是韩愈诗中的典故。在《骖鸾录》中，范成大记录有他从湖南进入广西最初的感觉：

> 甫入桂林界，平野豁开，两旁各数里，石峰森峭，罗列左右，如排衙引而南，同行皆动心骇目，相与指示夸叹，又谓来游之晚。（刚进桂林的地界，野外的平地豁然开朗，离道路两边几里远的地方，山峰像树林一样，罗列两旁，整齐排列向南延伸。同行的人们无不为之动心，不相信自己眼里所看到的一切，互相指示，大声感叹，都表示游览广西来晚了。）

范成大在广西任职三年后，对广西山水有了较为全面深入的了解，在离开广西任职四川之际，又写下《桂海虞衡志》，在这部笔记中，范成大对广西的山做出了明确的评价：

> 予尝评桂山之奇，宜为天下第一。士大夫落南者少，往往不知，而闻者亦不能信，予生东吴，而北抚幽、蓟，南宅交、广，西使岷峨之下，三方皆走万里，所至无不登览。……桂之千峰，皆旁无延缘，悉息平地崛然特立，玉笋瑶簪，森列无际，其怪且多如此，诚当为天下第一。

"桂山之奇，宜为天下第一。"这是范成大对广西山水的评价。范成大的评价与前人的评价有一个重要区别，他是将广西山水放在中国山水的格局中参照比较得出的结论。他出生在江苏，北到过河北，南到过广西，西到过四川，他在这样一个相当大的地理范围生活和工作过，所到之处又无不登山游览，最后得出一个结论：广西山水的确是中国山水第一。也许这个评价不像韩愈的诗句那样华丽，但比韩愈的诗句实在。后来的"桂林山水甲天下"这句名言，很有可能就是脱胎于此。

1637—1638 年，伟大的旅行家、地理学家、文学家徐霞客游历了广西，留下了约 15 万字的《粤西游日记》，占据了目前尚存的《徐霞客游记》1/4 的篇幅。

如果说韩愈写出了他道听途说的广西山水美的形象，范成大根据他亲眼所见确认了广西山水的第一排名，那么，徐霞客这位古代中国最伟大的旅行家，他对广西山水做出了怎样的描述呢？

阅读《徐霞客游记》，徐霞客对广西的描述有两点给笔者留下了最深刻的印象。这两点，一是对广西山水的审美体验，二是对广西山水的科学认知。

先说审美体验。我们很难想象，阅尽祖国大好河山的徐霞客，在面对广西山水的时候，常常会发出情不自禁的赞叹。比如，当他在桂林游览伏波山的时候，他发出的是这样的感叹：

鼓枻回樯，濯空明而凌照，不意身世之间有此异境内也。（摇桨回帆，驶舟在明澈的江水，乘着落日，意想不到人世之间有此等奇异的胜境！）

当他在游览容县都峤山的时候，他如此赞叹：

其间横突之崖，旁插之峰，与夫环涧之田，傍溪之室，遐览近观，俱无非异境。（山间横凸的山崖，旁插的峰峦，与那些环绕着山涧的水田，依傍着溪流的房屋，远览近观，全都无处不是奇异之境。）

当他在扶绥航行于左右江的时候，他如此赞叹：

且江抵新宁，不特石山最胜，而石岸尤奇。盖江流击山，山削成壁，流回沙转，云根迸出，或错立波心，或飞嵌水面，皆洞壑层开，肤痕穀绉；江既善折，岸石与山辅之恐后，益使江山两擅其奇。余谓阳朔山峭濒江，无此岸之石；建溪水激多石，无此石之奇。虽连峰夹嶂，远不类三峡；溱泊一处，促不及武彝；而疏密宛转，在伯仲间。至其一派玲珑通漏，别出一番鲜巧，足夺二山之席矣。（江行到达新宁，不仅石山最优美，并且石头江岸尤为奇特。大概是江流冲击山石，山被冲削成峭壁，江流回旋沙洲回转，岩石迸出，或嵌立波心，或飞嵌于水面，全是层层裂开的洞穴壑谷，岩石表面的石痕如薄纱的皱纹；江流既已经多曲折，岸上的岩石与山峰更是重叠曲折惟恐落后，使江流和山峰两者都拥有了各自的奇特之处。我认为阳朔的山势陡峭濒临江流，却没有此地岸上的石美；建溪的水流湍急岩石很多，却没有此地岩石的景奇。虽然峰峦连接相夹，远不像三峡；聚集在一处，紧凑赶不上武彝山；可是疏密有致蜿蜒蜒蜒之处，不相上下。至于它一派玲珑剔透的风光，更显出一番新奇精巧的情趣，足以夺取那两座山的地位了。）

当他船行崇左水域的时候，他如此赞叹：

> 舟中仰眺，砑若连云驾空，明如皎月透影，洞前上下，皆危崖叠翠，倒影江潭，泂神仙之境，首于土界得之，转觉神州凡俗矣。（从船中仰面眺望，拱起来的岩石如连片的云彩在空中奔跑，明亮得好像皎洁的月亮透射出的光影，洞前边上下之处，都是危崖重叠满山翠色，倒影映在江边，真是神仙之境，首先在土司辖境内见到它，反而觉得中原神州大地都是平庸的了。）

"泂神仙之境，首于土界得之，转觉神州凡俗矣。"不妨把这句话作为徐霞客对广西山水的总体评价。在徐霞客眼里，广西是真正的神仙之境，这样的神仙之境，竟然是少数民族地区，相比之下，中原大地就显得平淡无奇了。

广西山水以其惊艳之美令徐霞客频发感叹，那么，广西山水究竟是一种什么样的美？人类历史上，是徐霞客第一个为地球上的这种地貌进行了总结，这就是今天国际上通称的喀斯特地貌。在中国，它又叫作岩溶地貌。

喀斯特本是斯洛文尼亚伊斯特拉半岛碳酸盐岩高原的地名，英语名为 Karst，意为岩石裸露的地方。19 世纪中叶在斯洛文尼亚的喀斯特地区对喀斯特的研究较多，喀斯特因此得名。

喀斯特是地表水和地下水对可溶性岩石进行溶蚀等作用所形成的地表和地下的地貌形态的总称。由于是水可溶性的岩石形成的地貌，故又称为岩溶地貌。水对可溶性岩石所进行的作用，包括流水的溶蚀、冲蚀、潜蚀，以及坍陷等机械侵蚀过程，统称为喀斯特作用，这种作用及其产生的现象统称为喀斯特。

中国在 1931 年出版的一部《地质辞典》中首次出现 Karst 这一名词，此后中国沿用喀斯特这个音译名词。1966 年，中国地质学会第一届喀斯特学术会议在桂林召开，会上专家建议以岩溶取代喀斯特指称这种地貌。从此形成了两词同指一种地貌形态的局面。

在《徐霞客游记》中，"对石灰岩岩溶地貌的描述多达10余万字，描述内容的广度和深度都是空前的"①。"徐霞客是中国古代系统研究石灰岩岩溶地貌的第一人，是杰出的洞穴学家。他的成就比西方领先约150—200年，他是世界上最早的伟大的岩溶学家和洞穴学家。《徐霞客游记》是世界上最早的石灰岩岩溶地貌学和洞穴学著作。"②

徐霞客旅行了广西的桂林、柳州、来宾、贵港、玉林、南宁、崇左、河池等地，"他把广西地表石灰岩岩溶地貌划分成五个区域：1. 漓江谷地，多奇峰地形；2. 柳江谷地，石峰和土山相间；3. 桂东南区，石山只见于勾漏山及罗丛岩等少数地区；4. 桂西南区，石山呈峰丛状；5. 桂西北区，石山呈峰丛状零散分布"③。徐霞客确认了"中国南方石灰岩岩溶颁布的地区范围，即西起云南罗平，东北尽于湖南道州"④。对照地图，我们发现，广西正处于这个范围的中心位置。显而易见，中国乃至世界上的岩溶地貌在广西有最大面积的分布和多种形式的呈现。世所公认，喀斯特是最美的地貌，以此类推，广西正是地球上最美的土地。如此看来，早在300多年前，徐霞客不仅描述并赞叹了广西山水之美，而且总结概述了广西山水之美的科学成因。

第二节　山水文化

自唐代以来1000多年，越来越多的人发现了广西的惊世之美，然而，自然景观似乎是有极限的。在有关广西山水之美的无数文字中，曾经有两段雷同的文字给笔者留下了深刻的印象。

那是20世纪30年代两本广西旅行记中的文字。一本写于1932年，名《桂游半月记》，为一批当年的文化精英组成的一个"五五旅行团"

---

① 杨文衡：《十七世纪的现代学者——徐霞客及其游记》，海天出版社2013年版，第75页。
② 同上书，第77页。
③ 同上书，第76页。
④ 同上书，第75页。

游览广西后所写，其中一段这样写道：

> 四时半抵阳朔，同人震于阳朔之名，摄影者、寻画稿者、各应接不暇。然千岩万壑，习见之后，或转觉平易。是知物稀为贵，少见多怪二者，其中均有至理存焉。①

另一本写于 1934 年，名《桂游一月记》，同样有这样一段：

> 约韦区长同车赴桂林，过良丰圩镇，车行小巷，令人惊险。沿途风景秀丽，习见之后，转觉平易。②

"习见之后，转觉平易。"

"五五旅行团"20 多个团员中不乏大师级的人物，仅举三人为例，叶恭绰，著名书画家、收藏家，民国时期曾任北京大学国学馆馆长，中华人民共和国成立后，曾任中央文史馆副馆长。高奇峰，著名画家，岭南画派创始人之一。刘体志，民国时期最重要的岭南摄影家。这些文化修养极为深厚，视觉艺术修养极为精湛的人物，在为天地大美震慑惊叹、应接不暇之后，竟不约而同生出同样的感觉："习见之后，转觉平易。"这令笔者意识到了自然之美的极限。

如果说自然之美带给旅行者的是强劲而短暂的视觉冲击，那么，什么能够带给旅行者深沉而持久的灵魂体验呢？

仍然是"五五旅行团"的经历给了笔者启发。进入桂林城之后，他们游览的第一个景点是独秀峰，他们留下了这样的文字：

> 全山石刻甚多，以不能细读为憾。山麓有刘宋颜延之读书岩，中空若室，信藏修之佳境也。同人有登峰造极者，有半途而返者，有徘徊观望者，各适其适。高奇峰及张坤仪女士则忙于写生，傅秉

---

① 五五旅行团编：《桂游半月记》，国光印书局 1932 年版，第 26 页。
② 郑健庐：《桂游一月记》，中华书局 1934 年版，第 99 页。

常、刘体志、刘荫孙则忙于摄影。①

"全山石刻甚多，以不能细读为憾。"如果说自然之美让旅行者获得了短暂的震撼，那么，与自然融为一体的人文之美，则让旅行者获得了持久的满足。后来他们又游览了桂林著名的隐山六洞，他们这样写道：

> 各洞碑刻森列，多宋明人作，且有唐代题名，苦不能览记。他日有志粤西金石者，勤加搜剔，所得必有远过《粤西得碑记》者。

"苦不能览记"，人文之美需要更多的时间去记录和体验，这是其与自然之美的重要区别。

其实，在这里笔者并不是想在自然之美和人文之美两者之间分出优劣，笔者想表达的是，在广西这片喀斯特地貌上，有许多与喀斯特地貌伴生的山水文化现象，其中，摩崖石刻就是与广西喀斯特地貌伴生的至为重要的山水文化现象。

许多人或许更看重摩崖石刻的历史价值。的确，八桂的千山万洞，不乏具有重大历史价值的摩崖石刻，然而，笔者最心仪的，却是那些摩崖于广西山石岩壁上那些与山水对话的文字，比如，在桂林那著名的象山水月洞的洞壁，就有一位满族军官留下的摩崖石刻《象山记》。

这位满族军官名叫舒书，是顺治九年的进士，曾经以后部、工部郎中监管孔有德部，在桂林任职数年。他对象山情有独钟，经常骑马从军营到象山游览，如此连续数年，真正称得上是象山的情人了。《象山记》最后一段这样写道：

> 嗟乎！象山，冷地也。余，冷人也。际此世情衰薄，谁肯为顾惜而与之相往来者？自有余来以后，水潺潺为之鸣，石砭砭为之

---

① 五五旅行团编：《桂游半月记》，国光印书局1932年版，第27页。

声，花鸟禽鱼，欣欣为之荣。嗟乎，象山，舍余无以为知己者；余舍象山，又谁复为知己？昔人有言曰："江山风月，闲者便是主人。"余虽不敢谓象山之主人，象山曷不可谓余之知己哉？爰勒石为之记。

不做象山的主人，而做象山的知己。这种人与自然关系的选择，直到今天，仍然有巨大的现实意义。广西山水在人类这里赢得的不仅有爱慕之爱，而且有相知之知。舒书，这位来自北方的满族官员，见过西北的重关之奇，五羊八闽的水之奇，荆襄吴越的山水相错之奇，到了广西，八桂山水，对于他来说，已经不仅是奇异的自然风景，而成为可以与他交流对话，与他心灵契合的生命存在。当我们走遍八桂大地，我们会油然感悟，那深嵌于八桂千山万洞的摩崖石刻，在其历史、文学、科学、艺术、宗教各种价值之上，凝聚的是人类与这片山水的心灵互动，以及人类对这片山水的爱与知。

在很大程度上，摩崖石刻是中国古代士大夫为广西这片喀斯特地貌留下的一份厚重的物质文化遗产，与此相对应，唱响于八桂山水之间的山歌则是广西原住民创造的非物质文化遗产。

广西有歌海之称。南宋周去非《岭外代答》记载：

> 岭南嫁女之夕，新人盛饰庙坐，女伴亦盛饰夹辅之，迭相歌和，含情凄婉，各致殷勤，名曰送老，言将别年少之伴，送之偕老也。其歌也，静江人倚《苏幕遮》为声，钦人倚《人月圆》，皆临机自撰，不肯蹈袭，其间乃有绝佳者。凡送老，皆在深夜，乡党男子，群往观之，或于稠人中发歌以调女伴，女伴知其谓谁，以歌以答之，颇窃中其家之隐匿，往往以此致争，亦可以此心许。

清代赵翼《檐曝杂记》记载：

> 粤西土民及滇、黔苗、倮风俗，大概皆淳朴，惟男女之事不甚

有别。每春月趁圩唱歌，男女各坐一边，其歌皆男女相悦之词。其不合者，亦有歌拒之，如"你爱我，我不爱你"之类。若两情相悦，则歌毕辄携手就酒棚，并坐而饮，彼此各赠物以定情，定期相会，甚有酒后即潜入山洞中相昵者。其视野田草露之事，不过如内地人看戏赌钱之类，非异事也。当圩场唱歌时，诸妇女杂坐。凡游客素不相识者，皆可与之嘲弄，甚而相偎抱亦所不禁。

山歌是广西喀斯特地貌的天籁。2000 多年前，孔子曾经采集、整理、编辑过"十五国风"，包括《周南》、《召南》和《邶风》、《鄘风》、《卫风》、《王风》、《郑风》、《齐风》、《魏风》、《唐风》、《秦风》、《陈风》、《桧风》、《曹风》、《豳风》。孔子当时不知道有广西的存在，因此，他不可能编辑出一本《粤风》。这项任务直到清代才由李调元完成。《粤风》是清代广西各族民间情歌集，收录了粤地汉族（主要是客家）情歌 53 首，瑶歌 23 首，俍歌 29 首，壮歌 8 首，分别编为粤歌、瑶歌、俍歌、壮歌 4 卷。

比如：

思想妹，蝴蝶思想也为花。
蝴蝶思花不思草，兄思情妹不思家。

又比如：

妹相思，不做风流到几时？
只见风吹花落地，不见风吹花上枝。

还比如：

山上青青是嫩叶，水底青青是嫩苔。
面前有个娇娥妹，宽行两步等兄来。

我们可以想象，在广西的山坡谷地、田间地头，到处飘荡着这种沁人心脾的自然音响。值得注意的是，广西虽然以喀斯特地貌为主，然而，在十万大山、九万大山、六万大山等难以计数的群山之外，喀斯特地貌的广西还遍布河流，广西南部还有一片宽阔的海洋。正因此，广西不仅有飘荡在山谷中的山歌，还有荡漾在河流和海洋的渔歌。

比如：

娘在一岸水无远，弟在一岸也无远。
两岸火烟相对出，独隔青龙水一条。

又比如：

蜑船起离三江口，只为无风浪来迟。
月明今网船头撒，情人水面结相思。

如果说孔子时代的中国大地到处弥漫着这种天籁，那么，到了清代，在中原大地，这种天籁之声已经日渐稀少，成为需要抢救的非物质文化遗产。然而，在广西这片喀斯特地貌的土地上，这种天籁之声还随处可闻。生活在这片土地上的人们，还过着极其简朴的生活，有着极其淳朴的性格。曾经在广西百色任职的赵翼，在其《檐曝杂记》中就发出过这样的感叹："此中民风，比江、浙诸省，直有三、四千年之别。余甚乐之，愿终身不迁，然安得有此福也？"

进入民国，越来越多的学者注意到广西山歌的价值，其中，包括民国人文学者的代表人物胡适。

1935 年，胡适因为接受香港大学的名誉学位，做第一次南游。这次南游时间长达 20 多天，其中，在香港 5 天，在广州 3 天，在广西 14 天。胡适 1935 年 1 月 11 日抵达梧州，12 日到南宁，在南宁期间，游览了武鸣，19 日到柳州，20 日到桂林，在桂林游览了 2 天，他说是把桂林附近的名胜大致游遍了。22 日又雇船游览漓江，23 日抵达阳朔。后来他在《南游杂忆》中写道：

> 漓水的一日半旅程，还有一件事足记。船上有桂林女子能唱柳
> 州山歌，我用铅笔记下来，有听不明白的字句，请同行的桂林县署
> 曹文泉科长给我解释。我记了三十多首，其中有些是绝妙的民歌。

"其中有些是绝妙的民歌"，这是胡适对广西山歌的评价，不妨抄
录几首胡适当年听到的广西山歌：

> 燕子飞高又飞低，两脚落地口衔泥。
> 我俩二人先讲过，贫穷落难莫分离。
>
> 石榴开花叶子青，哥哥年大妹年轻。
> 妹子年轻不懂事，哥哥拿去耐烦心。
>
> 大海中间一枝梅，根稳不怕水来推。
> 我们连双先讲过，莫怕旁人说是非。
>
> 如今世界好不难，井水不挑不得干。
> 竹子搭桥哥也过，妹妹跌死也心甘。
>
> 高山高岭一根藤，藤上开花十九层。
> 你要看花尽你看，你要摘花万莫能。
>
> 要吃笋子三月三，要吃甜藕等塘干。
> 要吃大鱼放长线，想连小妹耐得烦。
>
> 买米要买一斩白，连双要连好脚色。
> 十字街头背锁链，旁人取笑也抵得。

妹莫愁来妹莫愁，还有好日在后头。

金盆打水妹洗脸，象牙梳子妹梳头。

大塘干了十八年，荷叶烂了藕也甜。

刀切藕断丝不断，同心转意在来年。

认真欣赏这些80多年前的广西山歌，我们同样会像胡适一样觉得它们可爱。事实上，当年许多到广西的文化人，都曾经像胡适一样被这些如万斛泉涌，不择地而出的广西山歌所震惊。上海的陈志良、湖南的黄芝冈都曾经对广西山歌发生了极大的兴趣，各自收集了3000多首广西山歌。黄芝冈收集的广西山歌大多数可能已经烟消云散，陈志良收集的广西山歌则通过《广西特种部族歌谣集》这本书保存了下来。

其实，中国多样化的地形地貌和多民族的生活状态，导致中国许多地方还有山歌这种古老的民间文艺形式的存在。然而，作为"歌海"的广西，其之所以被认为是"天下民歌眷恋的地方"，不仅在于它还保存着大范围、多民族的活态山歌文化，更重要的是，它有一个可称为广西山歌领袖、广西山歌灵魂的人物存在。这个人物就是举世闻名的刘三姐。

如今有关刘三姐的文章汗牛充栋，然而，笔者所读到的民国时期最早的有关刘三姐的文章是刘策奇发表于1925年3月15日出版的《歌谣》第82期上的《刘三姐》一文。文章不长，谨录于后：

唱歌仙，

唱歌得做女神仙，

不信但看刘三姐，

立鱼岩洞受香烟。

立鱼峰在柳州对河谷埠圩外，上大下小，形如倒立之鱼。山巅宽平，可排酒一席；山腰岩穴玲珑，可由山之一面，蜿蜒曲折穿行达对面，草木畅茂，苍郁可爱；旁临巨池，名曰龙潭。其水清涟，可数游鱼，且有暗渠通大河（柳江），虽三冬不涸。唐柳子厚有文以记之，谓为少有之胜境，殊不谬。旧有观音阁一座在山半，近人更增二三亭阁于其适当之处，以憩息游人。数年前，余在柳中时，每星期必挟一卷至其地，仰卧诵读，既倦则弃之，起而披蒙茸，履巉岩，膝坐山巅，高歌上面之歌，响震山谷，借回声以自娱，用解一周之沉闷。——此歌不惟余一人能歌，广西之男女长幼，凡知几句歌者，想均能歌之，且能述其来历。

循观音阁左侧曲径南下，约二武，得地甚平坦，广虽不及半亩，然小草如茵，可以坐卧。闻长者言，此地旧有刘三姐石像，叠脚而坐，旁置一石□篮，如续□状，而今则无矣。由此右边攀过一树，得羊肠小道，为登峰顶之捷径，乃前人所未知也。

传闻刘三姐，系广东潮梅人有唱歌之天才，走遍两粤，不获一对手（意即找一个男子，最会唱歌的，替她对歌；唱得比她高妙的，她就嫁他。）后至立鱼峰，遇一农夫，与彼对唱，一直唱过三年又三月，三姐似不支，心中一急，呆然化为石像。农夫瞧瞧叹然一声，悠然他逝。故后人撰出此歌焉。

此文称刘三姐为广东潮梅人，不过，一年之后，刘策奇又发表《刘三姐的故事》一文，引用数则史料，指出史料记载与他上文所述的四处不同：一是刘三姐是贵县人，非广东潮梅人；二是对歌者是名叫张伟望的秀才书生，而非农夫；三是两人俱化为石像，而非刘三姐一人；四是纪念刘三姐的祠在贵县西山而非柳州立鱼峰。

民国年间还有一位名叫钱南扬的，著有《刘三妹之戏剧》一文，称清代蒋士铨《雪中人传奇》，讲述吴六奇的事迹，其第十三出《赏石》，说吴六奇提督两广，查继佐南游，在署游宴一段中有乐人所扮演的刘三妹戏。文章引录了戏中刘三妹与白鹤秀才的对歌场面，包括十多首山歌，其中有数首山歌与《粤风》采录的山歌相同。最后五首山歌歌词如下：

妹金龙，日夜思想路难通。

寄歌又没亲人送，寄书又怕人开封。

妹娇娥，怜兄一个莫怜多。

劝娘莫学鲤鱼子，那河又过别条河。

妹相思，妹有真心弟也知。

蜘蛛结网三江口，水推不断是真丝。

妹真珠，偷莲在世要同居。

妹有真心兄有意，结成东海一双鱼。

虫儿蚁儿都成配偶，各自风情各自有。

俊的俊来丑的丑，蠢蠢痴痴不丢手。

怎如我两个石人紧紧地搂。

　　这段戏的结尾大概是刘三妹与白鹤秀才双双成了石人。这是清代刘三姐题材的戏剧。其中山歌亦优美，但立意显然与当代刘三姐题材戏剧完全不同。

　　如果说，喀斯特地貌是广西地质地貌的物质形态，那么，刘三姐所代表的广西山歌就是喀斯特地貌生长出来的心灵之声，相应的，与喀斯特地貌伴生的摩崖石刻则是把广西地质地貌和人文历史融于一体，造就了一种足可令人叹为观止的文化奇观。

　　其实，广西这片神奇的喀斯特地貌，除了孕育摩崖石刻、山歌这些人类文化奇迹之外，还孕育了山水诗、山水画、山水实景演出等极具品格的文学艺术作品。

　　1905—1906 年，齐白石用一年多的时间，完成了他艺术人生中最重要的一段旅程——三出三归。这段旅程中，他先到桂林，游阳朔，再到梧州，然后经广州到钦州。

在人生晚年，齐白石回忆他这段旅程：

> 广西的山水，是天下著名的，我就欣然前往，进了广西境内，果然奇峰峻岭，目不暇接。画山水，到了广西，才算开了眼界啦！①

他还对画家胡佩衡说过这样的话：

> 我在壮年游览过许多名胜，桂林一带山水形势陡峭，我最喜欢，别处山水总觉不新奇。我平生喜画桂林一带风景，奇峰高耸，平滩捕鱼，或画些山居图等，也都是在漓江边所见到的。②

吕立新认为：

> 这次远游（三出三归）后，齐白石迫不及待地改变了自己山水画的画风，他开始用大笔画孤峰独立。
>
> 现藏于中国美术馆的《独秀峰》，是齐白石1906年画的桂林的独秀峰。这种平地拔起，孤峰独立，一山一水，或一丘一壑的构图几乎成了齐白石山水画的典型符号。③

改变画风后，齐白石的山水画曾经受到过一些批评，但齐白石不以为然，他写过这样一首诗：

> 逢人耻听说荆关，宗派夸能却汗颜。
> 自有心胸甲天下，老夫看惯桂林山。

---

① 齐白石：《白石老人自述》，山东画报出版社2000年版，第98页。
② 吕立新：《齐白石——从木匠到巨匠》，北京出版社2010年版，第78页。
③ 同上。

以此表示对自己画风选择的自信，而这自信，正是广西山水、桂林山水的赐予。

在这里，之所以讲述齐白石与广西山水的故事，是因为想要说明，广西的喀斯特地貌，作为岭南标志性的地理符号和美丽南方的地质基础，不仅是文学、艺术极其重要的表现题材，而且还能给予艺术家创新的自信和勇气。是的，20世纪以后，广西山水在中国文学艺术领域的影响力越来越大，漓江画派、文学桂学、山水实景演出，孕育并生长在这片喀斯特地貌上的文学艺术，已经成为中国现代文艺版图重要的组成部分。

第二章　花山神谕

第一节　花山神画

2011—2012 年，我们做了一个广西文化符号调查。在对数十位广西文化专家的调查问卷中，花山崖壁画（亦即花山岩画）在 200 多个文化符号中排名第 15 位，属于最具影响力的广西文化符号之一。[①]

据《广西大百科全书》：

> 花山岩画位于宁明县驮龙乡耀达村明江（左江支流）东岸花山岩壁上。花山，又称"画山"、"仙人山"，壮语称为 Pay laiz（岜莱），即画得花花绿绿的山，是一座峰峦起伏的断岩山，海拔345 米，山高 270 米，南北长 350 余米，临江西壁陡峭，向江边倾斜。岩画布满岩壁。岩画以氧化铁和动物胶混合调制的颜料绘制，呈赭红色。整体画面长 172 米，高约 40—50 米，面积约 8000 多平方米。除模糊不清的外，可数的图像尚有 1900 余个，大约包括 111组图像。岩画以人像为构成主体，人像一般作正面、侧身两种姿势，皆裸体跣足，作举手屈膝的半蹲姿势，辅以马、狗、铜鼓、

---

① 2011 年，广西人文社会科学发展研究中心"桂学研究团队"做了一个广西文化符号影响力调查，成果有黄伟林等人所著的《广西文化符号影响力调查报告》，刊《广西师范大学学报》2012 年第 4 期以及潘琦主编、黄伟林执行主编的《广西文化符号》，广西民族出版社 2014 年版。

刀、剑、钟、船、道路、太阳等图像，构成一幅幅内容丰富，意境深沉的画面。人像一般高 0.6—1.5 米间，最大的高达 3 米。正面人像躯体高大，佩刀、剑，处于画组的上方和中心位置，侧身人像皆簇拥之，场面热烈而庄重。其内容包括祭日、祭铜鼓、祀河、祀鬼神、祀田（地）神，祈求战争胜利，人祭、祭图腾等巫术活动。画面中出现的羽人、椎髻、铜鼓、羊角钮铜钟、扁茎短剑、环首刀、船等图像，具有骆越文化的特征，反映了骆越社会活动情景。是战国至东汉时期左江流域骆越人进行巫术活动的遗迹。以规模宏大，场面壮观，图像众多，内容丰富居左江岩画之冠，作为左江岩画典型代表而举世闻名。①

即便从直观的视角观察花山岩画，我们也能感受到花山岩画高度的原始性、抽象性和神秘性。

原始性可以理解为花山岩画最突出的特质。迄今为止，尚无确切的史料证明花山岩画的真实来历和生成年代。给人的感觉是，它先天地存在于"看见"或者"发现"它的人面前。虽然学者们经过多种方法的考证，已经大致推断出"左江崖壁画的年代应为战国至西汉中期"②，但由于这仅止于推断，尚无任何史料文献佐证，甚至整个左江流域同一时期存留的史料文献似乎也极其有限。因此，花山岩画仍然给人强烈的原始性。

原始性强化了花山岩画在左江流域原住民心目中与生俱来的感觉，即他们出生、生活在这片土地之前，花山岩画就先于他们而存在了。这造就了花山岩画在原住民心中厚重的文化心理积淀。花山岩画作为一种文化，长时间、深层次、层累性地建构于广西壮族的内心世界。

抽象性是花山岩画最直观的感受。花山岩画的图像具有非常强的抽象性，民间甚至称之为"鬼影"。中南民族大学张雄曾在宋人李石的

① 广西大百科全书编纂委员会编：《广西大百科全书·历史》（上），中国大百科全书出版社 2008 年版，第 104 页。

② 覃圣敏：《骆越画魂：花山崖壁画之谜》，广西人民出版社 2009 年版，第 67 页。

《续博物志》卷八发现关于"鬼影"的记载:"二广深谿石壁上有鬼影,如澹墨画。船人行,以为其祖考,祭之不敢慢。"

抽象性直接导致了花山岩画内涵的难解与多解,导致了花山内涵的不确切性。1884年编纂的《宁明县志》记载:"花山距城50里,峭壁中有生成赤色人形,皆裸体,或大或小,或持干戈,或骑马。未乱之先,色明亮;乱过之后,色稍黯淡。又按沿江一路两岸,石壁如此类者有多。"记录者无法确认这些图像的确切内涵。这些抽象的图画究竟表达了什么样的内容,学术界主要有战争、语言符号、祭神和巫术几种说法,至今尚无定论。

原始性和抽象性之外,花山岩画还具有巨大的神秘性。不多的史料记载,也支持了花山岩画的神秘性质。如明代张穆的《异闻录》称:"广西太平府有高崖数里,现兵马持刀杖,或有无首者。舟人戒无指,有言之者则患病。"这些描述性的文字,除了有对花山岩画的客观描述之外,更有花山岩画与人关系的主观描述。显然,花山岩画的神秘性在于人们认为它会对人产生物质或气质性的影响,即它具有巫术的功能。这种神秘性是人们祭祀它的重要心理动机。

作为最重要的广西文化符号之一,具有原始性、抽象性和神秘性的花山岩画通常被认为是广西壮族绘画艺术的不朽杰作,而且,20世纪80年代,花山岩画也曾经激活了广西当代画家的艺术灵感。1980年,被称为"壮族古代文化之元"的原始神秘的宁明花山壁画抓住了一对画家兄弟的眼睛。面对花山壁画,周氏兄弟画了数十本速写,这是新时期中国艺术家最早的寻根行动。1982年,默默无名的兄弟俩在中国美术馆举办"花山壁画艺术展览",展出了180幅作品,得到刘海粟、吴作人、李苦禅、李可染、张汀等老画家的高度肯定,并因此引起国际美术界的注意。从此,国际画坛出现了一个重要的名字——周氏兄弟,兄名山作,弟名大荒。

同样,在广西文学领域,花山岩画这一神秘的"鬼影"也源远流长,它是广西多民族文学的重要原型,是广西多民族文学的重要灵感来源,承载了广西多民族文学的重要想象。

　　花山岩画所在的左江流域流传了大量关于花山岩画来历的民间传说。仅广西民族研究所汇编成书的《广西左江岩壁画民间故事传说》就有90多篇。广西民间文艺家协会、广西民间文艺研究室编的《广西民间文学作品精选·宁明卷·花山风韵》也选收了17篇《花山崖壁画传说》。中国民间故事集成全国编辑委员会编的《中国民间故事集成·广西卷》也选收了1篇《花山岩壁画》。

　　在所有关于花山岩画的传说中，最流行的说法就是：从前宁明那利村有一位青年名叫蒙括，一餐能吃60斤米粥或200斤米饭，力大无穷，可将一块巨石掷出三四十里，数十人割一天的谷禾，他一次就可挑完。后来，他不满当地土皇帝的欺压，决心起来造反，但苦于没有兵马。后得神仙授意，蒙括闭门自画兵马放置箱中，过了100天就会变成真兵真马。不料只到99天，他母亲见蒙括终日不出门，就偷偷走进房间，打开箱子欲看个究竟。谁知箱子刚一打开，里面的纸兵纸马纷纷飞出，因不足100天，这些兵马的眼睛还没有睁开，刚飞到珠山就碰到山崖上，再也飞不动了，一个个贴在山壁上，变成了岩画。①

　　传说中的主人公蒙括也有称勐卡、蒙大的，可以看出它们来自一个共同的人物名字，只是传说过程中使用了不同的汉字注音。

　　这是花山岩画传说的核心故事。有的故事增加了诸如夜明珠的内容，意思是神仙送了一颗夜明珠给花山人，天气热的时候，花山人可以白天休息，夜晚劳动，生活安逸而受到土司的忌恨。②

　　根据这个传说，我们大致可以还原其中的社会生活。大概是左江流域天气炎热，壮族先民身体强壮，过着比较富足的生活。然而，或者是出现了贫富差距，或者是因为中原人的侵入，官民冲突导致左江流域发生了战争。花山岩画成为当时战争场面和战争人物的记录。

　　极少数有关花山的传说涉及男女情爱。比如《黄小》这则传说提到，有一对兄妹结成夫妻，这种乱伦行为导致珠山顶上的夜明珠不亮

---

　　①　覃彩銮、喻如玉、覃圣敏：《左江崖画艺术寻踪》，广西人民出版社1992年版，第192页。
　　②　参见《珠山》和《黄小》，收入广西民间文艺家协会、广西民间文艺研究室编《广西民间文学作品精选·宁明卷·花山风韵》，广西民族出版社1998年版。

了，村民因此想杀死他们祭祀天神。《金银洞》讲述一个村姑借了金银洞的首饰把自己打扮得很漂亮，但忘记了必须当天归还的规则，引起众怒而投江自尽。①

绝大多数花山岩画的传说都涉及神仙，那些或者是纸上画出的人马，或者是竹子里长出的兵马，都来自神授。

今天，人们更倾向从科学、历史、岩画艺术的角度对花山岩画进行分析和判断。然而，千百年来，花山岩画的民间传说具有更深入人心的传播效果。花山被称为神仙山，花山岩画出自神仙的画笔，花山岩画具有帮助原住民反抗压迫者的神异功能。这些有关神迹、神授、神灵的民间传说更容易得到前现代左江流域原住民的心理认同，它们通过口耳世代相传，形成了广西壮族重要的神秘文化心理积淀。

神秘性是人类对不可知的事物所保持的敬畏。千万年人类与自然的关系中，神秘性在科学的攻势下丢城丧地，但仍然在宗教、在巫术、在人们的内心世界中占有一席之地。作为广西最重要的历史遗产和文化资源之一，花山岩画以其客观的存在及其主客观融合的人文积淀，终究会伺机而动，对广西多民族文学的发展施加影响。

第二节　百越寻根

20 世纪 70 年代末至 80 年代初，中国文坛最活跃的有两个作家群体，一是以王蒙、张贤亮、高晓声为代表的右派作家群，二是以王安忆、张承志、韩少功为代表的知青作家群。

1984 年，由《上海文学》和《西湖》杂志主办，以知青为主体的一批作家、评论家和文学编辑在杭州西湖召开了一次文学座谈会。这就是后来被反复提起的成为"寻根文学"思潮标志的"杭州会议"。参与了此次会议的阿城、韩少功、郑万隆、李杭育后来都成为"寻根文学"

---

① 参见《黄小》和《金银洞》，收入广西民间文艺家协会、广西民间文艺研究室编《广西民间文学作品精选·宁明卷·花山风韵》，广西民族出版社 1998 年版。

的代表作家。通常认为，寻根文学的价值在于文化寻根，这其实只是说到了问题的一个方面。寻根文学并非一场文学的复古运动。寻根文学的真正价值是以现代意识激活了文化传统。也就是说，在寻根文学之前，中国作家已经建立了文学的现代意识，但这种现代意识还处于横向移植的状态，未能在中国的土地上落地生根。寻根文学以欧美现代主义的眼光重新审视中国的文化传统，所谓以现代激活历史，以现代主义审视文化传统、以先锋意识激活地域文化，才构成完整的寻根文学。

在不少当代文学研究者的眼里，寻根文学是中国当代最重要的文学现象。寻根文学为什么如此重要？这是因为寻根文学对于在它之前的当代文学具有整体性的转型价值。首先，在思想领域，寻根文学将当代文学从狭隘的政治思维引向了文化思维，文学的思想空间获得了根本的拓展；其次，寻根文学将当代文学从西化和中国化的两极分裂中超脱出来，它既是学习西方的，又是尊重传统的；再次，寻根文学对文化传统也进行了辨析，既有对主流传统、中心文化的反思，也有对地域文化、边缘文化的观照，从而使非中心、非主流地域的作家获得了文化自觉；最后，它不仅是文化的，而且是审美的，对文学语言和文学文体的高度重视，表明它同时也具有文学自觉和审美自觉。

广西没有作家参加"杭州会议"，但广西作家近距离地感受过周氏兄弟的美术成功。"杭州会议"所关注的文学现象，如贾平凹的商州作品、张承志的北方小说不可能不对广西作家有所影响。值得注意的是，与寻根文学思潮同步，广西当时最负盛名的诗人杨克在《广西文学》1985 年第 1 期发表了组诗《走向花山》，广西当时最负盛名的小说家聂震宁在《文学家》1985 年第 5 期发表了中篇小说《岩画与河》。

组诗《走向花山》由 A、B、C、D 四首诗组成，每首诗题以花山岩画的某一图案命名。

A 首讲述花山岩画的来历：

从野猪凶狠的獠牙上来

从雉鸡发抖的羽翎中来

从神秘的图腾和饰佩的兽骨上来

此为狞厉之美。

从小米醉人的穗子上来
从苞谷灿烂的缨子中来
从山弄峒场和斗笠就能盖住的田坝上来

此为丰腴之美。

绣球跟着轻抛而来
红蛋跟着相碰而来
金竹毛竹斑竹刺竹搭成的麻栏接踵而来

此为崇高之美。

B 首讲述骆越先人的原始狩猎生活：

一支支箭镞，
射向血红的太阳，射向
太阳一样血红的野牛眼睛
兽皮裹着牦牛般粗壮的骆越汉子
裹着
斗红眼的牦牛一般咆哮的灵魂
脚步声，唔唔的欢呼
漫山遍野
踏过箭猪的尸体和同伴的呻吟
把标枪
连同毫不畏惧的手臂
捅进豹子的口中

B 首结尾，诗人告诉我们：

> 火灰，早已湮灭了
> 只有亘古不熄的昭示
> 仍在崖壁上的熊熊燃烧
> 比象形文字还要原始
> 比太阳还要神圣

C 首讲述战争：

> 连风都被杀死了
> 狼藉的山野，躺着
> 吻剑的头颅，饮箭的血
> 血染的尸骸
> 躺下了纷乱的马蹄
> 叮叮当当的杀戮、宰割
> 残忍和冷酷
> 只有"嗡哄嗡哄"的铜鼓
> 召唤弓，召唤剑，召唤着藤牌

D 首是美好生活想象的描绘：

> 积血消融了，浪花将孤独卷走
> 崇山峻岭间，奔泻着爱的湍流
> 鱼和熊掌黯然失色
> 青春和心，点亮炽热的红绣球

组诗《走向花山》讲述了花山岩画的来历，展开了对花山岩画内涵的想象，还原了原始时代战争的场面，表达了对花山未来的期许。

花山岩画本身的原始性、抽象性和神秘性激活了诗人的灵感，给予了诗人巨大的想象空间。杨克是在用现代诗的语言解读花山岩画。借助了诗歌的法则，他大胆地将壮族神话传说中布伯的故事、妈勒的故事有机地整合进花山岩画的叙事中。当花山岩画的原始性、抽象性和神秘性与布伯、妈勒的故事遇合，花山岩画终于从抽象走向了具象，抽象的图像被赋予了史诗的内涵，原始的神秘焕发出绵延至现代的昭示。

毫无疑问，组诗《走向花山》所描述的花山岩画的原始由来、原始生活、原始战争以及美好未来的期许，与花山岩画本身的原始性、抽象性和神秘性有较明显的互文关系。当然，诗人杨克创作组诗《走向花山》并非只是用诗歌的形式去重复专家学者们的花山研究结论，他试图从花山岩画这一图腾式的存在，体验源远流长、博大精深的广西文化，为他的诗歌创作找到一个文化根本。

组诗《走向花山》发表后不久，梅帅元、杨克在《广西文学》1985 年第 3 期发表了广西作家的"寻根宣言"《百越境界——花山文化与我们的创作》。这篇文章是最早发表的寻根文学的理论文章，比韩少功那篇影响巨大的文章《文学的"根"》早发表整整一个月。

在这篇文章里，作者传达了诸多信息：

> 花山，一个千古之谜。原始，抽象，宏大，梦也似的神秘而空幻。它昭示了独特的审美氛围，形成了一个奇异的"百越世界"，一个真实而又虚幻的整体。
>
> 纵观今天广西文学作品的写法，与《诗经》为代表的黄河流域文化较为写实的风格更为接近，而基本上完全舍弃了与屈原为代表的长江流域的楚文化及更为离奇怪诞的百越文化传统的联系。我们的缺陷正是在于，只是过于如实地描绘形而下的实际生活，而缺少通过表现形而上的精神世界，来展示这一民族的历史和现实。
>
> 西方现代主义在这上面大做文章，把主观感强调到膨胀的程度：抽象、象征、表现、魔幻……主体压倒了客体，渗透了客体。客体在心灵的需求中变形了。单从这个意义上看，它与原始

文化一脉相通。与其说现代主义是创新，不如说是更高意义上的仿古。

广西所处的地域，有着与文学创新观念很和谐的原始文化土壤，这是我们的优势。

关键不在于你写出了一个看得见的直观世界，而是要创造一个感觉到的世界。就是说，在你的作品里，打破了现实与幻想的界线，抹掉了传说与现实的分野，让时空交叉，将我们民族的昨天、今天与明天融为一个浑然的整体。这个世界是上下驰骋的，它更为广阔更为瑰丽。它是用现代人的美学观念继承和发扬百越文化传统的结果，如同回到人类纯真的童年，使被自然科学的真变得枯燥无味的事物重新披上幻觉色彩。①

这是一篇视野相当宏深的理论文章。它把花山作为广西的地域文化图腾，作为一个神示的象征，在《诗经》为代表的黄河文化、《楚辞》为代表的长江文化、欧美为代表的西方现代主义文学的古今中外三维文学格局中为广西文学把脉，指出广西文学发展的路径和方法：打破现实与幻想的界线，抹掉传说与现实的分野，将民族的昨天、今天与明天融合，用现代人的美学观念继承和发扬百越文化传统，超越写实主义风格，创造感觉的世界。由是，花山成为广西文学之魂，成为百越境界这一广西文学发展目标的文化载体。

百越境界这个概念把文化意识、历史感和诗意审美融为一体，以此呼唤打通古代与现代、中国与外国、民间与精英、边缘与中心，融文化意识、历史感和诗意审美为一体的广西文学。

1985年4月22日，《广西文学》在南宁召开了"花山文化与我们的创作"座谈会，会上，来自南宁、桂林、玉林、北海各地的青年作家对百越境界做了热烈的探讨。之后，会议安排画家周氏兄弟介绍了花山组画的创作情况，历史学者蒋廷瑜从考古学角度讲述了百越民族的历

---

① 梅帅元、杨克：《百越境界——花山文化与我们的创作》，《广西文学》1985年第3期。

史，民俗学者蓝鸿恩介绍了壮族文化源流及花山岩壁画的成因及年代的推断。这种组织化的文学创作主动向艺术、考古、民俗等学科汲取营养的行为，在当时的中国文坛还是很少见的。4 月 25 日，会议代表专门到宁明参观了花山岩壁画。紧接着，《广西文学》连续发表了多篇文章对梅帅元、杨克的文章进行回应。

第三节　神性之美

在杨克组诗《走向花山》和梅帅元、杨克文论《百越境界——花山文化与我们的创作》发表之后，聂震宁的中篇小说《岩画与河》也应运而生。

《岩画与河》分别讲了两个故事。

第一个故事是壮族姑娘达彩的故事。

达彩的故事与沈从文笔下翠翠的故事颇为相似。达彩和父亲生活在独家村。独家村面临红水河，背靠蓝靛山。28 年前，国家开始对岩画实行保护，达彩的爸爸蓝老大成为岩画的看守人。随着猎户们逐渐离开蓝靛山原始森林，村子里只剩下达彩一家。因为向往山外的世界，妈妈在达彩两岁的时候，丢下达彩姐妹，离开了丈夫，离开了独家村。还是因为向往山外的世界，达彩 12 岁的时候，姐姐也远走高飞。小说写达飞离家的时候，专门留下了一句："可能她永远不会回来了，可能明天就回来。"显然，这里袭用了沈从文《边城》的结尾，但立意却不一样。沈从文笔下的人物安于命运，达彩的姐姐与后面的达彩却对外部的世界充满憧憬。

整个独家村只剩下达彩和爸爸两个人，达彩长到 17 岁时，爸爸蓝老大担心她像她妈妈和姐姐一样离家出走，连赶圩也不带她去了。偶尔有考古工作的人到独家村，达彩和他们又话不投机。久而久之，达彩对那些岩画产生了怨恨，她知道，正是因为这些岩画，她才不能离开村庄，像其他的人那样进入一个热闹的世界。

达彩终日与一只名叫侬玛的狗相伴。然而，侬玛受了另一只名叫老黑的狗的诱惑，不惜为爱献身。达彩终于无法忍受独家村的孤独生活，当得知蓝老大为他找了个上门女婿之后，她终于决定打破父亲的禁令，过河玩歌圩。

第二个故事是研究生索源的故事。

28 岁的索源是北京某研究机构民族文化史专业的研究生。临近毕业，他因为申请到广西工作而受到学校表彰，同时也招来了部分同学的忌恨。同学吴建树处心积虑，暗做手脚，顶替了索源给民族文化史欧阳教授做助手的机会。而索源去广西的选择也引起了女朋友艾蕾的恼怒。艾蕾的母亲明确表示，如果索源到广西工作，就让女儿终止与他的恋爱关系。

索源本是一个钟情于民族文化、专注于民族文化的研究生，研究之外的这些人间俗事，令他不胜其扰。最后，他还是离开了北京，由于还没有到报到时间，他别出心裁从柳州拐上了去红水河画山的路，开始了一次个人的探险。不幸的是，进入原始森林之后，他为了躲避一只大棕熊而迷路。上不见天日，尽是密密匝匝的枝叶；前不见出路，尽是挨挨挤挤的大树和青藤。在原始森林中转了 3 天，索源终于走出了密林，听到了山那面河水下滩的涛声，筋疲力尽、虚脱晕眩的索源终于鸣枪求救。

按照小说的安排，索源求救之时，正是达彩渡河之时，两个完全不相干的人物应该相遇而发生交集。然而，作者并没有让这两个人物相遇，故事结束于两个人物的失之交臂。

《岩画与河》至少与两部重要小说有互文关系。一是上面已经提到的沈从文的《边城》。《岩画与河》中达彩的故事与边城中翠翠的故事有相当大的同构性。不同在于，《边城》唤起读者的是对世外桃源和纯朴人性的向往，《岩画与河》则在相当程度上肯定了滚滚红尘的正面价值，肯定了达彩对外面世界向往的合法性。二是张承志的《北方的河》。《岩画与河》中索源的故事与《北方的河》男主人公的故事有一定程度的相似性。《北方的河》中男主人公"他"本科毕业全心全意考研究生，打算做北方民族史研究；《岩画与河》中的索源研究生毕业选择了到南方做南方民族文化史研究。"他"和索源都有强烈的事业心和对专业的献身精神。不同在于，《北方的河》传达了强烈的理想主义精神，抒写了主人公对《北方的河》的深沉强烈的认同感；《岩画与河》虽然表现了索源的理想主义气质，但并没有为索源承诺一个光明圆满的前途。总体上看，《岩画与河》或许没有《边城》那种极致的乡村之美，也没有《北方的河》那种极致的乐观之美，但却具有相当的真实性，显示出作者对人生更为综合的理解。

本书以花山岩画作为论述中心，不妨对作品中岩画这一中心意象多做论述。小说专门对达彩一家守护的岩画有一番描绘：

> 岩画自古就有的。岩上画了一百六十只大大小小的凤凰，全是用赭红颜料涂成剪影式；整个画面，是全对称布局；每四只凤凰又成一个对称图案；凤凰之间，还有花草的剪影画和各种射线。这是一种壮锦图案，山里人是晓得的，只是不晓得它为何成了宝。工作同志告诉他们，因为这是古人画的，通过它可以晓得古人绘画的本领和壮锦的历史，所以它是国家的宝贝。

作者大致表现了四种对于岩画的态度。第一种是蓝老大的态度，他生于斯、长于斯，对岩画并没有专业的知识，只是有对官方体制的服从，相信能够为政府保护岩画并从中获得报酬是他最牢靠的人生，以"吃工作饭"为荣耀。第二种是"工作同志"（山里人对外地干部的称谓）的态度，他们来了又走了，以职业的态度对待岩画。第三种是达彩的态度，她不像父亲那样安于上级交付的工作，对她来说，画山的价值远远抵不上圩场的繁荣和壮锦村的热闹，与她的妈妈和姐姐一样，无法忍受孤独寂寞的守护岩画的生活，世俗的享受对她构成了更大的诱惑，因此，她认为岩画阻挡了她走出山外的机会。第四种是索源的态度，他对城市"俗不可耐"的行为动机不以为然，更看重人的精神生存，对岩画有着非同寻常的专业激情，对事业的成功有相当的自信。

透过作品中人物的态度，可以看出，聂震宁对花山岩画的态度与梅帅元、杨克的态度有所不同。梅帅元、杨克更强调花山岩画的原始、抽象和神秘，试图借助花山岩画"回到人类纯真的童年"；聂震宁更倾向从理性的角度理解巫山岩画，从科学的真的角度阐释这一古代留下的文化遗产，他有意识地解构了花山岩画的原始性、抽象性和神秘性，还原人的社会性，呈现不同身份、不同文化背景的人对于花山岩画的不同态度。可以如此认为，《岩画与河》呈现了聂震宁在寻根文学思潮背景中对传统文化的不同理解。只是，无论持怎样的学术观点，花山岩画在这一群广西作家心目中，确乎占据了一个极其重要的位置，成为他们当时文学创作重要的灵感源泉。

梅帅元、杨克、聂震宁以花山岩画为中心的叙事实际上赋予了花山岩画意象化的功能。如果说在他们之前，花山岩画只是左江流域壮族民间传说的重要内容，那么，因为梅帅元、杨克、聂震宁等人的书写，花山岩画开始上升为广西文人文学的重要意象，其重要性足以与刘三姐、桂林山水等文化符号相媲美。

显然，这一群广西作家的"寻根"意识，并不是简单地表现民族生活或者民族文化，而是一种地域传统文化与世界前卫文化融通的方式，是以现代主义的文学观念观照原始文化，创造一个反理性的、变形的、感觉的、魔幻的、现实与幻想、传说与现实浑然一体的形象世界。评论家黄宾堂曾在《南方文坛》1998年第3期发表《广西文坛的三次集体冲锋》一文，认为"百越境界"的提出及创作是广西文坛进军全国的第一次集体冲锋，并专门谈到"百越境界"作家群从马尔克斯等拉美作家所展现的地域环境及心理背景中，发现与广西西南部地区的环境和背景竟有惊人的共通之处。

这是一个重要的转型。过去的广西作家主要接受国内主流作家的影响，这一群广西作家，有了明确的世界意识，他们开始直接接受西方文学的影响。他们虽然也重视广西本土文化资源，但这种重视已经不是题材意义上的重视，他们是用现代主义的文学观念去激活古老的广西文化传统，进而发现这种传统的价值，而不是用广西文化资源作为素材，去证明某种主流文学观。他们的文学转型，不仅是方法论意义上的转型，而且是观念意义上的转型。

实际上，聂震宁、张宗栻、梅帅元、张仁胜、李逊、林白、杨克、黄琼柳这一批作家已经构成了一个文学共同体，他们普遍成长于城市环境，都曾有过知青经历，具有文学上的世界眼光，对广西文化传统有自觉的认知，不妨称之为"百越境界"作家群。1985 年以后，杨克的诗歌《走向花山》、聂震宁的小说《岩画与河》、梅帅元的小说《红水河》、林白薇的诗歌《山之阿　水之湄》、张仁胜的小说《热带》、李逊的小说《沼地里的蛇》、张宗栻的小说《塔摩》、《魔日》等百越境界作品在《人民文学》、《上海文学》、《青年文学》等当时中国最有影响的文学刊物上发表。这些作品既是"百越境界"的代表作，也是广西文学的经典作品。虽然"百越境界"作家群未曾像后来的"广西三剑客"那样爆得大名，但他们确实拥有非常强的创作实力，可惜的是"子不遇时"，他们没有赶上属于他们的文学时代。不过，"百越境界"后来在"实景演出"中结成了硕果，由此也可以看出花山岩画这种意象化思维在文艺创造中的重要作用。

不过，虽然花山岩画未能完成让"百越境界"作家群问鼎中原的使命，但它却催生了另一个广西文学群体的成长和成熟。1996 年 7 月 5 日至 7 日，广西壮族自治区党委宣传部邀请 30 名青年作家艺术家在宁明花山民族山寨召开"广西青年文艺工作者花山文艺座谈会"。这个具有象征意味的会议地址，给予了与会者某种神力。一批生机勃勃、跃跃欲试的广西青年作家强烈意识到自身的文学使命，在"百越境界"作家群已经淡出文坛的时候，再一次发动了突围八桂崇山峻岭、抢滩中国文坛的文学战役。

这个以"花山"命名的"花山会议"，标志着广西又一个广西文学群体的集结。人们喜欢称之为文坛桂军。其代表人物主要有东西、鬼子、李冯、凡一平、沈东子等人。随着东西、鬼子代表作品的发表和获奖，多年默默无闻的广西文学终于实现了边缘的崛起。

显而易见，花山岩画在广西当代文学历史上占有重要地位。她是广西文学重要的灵感源泉，是广西文学崛起的集结地，她激活了广西作家的文学想象，开启了广西作家的文化自觉。

花山岩画为什么能对当代广西文学产生如此重要的影响？

这是因为花山岩画的原始性、神秘性、仪式性、图腾性和荒野性，所有这些元素使花山岩画成为现代人的心灵寄托，成为现代人安放自我内心的重要意象。现代人的内心世界被物质世界高度挤压。花山岩画唤醒了现代人的神性意识。如果说桂林山水是广西的自然美，花山则能承载广西壮族的神性体验。桂林山水、刘三姐、花山岩画，三者有一种神秘的关系。自然之美、世俗之美和神性之美，三者形成了奇妙的呼应。如果没有花山，只有桂林山水和刘三姐，广西，或者说壮族的精神体系就是有所缺失的。

第三章　漓江叙事

第一节　中原积淀

在我们所做的广西文化符号影响力调查中，漓江排名第四，仅次于桂林山水、刘三姐、壮族，是最具影响力的广西文化符号之一。[①]

《广西大百科全书》是这样描述漓江的：

> 漓江，桂江中游河段。干流位于桂林市辖区和阳朔县境内。自兴安县溶江镇灵渠汇入处起，向西南流，经灵川三街镇，至桂林市城区右纳桃花江后转向东南流，经阳朔、平乐县恭城河汇入处止，全长 161 千米。[②]

漓江的漓字究竟何意？宋代曾在桂林做官的柳开推测过漓江称"漓"的缘由。发源于海阳山的海阳河流至兴安灵渠分水岭后，分成两水，亦即"相离"，所以，北流之水称"湘"，南流之水称"漓"。在《湘漓二水说》一文中，柳开说：

---

① 2011 年，广西人文社会科学发展研究中心"桂学研究团队"做了一个广西文化符号影响力调查，成果有黄伟林等人所著的《广西文化符号影响力调查报告》，刊《广西师范大学学报》2012 年第 4 期以及潘琦主编、黄伟林执行主编的《广西文化符号》，广西民族出版社 2014 年版。
② 广西大百科全书编纂委员会编：《广西大百科全书·地理上》，中国大百科全书出版社 2008 年版，第 183 页。

二水之名，疑昔人因其水分"相离"，而乃命之曰湘水也、漓水也。其北水所谓湘，南水所谓漓，将有以上下、先后而乃名之也。水固属北方，北方为水之主也，以其北流者归主也，乃尊之以"湘"字，加其名为上焉。又疑为以北者入于华，南者入于夷，华贵于夷也，故以"湘"字为先焉。既二水以二字分名之，即北者以先名"湘"也，即"漓"者必加南流者也，所以漓江是分水之南名也。因其水之分，名为"相离"也，乃字旁从水，为"湘"为"漓"也。

明代张鸣凤《桂胜》描述了漓江的样貌：

漓则经灵渠南出，缭绕桂城东北，城之西南，带以阳江，从漓山下入于漓。水波宽广，为桂金汤之固。岸傍数山，或扼其冲，或遮其去。故间有乱石及沙潭处。清浅为滩，湛碧为潭。余虽深至一二丈，其下石杂五色，草兼数种。所有游鱼，群嬉水面，间没叶底，停桡少选，种状可尽别。以此水最清，洞澈无翳，飞云过鸟，影不能遁。

虽然古人大都认为漓江的"漓"字为"离"字作河流名的专称，然而，据《辞源》，可以发现"漓"有三个含义：一为流貌，二为水渗入地，三为漓江。体会"漓"字的三重含义，可以发现漓江确实名副其实：水之流动为"漓"，这是漓江与所有河流的共同性；水渗入地为"漓"，这准确地指出了漓江所依托的喀斯特地貌，不像大多数河流，漓江之水依托的喀斯特地貌有许多溶洞，导致漓江之水很容易渗入地下溶洞。"漓"之两个含义明确了漓江的特性。因此，顺理成章，"漓"成为桂林这条河流的专属命名。

20世纪，漓江逐渐成为中国最重要的旅游文化符号之一。包括美国四位总统——尼克松、卡特、乔治·布什和克林顿——在内的数百名外国元首曾经游览漓江。1992年，全国40佳旅游胜地评选，漓江风景区得票数名列第二，仅次于当时即将"高峡出平湖"的长江三峡风景区。2005年，《中国国家地理》组织了200多位顶尖专家，评选中国最美景观，在"中国最美峰林"这一项中，"桂林—阳朔漓江山水"名列榜首。2013年，美国有线电视新闻网CNN为旅游爱好者评选出15条最值得一去的全球最美河流，漓江成为中国唯一入选的美丽河流。

漓江本源来自南岭最高峰猫儿山海拔接近2000米的八角田高山泥炭沼泽中。秦始皇时期，因为灵渠修通，海洋河的水引入了漓江，因此，漓江增加了一个人工的源头，即海洋山。灵渠修通意义重大，一方面，岭南并入了中国版图；另一方面，中原文化与岭南文化实现融合。

漓江所流经的是世界上最典型的喀斯特地貌区域，山与水在这里奏出了最美丽的乐章，生成了"甲天下的桂林山水"。如果说"千山环野立"的山是桂林山水的肉体，那么，"一水抱城流"的漓江就是桂林山水的灵魂。桂林山水恰似灵与肉的完美结合，千百年来吸引了无数文人墨客，造就了无数文采华章。

明代俞安期的《初出漓江》：

> 桂楫轻舟下粤关，谁言岭外客行艰。
> 高眠翻爱漓江路，枕底源声枕上山。

清代袁枚《兴安》：

> 江到兴安水最清，青山簇簇水中生。
> 分明看到青山顶，船在青山顶上行。

这些都是写漓江的妙品，亦是中国古代山水文学的佳构。这些文学作品不仅写出了漓江的形貌，而且写出了漓江的神韵，甚至，它们规范了漓江的审美品格，漓江因为这些文学作品的陶冶，成为一条如中国水墨画一样的河流，承载着中国古代文人的幻梦，她超然世外又蕴人间烟火，风情万种又藏傲然风骨，她是真实的存在，又是至美的象征。

古代以漓江为题材的文学作品，有一个明显之处，即创作主体多为中原旅桂人士，少有本土作家。这就导致古代漓江题材的作品，多为观光抒情、托物言志的内容，少有叙事的成分，古代漓江题材文学，美则美矣，但总觉得清浅。经过千百年的文人书写，漓江基本上被定格为一条"文人的江"。更确切地说，这是一条中原文人的江，通过灵渠而涌入漓江的中原文化，既对漓江文学进行了中原文化高度的提升，也对之进行了中原文化精神的提纯，在提高她、提纯她的同时也窄化了她、简化了她，目前我们所读到的那些经典漓江文本，与其丰富的自然与人文内涵并不很相符。

民国以来，许多新文学作家也写过有关漓江的作品，但仍然未能脱离古代漓江题材作品的窠臼，主体多为旅桂人士，而且大多也停留在观光抒情的范畴。在民国众多旅桂人士游览漓江的文字中，胡适的《南游杂忆》给笔者留下了较深的印象。不是说胡适的文章多么漂亮，与大多数关于漓江的文学作品相比，胡适的文字显然更平实，甚至更缺少文学性。胡适的漓江文章之所以给笔者留下较深印象，是因为他涉及了大多数作者未有涉及的内容。他写了游船上桂林女子唱柳州山歌的情景，特别是抄录了9首山歌在文章中。过去的漓江书写多是文人写作，有非常强的中国文人传统，胡适的漓江书写注意到漓江还存在另一种传统，即民间传统，像这样的山歌：

> 大海中间一枝梅，根稳不怕水来推。
> 我们连双先讲过，莫怕旁人说是非。①

这样的漓江山歌与文人的漓江诗歌完全是两种类型，其表达方式和情感内容截然不同。一雅一俗，一文一野，两相对照，可以看出文学漓江是可能富有弹性和张力的。胡适注意到的山歌漓江是对传统文人诗歌漓江的拓展和丰富。

---

① 胡适：《南游杂忆》，《胡适文集》第5卷，北京大学出版社1998年版。

进入当代以后，胡适注意到的山歌漓江传统后来在电影《刘三姐》中得到了极大的张扬，山歌成为电影《刘三姐》最具魅力的元素之一。《刘三姐》也因此成为那个时代的电影经典。胡适是一个学者，有着学者特有的客观和严谨。他的《南游杂忆》专门强调他在漓江上听到的是柳州山歌。柳州山歌在漓江上唱，这确实是个有趣的现象。不过，如果我们注意到广西的几条重要河流如红水河、柳江和漓江最后都汇聚成了西江，就会对柳州山歌在漓江上唱不以为奇。河流是相通的，河流的相通造就了文化的相通。胡适对广西的文化地理并没有全面的了解，但学者的直觉帮助他保留了真实客观的文化信息。电影《刘三姐》通过刘三姐把龙江、柳江和漓江的文化沟通了，这恰恰暗合了胡适亲身经历过的事实。

第二节　百越气息

古代旅桂文人是用他们的中原文化积淀书写漓江，漓江因此是一条汉族的江，汉文化的江。胡适在漓江游船上发现了漓江还有柳江文化的存在，这个事实提醒我们漓江可能还有另一种传统，广西少数民族的传统。胡适并没有对这种可能性进行过探讨。但是，半个世纪之后，一批广西的作家、评论家开始对漓江的人文积淀进行重新认识。1990 年，小说家张宗栻与评论家黄伟林在《文学自由谈》上做了一个对话，其中专门谈道：

> A：除了"百越境界"这一个一度响亮过的宣言外，广西还有一批作家在默默开垦着另外一块具有流派色彩的田地。
>
> B：就是漓江文化。
>
> A：在这个尚未成为宣言、成为旗帜的风格笼罩下，已产生了一系列作品，像《漓水谣》、《魔日》、《石头船》、《年轻的江》、《河与船》、《大戈山猜想曲》等。

B：无论是回顾历史还是观照现实，都能清晰地发现广西文学的两种流向。一种属于桂南，可以概括为百越境界。这是带着鲜明的原始色彩，具有深厚的神话思维特征的文化。花山崖壁画是这种文化最形象的浓缩，红水河是这种文化物质形式的生命的脉流。从中国多民族的角度看，这种文化的主体核心恰恰由壮、瑶两大少数民族构成。五十年代的《刘三姐》和《百鸟衣》，则是这种民族文化的原始精华——民族神话和社会现实成功结合的产物。另一种流向则属于桂北，可以概括为漓江文化，这是受中原文明影响很深的文化类型，可以说是正统文明和山水文化相结合的典型范例。与百越境界的原始特征相对，漓江文化具有浓郁的文人气质。考察漓江流域的各种神话传说，可以很强烈地感受到华夏正宗人文历史对它的渗透。①

对话中提到的《漓水谣》、《魔日》、《石头船》是张宗栻漓江题材的小说作品。自 20 世纪 80 年代以后，一批广西作家开始了对漓江的关注，创作了一批可以称为漓江叙事的作品，代表人物有张宗栻、梅帅元和沈东子。

作为生活在漓江畔的桂林人，张宗栻本来并没有漓江叙事的自觉，是梅帅元提倡的"百越境界"启发了他。考察张宗栻的小说创作，正是在 1985 年以后，张宗栻笔下的漓江被注入了浓郁的百越文化气息。

《魔日》的故事发生在漓江。蓝朵从很远的大山里来到漓江，看上了在漓江上的小伙子阿尚。两人终于相爱结合。小说的故事虽然很简单，但穿插其中的文化理念却非常有想象力。蓝朵是一个瑶族姑娘，以卖药为生。阿尚是汉族青年，以捕鱼为生。因为文化背景的不同，两位年轻人互不理解。蓝朵无法理解阿尚，她觉得"这后生是太冷了，像那条江一样。尤其是深幽幽的黑眼珠，射出清水一般的光流，蓝朵每与他目光相碰，都清楚地听到刺啦一声响。那响声弄得她

---

① 张宗栻、黄伟林：《被遗忘的土地》，《文学自由谈》1990 年第 2 期。

耳朵嗡嗡的，叫她害怕"。阿尚同样不理解蓝朵，"她好像看过我几眼，阿尚记起来了，传说他蛮婆会放蛊的呢，暗中弄你一下，就生病了，再弄一下，就死了……他有些发慌，摸摸头，微汗浸浸的，竟一下说不清是冷汗还是热汗"。蓝朵与阿尚的结合，既是汉族与瑶族的结合，也是红水河与漓江的汇通，两种文化在陌生化的吸引中相交相融。

《魔日》是一篇高度"文化自觉"的作品，小说专门设计了两个年轻小说家的对话，对话的内容正是对漓江人文的发现，在承认文人文化浸透了漓江，漓江是一条文人的江的同时，作者将红水河文化纳入漓江，为漓江的清冷注入了火红灼热的人文内涵。

如果说《魔日》有很明显的文化理念的痕迹，那么，《漓水谣》则洗尽了理念的铅华，直接书写漓江渔人的人生，讲述了过江客、摆渡人和大学生三个人物的故事。

老沌73岁，是一个过江客，一辈子生活在河流上，"一条江一条江地浪"。回首往事，老过江客也曾经有过爱情，有过女人，有过孩子，只是他习惯在河流中独往独来的日子，相信"过江客由礁石生下来，由江水收了去"的船歌，终于没有成家。70岁是过江客收水的最后日子，等待河神有一天把他收走。老过江客终于把他的船停在磨石山的河湾，这是他选定的归宿地，舟子、排子、鱼鹰，这些都是他的财产，凭这些，他死后，也会有人为他办后事，他遗下的船排就归葬他的人。

明桂、昌水和竹笋是好朋友，别人称他们是"桃园三结义"。明桂喜欢上了昌水的女人柳叶，为了方便见到柳叶，他改捕鱼为撑渡船。他与柳叶约好晚上在骨树林见面，他如约前往。柳叶没有来，竹笋却来了，痛打了明桂一顿。明桂只好解了老过江客的船，漂江去了，不再回家。不久，柳叶到磨石湾打丝草再没有回来。几年以后，渔村的人在下游很远的圩上看见明桂和柳叶在卖鱼。

渔村中的小狸考上了广州的大学，成了城里人。他带女朋友英子回渔村，晚饭后二人到河滩上乘凉。他给英子讲过江客老沌的故事，讲会唱歌的明桂和柳叶的故事，他讲这些故事的时候，一条舟子正好从河上经过，舟子上的人唱：

妹呀妹——

日头催你你不来——

月亮喊你你不来——

若还是哥和你睡

赤着脚板跑起来——

老过江客、明桂和小狸差不多是渔村的三代人。他们的人生各有不同。老过江客的生活相对原始自然，更接近古老的传说；明桂的生活有了更多社会的内容，世俗化色彩较浓；小狸终结了渔民的生活，渔村的生活成为他城市人生富有异彩的背景。

《石头船》写的是漓江上货船船夫的生活。贩运货物的船夫最害怕的是遇上传说中的石头船。"石头船总是这时在云端出现，它如飞而来，涌动翻着云潮，呼呼地搅起狂风，灰白的船头与山尖猛撞，将山和自己击得粉碎。漫天石雨溅落，激起暗白的水花。"老卜这次贩运的是一船细瓷，如果顺利他将获得丰厚的利润。可是，在磨石山附近的长滩，他遭遇了传说中的石头船。"飞驱的石头船撞毁在磨石山尖。它像玻璃一样碎裂并飞射到空中，把黑云穿得千疮百孔。天空亮闪闪的一片，辉煌而夺目。继而，无数晶亮的白色碎石，从天空呼啸着向下砸，最先击在山岩上的弹起很高跟接踵而来的碰击，发出粉碎前的脆响。"这场遭遇，导致老卜除了破船一无所有。

小说最后告诉我们，电视报道了那天磨石山长滩区域降了特大冰雹，但老卜没有听见。石头船的传说仍然沿江流传，老卜对自己的遭遇讳莫如深。他依旧在江上运货，重建他被毁的生活。

张宗栻是"漓江叙事"最为自觉的书写者，他创作了相当优秀的"漓江叙事"文本，长期以来我们或者是忽略了他，或者是低估了他的作品。上述三个小说无一例外都是挽歌，为漓江渔民船夫唱的挽歌，为漓江传统生活形态唱的挽歌。不同民族文化的碰撞和交流，山歌在渔民生活中的作用，传说对船夫心灵世界的影响，张宗栻写出了漓江文学的深度、厚度和丰富度，他不仅写出了文人文化浸透的漓江，写出了民间文化浸透的漓江，还写出了少数民族文化点染了漓江。因为有张宗栻的小说作品，漓江曾经有过的生活形态获得了审美的保存。许多年后，那些对漓江传统生活怀抱文化情怀的人们，或许只能在张宗栻的作品中发思古之幽情。

"百越境界"的倡导者梅帅元从小受红水河文化的熏陶，他并非桂林人，没有过定居桂林的经历，但他却对漓江情有独钟，写过一批很有特色的漓江题材小说作品。

《船女与过客》中的船家女满蓉是扬堤人，喜欢读书，高中毕业没考上大学，只好回村做活路。冬季是捕鱼的淡季，却是旅游生意的旺季。上游水浅，航道不通，桂林的游客只能乘车到扬堤上船，于是大大小小的生意便在码头上兴旺起来。男青年富连喜欢满蓉，他是做生意的好手，能把什么都变成钱，比如到江边捡些好看的石头就可以卖给外国人，又比如在岸边围个便所就可以收费。满蓉虽然佩服富连的能干，但却对他的视野和品味不以为然。有一天，三个骑自行车旅行的大学生经过满蓉的船，满蓉邀请他们一起吃豆腐煮鱼头。他们相谈甚欢。富连对满蓉免费请客不高兴。不久，满蓉的父亲回到船上，发现两个男学生坐在满蓉的床上，很不高兴，三位大学生只好告辞。满蓉做好鱼趁热给大学生送去，但大学生已经离去。

梅帅元的漓江叙事截取的是旅游业背景下的漓江生活。富连作为渔民中的能人，已经高度商品化，利用漓江的一切以谋利，可惜，限于文化水平和商业视野，他只能以个体手工的方式赚钱。满蓉喜欢读书，并不安于这样的生活，对现代高等教育建构的人生充满渴望。

值得特别注意的是小说中那几个大学生对漓江旅游业的议论：

　　　　谈及旅游，"部长"发了番议论，说是坐船游漓江只能看着些皮毛，其实美的深邃处是在排子和渔船上。"老牛"纠正说：是在鱼汤里。未来史学家"眼镜"认为：旅游业该把风光与历史合一，在欣赏自然的同时，欣赏人类自身的进程。他决定把百里漓江划分成为若干历史区域：第一区为洪荒时代，无人，群兽出没。第二区为甑皮岩的石器时代。以下按历史进程排列下去。在每个时代区生活的渔民都成为旅游公司的工作人员，一切风俗、衣着、语言等都按那个时代再现。

这番议论出自几个大学生的嘴里，并非仅仅是小说情节的需要，更来自作者梅帅元本人对漓江业的思考，十多年后，山水实景演出《印象·刘三姐》横空出世，似乎旁无依傍，实际上在梅帅元十多年前的小说中已见端倪。

《流浪的情感》中的小娘是剧团的演员，剧团春夏时节在桂北大山里巡回，秋季转到漓江流域，演员们过着流浪的生活。流浪人同情流浪人，小娘看见漓江上的放鹰人便有了亲切的感觉。放鹰人以水为家，沿江河流，于青山绿水间做着捕鱼生计。看作者对放鹰人形象的描写：

十几只竹排从江湾里转出来，一只连着一只，像汛期的鱼阵。当头一只排子，上面立一个后生，十几只鱼鹰站在排上。每只排上都站有鱼鹰。竹排重叠在山影里，看去是幽蓝的。进入急滩处，竹排变了节奏，融化在晃眼的光斑里。放鹰人的歌声在浪涛中响起来：

摇个竹排划个桨呀，

七呀八妹子小哥郎。

得鱼上街换麻糖呀，

七呀八妹子小哥郎。

麻糖送给桂花娘呀，

七呀八妹子小哥郎。

歌声此起彼和，错落有致，裹着水影天光，透明地漂流过来，转眼又换成了号子声。竹排迅速向江面散开，很快又收拢回来，围成弧形的阵势。放鹰人用桨子把鱼鹰赶下水，开始捕鱼。

鱼鹰在水面盘旋，寻找目标，纷纷潜入水中，放鹰人挥动桨子拍打水面，用足踏排，喊着奇怪的号子。那声音听上去是火热的。

江面顿时热闹起来。

小娘爱看放鹰人捕鱼，放鹰人爱看小娘演戏。剧团在阳朔的山水之间游走，作者如此写道：

> 队伍若断若续，长长绵绵，宛转于河谷之间，不时被树林间隔，留出一段空白。齐腰高的荒草不停地摆动，人便像在草浪浮游。间或往高走，到了峰顶，似乎要走到云里去；忽又跌落下来，沿江踏浪而行，化成斑驳的影子。江风吹动悬崖上的灌木丛，一片片叶子飘落下来，远远落入水中。

剧团到了兴坪古镇，顺着小娘的目光，我们看到兴坪古镇的情景：

> 古香古色的房子被山水环抱着，房顶还长着青草。古板小路伸得很长，两旁是商店、中药铺、学校，还有漂亮的招待所。快到重阳节了，镇里的人都忙着过节的事。老人们坐在门口用小钳子嗑红瓜子，准备做饼子用。女人们都来到桂花树下，展开花布，打桂花。小孩子爬到树上，摇动树枝，桂花便纷纷洒落在花布上。女人们把桂花收集起来，用小篮子装了提回家去，节日里要做桂花糖，要泡桂花茶，还要酿桂花酒。没有桂花，那节日就会少了香醇，过起来也就没滋没味了。

在小娘这位戏剧人的眼睛里，漓江山水全变成了舞台，渔民生活全变成了戏剧中的情景。真是戏如人生，人生如戏。这种古老的箴言或许就是对作者最重要的启示。如果看过梅帅元创意策划的世界上第一台山水实景演出《印象·刘三姐》，我们就会发现，小娘眼里的风景，小娘本身的风景，已然成为《印象·刘三姐》的风景，果然是山水实景，漓江以及漓江人的生活，启发、激活了梅帅元山水实景演出的想象。

《漓水渔王》同样暗藏了作者旅游演出的创意策划。旅游业的开展使訾洲村里的打印人把世代只盯住水面的眼睛转向了旅客口袋，村里所有的渔船都变成了游艇，只有福贵与众不同，他把渔船换成了白马。

旅游旺季，游客络绎不绝。上百只游艇争抢游客，唯一的白马受到游客的追捧。在漓江边骑白马与象鼻山合影成为福贵招揽游客，大赚其钱的绝妙创意。福贵的这些赚钱方法对于作者而言显然只是小打小闹，这个小说关注的是渔王，那只体魄健壮，一天能为主人福贵捕上几十斤鲜鱼的鱼鹰。有时候，作者把小说的叙述视角放在渔王身上：

> 它喜欢主人的剽悍，喜欢渔人狡诈而狞野的号子。每次，当它擒着活鱼浮出水面时，主人便把竹篙伸去，它跳上去，耸起双翅，随寻篙子的晃动一颤一抖。这是一种古老的种族舞蹈，表达了杀戮和征服的快感。鱼在嘴上挣扎，发出无声的悲哀，它记起那股血和水的腥味。

然而，这一切似乎已经成为久远的过去。如今，白马成了主人的新宠，渔王停业赋闲，它甚至遭到鸭子的嘲笑，鸭子建议它学习生蛋，为主人赚钱。离开了漓江的鱼鹰血液渐渐冷却，渔王的高贵成为其念念不忘的幻想。

终于有一天，主人福贵将垂死的渔王按古老的风俗放回漓江：

> 渔王嗅到了水的腥味，听到浪涛拍击岩石的巨响，渐渐清醒过来。它站立起来，垂着的双翅慢慢展开，淡绿的眼中突地射出一道光亮，仿佛燃烧起来，它听到一种奇异的声响，先如泉水呜咽，然后渐渐洪大，汇成滩啸般巨响。这声响来自体内深邃的记忆，来自重新沸腾的鹰族血液——它拍翅高叫起来。

现代化终结了鱼鹰作为渔王的时代，鱼鹰的光荣永远地成为过去。梅帅元这部小说像张宗栻的漓江叙事一样，又一次演唱了关于漓江传统生活的挽歌。十多年后，当人们在山水实景演出《印象·刘三姐》看到鱼鹰出现在那阔大的山水舞台，或许会生出与梅帅元相当的意绪，那是对一种远离人类同时又为人类所怀念的生活方式的缅怀。

上述三部小说，或许可以称为梅帅元的"漓江叙事三部曲"。在这些作品中，作者写出了现代化对漓江、对漓江人的影响，但是，这些漓江叙事最主要的价值却在文学之外，它们寄托了作者对于漓江旅游的思考，暗藏了不少有价值的现代旅游创意和构想。

第三节　国际体验

如果张宗栻的漓江叙事唱出了漓江传统生活的挽歌，梅帅元的漓江叙事努力探寻漓江作为旅游符号的产业价值，那么，沈东子的漓江叙事又开拓了一个空间，即中国文化与西方文化相遇时中国人的内心体验。

作为生活在桂林的作家，沈东子有一批小说讲述的是旅游业刚刚起步，大量外国人涌进桂林那个阶段的故事。在这里，笔者同样选取三部小说进行论述，它们分别是《美国》、《郎》和《有谁比我更爱好 Broken English》。

《美国》中的"我"是一个能够讲英语且酷爱美国文化的中国人，因为共同的爱好与了了妈相爱结合并生下了女儿了了。后来了了妈跟一个跛腿男人去了美国，"我"因此意识到了了妈爱的既不是"我"，也不是那个跛腿男人，她爱的是美国。

小说对"我"生活的环境有所描写：

> 我常常抱着了了坐在江边，遥想我生命中一个如梦的夏天。码头上的冬青树依然繁茂如同当年，可是已经见不着击水嬉闹的渔家少年。人们排着长队依次登上驶往下海的白色的船，好像前去瞻仰的是本世纪最后一片田园风光。是的，鹅卵石的河滩上不再有小鸟觅食蜻蜓翻飞，只有瘪瘪的可乐罐和万宝路香烟盒在水面上漂荡。

这时候了了妈已经抛弃"我"和了了去了美国，留下"我"在这里沉湎于无尽的遐想。在一定意义上，"我"和了了妈都是"唯美主义者"。"我"热爱的是美国的精神文化，如自由、平等、博爱，如杰弗逊、爱默生、梭罗、狄金森、林肯、梦露、马丁·路德·金等。了了妈崇尚的是美国的物质文化，如耐克鞋、牛仔裤、麦当劳、可口可乐、蓝带啤酒、雀巢咖啡、三明治、汉堡包等。作为"漓江叙事"的文本，《美国》陈述了"我"这样一个美国精神文化热爱者所受到的美国物质文化的伤害，从而发出"我的情敌是美国"的怨恨之语。

《郎》的故事发生在桂林，如作品所描述："这座小城不可谓不浪漫，相思江、情人河，月亮山、爱情岛，每块石头都留有才子佳人的爱情传说，每面崖壁都凿着文人墨客的千古绝唱。"小说讲述了发生在"我"、桃和郎之间的故事。我和桃从事的都是旅游纪念品生意：

> 我和桃在一个阳光明媚的日子相识，就像一粒雨和一颗鹅卵石相遇一样偶然。当时我在兜售我的画，而她在叫卖她的瓷器。这里的景色异常独特，虽说没有华北平原的一马平川，也不见西城古道的大漠孤烟，可是四处都耸立着碧绿的山峰，妖娆的小河上还飘着梦幻的扁舟，难怪外人会说这方土地上连草都风流。我和桃相遇在这片如诗如画的风景里，自然也就会生发出如诗如画的感情。

然而，在"我"和桃之间，郎出现了。郎是一个日本人，"像所有的日本男人一样个头不高，但是戴着金丝框架眼镜，一副温文尔雅的派头，没有留日本男人通常都有的那种仁丹胡，也就是说没有中国人记忆中那种粗鄙和残暴的象征，下巴总是刮得干干净净，显得异常精明"。尽管郎很有绅士派头，但"我"却对他充满敌意，这里既有历史造成的敌人意识，也有男性本能的自卫心理，"我习惯于用情敌的目光看待他"。

郎果然是"我"的情敌，他以很大的耐心引诱桃，终于如愿以偿。但郎又不是"我"的情敌，小说结束时暗示我们，经过郎的引诱，桃最后成了做皮肉生意的妓女：

> 我最后一次见到桃是在几年后的一个炎热的黄昏。她披着一头波澜起伏的长发，那曾经红润如桃的脸蛋已被厚厚的脂粉所掩盖，只能看见嘴唇上很不真实的红色，还有睫毛上同样很不真实的黑色，活像未卸妆的艺妓。她身穿一袭浅黄色的露肩薄裙，左肩挎着一个小坤包，右手挽着一个日本人，从一家豪华酒店的玻璃旋转门飘然而出，轻盈得如一阵秋天的风。那个日本人也系着一条深色的领带，但不是郎。

与《美国》不同的是，《郎》中的"我"并不是日本文化的崇尚者，甚至，因为半个世纪之前的那场战争，他对日本人怀抱敌意。小说甚至写到桃的外婆也是那场战争的受害者，"她外婆年轻时为了躲避日本兵，从东海边逃到洞庭湖边，又从洞庭湖边逃到这座南方城市的小河边，一生都在躲避日本人，现在都还时常梦见咿呀叫喊的日本兵"。然而，桃却在郎的金钱诱惑下就范，以至于"我"颇不甘心地认为："只要有钱，什么都可以办得到，别说是买一只桃，就是全世界所有多汁的鲜桃，日本人都可以用钱买到手，因为日本人虽然什么都缺少，但是独独不缺少钱。"

《有谁比我更爱好 Broken English》的主人公"我"是河湾咖啡馆的经营者。如小说所描写：

> 这座小镇的风光得益于她家窗前的那条河，那条河蜿蜒曲折，水质清澈，经过这里时忽然变向拐了一个弯，好像专门圈出了一片平缓的空地，好让这里的人们日后繁衍和生息。我就是有感于河流拐弯时的那种突然动作，把自己这家咖啡馆定名为"河湾咖啡馆"。

西方游客特别喜欢到小镇旅游，也喜欢到河湾咖啡馆抚慰心情：

那些习惯于闹腾到午夜的西方人，原先是为了清静才躲到这座群山环抱的小镇里，不想小镇比他们想象的要安静得多，不仅月光如水，水流无声，而且山影幢幢，街巷无人，寂静得耳朵发疼，才住了三五天，那点西方人的缠绵心事就被山风吹得干干净净，心儿也被吹得空空落落，只得借啤酒不断浇灌，才能找回一点踏实的感觉。

"我"最怀念的是 20 世纪 80 年代初与第一批西方旅游者交往的经历。在"我"的心目中，那时候来中国的游客是人中精英，无论衣着还是谈吐都透露出自由主义者的风采。然而，进入 20 世纪 90 年代，那种风采如《广陵散》一样随风而逝一去不返，小说就写道：

在那些堆满了可乐罐和啤酒瓶的咖啡馆里，实用主义明显占据了上风。人们纷纷用蹩脚的英语谈论着蹩脚的话题，诸如需要兑换美元吗？你能做我赴美就读的担保人吗？在美国如何才能拿到绿卡？需要我帮忙介绍几位中国姑娘吗？我可以和你结婚去纽约吗？等等。

说英语成为这里最具魅力的时尚，受到所有女孩子的追捧：

在她们看来，英语代表的是一种高雅的生活，对英语的爱好也就是对文明的爱好，英语总是跟玫瑰、微笑、精巧的领结和小杯的咖啡联系在一起，或者简单地说，总是跟浪漫联系在一起，很难想象如今一个浪漫的年轻人嘴里不会说出几个精妙的英语单词。可以说英语是这个时代中国女孩的公共情人。

值得注意的是，沈东子这三部可以称作"漓江叙事"的小说，无一例外使用了"情敌"抑或"公共情人"的说法，小说的主人公在爱情这种本来最具精神气质，最具隐秘色彩的空间，完全无法抵御物质文化强大的外国人的入侵。这里的外国既有主人公崇尚的美国，也有主人公仇恨的日本。沈东子的漓江叙事传达了 20 世纪末期中国男人一种失落的情感，在强大的金钱力量面前，他们似乎失去了任何抵抗的能力，他们眼看着自己心爱的女人弃他而去，无力追回，唯有伤感。

金钱固然在 20 世纪八九十年代的中国体现了强大的力量，然而，那个时代的中国人在金钱面前完全没有抵抗的能力，仍然显示出那个时代中国人精神建构的贫弱。沈东子"漓江叙事"中的那些叙事人"我"虽然有较丰富的美国文化知识积累，但本土精神文化的建构反而表现出明显的缺失。《郎》的叙事人对自己的精神建构也有所反思："我所生活的那个时代只有爱和恨两种情感，不是爱谁，就是恨谁，两种感情都同样强烈，绝不容许在爱和恨之间犹豫。"显而易见，今天我们重读沈东子的"漓江叙事"，可能不仅需要认识到中国曾经经历过一个物质高度贫乏的时代，同时，也经历过一个精神高度贫弱的时代。

漓江无疑是世界上最美丽的河流之一，漓江也曾经承载过中国文人的生活理想。清末曾流传过这样一个故事：端方任湖广总督时，委任一个亲信去当恩施知州。这个亲信嫌鄂西太穷，没什么油水可捞，要求另派一个肥缺。端方一脸正经地说："州、县都是朝廷命官，哪能挑肥拣瘦？假使官能够自由挑选，我宁愿去当桂林的知府或阳朔的知县。"①这个故事本身有一点讽刺色彩，但它同样表达了一个意思，即为人做官，并不能只为了赚钱谋利，也可以是对美的追求。因为，无论桂林还是阳朔，在人们眼里，同样是贫困地区，但确有甲天下的奇山秀水，而甲天下的漓江山水，在中国传统文化体系中，不仅是客观的自然美的存在，更是主观的精神美的寄托，其中充盈着中国文化精神的精髓，是中华民族人格美的化身。

笔者常常感动于清代舒书的《象山记》中的这段文字：

　　嗟乎！象山，冷地也。余，冷人也。际此世情衰薄，谁肯为顾

---

① 参见徐铸成《桂林杂议》，徐铸成《报海旧闻》，生活·新知·读书三联书店 2010 年版。

惜而与之相往来者？自有余来以后，水潺潺为之鸣，石硁硁为之声，花鸟禽鱼，欣欣为之荣。嗟乎，象山，舍余无以为知己者；余舍象山，又谁复为知己？昔人有言曰："江山风月，闲者便是主人。"余虽不敢谓象山之主人，象山曷不可谓余之知己哉。

世情衰薄，但人仍然能够在漓江山水中找到知己，获得寄托。显然，漓江山水曾经有足够让中国人安身立命的空间，中国人的心灵完全可以在漓江山水获得诗意的安放。然而，何以在 20 世纪八九十年代，当漓江山水使地球上无数人趋之若鹜的时候，这方山水中的人为何弃之若敝屣？显然，贫穷不是唯一的原因，还需要反思的是那个时代中国人的精神建构。当代"漓江叙事"存在的问题，或许正是漓江人精神建构、价值体系的缺陷。当中国传统文化精神随风而逝，漓江人成为沈东子笔下的"空心人"，他们又怎么能够抵抗类似郎或者结巴英语的"情感入侵"抑或"文化入侵"？

无论是张宗栻，还是梅帅元，或者沈东子，他们无不感受到现代化对漓江的影响，他们的"漓江叙事"多少都带些挽歌的气息。不过，在笔者看来，挽歌既意味着一个时代的结束，也意味着一个时代的开始。可以肯定的是，当代广西作家的"漓江叙事"已然突破了中国古代作家为漓江限定的叙事范畴，在传统中原文化的浸润外，纳入了广西其他少数民族文化的人文气息，做到这一点殊为不易。毕竟，中原文化与少数民族文化相比，不仅更为强势，而且还被认为更为"文明"。同时，"漓江叙事"也直面了来自外国的"文化入侵"，书写了"文化入侵"语境下中国人的内心创痛。或许，在经历了 30 多年改革开放的历史之后，我们对异质文化的进入应该持费孝通所倡导的文化自觉的态度，既充分领悟自身的文化源流，又认识他者文化的来龙去脉，在此基础上，抵达"各美其美，美人之美，美美与共，天下大同"的文化境界。

世界文学史上有不少因为书写河流而著名的作家，如马克·吐温之于密西西比河，肖洛霍夫之于顿河，沈从文之于沅水。笔者以为，漓江的文化内涵也足以承载真正的现代文学经典，就像它承载过经典的中国古代诗歌。当代中国多民族文化、当代世界各国文化在漓江的碰撞与交融，为当代的"漓江叙事"拓展了极大的空间，是"漓江叙事"未曾遇到的重大机遇，广西当代作家应该高度重视"漓江"这一重要的文化资源，力争写出当代"漓江叙事"的经典作品。

上　篇

广西多民族文学历史进程

从春秋到晚清，广西经过长达 2000 多年的与中原文化的融合，终于出现了临桂词派、岭西五大家等为中国文学主流所推崇的文学品牌。可惜好景不长，文言文的衰落和白话文的兴起，人的文学、平民的文学的出现，颠覆了中国文学数千年的传统，广西不得不放弃好不容易认同的中原古典文学传统，改弦更张，汇入一个更为宽阔也更为驳杂的文学格局之中。

这一次，广西文学进入的是一个被称为世界的文学格局，它所要完成的是从古代向现代的文学转型。这个文学转型经历了两个时代，中华民国时代和中华人民共和国时代。由于地缘和自身传统的因素，地处南疆的广西以慢半拍的节奏接受以北京和上海为中心的新文化运动的辐射。她虽然无限留恋，却不得不惜别那个对于她还有无限魅力的文言文世界。

在迄今已经 100 多年的广西现代文学历程中，现代、战争和民族成为其发展重要的引擎。现代是由资本主义、社会主义等要素构成的全新文明体系，广西通过接受自由、独立、民主、科学、革命、阶级等现代观念的启蒙，脱离传统的封建主义文学，以新文学形态汇入整个现代文学体系之中。战争特指发生于 1931—1945 年的那场中日战争，这场战争不仅使广西文学形成了深刻的国家意识，而且使桂林在长达 6 年的时间里成为战时文化中心，大批知名作家寓居桂林，造成了广西文学空前的繁荣。民族在这里特指 1958 年广西壮族自治区成立之后，广西少数民族作家创作获得强劲动力，壮族、瑶族、仫佬族、京族、侗族、苗族等少数民族文学得到前所未有的发展，广西文学中心开始了漓江—西江流域向红水河—左右江流域的悄然位移。

历史上的广西给外界的印象接近一个山国。20 世纪，北部湾进入了广西的行政区划。八山一水一分田，还有一片海。这个变化给广西文学在山地文学之外注入了海洋文学的元素。

从发展进程上看，广西现代文学经历了三度高峰：一是抗日战争期间桂林文化城战时文学的繁荣兴旺，二是 20 世纪 50 年代末至 60 年代初少数民族文学的崭露头角，三是世纪之交文学桂军的边缘崛起。

　　作为中国现代文学不可或缺的有机组成部分，现代广西文学不仅为中国主流文坛提供了广西特色少数民族和海洋边疆文学的文学风采，更重要的是，她在国土沦丧，民族危难之际，以南天一柱的风骨，支撑和延续了国家的文脉，同样，证明了一个事实，经济后发展的八桂大地不仅可以承载美丽的自然山水，而且可以生长奇妙的文学繁花。

　　从启蒙到认同，这是民国时期广西文学的一个演变轨迹。广西作家通过走出去和迎进来的方式，获得新文学的启蒙并实现新文学的认同。

　　到了中华人民共和国时期，广西文学开始了自我追寻和自我发现的历程。自我追寻就是追寻广西各民族的来龙去脉，自我发现就是发现广西各地域的人文积淀。广西文学正是在这种追寻和发现的过程中确认自我，进而形成创作和评论的文化自觉。文化自觉使广西的山峦、河流、海洋，广西的民族、民间、民情，广西的历史、现实、未来，都成为广西作家激扬文字的文化财富。广西文学不再是对主流文学的亦步亦趋和人云亦云，而是中国多民族文学版图不可或缺的重要组成，成为中国多民族文学共同发展的有力证明。

第一章　新旧转型

第一节　启蒙塑形

民国时期的广西文学分为前后两个时期，前期从 1912 年民国建立至 1937 年全面抗战爆发，这一时期可以称为转型时期；后期从 1937 年抗战爆发至 1949 年民国结束，这一时期可以概括为战争时期。

转型前期的广西文学主要表现为三种转型。一是语言形式上从文言文向白话文转型，二是文体形式上从杂文学体向纯文学体转型，三是思想内容上从传统观念向现代观念转型。

转型时期的广西作家主要有黄诚沅、马君武、何诹、陈柱、曾平澜、冯振、高孤雁、韦杰三、梁宗岱等人。

黄诚源为武鸣人，清末曾在云南做官，民国后回广西主要从事教育和文化工作，著有散文集《蜗寄庐文撮》，对民国年间军阀执政的社会多有针砭。黄诚源的杂文随笔是文言文向白话文转型的典型，像下面这样的句子：

> 十年前之中国，君主国也，一变而为民主。十年内中国，民主国也，乃无论何事，一惟军阀做主。是又民主时代再变而为军主时代矣。由今观之，似为军阀极盛时代也。……若由军主而变为财主，必至民穷财尽复变为洪荒朝代无疑。变迁如此，能不为中国前

途惧耶？

就语言而言，明显留下了文言向白话过渡的痕迹。从思想内容上看，作者称得上笔锋犀利，对中国社会时代由君主到军主再到财主的概括，既生动形象，又一针见血，思想也有一定的深度。这样的杂文，直到今天还有生命力。

马君武是中国早期留德博士，民国元老，著名教育家，他文理兼通，学贯中西，是广西不多见的百科全书式的人物。在文学方面，他留下了大量与时政关系密切的旧体诗歌，撰写了不少中外人物传记，发表了许多涉及政治、文化、教育的演讲，翻译了一些世界文学名著，成就是多方面的。仅以其传记文学为例，像《女士张竹君传》、《世界第一爱国者法兰西共和国建造者甘必大传》、《世界大发明家罗伯儿传》等作品均有较高的文学价值。可惜的是，由于马君武使用的是文白杂糅的语体，影响了其作品的传播面。

在广西从旧文学向新文学转型的过程中，何诹的文言小说达到了较高的水准，在晚清民国旧派小说中占有比较重要的地位，其作品在范烟桥的《中国小说史》中得到较高评价，代表作长篇小说《碎琴楼》被誉为"挽近文言长篇之眉目"[1]。

何诹是广西兴业人，1882年出生，1905年考取秀才，1910年到广州两广速成师范就读，1913年担任郁林（今玉林）县速成师范学校校长，不久考进广西法政学校，1915年在北京参加全国第四期知县考试，在被录取的80个广西人中名列第一，有"南方才子"之称。他曾任职省高等审判厅推事，广州《人权报》主笔，居住香港，1925年返回广西兴业，不久病逝家中。

《碎琴楼》最初在1910年《东方杂志》的第七期上开始连载。1913年由商务印书馆初版，至1939年已印行二版13次。1916年，上海联华电影公司把小说改编并拍成电影，由当时的电影明星胡蝶主演。

---

[1] 何诹：《碎琴楼·整理后记》，吉林文史出版社1988年版。

1988 年，吉林文史出版社又将其列入《晚清民国小说研究丛书》出版。

《碎琴楼》写云郎与琼花的悲欢离合。云郎出身寒微，琼花是大家闺秀，两人青梅竹马，情深意笃。琼花父亲是富商，他嫌弃云郎家境清贫，不同意女儿与云郎交好。琼花不敢抗拒父命，但对云郎又痴情不改。云郎自卑懦弱，痴恋琼花却无追求勇气。小说最后以琼花的怏怏病殁与云郎的痛极出家并决心殉情为终局，是一部转型时期青年男女的爱情悲剧。

时人对《碎琴楼》评价甚高，一位当时被称为"副刊圣手"的张慧剑称："予髫年最爱读此书，尝譬谓林琴南先生所译小说为鹿蟹胥，而何氏此作，则为清煨鲫鱼汤，虽系人人家中可备之馔，第其味美于回，以视鹿脯蟹胥，殊未有逊也。"①

范伯群《中国近现代通俗文学史》认为："《碎琴楼》因其对'言情'与'文言'的双重精到的把握，在清末民初的言情小说中应占不可忽视的地位，它代表了一种言情小说的正途。它既内应了古典写情小说的传统，又外合世界文学的写实潮流。"②

有趣的是，广西最早有影响的白话文学作者是三位壮族作家，他们是曾平澜、高孤雁和韦杰三，除了壮族这一共同点之外，处于转型时代，他们三人都具有强烈的革命反抗意识。

曾平澜 1896 年生于广西扶绥一个书香门第，1925 年投身国民革命，在广东从事妇女运动，1929 年赴日留学，回国后在上海参加革命活动，1934 年回广西从事教育工作，1943 年病逝。

曾平澜被认为是壮族现代文学史上出现的第一位女诗人，有《平澜诗集》传世，诗集收录她 1929 年至 1935 年创作的诗歌 33 首，具有鲜明的革命反抗色彩。如《在那黑夜里》中这样的诗句：

> 你不见富者餐遗千金，
> 贫者因饥饿丧命！

---

① 郑逸梅：《〈碎琴楼〉作者何诹》，范伯群主编《中国近现代通俗文学史》（上卷），江苏教育出版社 1999 年版，第 254 页。

② 范伯群主编：《中国近现代通俗文学史》，江苏教育出版社 1999 年版，第 255—256 页。

你不见许多别墅，

长满了苔痕，

却有人在寒夜里，

霜雪覆身！

作为女性，她对女性的命运也有思考，她写有《女人》一诗：

怎么女人只是做男人温情的绿酒，

只会把芳琴细奏？

女人，虽不要做社会的中心，

也要把整个的人生想透！

高孤雁1989年生于广西龙州一个贫苦家庭，1925年在广州参加了中国共产党，第二年受党的委派回南宁从事革命活动，发表了不少宣传革命思想的诗文，1927年，他因为国民党的清党运动被捕遇难。

经后人整理，高孤雁部分遗诗得以保存流传。作为早期共产党人，高孤雁的诗歌充满了革命性，请看《告劳动者》一诗：

可怜无告的劳动同胞们呀！

快起来团结哟，

起来团结哟！

什么大权威，

什么旧制度，

都是你们颈上的镣锁。

什么自由，

什么平等，

都是你们梦里的南柯。

他们暖衣饱食，

你们挨饥忍饿，

你们岂甘心受着罪过！

他们享的酒池肉林，妖妻美妾，

你们度的奴隶岁月，牛马生活！

你们男耕女织，纳租献税，

他们脑满肠肥，杀人放火！

同胞们呀，

这重魔障，

你们不自己打破？

仗谁来打破？

你们别再怯懦，怯懦，

敌在眼前，枪在手里，

我们快起来团结哟，往前冲哟！

　　从纯文学的角度，这样的诗显然不会得到较高的评价，但作为革命的宣传，不得不承认，高孤雁的诗歌还是具有很强的鼓动性的。

　　韦杰三 1903 年生于广西蒙山，1919 年考入广州培英中学，后又到南京、上海求学，在广州、南京、上海求学期间，他在报刊发表了诗歌、小说、散文、童话、杂文 150 多篇，1925 年考入清华大学，1926年在"三一八惨案"中遇难。清华大学为这位年轻的爱国志士举行了追悼大会，将其作品编印成《韦杰三烈士集》，梁启超为文集题词，朱自清为他写了悼文《哀韦杰三君》。

　　作为一个进步青年，韦杰三也感受着他那个时代的革命大潮，努力与时俱进，不过，与曾平澜、高孤雁的激情相比，韦杰三更多同情和温情。比如，当他在蒙山县立中学任教时，为学生们写下了这样的诗：

我愿

做那冰天雪地中的阳光

白昼来陪你们坐；

在你们被寒威侵袭的时节。

我愿

做那更阑人静里的秋月，

晚上来陪你们睡；

在你们感着寂寞孤苦的时节。

他的诗中也有非常愉悦的情感，如《春柳》一诗中，他写道：

她罩着淡黄的帽，

披好嫩绿的袍，

束着她的轻腰，

带着她的微笑，

很逍遥地在春风里进行她的舞蹈。

可惜的是，这个年轻的、前途无量的，既充满同情心，又有着上进心的生命，在动荡的时代，过早地夭折了。

在民国时的广西，文学成就最大、文学品质最高的作家还是梁宗岱。我们可以在京派作家群以及象征主义诗人群中发现他高标独立的身影。

梁宗岱 1903 年生于广西百色，13 岁考入广东新会县立中学，14 岁考入广州培正中学，中学期间，因成绩优异，又发表诗作，16 岁即被誉为"南国诗人"，1921 年加入文学研究会，后相继求学于岭南大学、瑞士的日内瓦大学、法国的巴黎大学、德国的海德堡大学和意大利的佛罗伦萨大学，1931 年"九一八事变"后回国出任北京大学法文系主任兼教授，并兼清华大学讲师。1934 年与女作家沉樱结婚后东渡日本，1935 年回国任南开大学英语教授，同时主编《大公报》文艺副刊《诗特刊》。"七七事变"之后，辗转广州、百色、桂林等地，1938 年到重庆任复旦大学外国文学教授，1944 年辞去复旦大学教授职务，回百色担任西江学院教授，1956 年受聘中山大学教授，1983 年病逝。

卞之琳认为梁宗岱"引进了法国为主的文艺新潮"，"促使新诗向具有中国特色的现代纯正方向的迈进"，"为中国新诗通向现代的正道推进了一步"。①

20 世纪 70 年代末，香港文学研究社出版的《中国现代文选丛书·梁宗岱选集》的《前言》称："梁宗岱是中国现代著名诗人、诗歌理论家、翻译家，他的作品虽然不多，但却能以质取胜，抵抗得住时间尘埃的侵蚀，保持其青春的鲜艳与活力。"试看他的诗集《晚祷》中的《晨雀》一诗：

> 晨雀唱了
> 在这晶莹欲碎
> 藕灰微融的晨光里，
> 他唱出圣严的颂歌
> 赞美那慈爱的黑夜
> 在朦胧而清醒的梦境中
> 织就了人间悲欢甜苦的情绪。
> 他唱出绵婉的喜曲
> 讴歌那丝丝溶着的晨光
> 在天香流着的朝气里
> 带着婴儿般的希望临降。
> 他不诅咒黑暗，
> 他知道那是光明的前驱！

慈爱的黑夜和婴儿般的希望，两者相反相成，婉转成一种生命永恒的暗示。作为莎士比亚十四行诗的译者，他也写过十四行诗，如他的《商籁一》：

> 幸福来了又去：像传说的仙人，
> 他有时扮作肮脏褴褛的乞丐，

---

① 卞之琳：《人事固多乖——纪念梁宗岱》，黄建华等选编《宗岱的世界·评说》，广东人民出版社 2003 年版。

瘦骨嶙峋，向求仙者俯伏叩拜，——

看凡眼能否从卑贱认出真身；

又仿佛古代赫赫的至尊出巡，

为要戒备暴徒们意外的侵害，

簇拥着旌旗和车乘如云如海，

使人辨不清谁是侍卫谁是君。

但今天，你这般自然，这般妩媚，

来到我底身边，我光艳的女郎，

从你那清晨一般澄朗的眸光，

和那嘹亮的欢笑，我毫不犹豫

认出他底灵光，我惭愧又惊惶，——

看，我眼中已涌出感恩的热泪！

权力、财富、高贵、卑贱，人生的真相，凡眼如何能看清，又何必看清。然而，只有美，才能激起诗人最大的灵感，收获诗人诚挚的感恩。

梁宗岱的诗歌之所以能够抵抗时间的侵蚀，秘密在于他追求的是纯诗的写作：

所谓纯诗，便是摒除一切客观的写景，叙事，说理以至感伤的情调，而纯粹凭借那构成它底形体的元素——音乐和色彩——产生一种符咒似的暗示力，以唤起我们感官与想像底感应，而超度我们底灵魂到一种神游物表的光明极乐的境域。像音乐一样，它自己成为一个绝对独立、绝对自由，比现世更纯粹，更不朽的宇宙；它本身底音韵和色彩底密切混合便是它底固有的存在理由。

第二节 战争锻造

抗战时期，一批广西作家逐渐成长起来，桂林文化城不仅聚集了大批旅桂作家，而且，相当一批广西本土作家也活跃在桂林文化城，他们与旅桂作家交流切磋，提升了广西新文学的水准，除白宁（秦宗尧）、朱荫龙、陈迩冬、李文钊、阳太阳、罗承勋、柳嘉等桂林本地文人之外，王力、陈闲、秦似、严杰人、周钢鸣、曾敏之、胡明树、凤子等人也曾经在桂林生活过或长或短的时间。

陈迩冬 1913 年生于桂林，毕业于广西师范专科学校，曾在第五路军国防艺术社任职，主编过《战时艺术》、《拾叶》等刊物，担任过《桂林日报》、桂林《力报》等副刊编辑，1949 年以后曾任山西大学教授，后调任人民文学出版社编辑。陈迩冬出版过诗集《最初的失败》、叙事诗《黑旗》和短篇小说集《九纹龙》，《猫》、《空街》等诗作还被闻一多收入《现代诗选》。

严杰人 1922 年生于广西宾阳，1939 年以战地记者的身份参加了昆仑关战役的采访，1941 年至 1943 年，严杰人先后在桂林出版了两部诗集——《今之普罗米修士》和《伊甸园外》，一本散文集《南方》和一部中篇小说《小鹰》，被认为是当时的神童诗人。

不妨读一下他的《烽火情曲》：

一

过重的记忆

酝酿了一个过长的梦

梦里

我看到了你

你矗立在山头

眼睛监视着敌方

为何不投一瞥目光

给我这边

曾有一次

你沉溺在一个广大的队伍里

你的歌声被同志的雄音所淹没

是不是

今夜，我没有更好的寄语了

趁月明似水

借赠一池浅浅的月光

为你洗掉征衫上的风尘

　　这是严杰人在昆仑关前线采访中写成的诗歌，也是整个抗战时期罕见的战地爱情诗歌，既有爱情的沉浸，又有战争的豪迈，充分展现了一位青年诗人既为情所迷，又舍生取义的情怀。这样的诗歌哪怕今天读来，仍然有动人的力量。可惜天妒英才，1946 年，严杰人在山东烟台英年早逝，这颗有可能放射异彩的南国之星过早地黯淡于北方的苍穹。

　　王力 1900 年生于广西博白，毕业于清华国学研究院、巴黎大学，获文学博士学位。1938 年在桂林广西大学文法学院任文史地专修科主任，暑假后回西南联合大学。作为中国著名的语言学家，王力的文学成就是小品文。抗战期间，因为通货膨胀，西南联大的教授面临生活困境，为了解决生计问题，也因为战争对王力的影响，1942 年开始，王力相继在《星期评论》、《生活导报》、《中央日报》上开设了《瓮牖剩墨》、《龙虫并雕斋琐语》、《棕榈轩詹言》等小品文专栏。

　　秦似是王力的儿子，1917 年生，1937 年考入广西大学，1 年后辍学，在广西贵县从事文化工作。1940 年，秦似给桂林《救亡日报》投稿，得到夏衍的赏识，秦似决定到桂林发展。在桂林期间，秦似与夏衍、宋云彬、聂绀弩、孟超一起创办了《野草》杂文月刊，以杂文写作成为野草作家群的一员。1941 年，秦似第一本杂文集《感觉的音响》由桂林文献出版社出版。

王力、秦似父子，就文学的成名而言，是子在前，父在后。作为语言学大师，王力是在学术研究之余写小品文；作为进步青年，秦似进入文坛之初，即以写杂文名世。王力的小品文是学者小品，属于软性文字；秦似的杂文遵循鲁迅"匕首投枪"的传统，具有较强的政论性。父子俩的文章风格迥异，试看下面两段文字：

依照文人的酸话，有书胜于有钱，所以藏书多者称为"坐拥百城"，读书很多者为"学富五车"。有些真正有钱的人虽然胸无点墨，也想附庸风雅，大洋楼里面也有书房，书房里至少有一部《四库丛刊》或《万有文库》，可见一般人对于书总还认为是一种点缀品。当年我们在清华园的时候，有朋友来参观，我们且不领他们去欣赏那地板光可鉴人，容得下千人跳舞的健身房，却先领他们去瞻仰那价值十万美金的书库。"满目琳琅"四个字绝不是过度的形容词。那时节，我们无论是学生，是教员，大家都觉得学校的"百城"就是我们的"百城"，有了这么一个图书馆，我们的五车之富是垂手可致了。

——《战时的书》

法西斯蒂在全世界燃起毁灭的火，不知多少属于我们这时代的优秀的人，在毁灭的火和空前黑暗的地狱中受着惨苦的磨折！这些人，他们的智慧曾经照亮了漆黑的时代，他们的精神哺育着社会的正义，可是，现在，在法西斯的凌迟下，他们的生命力，肉体和灵魂，都被剁碎了。我写这篇短文，正是十二月二十五日午夜，香港的情势还没有判明，已经是日寇围攻的十八天了。几天来，中国多少有前途有成就的科学家和艺术家，因这守正不屈，牺牲于日寇毒手。他们不但是民族的脊梁，也是人类灵魂的支柱。日寇现在狂暴进攻着的香港，有百几十万我们的同胞住在那里，也有着不少我们的文化战士，在那里艰苦支撑反法西斯的文化工作。他们中间，不少也正是优秀的艺术家，与受难的祖国一同受尽了长期的折磨的，在那弹丸之地被残酷围攻的情况下，直到现在，我们没有听到关于他们的任何可靠的消息。我祝福他们，我怀念他们。我不知道要是不幸而现在还有人出不来，他们在那样的人间地狱里，是怎样度过这些日子的。

——《怀念》

委婉与率直，温润与锐利，幽默与平实，从容与峻急，博学与好学，各有千秋。王力虽然不以创作名世，但他的小品随笔，渗透语言大师的功力，犹如陈年老酒，时间越长，品味越佳，他留下的数十篇随笔小品，确实是中国现代文学的经典，常读常新，经得起时间的淘洗。时间就像磨石，磨砺出王力文章的光泽。秦似以杂文著名，他的杂文有激情、有思想，知识丰富，有时代精神的引领，显示出强烈的战斗性和感召力。

凤子 1912 年生于武汉，原名封季壬，其祖父封蔚礽是广西容县人，封氏一族自宋朝到容县定居，至民国已经绵延 25 世。1930 年凤子进入上海公学预科班学习，1932 年考上复旦大学中文系，在校期间参加了复旦剧社的戏剧演出，从此与戏剧结缘，其一生扮演了演员、作家、编辑三种角色。

在文学领域，凤子主要从事散文和小说创作，1941 年曾由香港商务印书馆出版散文集《废墟上的花朵》，1945 年在上海万叶书店出版散文小说集《八年》，1946 年由上海正言出版社出版长篇小说《无声的歌女》。有评论认为："凤子不仅是演戏的，她还是一个著名的女作家。她最擅长的是写些散文小品之类，假如说冰心的文字是以细腻见胜，又或者说冰莹、丁玲的风格可以用刚健朴实来代表，那么凤子的小品文章则是属于'隽雅冲淡'的一类。她写这类文字确具有卓越的天才，极其通俗的题材经她略为渲染，就替读者衬出一幅素雅的速写来。读她的文章正好比品一杯上好的龙井茶，可以发现无穷的味道。"①

　　凤子的美貌与才华为同时代人所共认，她自己写过一个短篇小说画像，其中女主人公李紫薇是一个美丽而闪耀着青春光芒的女性，她极其惹人爱慕，但却有自己的追求，不愿在情感的小圈子游泳，而愿为更多的人做点事。这个人物显然有凤子本人的影子在其中。凤子并不是一个擅长虚构的作家，她的散文固然记录了战争年代她在昆明、重庆、香港、桂林、上海的行踪，她的小说同样折射了她作为一个进步文化女性在那个时代的心路历程，认真检视她的散文小说，或许可以发现许多当年文坛艺苑的趣事。

　　曾敏之，广西罗城人，1917年生，15岁小学毕业后到黔桂边境任梅寨小学校长。1935年到广州半工半读，开始练习写作，发表过文言小说。抗日战争爆发后返回广西，到桂北三江古宜小学任教。1939年考入桂林广西地方建设干部学校，经常在《救亡日报》发表散文，与华南作家于逢、易巩等组织"文学研究组"，从事文学理论及创作的研究。1940年毕业后到王鲁彦主编的《文艺杂志》做编辑，后到柳州任《柳州日报》采访主任和副刊编辑。1942年回桂林任《大公报》文教记者，加入中华全国文艺界抗敌协会桂林分会，写了《桂林作家群》等反映桂林文化界情况的通讯报道。创作了短篇小说《盐船》、《孙子》，以及一些反映广西少数民族地区风土人情的散文。有散文集《拾荒集》，1942年由桂林萤社出版。1944年赴重庆，任《大公报》采访主任。

　　民国时期，曾敏之较有特色的主要有两类作品，一类是广西少数民族题材的散文，另一类是以人物为核心的报告文学。

　　他用现代人的眼光看溶江苗瑶人的生活，的确饶有趣味，如《烧鱼的故事》所记录：

　　　　凡到过山峦叠嶂、丛林遍野的苗瑶所居的地方，一定会为那原始色彩的朴素生活所感动的，那儿嗅不到硝烟气味，也听不到战浪的

①　转引自张彦林《绮才玉貌：凤子图传》，河南人民出版社2014年版，第52页。

呼啸，没有人生过多污浊的泥沼，也没有随处伪装的陷坑。纯朴、一种人类至性的真诚，给每一个倦旅的路人罩上人间一点罕有的温暖。

遗憾的是，世外桃源往往只是暂时的幻象。《遇旧》一文讲述了桐油降价给苗人生活带来的致命打击。在作者笔下，商人成为苗人生活从小康转为困顿的推手，这种过于简单的判断使曾敏之散文的审美魅力有所弱化。即便如此，我们还得承认，曾敏之是现代广西本土最早关注苗瑶生活的作家之一。

真正为曾敏之赢得声誉的是他的通讯。1946年4月，他两次访问周恩来，在《大公报》上发表了《十年谈判老了周恩来》，几千字的文章写了周恩来的经历和对时局的看法。曾敏之的通讯不像一般的新闻报道局限于就事论事，他往往在现场报道中纳入历史的景深，并且投入他个人的感情，这使他的通讯具有了较明显的文学性。比如《十年谈判老了周恩来》中的这段文字：

> 从西安事变到现在，已经十年了，从执行中共"统一战线"策略而营救蒋委员长时跟政府商谈团结算起，周恩来已经历了十年的谈判生涯。抗战八年中，他经常来往于渝延，成为中共与国民党政府间唯一的桥梁。

表面看平淡无奇，然而，认真推想，作为即时发表的通讯报道，曾敏之的这篇通讯，确实具有绝大多数同类文章所没有的深度和广度。

《桂林作家群》是曾敏之在抗战期间写的一篇通讯，写到桂林文化城中王鲁彦、艾芜、田汉、欧阳予倩、巴金、聂绀弩、彭燕郊等人的生存状况，他们或经济困窘，或疾病缠身，但都没有放弃文化抗敌的事业，曾敏之用他的笔，写出了中国文人的韧性和责任心。

胡明树1914年生于桂平，早年留学日本，抗战爆发后毅然回国。留日和抗日的双重经历，为胡明树的文学创作提供了一个独特的视角，他能够以日本人为主人公进行小说叙事。短篇小说《百合子想哭》"写百合子与母亲、姐姐一起，为姐姐男朋友的出征送行时，一路上的所见与亲人被迫离别的心理感受。作者体味着艰难岁月的人事变故，对百合子的心灵窒闷以及女性内心情感的翻卷把握准确。小说吟诵的是一曲悲凉而沉郁的带有深秋情调的心狱曲，哀怨又缠绵"。"中篇小说《初恨》就干脆将故事直接移去日本，把中国留学生和日本女孩在战争背景下的艰难爱情讲述得既细腻缠绵又曲折微妙。然而，无论故事多么浪漫，主人公的感情多么缱绻，战争阴影留给人们的依然是关于这段感情究竟能走多远的忧虑。虽然小说中的不少情绪是作者自己作为一个已经定型的知识分子的情感投射，带着浓厚的主观色彩，但由于这是一种浪漫的真实，作品所具有的情感张力明显。"①

在这一节的最后，还值得一提的是陆地、华山、苗延秀等人，他们的共同点一是他们都是少数民族作家，二是他们都受到了延河的文化哺育。

陆地 1918 年生于广西绥渌（今扶绥）县，1938 年 10 月到延安，先进抗日军政大学，后考入鲁迅艺术文学院。延安期间，陆地发表了《从春到秋》、《落伍者》和《参加八路军来了》等短篇小说，成为延安文坛新秀。1948 年，在哈尔滨担任《东北日报》副刊编辑的陆地出版了小说集《好样的人》和中篇小说《钢铁的心》。作为一个从南方奔赴延安，颇具文人气质的青年，陆地的小说多写那些在革命大熔炉里的人。其中，《落伍者》写的是一个被八路军收编的旧军人，他的业务能力很强，对本职工作极其负责，但却完全不能融入新的集体，最后在一个紧急行动中掉队了。这个被称为老张头的人，作为一个落伍者形象，被作者写得生动形象。不过，真正令人惋惜的是，对于老张头的掉队，几乎没有人关心，甚至得到过老张头特别关爱的年轻司号员，也是漠不关心的态度。小说末尾这样写道：

　　我站在一边，观赏了一会，回到房间躺下，可再也睡不着。一合起眼，面前便闪现一幅幻影——大群快乐的人朝着一条望不到头

---

① 高蔚：《桂林抗战文化城内的广西本土小说家》，未刊稿。

的大路，熙熙攘攘昂首高歌，迈开雄赳赳的步伐，越走越远……而后头却落下一个衣服褴褛的老人，步履蹒跚，蹲了下来，翘首目送朝前奋进的人群。人群却没有谁谁回过头来……

哪怕是要解放全人类的革命，也无法顾及像老张头这样一个有个性的人物。这样的小说，让我们意识到，年轻的陆地虽然在革命的大熔炉里饱经锻炼，但他仍然有着一颗温润的心。

华山1920年生于广西龙州，1938年到延安，进鲁迅艺术文学院美术系学习，20世纪40年代发表了许多名震一时的通讯，如《承德撤退》、《解放四平街》、《踏破辽河千里雪》、《英雄的十月》，这时作品最大的特色就是充满革命英雄主义和革命乐观主义精神，华山也因为这些作品成为著名的战地记者。除报告文学外，华山还写过一篇中篇小说《鸡毛信》，小说讲述陕北龙门村14岁的放牛娃海娃的故事，为了给部队送急信，他与日寇周旋，最后把日寇引入伏击圈，并及时将鸡毛信送到了张连长手中。小说情节跌宕起伏，人物机智勇敢，数十年一直受到少年儿童的喜爱，堪称红色的少儿经典。

苗延秀1918年生于广西龙胜，1942年到延安，入鲁迅艺术文学院文学系学习。在延安，苗延秀开始了文学创作，《红色的布包》、《共产党又要来了》两篇短篇小说，都是以红军长征过龙胜为题材，刻画了勤劳善良的侗族妇女形象，被认为"在中国现代文学史第一次反映了侗族人民的生活和斗争"①。后来还有短篇小说《小八路》、《离婚》，报告文学《南征北战的英雄》等问世。

陆地、华山和苗延秀都是土生土长的广西作家，他们有广西的根，但他们的文化成长期却是在延安、在革命队伍中完成的，他们的文学作品打下了深刻的延安文化烙印。1949年以后，华山仍然生活在北方，陆地和苗延秀不约而同回到了广西，随着延安文化在整个中国的传播，陆地和苗延秀也逐渐成为广西的主流作家。

---

① 《中国大百科全书·中国文学》卷，中国大百科全书出版社1986年版，第539页。

第二章 文学抗战

第一节 实况报告

1931 年 9 月 18 日至 1945 年 9 月 3 日，中华民族的抗日战争整整持续了 14 年。恰恰在这段时间，战争的背景以及当时桂系在建设广西方面的励精图治，造就了广西文学空前的繁荣，这个空前的文学繁荣主要由当时的桂林文化城所呈现。

用文学史家吴福辉的话说："桂林的地位自然不全在风光的旖旎，而是它正处于抗战政治、文化的缓冲地带。""从文学家创作环境看，昆明和桂林的区别是昆明有余裕来沉思、体验战事，桂林却距战火不即不离，好似迫在眼前，又可从容构想。"正是这种特殊的情势，造就了桂林与文学的因缘，处在连接西南、东南的交通结点上，桂林"成了南北文化流动的理想集散地"①。

在这不算短暂的 14 年里，相继出现过三次作家集结桂林的高峰期。

第一次是广西师专成立之后。

1933 年 8 月，广西师专校长杨东莼聘请在上海写作的新文学作家沈起予到广西师专任教。沈起予可能是抗战时期第一个来桂林的新文学

---

① 　吴福辉：《插图本中国现代文学发展史》，北京大学出版社 2010 年版，第 386 页。

作家。① 1935 年，广西师专又聘请了以陈望道为首的来自上海的新文学作家团队。这个团队包括了陈望道的弟弟陈致道、学生夏征农、祝秀侠和杨潮 4 人。不久，陈望道又邀请著名戏剧家沈西苓到广西师专担任教职。②

沈起予、陈望道、夏征农、祝秀侠、杨潮、沈西苓是抗战期间到桂林的第一个文学团队，他们主要依托广西师专从事文学活动。他们对桂林文坛的贡献主要在三个方面：一是系统化地带来了新文学理念和新文学实践，二是培养了一批桂林本土的新文学作家，三是奠定了桂林现代话剧运动的基础。

1936 年 6 月，以陈望道为首的上海左翼文学团队先后离开了桂林，但他们播下的新文学种子已经在桂林落地生根。

第二次是广州、武汉沦陷之后。

1937 年 7 月 29 日，北平沦陷。1937 年 11 月 11 日，上海沦陷。1937 年 12 月 14 日，南京沦陷。1938 年 10 月 21 日，广州沦陷。1938 年 10 月 26 日，武汉沦陷。

东北、华北、华东、华中以至华南的相继沦陷，导致中国文化人的大量西迁。1938 年 10 月之后，桂林成为与重庆、延安鼎足而立的抗战文化中心，广州与武汉两座城市的沦陷，欧阳予倩、盛成、孙陵、胡危舟、夏衍、巴金、艾青、郭沫若、王鲁彦、艾芜、田汉、司马文森等人分别从上海、武汉、广州、长沙、衡山等城市抵达桂林，直接导致了作家向桂林集结的第二次高峰。

第二次作家集结桂林期间的一个重要事件，是中华全国文艺界抗敌协会桂林分会的成立。

1938 年 6 月，在月牙山倚虹楼举行文艺茶话会，决定筹组中华全国文艺界抗敌协会桂林分会，推举欧阳予倩、李文钊、韦容生、满谦子、张安治 5 人负责筹备。11 月，文艺家们还是在月牙山倚虹楼举行

---

① 参见谢婷婷《落寞的南国之行——沈起予在广西省立师范专科学校》，黄伟林、张俊显主编《从雁山园到独秀峰》，广西师范大学出版社 2011 年版。

② 邓明以：《陈望道传》，复旦大学出版社 2005 年版，第 160—174 页。

临时座谈会，决定成立桂林分会，推举巴金、夏衍等负责筹备工作。12月，桂林战时文艺工作者联谊会成立，李文钊为临时主席，李文钊、艾青、阳太阳、黄药眠、欧阳凡海、林林、周钢鸣7人为理事。1939年2月，姚蓬子代表总会致信冯乃超、夏衍和巴金，催问桂林分会筹备情况，并说："桂林作家云集，且为西南文化中心之一，文协分会必须迅速建立起来。"7月，姚蓬子途经桂林，召集桂林文艺界座谈会，正式成立了桂林分会筹备委员会。9月，《救亡日报》刊登启事，征集会员。10月2日，文协桂林分会在桂东路广西建设研究会礼堂召开成立大会。10月4日，第一次理事会推选欧阳予倩、李文钊、陈此生、王鲁彦、林林、黄药眠、焦菊隐、艾芜、钟期森9人为常务理事。

　　文协桂林分会成立后，规模逐年扩大，直到1944年9月，日军逼近桂林，当局要求全体居民撤离，文协桂林分会宣告结束。对于文协桂林分会的作用，徐迟有过一个评价："文协是全国组织，头脑设在重庆……桂林分会应是心脏的地位，仅次于作为头脑的重庆总会。"①

　　第三次是太平洋战争爆发，香港沦陷之后。

　　1941年12月，太平洋战争爆发，25日，香港陷落。林焕平、茅盾、胡风、端木蕻良、何香凝、柳亚子等纷纷从香港逃出，历经艰险抵达桂林。香港沦陷导致又一次作家向桂林集结的高峰。

　　第三次作家集结桂林，将桂林的抗战文化推向了高潮，成就了一批名篇佳作，完成了桂林文化城的文学定格。

　　战时的桂林，新闻、出版、教育、文化各项事业发达，形成了一个有益于作家生存的文化场，作家在桂林这座当时与重庆、昆明、延安、上海齐名的城市，辛勤笔耕，创作了大量作品，其中不乏优秀之作。

　　作为新闻与文学的结合，报告文学最迅速地反映了战争进程和战时生活状况，成为战争期间影响力很大的文学形式。

　　战争时期，风云变幻。战争的任何进展和变化，都关系着人们的生死利害，因此，人们非常关心战争动态、社会时事。这是报告文学

---

① 徐迟：《桂林分会是文协心脏》，《救亡日报》1940年10月13日。

成为战争时期主流文体的原因。当时的桂林文化城，聚集了夏衍、孙陵、司马文森等一批报告文学家，桂林文化城的报告文学，主要包括如下内容。

一是大陆战场报告。如华嘉的《烽火中的南路》，司马文森的《粤北散记》，韩北屏的《寂寞昆仑关》，黄药眠的《昆仑关之行》；二是海外战场报告，如华嘉的《香港之战》、《太平洋上的"一二·八"》，唐海的《香港沦陷记——十八天的战争》，陈残云的《今日马来亚》，马宁的《南洋风雨》；三是沦陷区生活报告，如孙陵的《从东北来》、夏衍的《上海见闻别记》，萨空了的《香港沦陷回忆》等；四是流亡生活报告，如茅盾的《劫后拾遗》、《脱险杂记》，黄药眠的《桂林的撤退》等；五是文化人的文化抗战，如孙陵的《笔部队随枣会战长征记》，罗维的《昆明文化界速写》，王莹的《中国救亡剧团出国行》，海航的《作家上前线——笔部队访问记》，廖行健的《邕宾线上的文化队》，曾敏之的《桂林作家群》等。

桂林文化城的报告文学对整个中国抗战历程进行了全方位、多角度、全时段的记录，作为当时作者的亲历、亲见和亲闻，桂林文化城的报告文学已经成为极为珍贵的历史文献。桂林文化城报告文学不仅具有高度的历史价值，而且具有较高的文学品质。对战争的反思、对人性的关注，对战争期间人的内心世界的开掘，运用多种艺术手法进行报告文学写作，使桂林文化城的报告文学成为中国现代报告文学重要的组成部分。中国南线战场、文化人抗战、东南亚战场及海外华侨抗战是桂林文化城报告文学区别于重庆、延安、上海等地报告文学独具特色的题材内容，兼具地域性、民族性和国际性。

第二节 民族神经

诗歌是民族的神经，是民族精神最重要的载体之一。抗战时期桂林文化城的诗歌创作极为活跃，品质卓越。当时的桂林主要聚集了以艾青、胡风、彭燕郊为代表的七月诗人群，以黄宁婴、黄药眠、芦荻为代表的岭南诗人群和以严杰人、阳太阳、胡明树为代表的八桂诗人群，以及不属于上述群体的胡危舟、韩北屏等著名诗人。艾青与戴望舒主编的《顶点》，周为、胡明树、韩北屏等主编的《诗》，黄宁婴主编的《中国诗坛》，胡危舟主编的《诗创作》成为战时中国重要的诗歌刊物。

　　艾青是抗战时期影响最大的中国诗人之一。从 1938 年 11 月至 1939 年 9 月，他只在桂林生活了 10 个月，但在这 10 个月里，他创作了一批堪称其代表作的作品，包括诗歌《我爱这土地》、《吹号者》、《他死在第二次》、《死难者画像》和诗论《诗的散文美》等，他的另一首长诗代表作《火把》，则是以他在桂林的生活记忆为原型写成。

　　战争严重地刺激了诗人的神经和心灵，强化了诗人对祖国、民族和土地的情感。在到桂林的第一天，艾青就写出了脍炙人口的抒情诗《我爱这土地》，全诗如下：

> 假如我是一只鸟，
> 我也应该用嘶哑的喉咙歌唱：
> 这被暴风雨所打击着的土地，
> 这永远汹涌着我们的悲愤的河流，
> 这无止息地吹刮着的激怒的风，
> 和那来自林间的无比温柔的黎明……
> ——然后我死了，
> 连羽毛也腐烂在土地里面。
>
> 为什么我的眼里常含泪水？
> 因为我对这土地爱得深沉……

　　国土的不断沦陷成为诗人对土地之爱的背景，或许，正是因为失去，才懂得土地的宝贵。诗人的情感成为民族的情感，数十年来，《我爱这土地》成为中国人耳熟能详的爱国诗篇。

艾青的诗歌与战争时期大多数粗犷的诗歌不一样，它不仅有能够激起整个民族共鸣的情感，也暗藏着非常个人化的隐秘的心灵世界。长诗《火把》记录了艾青关于桂林期间火把集会的记忆，其中有演说，有宣传卡车，有火把的光亮，但同时也有内心独白，有心灵忏悔，有阴暗的角落。长诗最后告诉读者，"这火把不是用油点燃起来的/这火把是她/用眼泪点燃起来的……"这个升华，既响应了战争的民族情感，又包蕴了生命的个体体验，因而具有许多诗歌所不具有的持久的感人力量。

彭燕郊1940年6月到桂林，直到1949年才离开，先后担任过《力报》和《广西日报》的编辑，在桂林生活了9年时间，创作了大量诗歌。

尽管彭燕郊写了许多目击战争现场的诗歌，但他同样为我们留下了许多超越那个战争年代的作品。《倾斜的原野》、《杂木林》这样的长诗，哪怕是今天阅读，仍然让我们感觉到诗人的细腻和敏锐，其中的现代性体验，仿佛是为今天的读者所写。在《杂木林》里，我们能感觉到诗人对自然有着极其非同寻常的情感：

就连这里的每一片树叶我也都熟识

我知道在清晨微风的吹拂里

它们有的是怎样快乐地摆动着

有的却端庄地静止着，体味那

新的一天带给它们的新的喜悦

我知道夜里露水曾经怎样殷勤地把它们洗干净

白天阳光又怎样给它们镀上一层银色

寂静的半夜它们怎样从絮语里奏出音浪

那音浪怎样催眠着我们疲乏了的村庄

炎热的正午它们怎样艰难地喘息着

蜷缩起鲜嫩的边沿，无言地

承受大路上车马扬起的灰尘

　　值得注意的是，当时还出现了一批描写战争实况的长诗，如黄药眠的《桂林的撤退》，长达 1600 余行。如此大的篇幅，在整个现代文学史上实属罕见。诗人用诗的笔法，实录了湘桂大撤退的景况，像这样的描写：

列车爬在地上不动，
每个车窗里都紧塞着
快要溢出来的人。
马桶和人头被堆叠在一起。
车顶上，车肚下，
车厢和车厢的间隙
也全都是人呀！
两只手，两只脚的人呀。
两只眼睛，一个头颅的人呀！
车上的人哭着喊着骂着，
有些人刚要爬上去，
就掉了下来，
有些人爬了上去，
又给人推了下来，
有些父母亲都爬了上去，
可是孩子还在顿着脚
留在地下哭喊！
而跑不动的老者，则悲怆地乘着夜里
把自己吊在树上，而在胸前
则亲笔写着几个大字：
蒋介石万岁！
呵，"蒋介石万岁"！
那是多么大的讽刺！

既有现场的记录，又有超脱的讽刺，情理兼容。

桂林文化城的散文创作取得了不俗的成绩，产生了较大的影响，其中有相当一部分以桂林战时生活为题材，如胡适的《南游杂忆》，胡政之的《粤桂写影》，丰子恺的《桂林初面》、《桂林的山》，徐悲鸿的《南游杂感·桂林》，冯至的《忆平乐》，巴金的《桂林的微雨》、《桂林的受难》，艾芜的《桂林遭炸记》等，皆属于叙事写景议论的佳作。

《南游杂忆》是胡适 1935 年旅行广西的随笔集。当时东北已经沦陷，全面抗战正在酝酿。作为民国最具影响力的文化大师，广西给胡适四个印象：全省没有迷信的、恋古的反动空气；俭朴的风气；全省无盗匪，人民真能享治安的幸福；武化的精神。胡适写道："在那独秀峰最高亭子上的晚照里，我们看那些活泼可爱的灰布青年在那儿自由眺望，自由谈论，我们真不胜感叹国家民族争生存的一线希望是在这一辈武化青年的身上了。"

丰子恺在《桂林的山》一文中，把桂林的山与广西人的性格联系在一起，他认为："桂林的奇特的山，给广西人一种奇特的性格，勇往直前，百折不挠，而且短刀直入，率直痛快。广西省政治办得好，有模范省之称，正是环境的影响；广西产武人，多名将，也是拔地而起山的影响。"

桂林奇特的地形地貌，确实给战时人们许多安全和安慰。艾芜在《桂林遭炸记》中写道：

桂林山峦的好处，便是岩洞到处都是。前人称桂林山水甲天下，现在应该赞为防空洞甲天下了。同时看见远处坡上，布着高射炮阵地的地方，荷枪立着的哨兵，那种掩映在晴天朗日下的雄姿，也足使人感到格外安心。

然而，战争终究是残酷的。在当时，最能震撼人心的还是那些桂林所受浩劫的现场记录，如巴金的《桂林的受难》。不妨阅读这一段文字：

> 我带着一颗憎恨的心目击了桂林的第一次受难。我看见炸弹怎样毁坏房屋，我看见烧夷弹怎样发火，我看见风怎样助长火势使两三股浓烟合在一起。在月牙山上我看见半个天空的黑烟，火光笼罩了整个桂林城。黑烟中闪动着红光，红的风，红的巨舌。十二月二十九日的大火从下午一直燃烧到深夜。连城门都落下来木柴似地在燃烧。城墙边上不可计数的布匹烧透了，红亮亮地映在我的眼里像一束一束的草纸。那里也许是什么布厂的货栈罢。

火、跑警报、炸弹的呼啸，这些为战时旅桂作家反复书写的意象，是战时桂林最深刻的记忆，也是桂林历史深处最深刻的创伤。

抗战时期不少散文写到了桂林人淳朴的性格，沈起予如此，胡适如此，冯至亦如此。冯至在《忆平乐》中回忆武汉撤退后他在平乐认识的一个裁缝，这个裁缝的认真而守时给他留下了美好的记忆，6 年后他在回忆中写道：

> 这六年内世界在变，社会在变，许多人变得不成人形，但我深信有许多事物并没有变：农夫依旧春耕秋收，没有一个农夫把粮食种得不成粮食；手工业者依旧做出人间的用具，没有一个木匠把桌子做得不成桌子，没有一个裁缝把衣服缝得不成衣服。

正是桂林普通劳动者的品质，使冯至能够在后方都市的衣冠社会里保有对诚实与美好的信念。

桂林文化城散文中的杂文写作尤具影响，杂文写作者主要有夏衍、聂绀弩、秦似、宋云彬和孟超 5 人，他们创办了以杂文为特色的《野草》刊物，创作和发表了大量杂文作品。

《野草》上刊登的最有名的杂文是聂绀弩的《韩康的药店》，此文采用了历史小说的文体，借汉朝韩康和宋朝西门庆两个风马牛不相及的人物开药店的故事，直接隐射了桂林当时生活书店被查封，国防书店占据生活书店原址却仍然不能改变其经营状况的现象。在桂林的 4 年时间，是聂绀弩杂文写作最丰盛的时期，也是他杂文写作佳作不断的时期，他最著名的几本杂文集如《历史的奥秘》、《蛇与塔》都是在桂林写作并出版。其中，《我若为王》一文，想象自己成为国王后的情景，讽喻中国专制独裁和社会奴性的现实：

> 我若为王，我的姓名就会改作："万岁"，我的每一句话都成为："圣旨"。我的意欲，我的贪念，乃至每一个幻想，都可竭尽全体臣民的力量去实现，即使是无法实现的。我将没有任何过失，因为没有人敢说它是过失；我将没有任何罪行，因为没有人敢说它是罪行。没有人敢呵斥我，指摘我，除非把我从王位上赶下来。但是赶下来，就是我不为王了。我将看见所有的人们在我面前低头、鞠躬、匍匐，连同我的尊长，我的师友，和从前曾在我面前昂头阔步耀武扬威的人们。我将看不见一个人的脸，所看见的只是他们的头顶或帽盔。或者所能够看见的脸都是谄媚的，乞求的，快乐的时候不敢笑，不快乐的时候不敢不笑，悲戚的时候不敢哭，不悲戚的时候不敢不哭的脸。我将听不见人们的真正的声音，所能听见的都是低微的，柔婉的，畏葸和娇痴的，唱小旦的声音："万岁，万岁！万万岁！"这是他们的全部语言："有道明君！伟大的主上啊！"这就是那语言的全部内容。没有在我之上的人了，没有和我同等的人了，我甚至会感到单调，寂寞和孤独。

这样的议论，不仅有入木三分的讽刺，而且有透彻理解的同情。这同情主要体现在最后一句："没有在我之上的人了，没有和我同等的人了，我甚至会感到单调，寂寞和孤独。"专制的结果不仅害人，而且害己，表面看专制者获得了绝对自由，实际上专制者也有单调、寂寞、孤独的痛苦。如果继续思辨下去，我们会推论出专制者最后必然走向怀疑和癫狂的结局。

第三节 心灵成长

小说创作是桂林文化城文学最厚重的成绩。当时生活在桂林的小说家主要有茅盾、巴金、艾芜、王鲁彦、骆宾基、端木蕻良、司马文森等人。

作为文协桂林分会的常务理事，王鲁彦曾在桂林行营第三科工作，在桂林高中任教，并兼任文化供应社编辑，担任《中学生》编委，还创办了大型文艺刊物《文艺杂志》，创作了长篇小说《春草》（前七章），中篇小说《胡蒲妙计收伪军》，短篇小说《我们的喇叭》、《陈老奶》、《千家村》等，1944 年 8 月 22 日病逝于桂林。

因为贫病交加、工作繁重，王鲁彦在桂林创作的作品并不多，但多与抗战现实有关，而且品质很高。

《我们的喇叭》写一个绰号叫小喇叭的人，祖传一个铜做的小喇叭，祖父和父亲都是挑卖糖果玩具度日的，他也继承了这份财产和职业，他的糖果玩具担子给天真的孩子们带来了无边的希望和快乐，也养成了他安分守己、听天由命、凡事退让的和平性格。然而，战争改变了一切，随着日本飞机的到来，小喇叭的糖果担子被炸毁，他的祖传职业被终结了。从来没杀过一只鸡的小喇叭被迫当了兵，但他当的是不杀人的号兵。他遗传有音乐的天才，成了一等号兵。战场上，小喇叭吹的冲锋号使国军转危为安，他立功了。

战争使最希望逃离战争的软弱和平的人变成了英雄，《小喇叭》写出了战争中人的心灵成长。

如果说《小喇叭》叙事是婉转的，那么，《陈老奶》的叙事则显得特别凝重。王鲁彦用近乎雕刻的笔法塑造了一个战争中的母亲的形象。她过早就失去了丈夫，完全凭借自己的力量将两个儿子抚养成人。结果，二儿子当兵去了，大儿子因病离世，小说如此写道：

这一只暴风雨中镇定地前进着的小船，现在撞着了礁石，波涛从船底的裂缝里涌进来了，全船的人起了哀号，连那最坚强的舵工也发出绝望的呼号来。这个年老的母亲的心底有着什么样的悲痛呢？几乎没有人能够形容。她生下了两个儿子，费尽了半生心血把他们教养大，现在都失去了，而且是在这样纷扰的时代，老的太老，小的太小的时候。留下来的人是多么脆弱啊，像是风中的残烛，像是秋天的枯叶……

小说最后在陈老奶的逝世中结束，真正写出了战争对人的伤害，写出了对生命的珍惜和爱恋，没有光明未来的承诺，但也展现了这个古老民族的韧性。与当时许多廉价乐观的文字相比，王鲁彦以雕刻般凝重的文字，雕刻出了凝重的民族情绪。

《千家村》里的千家村是一个人口兴旺的村落，然而，经过三次战争之后，"整个的千家村，现在只剩下了一百多户，而且很少是完整的，而且就连这些残留的部分也沉浸在凄凉苦难中"。小说有一个细节令人震撼，为了防止敌人的侵扰，村民们自发地组织起来，放哨警戒，每一个外来者都令他们疑虑和不安。回乡的主人公同样遭遇了警戒者的盘查。小说写主人公的身份终于被村民确认之后进了村庄：

我渐渐走向千家村的中心，也渐渐走近我们的老屋，见到熟人也渐渐多了。他们都对我露着亲切的笑容，但都像有什么要事似的，只和我打一个招呼就匆匆的分开。我看出好些人的脸上都显露着一种阴沉的紧张，每个人的心头都好像压着一大块沉重的石头似的。这是什么呢？三次战争，敌人的暴行，我看着这情形，我的心也渐渐沉重起来了。故乡还不会毁灭，那是真的，我至少已经看见了它的一部分都还和往年一样，可是生活在这里的人呢？他们遭遇了什么呢？……

显然，战争不仅对人的身体造成了伤害，对人的心灵也造成了伤害，对人性造成了伤害。生活在贫困和疾病中的王鲁彦，他对战争的控诉，确实比大多数作家更深沉，也更有切肤之感。

茅盾在桂林的时间并不长，从 1942 年 3 月至 12 月，不到 9 个月时间里，他创作了长篇小说《霜叶红似二月花》和短篇小说《耶稣之死》、《参孙的复仇》、《列那与吉地》、《虚惊》、《太平凡的故事》和《过封锁线》。

《霜叶红似二月花》当时即被公认为"中国文艺之巨大收获"，权威的中国现代小说史家都对它有极高的评价。夏志清认为，"全书对于中国人家庭中的复杂性，亦作了彻底又亲切的窥探，同时又怀旧式地重现了 30 年前各种重要课题和冲突"①。杨义认为，它"初步展示了'五四'运动前后一个江南县城的社会变动和变动之艰难，思潮嬗变和嬗变中的新旧夹杂"。"徐纡从容地把这个县城中的张、黄、赵、王、朱、许六家和城郊钱家聚于笔底，灵活穿插，姑长媳短、夫懦妇怨、主嗔仆笑，写来细致绵密，沉着蕴藉，天衣无缝。它写得如同生活本身一样清淡琐屑，也如生活一样真切、沉重。""是令人神往的艺术精品，圆润精致，风姿绰约，别具丰采。"② 李洁非极其赞赏这部长篇小说的语言，认为它"首先是虽然是一种'回归'，但充分生活化，与生活融通无碍，绝非士大夫书面化的旧文人体；其次，汉语的笔墨韵味、文野之致，又天然妙成地渗于小说语言骨缝之内，每令人恍然如对《红楼梦》，但又不存在任何直接对应的关系，而是神韵暗通"③。

1942 年 3 月，端木蕻良与骆宾基一同到达了桂林。这时的端木蕻良至少承受着人生的三大悲苦。一是经历了香港战争全过程的悲苦，二是丧妻的悲苦，他的妻子是比他文名更盛的萧红，三是因为萧红之死而受到众人指责的悲苦。就是在这种接近精神崩溃的状态中，他在桂林三多路 13 号二楼找到一套传闻"闹鬼"的住房，在门口贴上"谢绝来宾"的纸条，过了一段离群索居的生活。直到 7 月份，他忽然用整整一

---

① 夏志清：《中国现代小说史》，复旦大学出版社 2005 年版，第 233 页。
② 杨义：《中国现代小说史》第二卷，人民文学出版社 1988 年版，第 123—124 页。
③ 李洁非：《典型文案》，人民文学出版社 2010 年版，第 33 页。

天的时间完成了短篇小说《初吻》。《初吻》的出现，既表明端木蕻良走出了丧妻之痛的打击，恢复了创作的欲望，同时，也以一种全新的风格，开始了端木蕻良创作新的阶段。

桂林期间，端木蕻良创作了《初吻》、《早春》、《雕鹗堡》等一批短篇小说，续写了长篇小说《科尔沁旗草原》第二部的前五章，还写了《林黛玉》、《晴雯》等剧本以及一批学术散文。

《初吻》和《早春》都是以少年兰柱为主人公，堪称姊妹篇。《初吻》中，兰柱爱上了一个他称之为灵姨的女孩，但最后发现这个女孩是被自己父亲抛弃的情人。《早春》写兰柱在挖菜的时候喜欢上金枝姐，回家后即刻把金枝忘得一干二净，直到晚上母亲问起他白天做什么他才想起金枝姐，等一个月后他从姑姑家回来，再问起金枝姐，才知道金枝姐已经去了遥远荒凉的北荒。

这两个小说写出了"爱情的复杂性和虚幻性"[1]，"既有一笔呵成的气度，又有精功细雕的工笔画似的描绘"[2]，被公认为中国现代短篇小说的精品。

艾芜和司马文森是在桂林生活时间最长、小说创作成果最丰硕的小说家。

艾芜在桂林生活了5年多，甚至放弃了去延安和香港的机会，心无旁骛，创作了数十部短篇、多部中篇和3部长篇，是抗战时期较为高产的小说家。其中，长篇小说《山野》自1940年动笔，1947年完成。与这部长篇相映证的是，艾芜曾经在《救亡日报》上发表过一篇题为《南宁附近的游击队是怎样生活着的》的文章，《山野》正是取材于作者从友人口中听来的广西农村游击战争的事迹。现代小说史家杨义认为，"它的结构艺术更是富于独创性，它以韦茂和一家为结构的中心点，从他本人、妻子、两个女儿、女婿、亲家的身上，辐射出一束束结构线索，在相互纠结中形成紧凑缜密的蛛网式布局，而又能灵活穿插，遂使山寨一昼夜间大事迭来，波谲云诡，确乎非高手无以

---

① 王富仁：《端木蕻良小说·前言》，《端木蕻良小说》，浙江文艺出版社2007年版，第15页。
② 孔海立：《端木蕻良传》，复旦大学出版社2011年版，第136页。

达到如此境界"①。

司马文森在桂林期间创作了 4 部长篇、9 部中篇、5 部短篇集。其中，长篇小说《雨季》和《人的希望》都与作者的桂林生活有较大的关联。《雨季》中方海生无意中闯进了孔德明与新婚太太林慧贞的生活，方海生的生活态度和生活经历使林慧贞决心走出家庭，争取"做人的权利"。《人的希望》中的主人公朱可期因为运动会不幸身残，仍然凭着顽强的意志成长为一名美术家。朱可期这个小说人物同样有着生活中的原型，即从广东流亡至桂林的画家余所亚。这两部长篇小说的一个共同之处是受了罗曼·罗兰长篇小说《约翰·克利斯朵夫》的影响，《雨季》通过一个可能引起争议的爱情故事探讨人的生活现状和内心世界；《人的希望》则试图通过身残志坚者的成长激励青年人向上的意志和战斗热力。

抗战 14 年，一批又一批来自全国各地的知名作家云集桂林，用他们的文学作品建构了一道壮丽的抗战风景线，诠释着中国抗战文化中心的精神内涵。他们的作品不仅丰富了中国现代文学的内容，而且为广西本土作家提供了与各地作家交流的绝好机会，有力地促进了广西本土文学从旧文学向新文学的转型，同时，也为八桂大地留下了一笔丰厚而宝贵的文学财富。

---

① 杨义：《中国现代小说史》第二部，人民文学出版社 1988 年版，第 493—494 页。

第三章 民族自觉

第一节 抒情年代

1949 年，陆地跟随叶剑英的入关南下工作团，告别松花江直奔五羊城。在广州，陆地参加了广西工作团，在梧州解放的第二天，进驻了梧州最豪华的江西大酒店。

在梧州江西大酒店账房的房客名单那里，陆地看到了一个熟悉的名字——梁升俊。梁升俊是一个比陆地大几岁的同乡，极有文学才华，曾写过自传体性质的章回体言情小说《人面桃花》，此书当时在南宁曾轰动一时。作为桂系官员的作家，梁升俊头一天傍晚携同家小乘末班船仓促逃亡香港，当年奔赴延安的陆地第二天以胜利者的姿态回到了广西。两位同乡文人的一来一往，正好象征了两种不同文学形态的一来一往。①

回到广西文坛的红色作家并非单枪匹马的陆地。苗延秀随南下大军从东北回到广西，1950 年他曾带部队在苗山剿匪。南征北战中的苗延秀从来没有放弃他的文学理想，1954 年，上海文艺出版社出版了他颇具影响的叙事长诗《大苗山交响曲》。②

除了回到广西的本土作家陆地和苗延秀，新中国成立之初，还有因

① 参见陆地《直言真情话平生——陆地自传》，广西美术出版社 2004 年版，第 65 页。
② 参见苗延秀《不平坦的道路》，苗延秀主编《广西侗族文学史料》，漓江出版社 1991 年版。

为受到新中国感召而回到祖国的贺祥麟和王一桃。1950年，西南联大毕业后到美国求学的贺祥麟从美国回到中国，在广西大学任教，创作了激情洋溢的长诗《再会了，美国》。王一桃从马来西亚回国后在广西师范学院求学，写了大量表现爱国热情以及大量以广西山水风情为题材的诗歌。

1949年以后，中国当代文学的最大特征是左翼文学成为文学主流，毛泽东的文艺思想成为指导思想，中国当代文学的生产、传播、消费、评价都被纳入了一个新的模式、新的体制。直到1990年以后，这种模式和体制才在市场经济的影响下逐渐转型。

像整个中华人民共和国成立之初的中国文坛一样，当时的广西文坛也有来自解放区的作家和来自广西本土的作家两个不同的作家系统。陆地、苗延秀属于来自解放区的革命作家，周钢鸣、秦似则属于坚守广西本土的知名作家。两个系统的红色作家为广西作家组织机构的建立奠定了基础。广西省人民政府成立后，在政府文化教育委员会领导下，1950年6月召开了广西省文艺工作者代表会议，成立了以周钢鸣为主任、陆地为副主任的广西省文联筹委会。1950年10月，《广西日报》开辟了《文艺》旬刊，1951年6月，《广西文艺》公开出版发行。1954年5月25日，广西省第一次文艺工作者代表大会在南宁召开，正式成立了广西省文学艺术工作者联合会。会议选举产生了以周钢鸣为主席，秦似、李金光、胡明树、林焕平为副主席的文联领导机构。1959年4月13日，广西第二次文代会召开，会议期间，召开了中国作家协会广西分会第一次会员代表大会，正式成立了中国作家协会广西分会（1986年改名为广西作家协会），选举陆地为主席，苗延秀、贺祥麟、秦似、邓凡平为副主席。① 作家组织机构的建立、文学刊物的出版，形成了广西文学今后数十年最基本的体制格局。广西文学60年，正是在这样的体制格局中展开。

国家层面对广西这片土地人文性质的理解和文化战略，直接导致了

---

① 参见李建平等《广西文学50年》，漓江出版社2005年版，第29—30页。

广西文学生态的巨大变化。观察广西 60 多年的文学历程，可以清晰地看到文学与时代、文学与国家内在而深刻的联系。

1949 年，广西进入中华人民共和国时代。这是广西的"天时"。广西的政治、经济、文化都不可避免地受到这个"天时"的制约。中华人民共和国的文学体制和文学观念，决定了广西文学的特质。

1952 年，相当于行署一级的桂西壮族自治区成立，辖宜山、邕宁、百色三个专区和钦州专区的上思县共 43 个县。1956 年改称桂西壮族自治州。1958 年 7 月 15 日，第一次全国人民代表大会通过成立广西壮族自治区的决议。这是广西的"地利"。

国家的"天"决定了"地方"的地。从时代"天时"看，中华人民共和国对广西作为壮族自治区的文化身份定位，以及广西红水河—左右江流域与中国共产党历史上的亲密联系，直接决定了 1949 年以后广西文学的个性和气质。从广西的"地利"看，1949 年的广西文学经历了一个重心西移的过程，作家群主要产生于桂西壮族自治州覆盖的桂西区域，即红水河—左右江流域，文学题材也主要产生于这个地区，广西作家的身份也由以汉族作家为主体转变为以少数民族作家为主体。陆地、苗延秀、莎红、黄勇刹、包玉堂、韦其麟、王云高、凌渡、韦一凡、蓝怀昌、潘琦等少数民族作家成为相当长时期里有影响的广西作家。

1949 年以前，广西并非没有少数民族作家，广西文学也并非没有少数民族生活题材。然而，过去的广西文学并没有自觉的民族文化意识。1949 年以后，国家的少数民族政策一方面加速了少数民族现代化的进程，另一方面，也使少数民族文化得到了正面的传播。在广西这片土地上，生活着汉、壮、瑶、苗、侗、仫佬、毛南、回、京、彝、水、仡佬 12 个世居民族，蕴藏着丰富的少数民族民间文化资源。壮族山歌、侗族大歌，瑶族、苗族、仫佬族的民歌，组成了广西的歌海。壮族的神话故事、瑶族的史诗、广西各民族的民间传说，是蕴藏了数千年的宝贵人文资源。广西少数民族擅长歌唱，有着天籁的嗓子，更有情景交融的想象。由于国家文化战略的引导，少数民族的文化自觉渐成广西文学的主流。

　　1949 年以后，侗族诗人苗延秀相继写了叙事长诗《大苗山交响曲》和《元宵夜曲》。《大苗山交响曲》用苗族"嘎百福歌"的形式，写历史上苗族反抗官府的故事。《元宵夜曲》以侗族民歌和社会生活为依据写成。① 1959 年，《文艺报》"庆祝国庆十周年专号"发表的编辑部文章《突飞猛进的兄弟民族文学》中说："苗延秀的《大苗山交响曲》和《元宵夜曲》，也以情调热烈、语言优美著称，深刻地反映了广西苗族和侗族人民反封建的斗争和社会生活。"②

　　壮族诗人韦其麟，20 世纪 50 年代中期正在武汉大学中文系求学。虽然暂时离开了广西这片土地，但具有诗人敏锐感觉的他，同样听到了广西人文在这个时代的主流声音。他想起了自己童年时代听过的一个关于《张亚源与龙王女》的民间故事，吸取了这个故事的基本情节，但对主人公的身世、成长过程和结尾作了改造和补充，甚至将主人公的名字进行了重新命名：古卡和依娌。

　　　　依娌的歌声一起，
　　　　引得四周的人回头望，
　　　　古卡的歌声一和呀，
　　　　听不见别人的歌声了。

　　　　八角算最香，菠萝算最甜，
　　　　听着依娌的歌呀，
　　　　比吃八角还香，
　　　　比吃菠萝还甜。

　　　　依娌绣的蝴蝶，
　　　　差点儿就飞起来，
　　　　依娌绣的花朵，

---

① 参见苗延秀《不平坦的道路》，苗延秀主编《广西侗族文学史料》，漓江出版社 1991 年版。
② 同上。

连蜜蜂也停在上面。

露珠最晶莹了，

和依娌一起就干了。

星星最玲珑了，

和依娌一起就暗了。

木棉花最映眼了，

和依娌一比就失色了。

孔雀的尾巴最好看了，

和依娌一比就收敛了。

　　壮乡的自然风物、壮族的想象力与阶级斗争的意识形态结合，一部杰作从此诞生。《百鸟衣》最初在1955年的《长江文艺》6月号发表，这部长诗主要取材于其家乡流传的壮族民间故事，因为显示了与汉族民间故事不同的文化构成而受到极大的关注。《中国文学》（英文版）、《人民文学》和《新华月报》分别转载。中国青年出版社出版了单行本。1959年，这首长诗被列为全国建国十周年的优秀作品之一，由人民文学出版社出版单行本[①]，被认为"体现了壮族人民热爱劳动、善良纯朴、勇敢刚毅的优秀品质，是壮族人民文学中的璧玉"[②]。

　　苗延秀和韦其麟的诗歌思维倾向于用当时主流意识形态的历史观理解广西少数民族的历史，仫佬族诗人包玉堂则以短平快的抒情方式呈现了广西少数民族现实生活的生活情趣。1956年，包玉堂的抒情诗《虹》在《广西文艺》6月号上发表。当时的评论认为，《虹》"反映了苗族人民的反封建斗争精神，刻画了一个勤劳、善良而又顽强的妇女形象"[③]。1957年，包玉堂的《走坡组诗》发表于《作品》12月号。《中国文学》

---

① 韦其麟：《百鸟衣·前记》，漓江出版社1998年版。
② 中国作家协会广西壮族自治区分会：《建国十年来的广西文学》，《红水河》1959年第10期。
③ 同上。

（英文版）1958 年 1 月号迅速转载。1958 年到 1959 年，上海新文艺出版社和广西人民出版社先后出版了包玉堂的诗集《歌唱我的民族》和《凤凰山下有花开》。

> 这里一双戴着草帽的姑娘，
> 银亮的草帽好像十五的月亮；
> 那里一对打着油伞的后生，
> 红艳的油伞好像初升的太阳！
>
> 树树野果像珍珠满山，
> 丛丛枫叶像团团火焰，
> 歌声随着蜜蜂的金翼，
> 飞到这边又飞到那边。
>
> 啊，美丽的山坡，
> 布满一双双情人，
> 歌声像醇美的酒，
> 把情哥情妹们灌得醉醺醺。

也许还从来没有一个仫佬族诗人如此自豪地为他的民族代言和歌唱，包玉堂的诗歌不仅让读者感受到了广西这片土地的魅力及生活在这片土地上的少数民族极富才华的艺术想象力，而且它也让人们发现，这个因新的时代获得了某种民族自觉的民族，他们对这个时代有着非常纯洁、动人的理解。

诗人往往先声夺人，发出开时代风气的声音。小说家更擅长在某个时代告一段落之后，以书记官的姿势，为流逝的生活提供档案、备忘录，甚至里程碑和百科全书。

1950 年冬天，陆地参加了省委土改工作队，与来自北京的中宣部理论处处长胡绳、教育处处长吴寄寒，清华大学、燕京大学吴景超、徐毓枬教授、"世和"亚洲北京分会总干事唐明照，中国剧协主席田汉，中国作协诗人艾青，中国美协画家李可染，中国音协理论家江定仙，中央文研所李又然等著名知识分子一道组成土改工作团第一团，深入南宁市邕宁十三区老口圩各个村庄农户，实行"三同"（同吃、同住、同劳动），并出面组织筹办了一场土改实物巡回展览。① 这段生活给他留下了深刻的记忆。1959 年 5 月到 1960 年 3 月，《美丽的南方》在《红水河》连载。1960 年，作家出版社出版了单行本。

这是壮族文学历史上的第一部长篇小说。

对于这部长篇作品，作者自述："想通过韦廷忠这个形象——一个从奴隶变成主人的翻身故事，让读者不但看到世世代代受剥削和被压迫的千万个农民，如何在共产党的领导下，跟剥削、压迫者进行了尖锐而复杂的斗争，终于获得了胜利；同时，还想通过这场斗争，让读者看到，在新旧交替的时代，一部分知识分子，怎样通过与工农群众同甘共苦的劳动实践而得到真理的启示，终于自觉地修正原来的阶级偏见，精神上获得了新生……"②

当时的中国读者对土地改革题材的文学作品并不陌生，解放区时代已经有《暴风骤雨》和《太阳照在桑干河上》，然而，壮乡的土地改革仍然引起了人们广泛的兴趣。《美丽的南方》以长篇小说的形式将壮族人民的生活呈现在世人面前，它提供了远比诗歌更为细致、丰富、深刻、生动的素材。

陆地并不满足于用"壮族"这个符号引起人们的注意，1938 年以一个青年文人身份抵达延安的他对知识分子的现代命运有更深切的体验和关注。他脑海里经常出现那位在梧州解放的同一天仓皇出逃香港的同乡文人梁升俊的形象。1962 年，《广西文艺》第 11 期发表了他以梁升俊这一人物原型为主人公的小说《故人》。他试图传达的是他对知识分子与中国现实社会关系的理解。作为一个选择了"革命道路"的知识分子，他真诚地表达了对那些没有走上这条道路的"故人"的惋惜。

---

① 参见陆地《直言真情话平生——陆地自传》，广西美术出版社 2004 年版，第 69 页。

② 陆地：《美丽的南方·后记》，作家出版社 1960 年版。

一个"革命历史"中的人对"革命历史"之外的人仍然如此"关心"，这显示了陆地小说特有的"温情"。

京族作家李英敏 1937 年就加入了中国共产党，在钦廉地区从事武装斗争。1940 年以后到海南岛从事革命，1952 年调到北京工作，1958 年回到广西。1962 年 12 月号和 1963 年 3 月号的《广西文艺》相继发表了李英敏创作的以海南岛革命斗争为素材的中短篇小说《椰风蕉雨》、《夏明》，因为这些作品，李英敏被认为是国内"写海南革命斗争最早、最多也最有成就的作家"[①]。20 世纪 70 年代以后，李英敏转向写广西钦廉地区革命历史题材的小说，代表作有《夜走红泥岭》，也产生了一定的影响。

第二节 浩劫之后

经过长达 10 年的文化洗劫，最先在文坛产生影响的广西文学仍然与少数民族有关。李栋与壮族作家王云高合作的短篇小说《彩云归》在《邕江》1979 年第 2 期发表后，不久即被《人民文学》第 5 期转载，并获得 1979 年全国优秀短篇小说奖。当时正是反思小说方兴未艾之际，中国作家大多关注大陆 20 世纪五六十年代的社会政治生活，《彩云归》却另辟蹊径，将目光投注于海峡对岸，写一位国民党少将军医黄雄芝对祖国大陆的怀念之情，表现"祖国统一"的主题。同样，20 世纪 80 年代有较大影响的陆地的长篇小说《瀑布》虽然延续的是"文化大革命"前十七年主流题材"革命历史"，但小说主人公作为广西壮族人的这一文化身份，以及作者对民族风情和地方风味的高度重视，都表现了广西作家对审美独创性的追求。

陆地、韦其麟之后，韦一凡成为 20 世纪 80 年代重要的壮族作家。韦一凡创作了《她的故事》、《姆姥韦黄氏》、《被出卖的活观音》、《歌

---

① 苏维光、过伟、韦坚平：《京族文学史》，广西教育出版社 1993 年版，第 229 页。

王别传》等一系列中短篇小说，还出版了《风起云涌的时候》、《劫波》两部长篇小说，这些作品表明韦一凡拥有丰富的壮族人文资源的积累，他可以自然随意地调动各种壮族风情风俗的库藏，特别是1986年由漓江出版社出版的长篇小说《劫波》，描写了桂西壮乡白鹤村从中华民国到新时期数十年的社会历史变革，作者用这个小说所叙述的壮族当代生活表达了他对中国封建主义的反思，显示出韦一凡对壮族当代社会生活史的熟谙。韦一凡深受"文化大革命"前十七年文学审美模式的影响，创作有明显的时代政治与民族生活相结合的特征，形成了政治政策与民间文化的巧妙融合。当然，韦一凡也力图超越"十七年"文学模式对他的影响，《酸荔枝　甜荔枝》和《碰撞》就表现了韦一凡对其习惯性思维的自我否定，显示了这一代广西作家所开始的艰难的审美转型。①

凌渡或许是最有民族自觉的壮族作家之一，早在1962年他还在广西师范大学求学的时候，就自觉搜集整理了一批壮族民间机智人物故事在《广西文艺》发表，至今为止，他从事文学创作已经超过50年，还时有新作发表。20世纪80年代，他的散文集《故乡的坡歌》和《南方的风》享誉一时，2012年，他的创作欲望仍然旺盛，《老兵归来》写羁居泰国数十年的抗战老兵刘世尧。这一年的刘世尧92岁，曾经参加了昆仑关战役，还是一名中国远征军的战士，在离开故土72年后，他回家乡祭拜父母。凌渡作为壮族人，写作视野却不局限于壮族题材，他对广西各民族都有着深厚的感情，他的散文成为广西各民族生活、习俗形象生动的展示。

自1981年到1982年，短短时间里，瑶族作家蓝怀昌连续在《广西文学》发表了三部瑶族题材的小说——《双喜临门》、《画眉笼里的格鲁花》和《钓蜂人》，1987年，他在漓江出版社出版了瑶族史上的第一部长篇小说《波努河》。这部作品对改革开放以后的瑶族生活进行了富有时代精神的描写。在艺术结构上，小说将岜桑弥洛特的创世史诗和郑万明、玉梅的开发波努山这样两个事件交叉表现，形成了神话与现实的

---

① 参见黄伟林《模式的解体——考察韦一凡小说集〈被出卖的活观音〉》，黄伟林《桂海论列》，漓江出版社1993年版。

沟通。邕桑弥洛特的创世活动表现了波努初民的生命由来和原始追求，郑万明、玉梅后期开发波努山则是波努人进入现代文明的新的追求。这种结构造就了小说的史诗品质，也表明了作者的宏大企图。如果说波努人神话完成的是波努人所实现的原始文明，那么，蓝怀昌则试图在中国20世纪80年代正在进行的改革开放背景下，呈现波努人从神秘蛮荒的古老山寨进入代表理性文明的现代社会的艰难进程。小说显示了作者丰厚的瑶族历史、文化、风俗的知识储备，以及对瑶族历史命运和未来走向的深层思考，语言表达渗透了瑶族古歌韵律与节奏的影响，形成了现实与神话相映成趣，写实与抒情同铸一炉的风格。瑶族神话史诗的内容和海外瑶族同胞对国内现实生活的参与，使小说获得了历史的深度和时代的广度。因为一系列瑶族题材的短篇、中篇、长篇小说的发表，也因为鲜明的瑶族民族意识，蓝怀昌成为迄今为止最有影响的瑶族作家。

当代广西作家并非清一色少数民族身份，许多汉族作家汇入了广西当代文学的多声部合唱。如海雁 1958 年出版了诗集《悬崖上的歌声》，黄飞卿 1958 年发表的小说《五伯娘和儿媳》得到了老舍的称赞，刘玉峰 1964 年出版了长篇小说《山村复仇记》，李弦于 20 世纪 50 至 60 年代发表了《保卫翻身坝》、《亲家》等中短篇小说，秦似、谢逸等人的杂文在全国范围有一定影响。

广西本土文化资源并不局限于少数民族文化资源，晚清以来，许多影响中国历史进程的大事件都与广西有关，广西也出现了一批在中国卓有影响的历史人物。黄继树是中国传统文化方面积累深厚的小说家。他承接中国文学的历史演义传统，融历史与文学一炉。他与赵元龄、苏理立合作的《第一个总统》是广西第一部具有全国影响的长篇历史小说，对孙中山这一人物形象的塑造以及对清末民初中国政治历史的宏观描述，填补了中国当代文学相关题材的空白。1988 年，黄继树长篇历史小说《桂系演义》由漓江出版社出版。小说以民国重要政治军事集团新旧桂系为叙述对象，从 1920 年的粤桂战争写到 1949 年底白崇禧飞往台湾，时间跨度 30 年，叙述了粤桂战争、联沈倒陆、统一广西、兴师北伐、出兵抗日直到决战大陆的中国现代历史，中间穿插了桂系倒蒋、国大选举、国共议和等中国现代重大政治事件，北伐中的贺胜桥攻坚、德安克敌，抗战中的血战台儿庄、勇夺昆仑关以及桂林保卫战，第三次内战中的青树坪之战、衡宝战役无不写得精彩纷呈，全景性地展示了民国年间中国最重要的地方政治军事集团新桂系的兴亡历史，改写了中国长达20多年的"革命历史小说"思维模式，为人们思考中国现代历史提供了一个新的文学视角。小说写战争，写政治云谲波诡，写人物入木三分，故事引人入胜，情节跌宕起伏，具有极强的可读性，既写出了桂系集团的兴亡，也显示了时代走向，20世纪前半期的中国政治军事历史得到了形象生动的再现。特别是蒋与桂的分分合合，明争暗斗，或战场角逐，或政坛用智，反复无常又充满情理，险象环生又柳暗花明，显示了作者对中国现代复杂政治情势的深刻体察。可以说，《桂系演义》写桂系的崛起、发展和衰亡，同时也是写中华民国波澜壮阔、变幻莫测的政治军事，揭示民国钩心斗角、波诡云谲的高层内幕，绘制民国惊心动魄、曲折紧张的命运画卷。作者对历史文献、历史真相的深入探究、冷静客观的历史态度和娴熟多姿的叙述艺术，使这部作品获得了某种超越时代局限的气质，既是一部小说体的桂系兴亡史，也是一部以桂系为视角的小说体的民国史。

第四章　百越境界

第一节　魔幻现实

如果说韦一凡、黄继树一代作家通过努力开发广西本土人文资源展示了广西文学的民族文化、地域文化魅力，他们的作品显示了广西文学深厚的人文积淀，表明了广西作为一块文学沃土的存在，那么，聂震宁、梅帅元一代作家则努力在文学观念上与当时中国文坛的前沿意识接轨，他们作品中所体现出来的思想探险意识和艺术探索精神，显示出这一代广西作家主动迎接文学创新大潮，努力将广西文学纳入中国文坛前沿的内心冲动。

20 世纪 80 年代初中期，中国文坛的观念更新、艺术创新如火如荼。观念方面，既有对中国文化和中国国民性的全面反思，也有对西方存在主义、荒诞哲学、尼采思想的整体引进；艺术方面，既有对意识流表现方式和象征主义表现手法的接受，也有小说叙述的革命和中国传统审美精神的复活。由于韦一凡、蓝怀昌、黄继树一代作家主要偏重于开发本土文化资源，因此，这一代作家大都置身于同时期中国文坛的主流之外，他们的创作虽然有深厚的生活体验和丰富的人文积累，但在那样一个高度中心化、高度一体化的时代，受到了主流文坛的忽视。

跻身中国文坛前沿，与中国文学主流对话，实现广西文学的现代主义转型的任务，历史性地落在了聂震宁、梅帅元、杨克这一代广西作家身上。

1984 年 12 月，《上海文学》杂志社和浙江文艺出版社在杭州召开了《新时期文学：回顾与预测》座谈会，"文化"成为这次会议的一个重要话题。1985 年，韩少功的《文学的"根"》、郑万隆的《我的根》、阿城的《文化制约着人类》、郑义的《跨越文化断裂带》、李杭育的《理一理我们的"根"》相继发表，文化寻根成为中国文学最有影响的潮流。

20 世纪 80 年代，中国文学艺术界最早的寻根行动发生在广西。1980 年，被称为"壮族古代文化之元"①的原始神秘的宁明花山壁画抓住了一对画家兄弟的眼睛。面对花山壁画，周氏兄弟画了数十本速写，这是新时期中国艺术家最早的寻根行动。1982 年，默默无名的兄弟俩在中国美术馆举办"花山壁画艺术展览"，展出了 180 幅作品，得到刘海粟、吴作人、李苦禅、李可染、张汀等老画家的高度肯定，并因此得到国际美术界的注意。从此，国际画坛出现了一个重要的名字：周氏兄弟，兄名山作，弟名大荒。

周氏兄弟的成功对广西的作家肯定有所启发。1985 年，杨克在《广西文学》第 1 期发表组诗《走向花山》，这组诗共四首，四首诗的标题分别由序号 A、B、C、D 和花山壁画的图案构成。这是广西作家最早的寻根行动。

　　　一支支箭镞

　　　射向血红的太阳，射向

　　　太阳一样血红的野牛眼睛

　　　兽皮裹着牯牛般粗壮的骆越汉子

　　　裹着

　　　斗红眼的牯牛一般咆哮的灵魂

　　　脚步声，唔唔的欢呼

---

① 杨克：《走向花山》，《广西文学》1985 年第 1 期。

漫山遍野
踏过箭猪的尸体和同伴的呻吟
把标枪
连同毫不畏惧的手臂
捅进豹子的口中

山，被血液烧得沸腾了
心旌，森林
卷过凄厉的穿林风

香喷喷的夜晚
架在篝火上
毕毕剥剥的湿柴
迸出了满天星星
迸出了
布伯斗雷王的传说
妈勒访天边的故事
羽人梦

火灰，早已湮灭了
只有亘古不熄的昭示
仍在崖壁上的熊熊燃烧
比象形文字还要原始
比太阳还要神圣

不久，梅帅元、杨克的"寻根宣言"《百越境界——花山文化与我们的创作》在《广西文学》1985 年第 3 期发表，这篇文章成为中国寻根文学思潮的先声，比韩少功《文学的"根"》早发表整整一个月。

在这篇文章里，作者传达了诸多信息：

花山，一个千古之谜。原始，抽象，宏大，梦也似的神秘而空幻。它昭示了独特的审美氛围，形成了一个奇异的"百越世界"，一个真实而又虚幻的整体。

纵观今天广西文学作品的写法，与以《诗经》为代表的黄河流域文化较为写实的风格更为接近，而基本上完全舍弃了与以屈原为代表的长江流域的楚文化及更为离奇怪诞的百越文化传统的联系。我们的缺陷正是在于，只是过于如实地描绘形而下的实际生活，而缺少通过表现形而上的精神世界，来展示这一民族的历史和现实。

西方现代主义在这上面大做文章，把主观感强调到膨胀的程度：抽象、象征、表现，魔幻……主体压倒了客体，渗透了客体。客体在心灵的需求中变形了。单从这个意义上看，它与原始文化一脉相通。与其说现代主义是创新，不如说是更高意义上的仿古。

广西所处的地域，有着与文学创新观念很和谐的原始文化土壤，这是我们的优势。

关键不在于你写出了一个看得见的直观世界，而是要创造一个感觉到的世界。就是说，在你的作品里，打破了现实与幻想的界线，抹掉了传说与现实的分野，让时空交叉，将我们民族的昨天、今天与明天融为一个浑然的整体。这个世界是上下驰骋的，它更为广阔更为瑰丽。它是用现代人的美学观念继承和发扬百越文化传统的结果，如同回到人类纯真的童年，使被自然科学的真变得枯燥无味的事物重新披上幻觉色彩。

显然，1985 年，当"文化寻根"思潮在中国文坛汹涌澎湃之时，广西作家领了时代风骚。在此之后，中国文坛说得沸沸扬扬的楚文化、屈原传统以及拉丁美洲的魔幻现实主义文学，在这篇文章中都得到了明确的讨论。显而易见，这一代广西作家与他们的广西前辈作家在文学观念上已经有了深刻的不同。如果说前代广西作家的文学经典范式是十七年文学经典，他们的文学形态是现实主义的，那么，这一代广西作家的文学观念已经走向世界，他们的文学形态是现代主义的。

这是一个重要的转型。过去的广西作家主要接受国内主流作家的影响，这一代广西作家，有了明确的世界意识，他们开始直接接受西方文学的影响。他们虽然也重视广西本土文化资源，但这种重视已经不是题材意义上的重视，他们是用现代主义的文学观念去激活古老的广西文化传统，进而发现这种传统的价值，而不是用广西文化资源作为素材，去证明某种主流文学观。他们的文学转型，不仅是方法论意义上的转型，而且是观念意义上的转型。

耐人寻味的是，这一代广西作家普遍并不具有少数民族身份，在他们之前，陆地、韦一凡为代表的两代广西作家，少数民族作家均占主流；在他们之后，被称为文坛新桂军的以东西、鬼子为代表的一代广西作家，少数民族作家也占主流；恰恰是聂震宁、杨克、梅帅元这一代广西作家，具有少数民族身份的人屈指可数。

梅帅元、杨克的"寻根宣言"《百越境界——花山文化与我们的创作》一文发表之后，在广西产生了广泛的影响。1985 年 4 月 22 日，《广西文学》在南宁召开了"花山文化与我们的创作"座谈会，会上，来自南宁、桂林、玉林、北海各地的青年作家对百越境界作了热烈的探讨。之后，会议安排画家周氏兄弟介绍了花山组画的创作情况，历史学者蒋廷瑜从考古学角度讲述了百越民族的历史，民俗学者蓝鸿恩介绍了壮族文化源流及花山崖壁画成因及年代的推断。这种组织化的文学创作主动向艺术、考古、民俗等学科汲取营养的行为，在当时的中国文坛还是很少见的。4 月 25 日，会议代表专门到宁明参观了花山壁画。紧接着，《广西文学》连续发表了多篇文章对梅帅元、杨克的文章进行回应。

1986 年夏天，梅帅元、张仁胜、李逊三人接受了广西作家协会拟定的"红水河全景报告文学"采访任务。"7 月 2 日，（他们）乘车从南宁出发，向西南，经贵阳、昆明至曲靖，最后到达滇东北一个小镇：沾溢。南中国第一大河发源于该镇马雄山脚，海拔二千一百公尺。"①

---

① 梅帅元：《珠江源——红水河系列报告小说之一》，《广西文学》1986 年第 11 期。

三位小说家带着报告文学的任务对红水河进行了全面考察。显而易见，红水河的采访任务对于这群当时年轻的广西作家具有重要的意义，它使花山壁画启动的广西文学的文化意识得到了拓展、深入，使广西的历史与现实得到了一个文学的交汇。

与此同时，聂震宁的小说《长乐》，杨克的诗歌《红河的图腾》，梅帅元的小说《黑水河》、《珠江源》、《红水河》，林白薇的诗歌《山之阿 水之湄》、《从河边到岸上》，张仁胜的小说《热带》，李逊的小说《沼地里的蛇》，张宗栻的小说《塔摩》、《魔日》等百越境界作品在《人民文学》、《上海文学》、《青年文学》等当时中国最有影响的文学刊物上发表。广西文化开始以一种更多元、更复杂的方式在文学作品中出现，现代主义甚至后现代主义的文学思维开始大面积地在广西作家的作品中出现。

第二节 埋下伏笔

1984 年至 1986 年，聂震宁以中短篇小说《岩画与河》、《长乐》、《暗河》启动了广西文学从传统向现代、从现实主义向现代主义的转型。其作品中的人物类似暗河一样的意识流动以及对人性单一社会属性的超越，表明他已经充分注意运用文学的现代主义技巧，拥有了文学的现代主义思维。《长乐》最初是一篇发表在《人民文学》1986 年第 6 期上的短篇小说，作者以他曾经长期生活的宜州为背景，写某山城"长乐县"市民"知足常乐"的心理状态。小说发表的时候正好赶上中国兴起文化反思热，柏杨的《丑陋的中国人》成为当时影响很大的畅销书，批判中国人的传统文化心理成为当时的时髦。《长乐》所表达的思想与当时的主流社会心理得以沟通。该作构思独特，用拟人化手法写长乐城，长乐城与长乐人成为一个复合的整体，在作品的深层次里，长乐人成为中国人的写照。这篇小说笔调幽默反讽，没有愤世嫉俗的大声疾呼，而是以娓娓道来的方式叙事状物，寓严肃的思想于轻松闲适的叙述中，有评论家称之为"杂文式小说"。《长乐》是 20 世纪 80 年代广西影响最大的短篇小说。此后，聂震宁还以《长乐》续篇的形式推出过《从善》、《有朋》、《男婚》、《女嫁》、《酒话》和《梦话》等短篇，构成了"长乐系列小说"。聂震宁因此成为当年中国文坛的新秀。

最早获得文化自觉的梅帅元，也写出了颇具分量的中篇小说《红水河》。

小说分三章。第一章《截流·红水河葬礼》以红水河龙滩电站总工程师为主人公。总工程师数十年前曾经怀着工业救国的梦想考察红水河，被土匪劫持后幸免于难，与牛脊山土族族长的女儿小河女有了情爱关系，并在牛脊山洞里让小河女有了身孕，之后总工程师离开了小河女。数十年后，总工程师设计的红水河电站开始截流蓄水，五百里的牛脊山区域将被淹没。总工程师已经到了弥留之际，他来到红水河电站，看看自己设计的大坝变成现实的关键一幕，在激动人心的时刻，总工程师离开人世，他被安放在合扣着的独木舟里，按古骆越葬俗，木棺被悬挂在岩壁上。第二章《牛市·蒙伦古歌》写牛脊山地区即将淹没，传统的农业生产方式面临结束，一位怪老头出现在圩场上，打算卖掉一头九齿牛。牛经说九齿牛为牛王。结果十多个年轻小伙子合力也无法征服牛王，怪老头终于理解了牛王的意思，改变了卖牛的想法，杀了牛王，让牛王做了祭祖的献礼。第三章《大迁移·图腾之舞》以族长女儿小河女以及她与总工程师生下的女儿——女艺术家为主人公。当年的小河女、如今的母亲已经 55 岁，又有了身孕，即将生产。女艺术家回红水河看望母亲并打算创作一部红水河题材的舞剧。在牛魂节的号角吹响的时刻，55 岁的母亲临产了，女艺术家也找到了一条贯串蒙伦史诗的精神链条，获得了舞剧《红河图腾》的创意构想。

这个小说将壮族的神话传说与壮族的现实生活做了有机的联系。红水河创世神话与红水河电站的修建、红水河壮族生命的诞生与现代艺术作品的创作有了对应的关系。这种自然、历史、现实、艺术的多重融合，使小说获得了复合的情感内涵。

梅帅元的小说兼得广西两条重要河流红水河和漓江的滋养。红水河给予梅帅元小说强烈的时代感。这种时代感表现为现代化对古老深厚的传统生活的深刻影响。梅帅元的红水河小说具有雄浑的史诗风格，浓墨重彩，立意宏深，境界壮阔。漓江给予梅帅元的小说深刻的人生感悟。如果说梅帅元的红水河小说主要是表现社会动荡的一面，那么，他的漓江小说则倾向于表现人生恒常的一面，在风格上接近抒情诗，色彩淡雅，韵味绵远，意境隽永。

杨克是最早意识到花山文化资源对广西文学的重要意义的广西诗人。1984年，他专门拜访了花山，在《百越境界——花山文化与我们的创作》一文发表之前，他已经发表了组诗《走向花山》。1985年以后的一段时间，花山已经成为杨克诗的图腾，红水河则成为贯注这巨大图腾的血液。同样重视本土文化资源，杨克与他的广西前辈的不同在于，他关注的不是广西山歌这种民间文学形式以及广西某些生动直观的少数民族风情，杨克关注的是广西远古的历史以及久远的人文历史所积淀的集体无意识。还值得指出的是，杨克并没有将广西的集体无意识汇入某种主流叙事，他更倾向于从这种集体无意识中提炼他的个人感悟。因此，他的诗歌题材虽然具有集体无意识的诸多元素，但他诗歌的内涵却是个人意识的。这同样是他与他的广西文学前辈的重要区别。

张宗栻是深得桂林山水灵性滋润的小说家，也是迄今为止对桂林山水最具表现力的小说家。他的《流金的河》、《山鬼》、《漓水谣》、《魔日》、《人雕》等中短篇小说融诗歌的意象、散文的意境与小说的神秘于一体，意境空灵玄远，语言淳美而富有画意，对山水自然的描绘与感悟达到了很高的境界，写出了桂林山水的神韵，以及人物与土地、山水的深刻联系，人物和景物达到了内在的融合，人生感悟与现实情怀相互渗透，是真正的诗性小说。他的小说受西方浪漫主义传统影响甚深，对大自然和人物心理的描述都别有慧心，又自觉接受了中国南方神巫文化思维的影响，作品的思想内涵更有深度和厚度。其中短篇小说多次被《人民文学》、《当代》、《青年文学》等当时全国最有影响力的文学刊物发表，显示了那一时期广西作家力图走出岭南，在中国文坛产生影响的努力。

张仁胜是百越境界作家群中最具现实主义气质的小说家，只是他所书写的现实是常人很少了解的现实。《伊墩》是一个铁路小站，是苗话的谐音，汉人不知道是什么意思。这条线是抗战时候修建的，周围环境极其恶劣。铁路养护工王老根在这里生活了 30 多年，"他养了三十多年路，铁轨在他心里不是死东西，有血、有肉、有感情。他得住在这里，看着它不出毛病，心里一年比一年平静，静得说不出是像山谷里的一洼水，还是像山顶的一块石头"。《桂西南叙事》所写的柯枫寨离乡政府有 30 多里路，山高林密，路极难走。山道乱绳似的在沟壑间逶迤，间或绳上有个结，那便是一个寨子。冬天山里人抱一个大卵石回家，围着火塘烤烫，缠上草绳，一人抱块卵石坐着入梦。小说的叙述者走在山道上，弯弯曲曲的山道像一个个被遗忘的问号，横写在山国的每寸土地上。当张仁胜在描述广西这些极偏僻的山寨和极偏僻的山民时，他是想深入地理解广西这片土地以及这片土地上的人。百越境界并不仅是纯艺术的高蹈，同时也是扎根现实的询问。答案并不可能一蹴而就，然而，正是在这种探询的过程中，广西作家实现着他们的成长，正如拉美文学所呈现出来的神奇的现实，20 世纪 80 年代的广西小说家，尝试着用他们的笔，描绘广西的真实与神奇。

李逊是当时最年轻、最富有想象力的广西小说家。他主要接受的是西方现代主义和后现代主义文学的影响，其中，拉丁美洲魔幻现实主义小说对他的影响特别突出。受杨克、梅帅元的启发，他对广西少数民族文化资源也有自觉地利用。西方现代哲学与文学的影响使他的小说具有天然的魔幻色彩，百越文化资源为他的小说造就了神秘氛围。1986 年前后，他连续发表了《沼地里的蛇》、《河妖》、《蓝蚂蚁》、《坐在门槛上的巫女》等一批被称为意象小说的短篇小说，这批小说所表现出来的故事叙述的扑朔迷离与意象营造的神秘玄妙在当时的中国文坛是很醒目的，这使李逊成为当时中国文坛写作魔幻小说最为得心应手的小说家之一。李逊的小说采用了现代小说颇为时兴的意象模式，在从容冷静貌似客观的叙述上暗示微言大义，以透现作者对人类文明的模糊看法。他试图为读者创造一种新的神话模式，在这个神话模式中，他竭力矗立一个个神秘莫测巫术无边的原始意象，并且把笔下的主人公置于这样一个巨大的意象的遥控之中，这些主人公的茫然失措和妥协归顺，实际上构成了他对现代人生存状态的一种喻证。

"百越境界"时期的林白主要还是诗人的身份，这位出生于广西北流，毕业于武汉大学的女诗人，1986年在《人民文学》发表了短篇小说《从河边到岸上》之后，逐渐开始了诗人向小说家身份的转移。1989年，她在《上海文学》发表中篇小说《同心爱者不能分手》，小说家的身份终于定型。随着《回廊之椅》、《瓶中之水》中短篇小说以及《一个人的战争》等长篇小说的发表，林白终于成为中国女性主义小说家的代表人物。

长篇小说《一个人的战争》初刊于《花城》1994年第2期。经作家多次修改，收入江苏文艺出版社1997年出版的《林白文集》第2卷，被认为是当代女性主义文学的代表作。小说记述生长在南方偏僻小城B镇（即广西北流）的女孩多米的成长故事。全书共四章加一个尾声，具有强烈的自传色彩。第一章"一个人的战争"以多米的同性体验为主题，讲述了多米与女人的故事，少年时代的多米经历了对一个文工团演员姚琼身体的迷恋，大学毕业后一个名叫南丹的女大学生也对多米的身体产生了强烈的迷恋。第二章"飞翔与下坠"讲述的是多米与事业的故事，多米有强烈的出名欲望，一心想通过自己的努力离开B镇到N城（南宁）和北京去生活，她从小热爱电影，并在插队的日子里爱上了写诗，差点被调到N城的电影厂工作，后来因为诗歌抄袭事件身败名裂，从而使她的大学生活变得非常孤独。第三章"随意挑选的风景"写的是旅行途中多米与男人的故事，大学毕业后在图书馆工作的多米爱上了旅游，独自去过北京、北海旅游，有一次身上只带了140元，就做了一次遍及西南几省的漫游，在旅途中她认识了许多男人，并受到一个船员的引诱。第四章"傻瓜爱情"讲述的是多米与爱情的故事，终于调到电影厂的多米疯狂地爱上了导演N，最终以失败告终。尾声"逃离"写的是多米嫁给了一个老人，过着孤独的生活。作品引发了很大的争议，争议主要围绕着小说中关于女性的性体验和身体感受的描写而展开。针对一些批评性的意见，陈思和主编的《中国当代文学史教程》

认为该作品"直接写出了女性感官的爱，刻画出女性对肉体的感受与迷恋，营造出了至为热烈而坦荡的个人经验世界……创造出了女性写作独特的审美精神"①。

1999 年以来出版的几部有代表性的高校中国当代文学史教材，如洪子诚的《中国当代文学史》、陈思和的《中国当代文学史教程》、於可训的《中国当代文学概说》、吴秀明的《中国当代文学史写真》都将林白作为 20 世纪 90 年代中国女性小说家的代表人物进行了论述。陈思和认为林白"常用'回忆'的方式叙述，对女性个人体验进行极端化的描述，善于捕捉女性内心的复杂微妙的涌动。她的这种封闭的自我指涉的写作，特别是有些关于自恋、同性恋的描写，在当代文学创作上有很大的革命性和突破意义"。并认为《一个人的战争》"对于女性的性意识与身体欲望的觉醒过程作了真实而具体的描述，而且许多细节的描写超越了世俗道德的约束，因此，被研究者视为一部当代中国女性意识的代表作"②。

也有研究者指出，"红水河文化、桂林山水文化和移民文化的多元共生与兼容并包为广西造成了一种'神奇的现实'。这一神奇的现实中最引人瞩目的风景是神巫思维和少数民族风俗"。研究者从广西文化元素的视角分析林白的小说，认为林白的小说受神巫思维的影响，充满对神秘事物的津津乐道，比如《一个人的战争》中的主人公多米出生的 B 镇"是一个与鬼最接近的地方"，即鬼门关。出生北流并在北流生活到 20 岁才离开的林白在小说里写道：

> 我 8 岁的时候曾经跟学校去鬼门关附近看一个溶洞，溶洞比鬼门关有名，晋代葛洪曾在那里炼过丹，徐霞客也去过，洞里有一条阴气逼人的暗河，幽深神秘之极，没有电灯，点着松明，洞里的阴风把松明弄得一闪一闪的，让人想到鬼魂们正是从这条河里漫出来，这条暗河正是鬼门关地带山洞里的河啊！有关河流是地狱入口

---

① 陈思和主编：《中国当代文学史教程》，复旦大学出版社 1999 年版，第 352 页。
② 陈思和：《新时期文学概说》，广西师范大学出版社 2001 年版。

处的秘密，就是在这个时候窥见的。B镇的文人们将暗河流经的3个石洞分别命名为"勾漏"、"桃源"、"白沙"。洞外是桂林山水那样的山，水一样的绿色柔软的草，好像不是跟鬼有关，而是跟天堂有关。

林白与所有广西最优秀的作家一样，作品中似乎总有一种与神秘意识沟通的体验，总带着一种与寻根、与魔幻相关的内涵，也许正是寻根思潮和拉丁美洲魔幻现实主义文学激活了广西作家深受神秘思维影响的创作灵感。

虽然广西作家在1985年的寻根文学运动中发出了最早的声音，但是，这个声音并没有引起中国主流文坛的充分注意。迄今为止，所有有影响的关于寻根文学的研究文章，都以韩少功、郑万隆、阿城、郑义、李杭育等人在《作家》、《上海文学》、《文艺报》等报纸杂志发表的文章作为寻根文学理论最初出现的标志。对寻根文学标志性作品的研究，则集中于1984年阿城发表于《上海文学》的《棋王》、1985年韩少功发表于《人民文学》的《爸爸爸》，以及王安忆发表于《中国作家》的《小鲍庄》。

回顾这段历史，思考当时广西文学没有引起主流文坛重视，没有根本改变广西文学边缘地位的原因，主要有这样几点：一是因为当时的广西作家与主流文坛的联系不够密切，受到长期边缘化惯性的影响；二是"百越境界"作家群的创作有较强的广西本土色彩，不像阿城的《棋王》关涉道文化、王安忆的《小鲍庄》关涉儒家文化、韩少功的《爸爸爸》关涉中国文化整体及国民性问题，这些作品因为超越了地域因素讲述宏大的"中国命题"而被主流文坛高度推崇，广西作家则因为其创作中明显的"广西元素"而被作为区域性作家对待；三是当时的百越境界作家群并没有形成整体意识，中国文坛当时还处于宏大叙事的阶段，地域性作家群还缺乏引起广泛关注的环境氛围。

然而，"百越境界"作家群虽然没有引起中国文坛的广泛重视，但却为广西文学后来的崛起埋下了伏笔。年轻的小说家田代琳（后来改笔名为东西）正是在百越境界作家群成为广西文学主流的文学语境中开始从事文学创作的，与他的前辈作家不同的是，他最初进入文坛，其心目中的文学经典就是西方现代主义文学。不像韦一凡那一代作家，他们所受的现实主义文学教育根深蒂固；也不像百越境界一代作家，他们通过"文革"后的大学教育和文坛经历完成了从现实主义到现代主义的转型。他似乎天生属于这个时代，这个生活在云贵高原边缘的汉人，从小受到多民族文化的浸染，实现了广西文学边缘的崛起。

第五章 边缘崛起

第一节 桂军崛起

与 20 世纪 80 年代文坛的风云激荡、中心活跃相对比较，20 世纪 90 年代中国文学失去了轰动效应，宏大叙事面临终结，个人化叙事渐成时尚，与之相伴随，地域文学也有了浮出海面的趋势。

1988 年，黄佩华、杨长勋、黄神彪、韦家武、常弼宇 5 位青年作家鉴于多年来广西文学不景气的现实，试图通过对广西文学和广西作家自身局限的反思来实现广西文学的振兴。他们经过集体讨论，形成了一个对广西当代文学的整体性的认识，写出了《广西文坛 88 新反思》系列文章。这次文坛反思活动持续时间长、涉及作家多、辐射地区广、加盟媒体多，显示了参与者力求从根本上改变广西文坛不景气状态的激情冲动和理性思考。"88 新反思"是继"百越境界"之后又一次广西文坛的"地震"，它以某种反叛的姿态试图实现对广西当代文学传统的超越。以此为契机，后来被称为"新桂军"，更后来被称为"文学桂军"的广西文坛新生代悄然登场。

广西文学出现了新的特点。

第一，广西作家开始形成了鲜明的团队意识。这可能是因为广西文学长期被压抑、被遮蔽而形成了强大的内驱力，出于改变广西文坛整体形象的愿望，广西作家开始以一种团队的姿态频繁出现于广西区内外的文学刊物。

1990年,《三月三》第3期推出"广西青年30人作品专号",聂震宁、凡一平、常弼宇、黄佩华、廖润柏、黄堃、喜宏、沈祖连的小说,刘承辉、杨克、盘妙彬的诗歌,冯艺、黄神彪、庞俭克、包晓泉、严凤华的散文,彭洋、杨长勋、张燕玲、黄伟林的评论集体亮相。

1990年,《上海文学》第12期同时推出喜宏、李希、黄佩华、常弼宇、小莹、岑隆业的5部小说,这是文学新桂军在全国著名文学媒体的第一次集体亮相。

1993年,《当代》第3期同时推出常弼宇、黄佩华、凡一平、姚茂勤的4部中篇,这是文学新桂军在国家权威文学媒体的第一次集体亮相。

1994年,《三月三》第3期又推出"新桂军作品展示专号",喜宏、沈东子、东西、黄佩华、凡一平、鬼子、常弼宇、沈祖连、姚茂勤、陈爱萍的小说,冯艺、庞俭克、彭洋、黄神彪、包晓泉的散文,黄琼柳、黄堃、盘妙彬、黄咏梅的诗歌,黄伟林、杨长勋、李建平、张燕玲的评论又一次集体亮相。

1996年,《广西文学》第1期推出了由常弼宇、黄佩华、东西、凡一平、沈东子、陈爱萍、鬼子、李冯的作品所组成的"广西青年小说家八人作品专号"。

第二,完成了广西作家又一次更新换代。被称为新桂军的广西作家群体逐渐取代了以韦一凡、蓝怀昌为代表的"伤痕—反思—改革"作家群和梅帅元、杨克为代表的"百越境界"作家群,成为广西文坛主流。

三个作家群体各自对广西文坛做出了独特的贡献。韦一凡为代表的一代作家的主要贡献是在一个工农兵写作成为主流的时代,恢复了以现实主义为主要文学形态的知识分子写作;梅帅元为代表的一代作家的主要贡献是在十七年文学传统成为主流的时代,引进了现代主义写作;东西为代表的一代作家,兼容了现实主义、现代主义以及后现代主义多元文学形态。这个被称为文学新桂军的创作群体以其品质优秀的作品使广西的文学创作受到了全国文坛广泛而持久的关注。其创作表现出如下特色：其一，关注底层的苦难叙事。其苦难叙事既不回避现实，又不牺牲文学性，保持了文学的先锋品质。其二，在关注物质贫困的时候同样关注精神的困境。其三，表现出一种诡异、荒诞、神秘的叙事风格。这种诡异、荒诞、神秘的叙事风格表面上看似乎是一种地域文化的影响，但在根本上，它显示了作家对人与自然、人与自我关系的深刻思考，表明新桂军尚未被现代社会的工具理性完全同化，更倾向于对这个世界保持一种敬畏之心。

第三，广西文学得到了体制的强力支持。当时的广西有一个促进文学繁荣的行政战略。用时任自治区党委宣传部部长潘琦的话可以表述为"人才为本的人才战略"、"精品中心的精品战略"和"文化资源为基础的资源战略"①。

1996 年 7 月 5 日至 7 日，广西区党委宣传部邀请 30 名青年作家艺术家在宁明花山民族山寨召开"广西青年文艺工作者花山文艺座谈会"。选择花山召开文艺座谈会，自然有特殊的象征意蕴。与会代表就如何繁荣广西的文学艺术作了深入的讨论。时任宣传部部长的散文家潘琦也参加了会议，在总结会上作了《理清思路，强化措施，振兴广西文艺事业》的讲话。会议理清了广西文艺事业发展的思路，提出了一系列有的放矢的措施，使一批生机勃勃、跃跃欲试的广西青年作家强烈地意识到决策层对他们的重视，成为他们突围八桂崇山峻岭、抢滩中国文坛的格外及时的外在推动力。

改变自身形象的内驱力、作家本身的良好素质以及体制的支持，多方面因素促成了 20 世纪 90 年代广西文学边缘的崛起。

这种崛起体现在以下几个方面。

第一，广西作家成为中国晚生代作家的代表人物，改变了右派作家、知青作家两代作家代表人物中广西作家缺席的局面。

1996 年，东西迄今为止最有影响的中篇小说《没有语言的生活》（《收获》1996 年第 1 期）在《收获》搁了一年后终于发表。鬼子以

---

① 参见潘琦《风格就是人品》，中国大百科全书出版社 2004 年版，第 131—133 页。

《农村弟弟》（《钟山》1996 年第 6 期）、《走进意外》（《花城》1996 年第 3 期）、《谁开的门》（《作家》1996 年第 5 期）三部中篇小说揭开了他重返文坛的序幕，并自称，1996 年起开始真正意义上的小说创作，理解了什么是真正的小说，小说的本质是什么。李冯也是在这一年从广西大学辞去教职，开始了他自由作家的写作生涯，同时，在《花城》杂志上发表了他的第一部长篇小说《孔子》。

第二，广西三剑客成为世纪之交中国文坛最有影响力的文学品牌之一，东西、鬼子先后荣获中国文学最高奖鲁迅文学奖。

1997 年 12 月，中国作协创研部、广西作家协会、广西文艺理论家协会、《南方文坛》杂志社、《花城》杂志社和广西师范大学中文系数家单位联合召开东西、鬼子、李冯"广西三剑客"作品讨论会。《南方文坛》1998 年第 1 期的焦点栏目中分别发表了马相武《造势当下的南国三剑客》、黄伟林《论广西三剑客》和朱小如《"挑战"广西三剑客》等论文，1998 年第 2 期又发表了陈晓明的论文《直接现实主义：广西三剑客的崛起》。陈晓明在文章中指出："广西召开鬼子、东西、李冯的作品讨论会，俨然是在推出一个文学冲锋队。事实上，这个冲锋队正在冲上九十年代文学的阶段性高地，他们的写作给萎靡困顿的文坛造成有力的冲击。特别是鬼子、东西、李冯这三位，称之为广西三剑客并非夸大其词，他们的写作显示了当代小说久违的那种直面现实的勇气，一种毫不留情的揭示生活痛楚的笔力，给人以强烈的震撼。"①

两年后，陈晓明在题为《又见广西三剑客》的文章中指出："他们（指广西三剑客，作者注）的存在恰如其分地在当代中国最薄弱的那些环节起到支撑的作用。鬼子多少有些暴力化的写作倾向，给软弱的文学写作注入一种强硬的力量；东西的诡秘使当代小说叙述的呆板裂开一道缝隙；而李冯的灵巧也使笨重的文学获得暂时的轻松。"最后，陈晓明说："我知道广西汇聚了一批极有才情的作家，如海力洪、

---

① 陈晓明：《直接现实主义：广西三剑客的崛起》，《南方文坛》1998 年第 2 期。

凡一平……他们都很有实力，跃跃欲试，虎视眈眈。桂军势不可当，迟早要拿下中国文坛的半壁江山。"①

1998 年，东西首先突出重围，其中篇小说《没有语言的生活》荣获首届鲁迅文学奖。

2002 年，鬼子《被雨淋湿的河》荣获第二届鲁迅文学奖。

第三，作为整体的广西作家引起了中国文坛的广泛关注，各种文学媒介纷纷发表文章对文坛桂军的创作实绩进行分析、总结并给予了高度评价。

1998 年，《青年文学》开辟 "1998 文学方阵"，以创作实力雄厚的省份为单位，集中展示最新的创作成果，每期一省，第二期展示的就是广西文学方阵，同时刊登了李冯、常弼宇、黄佩华、东西、鬼子、凡一平 6 位广西作家的小说。此举意味着文学新桂军已经进入中国文坛实力派阵容。《青年文学》主编黄宾堂认为："广西文学近两年创作势头凶猛，大有井喷之势，不仅形成了一个有实力有后劲的创作群体，而且拿出了一批摆上当今中国文坛也不愧色的力作。"②

1999 年，北京《民族文学》发表《边缘的崛起》一文，展示了文坛桂军崛起于 20 世纪 90 年代的创作实绩。

2004 年 7 月 1 日，上海《文学报》以整版篇幅发表《从花山到榕湖——漫谈近年广西文学创作》，对广西 90 年代以来的文学创作进行了高度评价。

2004 年 12 月 11 日，广州《羊城晚报·花地副刊》在 "在现代性的焦虑中突围" 的标题下以整版篇幅介绍广西文学。这是《羊城晚报·花地副刊》策划的华文文学巡礼的第二期，第一期介绍的是江苏文学。在权威性大众媒介眼里，广西文学处在了中国文坛的前沿地带。

中国社会科学院文学研究所编的《中国文情报告（2004—2005）》专门收了贺绍俊撰写的《广西群体的意义》一节，文中说："20 世纪 90 年代以来，广西年轻一代的作家如东西、鬼子、李冯等冒了出来，

---

① 陈晓明：《又见广西三剑客》，《南方文坛》2000 年第 2 期。
② 黄宾堂：《广西文坛的三次集体冲锋》，《南方文坛》1998 年第 3 期。

他们以现代和后现代的叙述方式呼啸而来，让文坛大吃一惊。"杨义指出："在这部中国文情报告中，'广西群体'是唯一以专节加以报告的区域作家群。"他认为：

> 自 20 世纪 70 年代以来，广东经济社会快速发展，带动了广东文化的跃动，使广东成为领时代风气之先的区域，广东文化逐渐有了成为岭南文化代名词的趋势。广西文化由于与广东文化渐渐拉大的差距而被人们所淡忘和忽略，这种情景，直到 20 世纪末的最后几年里才有了些许的改变。造成这种改变的文化现象之一是近十年来广西文学的崛起，即以"广西三剑客"作家为代表的一批中青年作家的作品在中国文坛造成影响，形成一个有鲜明特色的作家群群体。①

2006 年，一批中国著名的文学评论家纷纷在多种权威性的报刊上撰文，热情地肯定了 20 世纪 90 年代以来广西文学所取得的重要成就，其中主要有北京大学教授张颐武的《边缘的崛起》（《文艺报》2006 年第 65 期）、中国社会科学院研究员张柠的《广西的文学精灵》（《光明日报》2006 年 6 月 9 日）和沈阳师范大学教授贺绍俊的《为当代文学创造关键词》（《光明日报》2006 年 6 月 9 日）。

2007 年，贵阳《山花》的"中国文学版图"栏目里，继介绍北京作家群之后，专门发表了《全面突围与边缘崛起——论 20 世纪 90 年代以来文坛新桂军的小说创作》一文，以介绍广西作家群。

第四，文学桂军有了自己的代表人物，这些作家的作品以其独特的思想艺术特色活跃于中国文坛。

20 世纪 90 年代文学桂军的崛起，使中国文坛熟悉了一批广西作家的名字，主要有东西、鬼子、李冯、凡一平、黄佩华、沈东子等人。

---

① 李建平、黄伟林等：《文学桂军论——经济欠发达地区一个重要作家群的崛起及意义》，中国社会科学出版社 2007 年版。

第二节　代表作家

东西早在求学时代受其老师的影响就开始了小说写作。1996年，他在《收获》发表《没有语言的生活》，这篇小说被《小说选刊》转载，并于1998年荣获首届鲁迅文学奖，由这个小说改编的电影《天上的恋人》于2002年10月获日本第十五届东京国际电影节最佳艺术贡献奖。1996年，东西在《花城》发表长篇小说《耳光响亮》，这个小说曾入围第五届茅盾文学奖25部终评作品，后被改编成电影《姐姐辞典》和20集电视连续剧《响亮》。迄今为止，东西已有《没有语言的生活》、《猜到尽头》、《姐的一九七七》、《目光愈拉愈长》、《痛苦比赛》、《不要问我》、《戏看》、《我为什么没有小蜜》、《你不知道她有多美》等多部中短篇小说被《小说选刊》、《小说月报》、《中华文学选刊》三种权威选刊转载。其中，《不要问我》在中国小说家研究会评选的"2001中国小说排行榜"上中篇排行第五，《猜到尽头》名列"2002中国小说排行榜"第八名。

研究者曾经概括过东西小说的四个特点：第一，其小说语言是充满想象力和情绪的文字，这种语言具有明显的南方气质：意象丛生、曲径通幽、隐喻深奥、意绪暧昧、情绪无常；第二，其小说人物是没有获得文化身份证的"自然人"，东西写出了一种少有文化作为依附、倚仗、凭借的"自然人"在这个世界的困境，这些在世界上处于弱势的"自然人"凭借他们最原始的身体本能、感官能力谋求着在这个到处都被文化统治的世界上安身立命，由于没有文化这个强势的现代世界的身份证，他们活得非常艰难；第三，小说呈现的是没有语言的生活，其作品中的人物丧失了与这个高度文化化、被文化的甲壳包裹得密不透风的世界交流的能力，丧失了语言的能力，过的是一种没有语言的生活；第四，小说中的非常态人物成为透视社会的显微镜。东西发现了非主流文化人群在我们这个社会的弱势生态，由这种弱势生态可以看出我们社会文化的某些病灶；与此同时，他暗示我们，非主流文化同样有其价值，在某些人类文化不能抵御的灾难面前，它有可能成为人类的诺亚方舟。①

《没有语言的生活》既是东西的代表作，也是文坛桂军的经典之作。其具象价值在于写出了一个由瞎子、聋子和哑巴组成的残疾人的世界。这些残疾人无法像健康人一样交流，但他们终于创造出一种交流的方式，实现了他们自己的交流。东西引领我们走进了这样一个残疾人的世界，让读者领略了瞎子、聋子和哑巴交流的风景。其抽象价值在于写出了一个与主流世界相对应的边缘世界。这个世界表面看没有语言，实际上并非没有语言。东西听到、看见并说出了这个边缘世界的语言，这个边缘世界自有其奇异的风景。其表层价值在于写出了主流与边缘两个世界的疏离。边缘世界努力进入主流世界，终于不得其门而入。两个世界渐行渐远，不能融合。就像是王家宽祖孙三代一家人，虽然努力进入村庄主流世界，却始终不被接纳，最终只好从村庄消失，迁移到小河对岸，定居在村庄坟场，过自我放逐且自给自足的生活。其深层价值在于以边缘世界比照出了主流世界的缺陷。表面看是王家宽祖孙三代一家人所代表的边缘世界过着没有语言的生活，其实是与王家比邻而居的村庄主流世界过着没有语言的生活。用东西的话说就是："我们主要是在提醒那些看得见、听得到、说得出的人，也就是观众，当这个世界已经没有爱情的时候，当我们觉得这个世界上可能已经没有语言的时候，我们却看到了这三个稍微残疾的、在器官上有障碍的人告诉我们，什么是有语言的生活，什么是真正的爱情，什么叫爱。其实他们是反过来在提醒我们，什么叫健康……"

2005 年，东西在《收获》上发表长篇小说《后悔录》，这是广西作家在《收获》上发表的第一部长篇小说。同年，人民文学出版社出版了《后悔录》的单行本。东西因此荣获第四届华语传媒盛典 2005 年度小说家称号。著名评论家陈晓明指出，《后悔录》"是一部身体的后悔录，也是最直接的身体批判檄文，因为后悔的思绪，对身体的批判就是

---

① 参见黄伟林《"拨开他们像荒草一样的文字——论东西的小说"》，《文艺争鸣》2008 年第 8 期。

对自我的批判，而所有的自我批判都是批判的误区，所有的后悔都是后悔的歧途。这种书写在中国现代性变革以来的文学中尚未见过"。洪治纲同样高度评价了《后悔录》的价值，他说："我虽然无法肯定《后悔录》和《活着》是否会成为伟大的中国小说，但是，它们的确都打上了鲜明的'中国经验'，并让我从中找到了某种具有悲悯之情的认同感。"①

1997 年，鬼子在《收获》、《人民文学》和《作家》上发表了《苏通之死》、《被雨淋湿的河》、《学生作文》等中篇小说。《被雨淋湿的河》发表后引起很大的反响，相继被《小说选刊》、《中华文学选刊》转载，荣获当年度《小说选刊》奖并名列榜首，入选首届中国纯文学当代作品排行榜中篇小说第三名并荣获第二届鲁迅文学奖。《被雨淋湿的河》、《上午打瞌睡的女孩》和《瓦城上空的麦田》是鬼子迄今为止影响最大的三部中篇小说。因为三篇小说的故事都发生在一个叫瓦城的城市，所以被合称为"瓦城三部曲"，又因为三部小说一以贯之地表现了鬼子小说特有的对底层社会、底层人生的关注与同情，这三个小说也被合称为"悲悯三部曲"。

曹文轩的《20 世纪末中国文学现象研究》认为："九十年代中后期引起文坛广泛注意的小说家鬼子的作品，在深度方面，已经达到相当惊人的程度。他在持纯粹说事的叙述形象之下，将一切思想竭力压到文字的背后，绝不留一丝思想的痕迹。他所选择的材料，往往是一般人容易忽略而一旦被他写出又使人不得不感到惊心、新鲜与富有张力的材料。加之颇为苍劲的文字，那些看上去依然庸常的生活情状之下，却有着远超他之前的那些写实作品的思想深度。"②

《瓦城上空的麦田》这部小说表面上讲述了像李四、胡来这样的城市边缘人、乡村局外人的故事，它提供了乡村主人热切向往进入城市的欲望事实，提供了乡村社会与城市社会各自逻辑的冲突事实，提供了城市边缘人艰难的生存事实，所有这些事实都是现实存在的，更是今日中国引而未发的深刻尖锐的社会矛盾，然而，鬼子的写作虽然包容了这种

---

① 《〈后悔录〉专家鉴定》，《南方都市报》2005 年 8 月 18 日。

② 曹文轩：《20 世纪末中国文学现象研究》，作家出版社 2003 年版，第 135—136 页。

种社会矛盾，显示了所有这些矛盾的存在，但他显然没有止步，《瓦城上空的麦田》将思想从这种现实主义思维中超拔出来，从社会现实的提问提升为心灵问题的追问，将身份的现实主义问题转化为身份的现代主义问题，从而使这部作品产生了传统现实主义小说所不具有的思想深度和叙述精度。

2007 年，鬼子在《小说月报》原创版第 2 期发表长篇小说《一个根水做的绳子》，同年，小说单行本由人民文学出版社出版。小说讲述了女主人公阿香"心灵"枯萎的过程。鬼子没有拔高他笔下小人物的心灵境界。他呈现给我们的是小人物的在我们看来不可理喻的真实。他没有像大学生晓汪那样将小人物往"全社会的大事"、"国家的事"那边靠，他写的仍然只是小人物本身的事，是李貌和阿香两个人的"小事"。他也没有故意拔高小人物的"心"，将小人物的"本心"拔高为民族或社会的"良心"。但这些"小事"和"本心"却是那样触目惊"心"，能震惊所有有良知的"心"。鬼子用他冷静到冷酷的笔，努力地打破那道由圣贤制造的"高墙"，表现"别人的精神上的痛苦"，表现出小人物令人难以理喻的，被圣贤制造的"高墙"遮挡了的"那样"的生存状态。这部小说被《中国图书商报》评为 2007 中国十大好书，随后又在 2007—2008 年度的《小说月报》评奖中，获得优秀长篇小说奖。

1997 年，李冯成为广西首批签约作家之一，1998 年，与东西、鬼子一起被命名为"广西三剑客"，同年荣获《钟山》、《大家》、《山花》、《作家》及《作家报》举办的"联网四重奏"优秀作家奖。20 世纪 90 年代以来，李冯在《人民文学》、《收获》、《花城》、《钟山》、《大家》等重要文学刊物发表大量小说，结集出版的主要有长篇小说《孔子》、《碎爸爸》，小说集《庐隐之死》、《中国故事》、《唐朝》、《拯救逍遥老太婆》等。小说创作之外，李冯兼写剧本，张艺谋两部最重要的武侠大片《英雄》、《十面埋伏》均由李冯编剧。

李冯的小说分为两类：一类是戏仿历史题材，另一类是现实经验题材。戏仿小说指的是李冯那批对经典文本进行改写的小说，他是通过对人们耳熟能详的"中国故事"的改写来发出人们还相当陌生的"另一种声音",他喜欢反省甚至颠覆那些几乎盖棺定论的结论,总能在经典叙述中找到某个缝隙,并将之撕开,从中开辟出一个供他自由驰骋的、随意发挥的空间,他似乎更乐于用显微镜来检测人,对经典作品中的人物取一种分析与实验的态度。李冯现实经验题材作品中的人物与众不同,往往是一些被某种内心不安驱使着的"不顾后果的疯子",这些人物可能是作者及其圈子里某种真实生活的写照,他们的内心世界与外部生存方式都与众不同,他们意识到自己与世俗生活之间存在的鸿沟,意识到自己与世俗价值观的分裂,但他们不愿或无法跨越这道鸿沟、抹平这种分裂,也许中国 20 世纪 90 年代以来的社会文化语境已经为他们提供了一定的栖身之所,他们以另类的方式出现在中国社会版图之中。李冯为我们提供了大批在传统阅读中难以见到难以理解的人物形象,这种人物形象的出现,显示出我们赖以生存的社会业已出现的巨大变化。

黄佩华是文学桂军中民族意识和地域意识最强的小说家,他在小说中经常以第一人称的口气说到"我的家乡桂西北",他有意识地将壮族的风俗诸如山歌、法事纳入其小说情节。20 世纪 90 年代他发表了一系列中篇小说,如《瘦马》、《回家过年》、《远风俗》、《涉过红水》、《省尾》等,这些小说写的多是桂西北地区的生活,而人物也是桂西北的壮族人。

黄佩华最重要的小说主要以驮娘江和红水河为背景,河流成为他小说创作中最为生气勃勃、源远流长的元素。他的红水河题材作品虽然也透露了红水河水利工程传递的现代化信息,但他更偏向描写一种原始封闭的生活,刻意描写"不变"的生活状态,他以一种最质朴的生命意识,表现了红水河对他笔下人物的生命恩赐,是红水河给予了这些人休养生息、承传繁衍的生存形态,他以一种本能的文学敏感,意识到了那些即将消逝的生存形态的价值,以一种近乎素描的方式,对这种即将消逝的生活形态做了最后的记录,表达了对一种即将消失的生活方式的挽悼。黄佩华关注的并不是人物的现代社会意识,而是这些人物质朴强劲的生命本真和面对现代社会的生存能力。他的小说展示了两种叙事:自然叙事和社会叙事。自然叙事面对即将消逝的红水河流域的某种生活形态，通过再现壮族近乎原始的生活，为我们保留了一份特别的民族生存记忆。社会叙事跟踪记录了红水河壮族子民进入现代社会、融入现代社会的过程，在这个过程中，他们与生俱来的某些天赋才能或得到现代社会的认可，或受到现代社会的排斥，无论是得到认可还是受到排斥，对于这些携带着诸多自然蛮野气质的红水河壮族子民而言，如何成为现代社会的适者，成为现代社会的优胜者？这才是黄佩华关注的问题。

凡一平的主要作品有中篇小说《浑身是戏》、《随风咏叹》、《女人漂亮男人聪明》、《卧底》、《寻枪记》、《理发师》、《怀孕》、《投降》，以及长篇小说《跪下》、《变性人手记》、《顺口溜》等。其中，《寻枪记》、《理发师》都被改编成同名电影并取得了较大的影响。

研究者认为，1992 年以后，凡一平的小说出现了四个特点：第一，明显倾向叙事，小说的情节变得曲折丰富，可读性大大增强；第二，大量使用第一人称叙事角度，叙事者成为小说中的一个人物，人物的内心世界在一定程度向外敞开，心理表现的成分大大加强；第三，小说中的人物在善与恶、是与非、正义与邪恶、贞洁与淫荡的道德边界游走，价值判断遭遇悬隔抑或莫衷一是；第四，小说中的人物具有两种特殊的内涵特质，即身份焦虑和角色多元，身份焦虑是其人物的心理状态，角色多元是其人物的外在形象。现代社会个人的身份往往是以这种他者确认而非自我确认的方式完成，身份的不确定性导致了现代人的身份焦虑意识。为了谋求他者的确认，现代人不得不进行各种各样的妥协和交易并造成严重的心理滑坡，凡一平挖掘出了一种潜伏在现代人心中的身份焦虑意识并赋予其人物一种浑身是戏的"变性"技法，这种身份焦虑和"变性"技法与当下中国人的集体无意识和社会文化语境有着内在的深刻的沟通，正是这种深刻的沟通，使凡一平的小说产生了奇特的魅力。[①]

---

① 参见黄伟林《"身份焦虑"与"浑身是戏"——壮族小说家凡一平小说论》，《民族文学研究》2007 年第 1 期。

在经过一段长时间的城市书写之后，凡一平为读者奉献了他的还乡三部曲。比较《撒谎的村庄》、《扑克》和《上岭村的谋杀》三部小说，可以发现，三部小说都试图写出乡村主人群像，写出中国农民群像，写出那沉默的大多数，然而，《撒谎的村庄》中的村民面目晦暗不清，性格暧昧不明，《扑克》的农民性格偏执愚钝、形象难以理喻，他们承载的是作者的思想、理念，依靠作者的扶助和推动；只有到了《上岭村的谋杀》，虽然人物众多，然而，每个人物都鲜活生动，合情合理，他们有真实的感情、鲜明的性格，他们受伤害、受欺辱，有痛苦、有怨恨，但也有隐忍、有希望，他们承载着自己的血肉，有着自己的灵魂，张扬着自己的生命活力，散发着自己的生命气息，这是真正活着的中国农民，他们从作者的笔下站立起来，栩栩如生，震撼人心。

今日中国，乡村引起了越来越多的关注。乡村的混乱、乡村的衰败、乡村的堕落、乡村的消失……尽管写乡村的文学作品不少，但或者隔靴搔痒，或者云山雾罩，在这个气氛中，《上岭村的谋杀》单刀直入，从一个刁钻的角度，将乡村的隐秘和盘托出，充分显示了现实主义创作方法揭示社会隐秘的力量。

生活在桂林的翻译家沈东子在 20 世纪 90 年代有过一个小说创作的爆发期，他在《上海文学》等刊物发表了一系列短篇小说。如《美国》、《郎》、《太平洋商厦》、《离岛》、《有谁比我更爱好 Broken English》、《空心人》、《阳光下的阴影》、《我与佐藤木木鸟的十年友谊》、《想念阿根廷》等。

沈东子的小说对人的精神状态有比较深入的展现，他写出了在这样一个经济至上的时代，人的心灵空间已经完全被商厦占领，或者说，人丧失了内心生活，成了由商厦结构内心的地球上的空心人。他独辟蹊径地营造了一个全球化的文化语境，表现了中国人在全球化语境中面对"文化侵略"和"语言霸权"的心灵反映。在这个文化语境中，有关民族、国家、文化、物质、经济等话语都被成功地纺织进来了。沈东子小说的价值在于面对全球化格局他完全不是传统的民族主义立场，他去除了文化和语言的遮蔽，让人们看到这种对强势文化、强势语言的认同和归属并非文化和语言意义的，而是物质利益的。而在面对物质经济思考时，他也不是传统的义利价值立场，轻易地在两者之间做出取舍，而是将其置放于全球化的背景中，让人们看到人性更深处更本质的东西。他让人们看到，强势文化和强势语言霸权地位的确立，恰恰不是文化的胜利，而是文化的失败，是人类共同的文化精华人文主义的失败，进而，是人的失败。

文学桂军在中国文坛的整体崛起不仅引起了广泛的关注，而且引发了深入的思考。2007 年 9 月，由李建平、黄伟林等所著的文学研究专著《文学桂军论——经济欠发达地区一个重要作家群的崛起及意义》由中国社会科学出版社出版。此书对文学桂军的崛起进行了较为全面深入的阐释。众多关于文学桂军崛起的研究成果表明，文学桂军边缘崛起的事实已经超越了自身意义，成为一个具有普遍意义的文化现象。

第六章　多元共生

第一节　五彩缤纷

如果说 20 世纪 80 年代的广西文学是一片被遗忘的土地，20 世纪 90 年代的广西文学实现了边缘的崛起，那么，进入 21 世纪，广西文学在崛起的高度上呈现出地域、民族、性别多元共生的格局，开始了新一轮的集结。

这种多元共生的格局表现为广西东西南北中五个文化圈的文学出现了比翼齐飞、五彩缤纷的局面。长期以来，活跃于中国文坛的广西作家更多来自以红水河、左右江为中心的桂西少数民族文化圈和以漓江为中心的桂北中原文化圈。进入 21 世纪，以桂江、浔江流域为核心的桂东文化圈作家群和以北部湾为核心的桂南文化圈作家群异军突起，以黔江、柳江为中心的桂中文化圈作家群亦当仁不让，由是，广西文学版图百花竞放，五彩缤纷。

桂东文化圈文化底蕴深厚，包括贺州、梧州、玉林、贵港四个城市，民国时期曾经出现过何诹、王力父子、凤子等有影响的作家。21 世纪以来，桂东文化圈作家群虽然人数不多，但实力雄厚，张燕玲的散文，朱山坡、纪尘、黄咏梅的小说，以及非亚、陈琦、伍迁的诗歌都产生了一定影响。朱山坡的小说则是近年广西文坛的重要收获。2008 年，被《小说选刊》第 10 期转载的朱山坡的短篇小说《陪夜的女人》为我们见证了作者面对社会所发现的鲜为人知的现实。2014 年，他的短篇小说《天色已晚》叙述贫困年代少年人所体验到的时代温情，自有一种温暖的力量，也颇显示朱山坡布局谋篇、驾驭文字、提炼主题的能力。

非亚生于梧州，长期生活在南宁。20多年前他创办了诗歌民刊《自行车》，至今坚持。现代人的孤独感、受挫感一直伴随着他的诗歌创作。早在20世纪90年代初，他就写过一首《我感到到处都是墙壁》：

> 我感到到处都是墙壁
>
> 到处都是被折返回来的目光
>
> 我行走在一个
>
> 极其烦躁的
>
> 环形物中间
>
> 然后又深陷于一栋厚实的
>
> 房子
>
> 我看到我放牧出去的
>
> 奔马嘶鸣着
>
> 在原地踢着蹄子
>
> 我找不到一扇出去的门
>
> 去和一个陌生人握手，问好
>
> 和交谈
>
> 我甚至看不到一片
>
> 炫目的蓝天
>
> 我的头顶完全是沉闷的天棚
>
> 而脚下
>
> 是冰凉的水泥楼板
>
> 当黑夜降临
>
> 我的影子
>
> 被灯光钉死在地面上
>
> 越来越小
>
> 我听见远处传来的尖厉呼叫

然而当我

跨出一步

我看到一堵墙壁

又出现在我的面前

　　桂西是世界上喀斯特高峰丛深洼地发育最典型的地区，包括河池、百色和崇左三个城市。广西最重要的河流红水河主要流经这个地区的乐业、天峨、南丹、东兰、巴马、都安等县。壮族、瑶族、仫佬族等少数民族世代居住在这里。传说中的壮族歌仙刘三姐就生活在河池宜州。著名的地质奇观天坑也分布在百色乐业。由于交通不便和石山过多，桂西是广西的经济落后地区。复杂的自然地理和多元的民族文化成为桂西北作家取之不尽、用之不竭的写作资源。早在民国时期，桂西就涌现了梁宗岱、周钢鸣、曾敏之等在全国有影响的重要作家，进入当代以后，包玉堂、聂震宁、梅帅元、杨克、常剑钧的文学创作产生了重要影响。21世纪以来，桂西文化圈作家群仍然是文学桂军的主力阵容，潘琦、蓝怀昌、冯艺、东西、鬼子、凡一平、常弼宇、李约热、黄土路、潘红日、潘莹宇、黄佩华、杨映川、蒋锦璐、田湘、包晓泉、何述强等文学桂军代表人物皆来自桂西文化圈。

　　田湘的诗歌大多与爱情有关，但如果人们因此认为田湘只是一个爱情诗歌的写作者，那显然是个误会。《两条河流》这首诗颇能代表田湘诗歌的宽度和厚度。宽度是就题材而言的，厚度则与思想有关。

在我的左边

古老的风携着波浪

河水悠悠，流过千年岁月

泥土里透着水的声音

树木的身体里透着水的声音

我在夜里听水唱歌

水的歌声比小鸟清甜

伴着这歌声，女人走进男人的梦里

人类饥渴的嘴唇

啜饮着这生命之河

在我的右边

喧嚣声携着尘埃

车流在黑夜里把繁华推到极致

繁华之后我看到更加可怕的荒凉

狂欢之后我看到更加痛苦的寂寞

我看到河流之外，另一条带毒的河流

正罂粟般拉动人类的欲望

它消耗着大地的能量

最终，将耗尽我们的生命。

  20 世纪 80 至 90 年代相对沉寂的桂南文化圈作家群，随着北部湾的风生水起，也有了它的文化自觉。桂南文化圈包括南宁、北海、钦州、防城港四个城市，邱灼明、庞华坚的诗歌，伍稻洋、谢凌洁、杨斌凯、贺晓晴、路过天涯、沈祖连的小说，顾文、廖德全、阮直的散文不仅让人们看到了广西海洋文化的存在，同时也见证了经济大潮的澎湃。

  廖德全的随笔承接了余秋雨文化散文的写作模式。《万里瞻天》写苏东坡，《得意高祖唱大风》写刘邦、《曹操之"忧"》写曹操，《张飞之死》写张飞，《后主情怀》写后主，都是以历史人物为随笔素材，并且是从人文关怀的角度对待这些历史人物的人生和事迹，充满了追问与求解的意识。随笔这种文体，谈天说地，妙趣横生，但往往并不与现实关系密切，在与现实的距离感中获得思想的自由。但廖德全的随笔却不排斥现实感，他经常在纵情于历史叙事的时候，忽然回到现实，对现实人生甚至时事政治进行一番出自性情、挥洒自如的评论，不时提醒读者，他的随笔并不是闲情逸致的表现，而是与现实相关的有感而发。他将杂文与随笔相融合，将杂文的现实批判精神纳入相对软性的随笔，使随笔不仅有风华、风韵、风味，而且有风骨。广西散文界，有的长于抒情，有的长于说理，有的长于叙述，有的长于幽默，有的在自然山水中挥洒一己情怀，有的在地理人文中放纵敏捷才思，有的在现实境遇上展现个人识见，可以说是各有所恃也各有所长，相较而言，廖德全的随笔兼有文、史、哲融合的气质，这在广西的文学界，确不多见。

邱灼明多年来一直以不变应万变，以他最初形成的诗歌写作的方式写作，在心与物之间寻找两者内在的对应，为他的思想情感和外在客观景象找到一种逻辑关系。跟风趋时的诗歌可以得到一时的追捧，追求恒久的诗歌历久弥新。邱灼明的诗总是为读者奉献"思"，但他的"思"从来不脱离"情"的营养和冶炼，是融化于情的思，是积淀了思的情。如这首《飞鸟》：

　　我注视一只飞鸟
　　它在天空飞翔
　　像阳光一样流畅
　　像风一样自由

　　它欢乐的舞蹈
　　丰富了蓝天的表情
　　在太阳的热爱下
　　充满纯洁与和平

　　当黑夜来临
　　它要飞回林中栖息
　　我心中充满忧虑
　　黑暗里，它会不会遭到厄运

这种带有恒久魅力的思与情，因为得到邱灼明精心选择和营造的诗歌形象的承载，获得了一种意境隽永的表现。邱灼明写过一首《珍珠》，意思是珍珠之美在于它吸取了日月的精华，在封闭中渴望开放，在黑暗里孕育光明，通过漫长岁月对痛苦的体验，最终创生了美丽。这是邱灼明对珍珠创造美的理解，也可以转移成对邱灼明诗歌创作的理解，他的诗歌作品就像一颗颗天然的珍珠，饱蕴日月精华，经过漫长时光的磨炼，终于玉润珠圆。

桂北以举世闻名的山水城市桂林为核心，自古以来深受中原文化的影响，有着深厚的历史文化底蕴，曾经出现了不少在文化史上享有盛誉的人物。21 世纪以来，桂北文化圈作家群正在进行代际重构，形成了以刘春、黄芳、莫雅平、张民为代表的诗人方阵和以沈东子、盘文波、龚桂华、杨丽达、刘永娟为代表的小说家方阵，以及以彭匈、沈东子、龙子仲为代表的随笔方阵。

1997 年，刘春的《生活》和《命运》两首短诗在《星星》诗刊的名牌栏目"青年诗人 12 家"上发表，其所传达的复杂体验及其所运用的复合式的意象手法，使之成为这个时代被反复提醒的诗歌记忆。他的《关于男孩刘浪》、《卡夫卡》、《一个俗人的早晨》、《坡上的草垛》等诗歌发表后被《中国新诗年鉴》、《21 世纪中国新文学大系·诗歌卷》和《1978—2008 中国优秀诗歌》等权威选本收入，并得到著名评论家张清华等人的高度评价，因为这些诗歌作品，刘春获得了诗刊社主办的首届华文青年诗人奖。

《流失》一诗或许能代表刘春对现实的某种看法：

> 他们说的是水，代表"干净"和"纯洁"
> 的事物，在一天天浑浊；
> 他们说的是土，具体说，是耕地
> 在一年年减少、荒芜；
> 他们说的是森林、是树木，甚至是青草。
> 或者诗意些，是大地、阳光
> 物种的更替和候鸟的鸣呖……
> 但他们没说出另外的一些

当我回到故乡，我仍然认识那片土地

尽管它已废弃，身上长满稗草；

我仍然记得那片山林，尽管

它已枯黄、光秃；

我仍然能识别出那一张张面孔

他们高声喧哗，但神情恍惚。

终于，我看到年少时暗恋的邻家女孩

我流出欣慰的泪水

她朝我瞟了瞟，目光又落在

手中的麻将牌上。

21 世纪以来，彭匈爆发出强烈的散文创作欲望，出版了《云卷云舒》、《会心一笑》、《极品男人》、《一事能狂》、《三国那些人儿》、《水浒这些男女》等多部散文随笔集。彭匈多才多艺，其文章重趣味的同时也有较明显的入世精神，笔锋中常寻求不同流俗的对于人情世故的见识，暗藏对世态的针砭。由于广西本土散文幽默不足，因此，幽默是彭匈对广西当代散文一个重要的贡献。此外，彭匈喜欢在散文中杂用文史典故，他阅读面较广，谈古论今，信手拈来，显示出较宽厚的文化底蕴。

桂中文化圈包括柳州、来宾两个城市，作家群以小说家海力洪、诗人刘频、散文家石才夫等为代表。

多年来，刘频一直默默地坚持他的现代诗歌写作，以其诗歌的品质赢得了许多诗人的敬重。他对自己的诗歌写作有一种难能可贵的自觉，他喻之为"浮世挖井"：

请转告我的朋友

我的地址不变，脾气不变

一缕雏菊的清芬依然萦绕着生活

我一直向卑微的事物致敬、学习
把大地上的青草、蚂蚁视作亲人
我内心的丘陵缓慢地起伏着
习惯于向北方的山脉那边延展
在物欲的合围中间
我守护着一棵乔木平和的站姿

当岁月的容貌持续被改写
我坚持在浮世挖井
在一张洁白的纸上挖出清泉
我拒绝蟑螂般猥琐的生活
那飞扬的风尘里小心安放的
依然是一颗初恋的心灵
当我身体里的镜子被打碎
每一粒碎片，仍在渴望着爱情

我坚持散步，和理想一起健步行走
在俗世中，我用一缕新鲜的空气
包裹行李。我用真诚的文字妥协
用哭泣的灵魂敲击灼烫的铁砧
用树枝中的黑暗压弯春天
我必须继续痛着，在痛中安魂

请转告我的朋友
我还住在那间诗歌的老房子
我终身都在做着一件事情——
用一生的泪水，交换一颗露珠

岁月可以摧毁许多东西，但诗人不愿放弃他的执着，哪怕遭遇重大的挫折，他仍然不认同随波逐流的生活。刘频对现代诗的追求，的确值得敬重。

第二节 和而不同

广西多元共生的文学格局还表现为少数民族作家的民族意识重新复活，并获得了更真实、更有深度、更个人化的表达，以及作为整体的女性作家浮出海面，她们表现出鲜明的女性意识，对女性个体生存和社会命运进行了千姿百态、曲尽其妙的书写。

进入 21 世纪，文学桂军的主力作家中，出现了越来越多的少数民族作家的名字。除潘琦、蓝怀昌、冯艺、鬼子、黄佩华、凡一平、韦俊海、蒙飞、包小泉等少数民族成名作家写作之外，还有壮族的李约热、黄土路、潘莹宇、陶丽群、黄芳、石才夫、费城、梁志玲、潘小楼、韦佐、周敏、周末等，瑶族的光盘、潘红日、纪尘、班源泽、林虹，仫佬族的何述强，侗族的杨仕芳等一批少数民族新生代作家强劲登场。广西少数民族作家的民族意识重新复活，他们的创作不仅没有淡化民族身份，而且与时俱进，民族意识有了新的时代内涵。

如果说陆地、韦其麟一代少数民族作家的民族意识与中国共产党的民族政策有较密切的关系，其民族文学作品更多遵循了现实主义的创作原则，更倾向于用少数民族生活题材演绎新的时代生活；那么，冯艺、黄佩华、潘红日、李约热一代少数民族作家的民族意识则因为全球化思维的影响，有了更为多元的价值选择。

传统的少数民族文学习惯于汇入国家现代化进程的宏大叙事主旋律，壮族作家冯艺在 21 世纪的文学创作则有保护与传承地方性知识的倾向。地方性知识是人类学家吉尔兹提出的一个概念，他认为"知识形态的建构必然总是地方性的"，而"对地方性知识的广泛关注看成是文化多元时代所唤醒的认识论上的一种民主化倾向，因为它主要针对的就是权力借助意识形态而塑成的独断性知识和文化霸权主义。人类学家通过展示文化的多样性存在之事实就已在客观上构成了对独断与霸权的潜在挑战"①。冯艺对地方性知识的重视主要体现在他对广西人文历史以及民族心理的挖掘和探究。在《桂海苍茫》这部散文集中，他"循着广西的人文，挖掘着广西地理深处的历史"，主要贯穿三条线索：中原文化和西方文化在广西的流播，广西少数民族文化的多元构成，展开的是从古至今、从北至南的历史地理背景下的广西的人文关怀，复活了许多被遮蔽了的广西人文历史，形象地展示了广西人文的多元性、异质性、兼容性，力图让更多的人看到"一个人文的广西"，推出一个"文化广西的品牌"。2005年，冯艺获国家第七届少数民族文学骏马奖。在《红土黑衣》这部散文集中，他有意识地从那些民族的物质文化如建筑、壁画、服装、服饰中挖掘壮族的文化心理，更自觉地从壮族的非物质文化如音乐、舞蹈中探寻壮族的生命之谜。对此，陈剑晖有较高的评价："冯艺的人文地理笔记可以说是在找魂，在寻根，更是一种深入民族历史深处的生命秘密的展示。当然，一个民族的魂灵不仅仅显现在那些崖壁上赭红色的壁画中，这其中，还应有作家对于脚下这片土地的感念与热爱。正因有对于故乡，对故乡的历史文化的挚爱与感恩，冯艺笔下的生命解读才如此有血有肉可触可摸，才能够摆脱日常生活的羁绊和民风民俗的浅层展示，而是经由个体的生命，经由真切的感情温润，穿透历史的苍茫，升腾到一个具有一定精神纬度的诗性层次。"②

壮族小说家李约热在21世纪以来发表了一批在全国文坛产生了一定影响的中短篇小说，中篇小说《戈达尔活在我们中间》（《广西文学》2004年第1期、《小说选刊》2004年第3期下半月版头条）、《涂满油漆的村庄》（《作家》2005年第5期、《北京文学·中篇小说月报》2005年第7期）、《巡逻记》（《广西文学》2006第5、6期合刊、《中华文学选刊》2006年第7期），短篇小说《李壮回家》（《上海文学》2004年第6期）、《青牛》（《上海文学》2006年第8期、《小说选刊》

---

① 张燕玲：《人心的后悔录——东西的新作〈后悔录〉》，《文艺报》2005年12月13日。
② 陈剑晖：《让诗性穿透历史的苍茫——评冯艺的人文地理笔记》，《当代文坛》2008年第5期。

2006 年第 9 期）。李约热的小说写的多是原生态的乡村生活，而且其作品有很强的现实性，作为一个少数民族作家，他与前辈民族作家的最大不同就是不再利用少数民族生活题材配合主流叙事。虽然他叙述的也是当下社会重要的社会问题，但他发出的不是合唱式的声音，他站在个人的立场观察社会、关心人，这就使他的小说有了一种与众不同的品质。他的叙述姿态也很独特，往往是只提供原生态的生活，读者不容易知道叙述者的价值判断，这使他的作品获得了更有弹性的意义空间，具有了多种阐释的可能。

瑶族作家盘文波在《花城》、《上海文学》、《钟山》等重要刊物发表了一批中短篇小说，用荒诞的故事情节寄托他对存在的哲学思考，揭示当下人们内心最隐秘的伤痛，书写现代人普遍的生存困境。他曾连续推出三部长篇小说，其中《王痞子的欲望》相继获得"铜鼓奖"、"花山奖"多种奖项。

进入 21 世纪，瑶族作家潘红日更为专注地投入了文学创作，出版了中短篇小说集《黑夜没人叫我回家》，在重要文学期刊上发表了一系列中短篇小说。他的一篇中篇小说《说事》构思很好，借用桂西北地区世世代代流传下来的一种风俗"说事"，将生者真实的内心世界暴露在尚未入殓的死者先人面前，以此来达到展现当代人内心世界的叙述目的。比这个构思更宝贵的是潘红日对桂西北地区少数民族文化传统的挖掘。过去的小说家更喜欢通过展现少数民族的奇风异俗满足读者的猎奇感，红日显然向深处递进了。民间风俗蕴藏的内心反省力量在这里显得那么强大。

20 世纪 90 年代以来，瑶族女作家纪尘在《花城》、《芙蓉》、《上海文学》发表了《演员莫认真》、《九月》、《205 路无人售票车》、《爱情故事》等中短篇小说，在《大家》发表了长篇小说《缺口》。其作品的数量与质量都引起了广泛的关注。纪尘挖掘自我的内心体验，呈现女性的心路历程。最近两年，纪尘表现出对散文创作的较大兴趣，在长篇游记《乔丽盼行疆记》中，她让我们知道她还有一个维吾尔族名字——乔丽盼。这是几年前一位维吾尔族人送给她的。乔丽盼在维吾尔语中意思为"明星"。于是，在纪尘的《乔丽盼行疆记》中，我们可以感觉到，瑶族的纪尘常常努力用维吾尔族的"乔丽盼"去照亮她南方炎热潮湿、昏昏欲睡的童年记忆。不仅童年需要"乔丽盼"的温暖，甚至爱情也需要"乔丽盼"的照亮。因为在纪尘的记忆里，"爱无处不在又总是出错。爱使人眼盲如蝙蝠"。熟悉广西瑶山的崎岖的纪尘，太需要新疆的开阔和一望无际了。在心灵的天空上，如果有一颗"乔丽盼"，灵魂也会熠熠生辉。

20 世纪 90 年代，广西虽然也有一批女作家从事文学创作，但就全国影响而言，基本可以说是林白一枝独秀。进入 21 世纪，林白、张燕玲、杨映川、蒋锦璐、黄咏梅、陈谦、纪尘、谢凌洁、杨丽达、陶丽群、梁志玲、刘永娟、贺晓晴、唐静、黄芳、唐女、丘晓兰、刘美凤等一批广西女作家的作品在区内外产生了较大的影响。

张燕玲以批评家的身份介入散文创作，为广西长期凝固的散文模式带来了新质。2001 年，其《地狱之门》在《大家》发表后被《散文选刊》转载；2002 年，《耶鲁独秀》在《羊城晚报》和《散文》（海外版）发表后被《散文选刊》转载，并入选《2002 年度最具阅读价值散文随笔》；2003 年，《此岸，彼岸》在《人民文学》、《散文》（海外版）发表后先后被《中华文学选刊》、《散文选刊》转载，入选《2003 年最具阅读价值散文随笔》，并列为"2003 年度下半年中国当代文学排行榜"散文第二名。2004 年，河南文艺出版社出版了她的散文集《此岸，彼岸》，收入了她数十篇散文作品。其中《此岸，彼岸》以中元节期间台湾大陆老兵的生活为描写对象，写出了一个与我们骨肉相连却苦海无涯的群体的被遗忘、被漠视的生活现状，表现了作者对战争、对人性的终极追问。《耶鲁独秀》借林樱设计的耶鲁女生纪念碑抒写作者对女性、对中华民族以及对战争的思考。《0 点废墟》写"9·11"事件对美国人精神生活的重创，表达了作者对现代文明的反思。《维也纳森林的故事》写出了维也纳森林美好的生态与浪漫的情怀。《朝云朝云》抒写了朝云与苏东坡动人的爱情故事。这些作品多以人生为载体，视角独特，意象奇崛，情感饱满，感受别开生面，贯穿作者对生命、爱情、人性、历史、大自然的思考，渗透作者强烈的人文关怀和深挚的情感体验。有鲜明的人性意识、性别意识、人文情怀和终极关怀，显示了与前辈散文家不同的教育背景和思想背景。黄晓娟认为："张燕玲在《耶鲁独秀》中问史探幽，却没有流于一般的梳理历史的写作套路。她以心灵叙事，从女性的角度审视历史，巧妙地糅以社会学、哲学、历史学、文化学等相关知识，直逼现代知识女性的精神内部，形成了对历史的个人性解读与体悟"，"《此岸彼岸》是新世纪散文中不可多得的具有艺术原创力的优秀之作"，"不同凡响的构思、别具匠心的叙事态度以及个性化的语言风格，勇敢地超越了当代散文凝固不变的审美模式，体现出了一种全新的艺术精神，为新世纪散文创作勾画出了新的高度，成为当代散文创作的一大突破"。

杨映川的小说创作是伴着 21 世纪的曙光进入中国文坛的。她的小说多以女性为主人公，这些女性人物大都比较早熟，而且受过良好的教育，在一个相对开放、价值多元的社会里生活。

中篇小说《逃跑的鞋子》中的贺兰珊尽管层层设防，她逢场作戏，游刃有余，自认为不会爱上任何人，甚至不惜将自己装扮成放荡无耻的形象，她躲过了胖子、大头，却终于没躲过老谋深算的于中。如果说于中与贺兰珊的战争是男人与女人的战争，那么，于中是深知女人的弱点的。他需要征服的不仅是女人的身体，而且还要征服女人的心灵。他的委曲求全最终使贺兰珊就范，不仅将自己的身体给了他，而且把灵魂也给了他。疾病、孤独都没有最后打败贺兰珊，但贺兰珊被她自己打败了。也许是因为内心深处依然有爱，也许是因为剥掉所有金钱、权力、性爱欲望之后还有对于自尊与光荣的守护，贺兰珊最后还是中了于中的圈套，表面玩世不恭、心如止水的她也不得不承认，"爱真是一个奇怪的东西，它可以把一个人彻头彻尾地都改变了"。

长篇小说《女的江湖》中的荣灯不愿太早进入婚姻的围城，几经争取，终于与未婚夫顾角达成婚前协议，互相给对方一年的自由，一年以后如果还相爱如初，就步入婚姻的殿堂。这一年里，荣灯浪迹婚姻之外的江湖。她遭遇了只想获得她身体的李京、富有才华却一贫如洗的小客、高雅有地位却毫无内心自由的庞尔特，对女性的江湖充满幻想的荣灯在现实面前经历了许多失落，终于丧失了对女性江湖的向往之情，一年后主动向顾角求婚。这部长篇小说意味深长，它探讨了女性的自由意识。荣灯虽然通过自己的争取获得了一年的自由，但是，与李京的遭遇使她看到了身体与情感的分离，与小客的遭遇使她看到了精神与物质的分离，与庞尔特的遭遇使她看到了身份地位与内心自由的分离，显然，理想总是难以在现实中兑现，自由不仅有边界，而且有代价。

杨映川的小说富于哲学内蕴，叙述巧妙多变，结构从容灵动，情节富于悬念。除了对女性生存问题的探讨，杨映川的小说也逐渐强化了其社会现实思考，《不能掉头》就超越了性别意识的束缚，有了更丰富的社会文化内涵。

20世纪80年代开始诗歌创作的黄咏梅于21世纪开始了小说创作，在《人民文学》、《收获》等名刊发表了一系列中短篇小说，并有长篇小说出版。

以卫慧、棉棉为代表的70后女作家以描写个人私生活著名，生于20世纪70年代的黄咏梅与她的同代女作家有所不同，这种不同主要表现在这样三个方面：一是她没有把目光锁定于女性私生活，而是将目光投向了一个需要人们关注的城市草根市民的生活，体现了一个作家的人文情怀；二是她的小说具有浓郁的粤文化风味，与她生长的地域环境有深刻的联系；三是她的小说既有中国传统乡土文学的情景诗意，又有现代小说的内心探究，体现了将传统与现代熔为一炉的努力。著名评论家洪治纲先生认为："她的所有小说，都是将叙事空间不断地推向都市生活的底层，推向日常生活的各种缝隙之中，并从中打开种种微妙而又丰富的人性世界，建立起自己特殊的精神想象和审美趣味。""黄咏梅的小说虽然叙述的都是那些柔弱的人，卑微的人，沉默的人，他们被强悍的都市秩序遮蔽得严严实实，以至于常常成为一种被忽略的存在，但是，黄咏梅却从他们的精神深处，缓缓地打开了许多细腻而又丰实的心灵镜像，并让我们于蓦然回首之间，看到了作者的某种悲悯情怀。"[①]

---

① 洪治纲：《卑微而丰实的心灵镜像——黄咏梅小说论》，《文学界》2005年第10期。

中篇小说《骑楼》的故事以梧州为背景。小说一开始就写道："要知道，我生长的这个小山城在六十年代曾经是多么的辉煌，有'小香港'之称。"《骑楼》中的"我"与小军是高中同学，两人高考落榜后很快就恋爱了，"我"做了一家茶楼的服务员，小军做了空调安装维修员。"我"家住的是那种叫骑楼的老房子，"我"睡在阁楼上，从花窗看出去，就是骑楼外的小街。小军经常与"我"在阁楼约会。高中时代的小军曾经是一个小有名气的校园诗人。"我"深爱小军。悄悄存钱，希望买一间与骑楼不同的有空调、有茶色玻璃的新房子。高中同学聚会，"我"意识到老同学并不关心"我"和小军在这个城市的生活，只是想告诉我这个城市以外的我们不能领略的新鲜。另一个没有考上大学的女同学阿靓努力在同学面前推销保险。聚会后不久，小军向"我"借了 5000 元钱买了阿靓那里的意外保险。这 5000 元是"我"的全部积蓄。小军的工作是给新开发区的公寓安装空调，他喜欢这种高空作业的感觉，有一次，他在 23 层楼的外墙上安空调，恰好一架小飞机飞过，离他很近，好像伸手就可以摸到。他安空调时还认识了一个叫简单的高三女生，简单漂亮，有教养，准备报考上海交大，小军喜欢她。因为简单，小军重新开始写诗。小军最后从 23 楼的高空中摔下来死了，他是从简单家的窗外飘下去的。"我"是小军意外保险的受益人，但因为小军的死可能是有预谋的自杀，索赔一直没有结果。

这个小说读起来令人感伤，表层的故事似乎在说明，考上大学和没有考上大学的同学之间有一道不可逾越的鸿沟，深层却写出了中国当下不同社会阶层无法弥合的分离。由于作者特有的诗性笔触，小说传达出无法圆满的人生况味，写出了人在命运面前的无奈与无辜。小说中借小军与"我"在水中船上做爱的情节写了这样一段文字："小军把我变成了水。江湖是什么？江湖是水，水是女人，女人是男人，男人是逃避，逃避是酒，酒是水，水是江湖。"这段有点类似绕口令的文字，在本该充满激情、快乐、诗意的场景中出现，显得是那么不和谐，又是那么真实，人的社会处境甚至将人与生俱来的快乐抹上了深深的忧伤，这样的描写使黄咏梅与时尚写作中的醉生梦死彻底划清了界线。

蒋锦璐自 2002 年开始发表小说，有长篇小说《一个男人的尾巴》和中短篇小说集《双人床》等。

蒋锦璐的小说将写实与写意融为一体，在充满现实感的同时不乏灵魂的追问。中篇小说《补丁》显示了她在理性思考与感性传达两者融合方面所做出的持续努力。三位女性相互认同的需要和暗中较劲的事实其实也是人类人际关系的一种展现。蒋锦璐的叙述感性层面执着于"小"的细节，理性层面暗藏有"大"的思索。她将关注的眼光放在那种最弱势的人身上，比如丑女，这是蒋锦璐颇为独到的地方。

在广西新生代女作家中，锦璐的小说充满现实主义的气质，她力求真实的现实主义叙述态度使她的作品有了令她本人未曾想到的叙述效果。比如，长篇小说《一个男人的尾巴》本来试图表达这样一个想法：一个男人，尽管事业发达，腰缠万贯，但出身决定了他的教养，他的教养总会在不经意间将他的出身暴露出来。但作者的现实主义创作方法却让我们看到了女主人公赵小蝶的性格缺陷，赵小蝶的婚姻悲剧不仅因为男主人公秦文道的农民尾巴，同时也因为其本人性格品质的缺陷。更进一步，这部小说暗示人们：我们的现实生活中已经丧失了一些最基本的人伦原则。这是一幅非常可怕的图景。蒋锦璐这部小说在写出中国人对富裕和自尊的强烈诉求、在展示中国人强劲的物质和身份冲动的同时，有意无意暴露了中国人爱心缺失的心灵现实，呈现出一片足以击垮所有尊严的爱的荒漠。

谢凌洁的作品并不多，但在题材的表现手法上都有一定特色。题材方面，她的小说有三种类型：一是展示北海越南侨民的生活，这种人物和生活具有边境上的跨国界、跨文化的性质，这提醒我们谢凌洁小说所具有的国际化潜质；二是展示北部湾渔民的生活，尽管北海不少作家海边生海边长，但他们的文学作品中真正写渔民生活并且写得地道的确实罕见，谢凌洁恰恰在这方面有突出的表现；三是展示女性与爱情婚姻相关的人生悲剧，这虽然是文学中常见的题材，但谢凌洁的表现却有其独到之处，她没有陷入时髦的女性主义的理念之中，她忠实的是她亲自体验的女性情怀。

在小说艺术上，谢凌洁的小说也颇有值得称道的地方。《幸福嫁衣》以女儿视角看母亲，从头到尾保持着叙述的克制，所有母亲的身世都在克制的叙述语言中展示，没有一句直白的说明。这既体贴了叙述者作为一个年轻女子的情感心理，同时，也造成了小说情节引人入胜的悬念感。明线与暗线的双重故事叙述，幸福的爱与悲剧的恨的委婉交织，造就了小说富有张力的意蕴空间。《怀念父亲》以女儿视角写父亲，将一位渔民少女的内心世界展现得波浪起伏、汹涌澎湃。《水里的月亮在天上》将苏拉对李伟的抗争和马格对李伟的逢迎交错叙述，同时也写出了苏拉与马格两个女子间的暗中角力。苏拉的主动、娇柔、含蓄和马格的被动、放荡、张狂恰成相反相成的对比。无论性格和策略有多么大的不同，苏拉和马格所有行为的内在动力都与谋生有关，为了生存她们不得不依托一个男人，而一旦这个男人不可靠，她们就可能陷入悲剧的命运。苏拉如此，马格如此，《怀念父亲》中的母亲和女儿也如此。谢凌洁的小说语言也很有特点，她擅长比喻，而且她的比喻往往意象新颖独特，出现得突然、简洁，来得及时，去得爽快，绝不拖泥带水，纠缠不休，有一种速度感和力量感，能准确并且强劲地传达人物心情和再现场面氛围。这样的语言风格可能与海洋的文化性格有关，澎湃而来、澎湃而去，有一种直截了当的痛快，也有一种铺张扬厉的豪放。

第三节　后三剑客

1997 年，包括东西、鬼子、李冯的广西三剑客的出现，使长期沉寂的广西文学突然走到了中国文坛的前沿，成为当时一批最杰出的文学评论家关注的焦点；2015 年，包括田耳、朱山坡、光盘的广西后三剑客的出现，对于 18 年前的广西三剑客无疑是一种有力的声援、一种及时的呼应，更确切地说，它意味着 18 年前崛起的文学桂军，又启动了一次文学格局的突围，一次自我书写的超越。

至今，人们还对东西的《没有语言的生活》、鬼子的《被雨淋湿的河》、李冯的《孔子》保持着深刻的文学记忆。广西三剑客引起文坛对诸如"苦难叙事"、"底层书写"、"经典戏仿"等话题的持续关注。如今，广西后三剑客的出现对广西三剑客是一种怎样的声援和呼应？他们为当下中国文坛提供了怎样的新鲜内容？这些，或许是广西后三剑客命名所必须面对的问题。

如果说真正的文学必然扎根于时代的沃土，那么，从广西三剑客的崛起到广西后三剑客的登场，18 年来，中国社会确已发生了巨大的变化。在这样一个数字化的时代，有两个统计数字或许特别醒目。那就是2011 年，中国大陆城镇人口数量首次超过农村，中国终于从农业中国转型为城市中国；同是这一年，中国国内生产总值超过日本，成为世界第二大经济体。

或许，台湾同胞的观察感受更为客观深刻。在《飘零一家》中，台湾作家亮轩记录了他对大陆变化的感受。1988 年，他首次到北京，当时的首都机场破旧并且小得可怜，60 多平方米的住房在当时北京人眼里已经被认为很宽敞。然而，后来他往返大陆，对大陆的巨变发出惊叹：

> 二十年不到，这里却能脱胎换骨，许多原来他们拼了性命，流了无数鲜血去维护的价值观念，顾盼之间，弃之若敝屣，发展得金碧辉煌，连台湾都要期待他们的眷顾，等着大陆同胞拯救的大有人在。这也真是天大的意外。[①]

确实，在笔者的文学记忆中，中国文学曾经长期耿耿于怀中国的停滞、衰老、贫穷和饥饿，中国许多优秀的文学作品，像阿城的《棋王》、方方的《风景》、余华的《活着》，都有堪称经典的饥饿描写。然而，人们很难想象，仅仅 20 年，中国社会似乎真的实现了改天换地。20 多年前，中国人带着方便面到国外留学度日；20 多年后，中国游客

---

① 亮轩：《飘零一家》，广西师范大学出版社 2012 年版，第 60 页。

在欧美疯狂抢购奢侈品。

于是，广西后三剑客首先以强烈的时代性进入笔者的阅读视野。田耳的长篇小说《天体悬浮》可谓其中的典型，它以鲜明的时代特征折射了 21 世纪以来中国社会飞速发展的进程。小说的主人公符启明，出场之时是佴城洛井派出所的巡逻员，还需要打狗捕鱼改善生活。小说接近三分之一的时候，符启明已经不再对巡逻查赌这些事情亲力亲为，也不再在乎工资奖金，他有了自己的产业，经营赌档，茶楼成了他的据点，包厢成了他的办公室，他把自己打造成一个关系网的枢纽，交际的平台，还给自己的辅警同事派发红包（见《有产者》节）；小说接近三分之二的时候，符启明已经成为佴城最大广告公司的老板，拿到佴城一半以上楼盘的广告（见《扫兴人》节）；小说接近六分之五的时候，我们得知，符启明通过购进卖出，获取暴利，成为凶宅经纪人（见《凶宅经纪人》节）；城南一带，所有发廊、美容厅、休闲会所都被符启明掌控（见《夜晚的宝盒》节）。如小说所写：

> 经过若干年的打拼，他手头的生意已经形成稳定格局，加之任用得才，管理有序，现在他可以当甩手掌柜。三十啷当岁，他已经过上了理想的生活。①

这是一个财富时代。短短几年，符启明从一个月收入四五百元的编外警察，成为日进斗金的大佬。然而，符启明并不是孤例，小说进行到接近六分之四的时候，写到佴城集资热：

> 佴城各楼盘的开发商都在集资，送很高的利息，按月算，有的三分有的五分，有的甚至一角，投十万一个月就返一万。这种情形下，手里有钱还没搞投资的，拿着钱就像拿着接了弦的手榴弹，急不可待要扔。②

---

① 田耳：《天体悬浮》，作家出版社 2014 年版，第 304 页。
② 同上书，第 222 页。

这样的速度，正如中国近 20 年的发展速度，令人眩晕。许多人都喜欢引用狄更斯《双城记》开篇的句子描述中国当下现状：

> 这是一个最好的时代，这是一个最坏的时代；这是一个智慧的年代，这是一个愚蠢的年代；这是一个光明的季节，这是一个黑暗的季节；这是希望之春，这是失望之冬；人们面前应有尽有，人们面前一无所有；人们正踏上天堂之路，人们正走向地狱之门。

虽然狄更斯写的是 100 多年前的英国，但这段话确实可以成为中国当下时代的真实写照。毫无疑问，恰恰是这个时代的好与坏，成就了符启明；也是这个时代的好与坏，葬送了符启明。符启明身上，交织着这个时代所有悖反的力量；符启明本身，正是这个时代好与坏合谋的结果。

然而，这样的时代终究会终结。小说也写到了其终结的预兆：

> 此前不久，公安部下发一个文件，今后各基层派出所罚没款项必须全额向地方财政缴纳，向被罚款人出具财政收据。如果私自罚款不上缴财政，被罚款人一旦举报，一经查实，将由派出所主要负责人承担责任。上缴财政的款子也有返还，那可以说微乎其微。这项规定一出台，即意味着辅警的生存空间已经没有了。①

这个情节出现在小说《散财宴》一节，显得饶有意味。财富有聚的时候，财富也有散的时候。这个属于中国的最好与最坏合谋的时代，也终究会有终结的时候。

在《天体悬浮》这部长篇小说中，田耳设置了一个贯穿全篇的情节，即符启明的观星爱好。这个出身草根，其事业紧贴地面的主人公，竟然有仰望星空的雅好。符启明这一人物肉体与灵魂的错综复杂，似乎

---

① 田耳：《天体悬浮》，作家出版社 2014 年版，第 292 页。

也隐喻着我们这个时代恶与善的错综复杂。如今，人们喜欢说中国社会精神的建设跟不上物质的建设。这似乎可以认为是对当下现实的一个诊断。身体一路狂奔，灵魂无处安放。

如果说田耳的小说凝聚着时代性，那么，朱山坡的小说则隐藏着同情心。

《惊叫》讲述了一件凶杀案。凶手是一个职业学院的毕业生，在深圳大半年也没有找到工作，之后到了遇害者供职的就业中介公司，把身上仅有的 300 元钱交给了遇害者。遗憾的是，一个星期过去之后，还是没有找到工作，凶手终于精神崩溃，用一把牛角刀刺杀了遇害者。

遇害者的弟弟赶到深圳为姐姐处理后事，他对凶手恨之入骨，恨不能亲手杀了他。在公安局，他见到了凶手的姐姐，一个哑巴。哑巴向他鞠躬。几经周折，遇害者的弟弟终于向哑巴讲述了姐姐对自己的恩情。哑巴在便笺上留下了几句给遇害者弟弟的话：

> 抱歉！
> 我弟弟向来是一个善良、羞怯、胆小怕事的人。这次他肯定是中邪了。
> 请你相信，我弟弟真的是一个好人。我能找到无数的人和例子为他证明。但我不能替他辩护。我越辩护对你和你姐姐的伤害越大。
> 现在我才明白了，为什么我弟弟会做错事，是因为我没有你姐姐好。我做得还不够好，我本来可以做得更好。
> 杀人偿命，他逃不掉了……我弟弟，但他死后我不放心，请你姐姐领着他上路，到那边帮我照顾他。①

离开遇害者的弟弟之后，哑巴去了医院太平间，跪在遇害者遗体面前，自杀身亡。她的想法是，她死了，才能与遇害者沟通，才能得到遇

---

① 朱山坡：《喂饱两匹马》，山东文艺出版社 2015 年版，第 65 页。

害者的宽恕。

小说标题为"惊叫"。小说开始于遇害者的弟弟黄昏时分在惠江江滨散步，忽然发出一声惊叫，原来，他听到一个凄厉的声音，"仿佛是在呼救，那声音很熟悉，但很稀薄，是经过了迢迢千里到达这里的，它像刀一样插入我的心脏"。这声音"是痛苦、恐惧和绝望的呼叫"。遇害者的弟弟意识到，这呼救的声音来自他的姐姐。

果然是他的姐姐发出的呼救声：

> 我听到的果然是姐姐的惨叫和呼救。那些声音穿越 800 多公里的风尘和无数山峦准确无误地到达我的耳朵。①

小说结束于遇害者的弟弟回到家乡之后，每天黄昏在惠江江滨散步的时候，常能看到江面上有两只并肩而行的鸟，它们从南面的旧码头款款地掠过水面，像在他们面前表演一次超低空长距离的滑翔。遇害者的弟弟的妻子感觉这对鸟就像一对孪生姐弟。

这是一个近乎神话的小说。遇害者的弟弟相隔 800 公里听到姐姐的呼救声，并肩飞行的水鸟每天都在遇害者的弟弟面前做一个热烈的示意动作。"惊叫"在小说里象征着潜伏在每个人心中的同情。绝大多数人的同情心都泯灭了，同情心只是潜藏在与被同情者同呼吸共命运的亲朋挚友的心里。小说用近乎神话的叙事，向每一个阅读者传递同情心。遇害者是值得同情的。施害者甚至也值得同情。唯有怀抱深情和大爱，才可能抵达这种同情。

《最细微的声音是呼救》粗看像是一个无厘头的故事。蝶花派出所接到仙鹤小区一位老太太的报警电话，原来是老太太听到她所在的仙鹤小区有人呼救。实习民警小宋到仙鹤小区调查。

首先调查的是居住在 7 栋 402 号房的住户，这是一对氮肥厂的下岗夫妇，男的得了白血病，半死不活的，唯一的女儿是个智障。但这对夫

---

① 朱山坡：《喂饱两匹马》，山东文艺出版社 2015 年版，第 58 页。

妇否认了他们曾经发出过呼救声。

接着调查的是 5 楼从美国回来的夫妇。他们说他们曾经呼救，但那是在美国。

然后到 6 楼调查。这是一个孤寡老人，曾经是一个教授。教授正在写一篇文章《救救孩子，救救中国》，他表示自己的嘴巴没有发出过呼救声，他历来是用文章呼救。

之后到顶层。然而，顶层的住户是打报警电话的老太太，她同样否认她曾经发出过呼救声，她觉得那呼救声来自她的更上方。

她的更上方是楼顶。楼顶除了一个小水塔没有其他东西。

如果一定要追究，或许呼救声的发出者正是老太太。虽然她否认她曾经发出呼救声，但根据小说的叙述，我们发现，老太太可能存在精神幻觉，她本来是独居者，但她却声称她的亲人每天晚上都回家，一回来便满满一屋子人。

然而，小说的寓意显然不是为了展示老太太的精神幻觉。诚如民警小宋在 402 号房里所说，那对生活已经进入绝境的氮肥厂夫妇是可以呼救的，只是他们未曾呼救；也诚如那对居住在 5 楼的回国夫妇，他们活得压抑，感到窒息，但只是在美国才曾经呼救；还诚如那个居住在 6 楼的孤寡老人，他的文章充满了振聋发聩的呼救声，可惜人们听不到；当然，有精神幻觉的老太太同样可能呼救，虽然她极力否认，但她既然可以把不存在的亲人团聚当作事实，那么，她同样可能把她事实上发出过的呼救当作虚无。

其实，在这个世界上呼救无处不在，只是这个世界缺少能够倾听呼救的同情心。最细微的声音是呼救，也许作者想表达的是，本该惊心动魄的呼救声在这样一个欲望众声喧哗的时代，已然成为最细微的声音，被绝大多数人所充耳不闻。

阅读朱山坡的小说，总能让笔者想起鲁迅的小说，像《中国银行》之于《孔乙己》、《灵魂课》之于《祝福》。朱山坡的小说显然不是为了像鲁迅那样"写出一个现代的我们国人的魂灵"。一方面，朱山坡的小说尚未达到鲁迅那样的忧愤深广；另一方面，朱山坡也没有必要重复鲁迅的创作路径。但是，鲁迅在《俄文译本〈阿Q正传〉序》的一段话，却可以看成是朱山坡小说一个很好的注解。这段话是这样说的：

> 别人我不得而知，在我自己，总仿佛觉得我们人人之间各有一道高墙，将各个分离，使大家的心无从相印。这就是我们古代的聪明人，即所谓圣贤，将人们分为十等，说是高下各不相同。其名目现在虽然不用了，但那鬼魂却依然存在，并且，变本加厉，连一个人的身体也有了等差，使手对于足也不免视为下等的异类。造化生人，已经非常巧妙，使一个人不会感到别人的肉体上的痛苦了，我们的圣人和圣人之徒却又补了造化之缺，并且使人们不再会感到别人的精神上的痛苦。①

正如鲁迅所言，一般人不仅感受不到他人肉体的痛苦，而且也感受不到他人精神的痛苦。在这样一个物质膨胀、心灵空虚的时代，同情心的匮乏可能是触目惊心的现实。如果把朱山坡的小说称为灵魂叙事，那么，我们发现，朱山坡小说所努力传达的，恰恰是那些被大多数人忽略的痛苦。他似乎想通过对这种痛苦的传达，重新唤醒人类沉睡已久、麻木不仁的同情心，帮助人们听到那最细微的呼救声。

田耳用他的小说勾勒出一个时代，朱山坡用他的小说唤醒我们的同情，光盘则用他的小说呈现出生活中的荒谬感。

光盘小说往往把一个情节和一种心理推到极端，听凭情节和心理的自身逻辑发展。长篇小说《王痞子的欲望》如此，长篇小说《英雄水雷》亦如此。②

从广西三剑客到广西后三剑客，我们可以看到文学桂军某些持续的元素。他们的剑法，不属阳刚的一路，更多阴柔的传承；虽然不够厚重，但极尽灵巧，走的是荒诞、反讽、含混、黑色幽默的路径，总是与名门正派保持距离，偶尔从旁门左道获得招数。就地域文化而言，他们

---

① 《俄文译本〈阿Q正传〉序》，《鲁迅全集》第7卷，人民文学出版社1981年版，第81页。
② 有关光盘作品的论述见本书下篇《价值重建》。

不属于北方晋鲁，而属于南方楚越；就文化教派而言，他们儒的成分甚少，道的因素较多。他们虽然剑走偏锋，旁逸斜出，却往往歪打正着，直击并挑开现实的真相。

这种剑法固然与广西地理上的边缘位置有关，也与长久以来广西人文的边缘化现实相连。广西三剑客实现了文学桂军边缘的崛起，广西后三剑客试图体现文学桂军向文学腹地的纵深。这是一个转型的时代，也是一个多元共生的时代，一切皆有可能。但愿这些中国南方之剑，不仅神出鬼没，疾如闪电，而且元气充沛，内力源源不断。

沧海桑田，桑田沧海。20 世纪弹指一挥间。从少数民族文化的张扬到海洋文化的觉悟，从经济不发达地区的定位到"中国—东盟"新的增长极国家第四经济圈的构建，从文学的转型到桂军的崛起，21 世纪的广西文学对它脚下的这片土地的认识在不断丰富、不断深化。文学桂军不仅扩大了它的文化版图、社会生活版图，而且也拓展了广西人的心灵世界，塑造了广西五彩缤纷、内蕴丰厚的人文形象。文学桂军在南中国的边缘崛起，不仅重建和提升了广西的文化自信，而且为中国、为世界提供了不可替代的精神创造、文明果实。

第七章 　海外写作

第一节 　香港左翼

广西沿边沿海，是中国第三大侨乡。广西籍华侨遍布世界各地，以中国台湾、香港，以及东南亚居多。

生活在海外的广西籍作家主要有曾敏之、罗孚、梁羽生、白先勇、封德屏、陈谦等。

曾敏之的创作纵贯中华民国和中华人民共和国两个时期。1977 年，在暨南大学任教的他已经年过花甲，人生再次出现重大转折，出任香港《文汇报》副总编，跨过罗湖桥，从内地去了香港。

1978 年，定居香港的第一年，曾敏之即呼吁内地文学界关注港台海外文学。1979 年，即在《花城》杂志创刊号发表《港澳和东南亚汉语文学一瞥》，并以《海外文情》为总题在北京《光明日报》、上海《文汇报》和广州《羊城晚报》发表系列文章，介绍港澳台和海外华文文学现状。1980 年，建议将港台文学列入大学中文系课程。1981 年，担任中国当代文学学会港台文学研究会首任会长。2002 年，担任新成立的中国世界华文文学学会名誉会长。身兼多种职务的曾敏之，不遗余力地推介港澳台与海外华文文学，组织了大量的香港与内地的文学交流活动，成为港澳台与海外华文文学向中国内地最重要的传播者，还被誉为"香港文坛的左翼文学领军人物"①。

定居香港后，曾敏之还创作了大量的散文随笔，结集出版的主要有《望云海》、《观海录》、《文苑春秋》、《春华集》、《温故知新》、《四海环游》、《晚晴集》、《人文纪事》、《海上文谭》等。

战争时期，曾敏之作为《大公报》记者，以人物特写著名。其晚年的文学创作，最有价值的仍然是他的人物记，如《记梁漱溟》、《记沈从文》、《记巴金》、《记艾芜》、《风范难忘——记陈序经》、《漓江明月照浮沉——记欧阳予倩》、《浩歌声里请长缨——记田汉》、《膜拜黄金笑世狂——记钟敬文》、《水远山长失俊才——记黄谷柳》、《驰骋江南一霸才——记柯灵》、《遗爱万斛文不朽——悼念冰心老人》、《应是雄鹰奋翔时——记峻青》、《司马文森十年祭》、《茅盾在文化城》等。这些记人散文不仅具有文学价值，而且具有史料价值。曾敏之当年做记者的时候结交了大量文坛朋友，写作了大量文人采访，他本人也是学养深厚的文人，所以，当他记写这些文化人的时候，既有许多他的亲历、亲见、亲闻，又有他与所记对象在文化历史领域的会心交流，称得上是历史见证人写历史，文化人写文化人，那种真切与会心，殊为不易。这里录一段《心香长爇记杨刚》中的文字：

　　杨刚在桂林时间不长，我与她仅见过两次面，是她约我会面的，她对青年人很热情。她主编的《文艺》周刊。是继承天津《大公报》时代由沈从文、萧乾主编《文艺》版的一贯精神，具有很高文学水平的副刊，而她是不吹捧著名老作家，而以扶掖青年作者为宗旨的。记得她与我谈话时就谆谆勉以多读、多写，而且要善于从名著名作中学习写作技巧。当时文艺界争读罗曼·罗兰《约翰·克里斯夫》长篇小说，这是描写贝多芬一生的巨著，她问我读过没有？我红着脸回说连书也未见过。她说："应多读些外国文学作品，拓展眼界，五四新文学运动，是受西方文学影响才发动起

① 陈思和：《曾敏之评传·序》，陆士清《曾敏之评传》，复旦大学出版社2011年版。

来的。"

这段叙述文字表面看平淡无奇，但认真品味可以发现，作者写出了当时左翼文坛的阅读风气，道出了新文学的真实背景。杨刚毕业于燕京大学，是记者、编辑，也是作家，她与曾敏之的简短问答，包含了那个时代的文化气息。

罗孚，原名罗承勋，1921 年生于桂林，家住正阳门旁边，小学在王城里就读，中学读的是桂林中学，成绩优秀，家贫不能上大学，1941年，《大公报》桂林版创刊，在桂林招聘了 5 个外勤记者，其中有曾敏之，20 岁的罗承勋亦是其中之一，他是由当时桂林著名的才子朱荫龙推荐的，最初在《大公报》负责资料工作。

关于罗承勋在《大公报》的情况，当时桂林版《大公报》总编辑徐铸成有一段回忆：

> （罗承勋是朱荫龙的）得意门生，年龄最小，却最聪明，语文已有一定根底，也勤于做事。果然，我看他工作负责，且善于学习。他把资料室搞得井井有条，对编辑工作提供了很大的方便。举个例子，我的工作习惯，向例在下午休息后，即到编辑部翻阅各地报纸和新出的书刊，初步决定当晚打算写的社论。比如说，准备写斯大林格勒正在紧张进行的战役，就告诉他，最近看到哪些可供参考的资料。到晚上我 9 时左右上班时，他已把这些资料和有关剪报整整齐齐叠放在我桌边，不多不少，恰如我所希望要查的，每次都是如此。大约半年后，增出《大公晚报》，我鼓励他试写些稿子，不久就派他兼任副刊的助编，翌年升为正式编辑。①

罗承勋的儿子罗海雷在《我的父亲罗孚》一书中，亦对罗孚初入《大公报》的情况有所叙述，其中有一段：

---

① 徐铸成：《报海旧闻》，生活·读书·新知三联书店 2010 年版，第 369 页。

父亲还记得，徐铸成欣赏他的第一篇文字，是根据资料写的有关台湾的介绍。当年开罗宣言发表，台湾将要归还中国。他要父亲写点东西，介绍被日本霸占了几十年，我们不免有些陌生的失去的国土，父亲当时充满着激情，写了我们这《美丽岛》，把一篇可能枯燥的文字，写得充满了感情。徐用显著的地位以特栏的方式刊出。因此认为孺子可教，后来更把晚报副刊的担子也交给父亲挑了。①

1944 年 9 月，桂林进行"强迫疏散"，最后期限设定为 9 月 14 日，此日之后若还在桂林城停留将受到"军法从事"。桂林版《大公报》9 月 12 日出版了最后一期之后宣布停刊，《大公报》员工徒步前往重庆。

到重庆后，罗承勋在负责《大公晚报》副刊《小公园》的同时，为宋云彬编辑的《民主周刊》写专栏文字，后结集为《太平人语》在沈阳出版，这是他的第一本书。

1948 年，香港版《大公报》恢复，罗承勋成为恢复后的香港《大公报》第一批员工。这一年，在重庆已经成为中共同路人的罗孚加入了中国共产党。后来香港《大公报》不少人回到内地，罗孚成为《大公报》当年唯一留在香港的中共党员。

1949 年春天，香港《大公报》起义，成为左派报纸，接受新华社的领导，在香港继续出版发行。1950 年 10 月，香港《大公报》子报《新晚报》创刊，罗承勋主管《新晚报》要闻和副刊。主持《新晚报》后，罗承勋以"罗孚"为名登记了身份证，从此罗孚成为他的名字。当年的《新晚报》阵容强大，有所谓"唐宋金梁"四大名家：唐就是笔名唐人、《金陵春梦》的作者严庆澍，宋是笔名宋乔、《侍卫官杂记》的作者周榆瑞，金是金庸，梁即梁羽生。罗孚成为梁羽生、金庸创作武侠小说的促成人。

1949—1978 年，罗孚在编报之余常有写作，结集出版的作品有

①　罗海雷：《我的父亲罗孚》，天地图书有限公司（香港）2011 年版，第 30 页。

《风雷集》、《西窗小品》、《繁花集》等。

1982 年 4 月，罗孚因涉嫌间谍案羁留北京，一住 11 年。北京期间，他与许多文坛名宿交往，并以柳苏为笔名，写了大量散文随笔，结集出版的作品主要有《香港，香港》、《香港文坛剪影》。

1993 年，罗孚回归香港，笔耕不辍，结集出版的作品主要有《北京十年》、《燕山诗话》、《文苑缤纷》。

罗孚本职为报人，长期编辑名报副刊，为人随和，与许多文化人有笔墨之交，参与和知道大量文坛掌故。他长期从事统战工作，与统战高层有长期的联系，参与和了解许多内幕。加上他本人颇有风雅之好，喜爱收藏美术作品，知识丰富，才思敏捷，所有这些，决定了他的散文随笔具有不同寻常的价值。多年前，笔者曾写过一篇介绍罗孚的短文《慧眼罗孚　妙手柳苏》，意思是作为编辑的罗孚推出了不少文坛名家名著，作为作家的柳苏（罗孚在北京居住时的笔名）文章写得漂亮。如今，此论似仍未过时，可以延用。

比如，中国当代文学史上有一部很重要的著作，周作人的《知堂回想录》，这部回忆录的作者和内容对于中国现代文学史都非常重要。罗孚的《回想〈知堂回想录〉》就专门回忆了《知堂回想录》的写作和刊出过程。文章告诉我们：

　　《知堂回想录》是周作人一生中最后的一部著作。1960 年 12 月开始写作，1962 年 11 月完成。这以后他虽然仍有写作，但作为完整的书，这却是最后的、也是他晚年著作中最重要的一部。

　　书是曹聚仁建议他写的。当时我们都在香港工作，有一次曹聚仁谈起他这个想法，我是说这是个好主意，可以在香港《新晚报》的副刊上连载。曹聚仁于是写信给周作人。在周作人看来，这是《新晚报》向他拉稿，尽管也可以这样说，但说得准确些，拉稿的其实是曹聚仁，因为立意和写作的都是他。

短短两段文字，把《知堂回想录》的来龙交代得清清楚楚。稿子约来之后，又有许多周折，还有许多故事，罗孚在文章中都做了交代，这里无法一一道来，但由此我们就可以推想罗孚这篇文章的价值了。

长期编副刊的罗孚有"香港文学界的伯乐"的称号。当年正是他催生了梁羽生和金庸的新派武侠小说，到北京后，他曾经写过一篇《你一定要看董桥》。文章洋洋数千言，重点写董桥文风之"野"。文章末尾有一段：

> 我想起董酒。这名酒初初大行其道，在香港还是稀罕之物时，我从内地带了一瓶回去，特别邀集了几位朋友共赏，主宾就是董桥，不为别的，就为了这酒和他同姓，他可以指点着说："此是吾家物。"在我看来，董文如董酒，应该是名产。董酒是遵义的名产，董文是香港的名产——确切些说应该是香港的名产，它至今在产地还没有得到相应的知名度。

此文出，内地读者始知香港文坛有一文章高手董桥。于是，董桥名满内地文坛，读董桥成为内地坊间一时风习，罗孚亦被视作"董桥风靡大陆的推手"，由此可见罗孚文章的魅力。

2004 年，罗孚写《忆孙毓棠和几位老师》，回忆他在桂林中学读书时的几位老师，其中重点写到孙毓棠：

> 我们的老师，也有真正的大作家，那就是"宝马"诗人孙毓棠。他本来是清华大学历史系的教授，对汉史很有研究。但他爱写新体诗，出了一本诗集《海盗船》，使他诗名大振的更是长篇历史叙事诗《宝马》。宝马又称天马，是汉朝西域大宛国的一种骏马，据说日行千里，其快如飞，汗从前肩膊出，颜色红得像血，称为汗血马，将军李广利灭了大宛国，斩了大宛王的首级，把汗血马献给汉武帝，还作了一首《西极天马之歌》。《宝马》就是写李广利如何远征西域，夺得汗血马的故事。诗长五六百行，是中国前所未有的长篇史诗。

　　孙毓棠在桂中教的是历史，但我没有上过他的课，只是见他在校园中来去匆匆，风度翩翩，很令人仰慕。

　　他虽然没有教过我，我却总是记得他，因为他在桂林城中的下榻之处，是我姐夫的住所。那是大姐夫妇所买下的房子，楼上有空，就租了给他，位置在王城边上的中华路。虽是木楼，但在当时已是不错的房子了。

　　孙毓棠夫妇住在那里。他的夫人是一位名演员。舞台上演的是曹禺《日出》中的陈白露。她名叫封禾子，后来改名为封凤子。人们就叫她凤子。她是复旦大学的校花，不知在哪里当上了孙毓棠导演的《日出》的主角。两人因舞台结缘而结为夫妇。原来孙毓棠不仅是学者、诗人，还是一位戏剧家——导演。

　　这段叙述或许有点小瑕疵，孙毓棠不是导演，而是演员，曾与凤子同台演出。但小瑕疵不足以损大器，不影响这是一篇好文章。读《忆孙毓棠和几位老师》，不仅能让我们了解许多抗战时期桂林文化城的情况，而且也能让我们体会到年逾80的罗孚先生的乡情。

　　现代文学史家陈子善曾如此评价罗孚的《北京十年》："罗先生交游广阔，《北京十年》中记录最多最吸引人的就是他与文坛前辈的往来，包括访谈、聚会、酬酢和唱和等等。他写夏衍、聂绀弩、常任侠、杨宪益戴乃迭夫妇、吴祖光新凤霞夫妇、黄苗子郁风夫妇、丁聪沈峻夫妇、楼适夷、舒芜、范用、萧乾、周而复、启功、黄永玉等等，哪怕只有寥寥数笔，都是栩栩如生，音容笑貌呼之欲出。这些文坛前辈80年代思想、情感、个性、言谈，乃至种种有趣的细节，通过他的妙笔得到了相当程度的保存，很有研究价值。"[1]

　　这样的评价，放在罗孚其他的文字，也是合适的。

　　梁羽生，1924年生于广西蒙山县文圩乡屯治村一个书香之家，原名陈文统。1941年，陈文统转入桂林高中上学，置身于战时著名的桂

---

[1]　陈子善：《罗孚先生和他的〈北京十年〉》，罗孚《北京十年》，中央编译出版社2011年版。

林文化城中，广泛接触了当时的新文学。1944 年，豫湘桂战事发生，陈文统回蒙山避难，拜时在蒙山避难的简又文、饶宗颐等文史大家门下学习作诗填词。1945 年，陈文统考入岭南大学，大学期间，受学者金应熙影响较大。1949 年，陈文统大学毕业，被香港《大公报》录用，任副刊编辑。

1954 年，陈文统以梁羽生为笔名，创作了他的第一部武侠小说《龙虎斗京华》，并在香港《新晚报》连载，梁羽生因此成为港台新派武侠小说的鼻祖。

何谓港台新派武侠小说？

武侠小说，中国古已有之。民国年间，平江不肖生、宫白羽、还珠楼主等武侠小说家更是名闻遐迩。中华人民共和国成立之初，曾经禁止出版武侠小说。由于此禁令未在港台实行，为武侠小说在港台的生存留下了空间。以梁羽生、金庸、古龙为代表的港台武侠小说作家深受新文学的影响，把许多新文学的思想观念和形式技巧纳入到武侠小说，如柳苏所说："新派，新在用新文艺手法，塑造人物，刻画心理，描绘环境，渲染气氛……而不仅仅依靠情节的陈述。文字讲究，去掉陈腐的语言。有时西学为用，从西洋小说中汲取表现的技巧以至情节。使原来已经走到山穷水尽的武侠小说进入了一个被提高了的新境界，而呈现出新气象，变得雅俗共赏。连'大雅君子'的学者也会对它手不释卷。"① 因此，他们的武侠小说被称为港台新派武侠小说。

梁羽生一生创作武侠小说 35 部，35 部武侠小说最初都在香港《新晚报》、《大公报》、《香港商报》，新加坡《民报》、《星洲日报》、《南洋商报》等报纸副刊连载，后陆续由香港伟青书局、天地图书等出版机构出版发行。1980 年，梁羽生的《萍踪侠影录》终于能够在内地出版，一发而不可止，产生极大影响。

梁羽生武侠小说的代表作主要有《七侠下天山》、《白发魔女传》、《萍踪侠影录》、《云海玉弓缘》。1979 年，数学家华罗庚刚刚读完梁羽

---

① 柳苏：《侠影下的梁羽生》，柳苏《香港文坛剪影》，生活·读书·新知三联书店 1993 年版。

生的《云海玉弓缘》，与梁羽生在英国伯明翰相识，说出了一句被广为引用的话："武侠小说是成年人的童话。"① 这里试对《云海玉弓缘》这部长篇小说略作阐述，通过窥此一斑而见梁羽生武侠小说之全貌。

《云海玉弓缘》以金世遗为主人公。金世遗在梁羽生之前的小说《冰川天女传》中已经出现，少年被世人遗弃，独往独来，养成乖戾的脾气，武功高强，在江湖上留下较坏的名声，绰号"毒手疯丐"，为大多数人所恐惧，视之为武林怪物，唯有冰川天女对他怀抱善意，使他颇为感念。在《云海玉弓缘》中出场的金世遗，有感于唐经天有个冰川天女，陈天宇有个幽萍，江南有个邹绛霞，而自己在茫茫人海中仍无一知己，心里颇为失意。就像邹绛霞对他的议论："他的武功虽然高到极点，却是孤独得很。"

小说里，与金世遗有诸种情愫的有李沁梅、谷之华、厉胜男三个女性。

李沁梅在父母的溺爱中长大，从未见过人世的丑恶，也未尝过人世的辛酸，她纯真无邪，对金世遗颇为痴情眷恋，一直在寻觅金世遗。但金世遗认识到自己的命运漂泊，李沁梅却没有承受这种命运的能力，因此，金世遗虽然对李沁梅友爱，但从不敢接受李沁梅的爱情。

谷之华是江湖魔头孟神勇的女儿，金世遗对她一见钟情，他由谷之华的名字想到"幽谷有传人，遗世而独立"，觉得自己的名字与谷之华的名字有一种特别的缘分。过去他把冰川天女当作他的第一知己，但后来意识到冰川天女只是同情他，怜悯他，而谷之华却是把他当作同等的人看待。"他觉得谷之华好像比李沁梅更懂得他。"而他在谷之华面前，也不由自主收敛了乖张的行为。

厉胜男身世比金世遗更为不幸，性格比金世遗更加极端。厉家因藏有武学大师乔北溟的武功典籍而被孟神勇灭门，孟神勇杀了厉家男女数十人，抢走了部分武学秘典。厉胜男因此负有血海深仇。她对金世遗情有独钟，却不被金世遗所接纳，只好不择手段逼迫金世遗与她同行出

---

① 梁羽生：《与武侠小说的不解缘》，梁羽生《笔花六照》，广西师范大学出版社 2008 年版。

海，到荒岛上寻找乔北溟留下的全部武学秘典。经过千难万险，终于找到秘典，但又被尾随而来的孟神勇抢去半部。最后厉胜男与孟神勇决一死战，孟神勇试图与她同归于尽，结果是厉胜男被金世遗救出险境，孟神勇自毙。

整部小说80多万字，以武林复仇故事为框架，讲述的却是金世遗与李沁梅、谷之华、厉胜男之间的爱情纠葛。李沁梅单恋金世遗，厉胜男单恋金世遗，金世遗与谷之华虽然心有灵犀，但又常遇阻碍。小说反复叙写金世遗对三位女性的不同感受，如第九回的这段心理描写：

　　金世遗将他们戏弄一番，痛快之极，自到附近山头去睡了一个大觉，梦中见到李沁梅捧着一朵天山雪莲，在海面上缓缓行来，大海平滑如镜，天上美丽的彩云好像就要覆到海上，突然间谷之华也来了，金世遗正想迎接她们，突然间那姓厉的女子也来了，海浪忽然裂开，李沁梅和谷之华都沉了下去，只留下姓厉的那个女子哈哈大笑！

　　金世遗一惊而醒，抬头一看，但见群星闪烁，明月在天，已是将近三更的时分了。金世遗自笑道："这一觉睡得好长，梦也发得荒唐！"忽地想起梦中那三个少女，李沁梅对他是一片深情，她不解世事，好像根本不知道人间的丑恶，和她在一起的时候，常常令他感到自惭形秽，也感到赤子的纯真，金世遗愿意像对待小妹妹一样的爱护她。谷之华是吕四娘的弟子，金世遗尊敬吕四娘，也尊敬谷之华，虽然只是匆匆一面，已给他留下不可磨灭的印象。谷之华见多识广，心胸宽大，和蔼可亲，金世遗虽然比她年长，总觉得她好像自己的姐姐一般。金世遗对任何人都敢嬉笑怒骂，放荡不羁，唯独在谷之华的面前，第一次见面，就令他自然而然的不敢放肆。至于这个姓厉的女子呢，奇怪得很，金世遗觉得她邪气十足，对她有说不出的憎厌，但却又忍不住去想她，好像她是自己一个很熟悉的人一样，甚至于在她的身上，可以看见自己过去的影子。一个人可以摆脱任何东西，却总不能摆脱自己的影子，这也许就是金世遗既憎恨她，而又想念她的缘故吧。总之，梦中这三个女子，虽然各各不同，却都已在他的心头占了一席位置，要不然他也不会在梦中见到她们了。

　　这段梦境，其实是金世遗与三位女子关系的隐喻，从中可以看出梁羽生受到弗洛伊德精神分析学说的影响，这正是前文柳苏所说的新派武侠小说受西学影响的重要一例。在小说里，金世遗一直都在逃避厉胜男，却又时时受到厉胜男的吸引，他认为谷之华善良、正义、宽和，有一种向上的希望，厉胜男偏窄、邪恶、野心，要拖他到无底的黑暗深渊。小说最后，金世遗为了从厉胜男那里获得救治谷之华的解药，被迫与厉胜男成婚，在婚礼上，他仍然一心念着谷之华。然而，当他情不自禁亲吻厉胜男的时候，发现厉胜男已经渐渐僵冷，笑容收敛，如同一朵盛开的玫瑰顷刻之间便即枯萎。此刻的金世遗，终于意识到他真正所爱，竟是他一直想摆脱的厉胜男，小说最后写道：

　　　　厉胜男曾经是他怜悯过、恨过而又爱过的人。在她生前，他并不知道自己爱的是她，在她死后方始发觉了。他现在才知道，他以前一直以为自己爱的是谷之华，其实那是理智多于情感，那是因为他知道谷之华会是个"好妻子"。但是他对厉胜男的感情却是不知不觉中发生的，也可说是厉胜男那种不顾一切的强烈感情把他拉过去的。

　　然而，此情可待成追忆，只是当时已惘然。金世遗终于永远失去了厉胜男，也终于明白了这个失去对他而言是多么大的伤痛。他曾经拥有，但始终想摆脱，终于摆脱，才明白这份拥有对于他的至关重要，但一切却都不可复返。

　　梁羽生是一个很自觉的武侠小说写作者，他曾经谈到他的武侠小说所受西方文学的影响，读之会帮助人们理解他的武侠小说：

我发表的第三部小说是一九五六年在《大公报》连载的《七剑下天山》，这部小说受到了爱尔兰女作家伏尼契《牛虻》的影响。牛虻是一个神父的私生子，后来成为革命党人，父子在狱中相会一节，非常感人。我把牛虻"一分为二"，让男主角凌未风是个反清志士，有与他类似的政治身份；女主角易兰珠是王妃的私生女，有与他类似的身世。不过在中世纪的欧洲，教权是可以和王权分庭抗礼，甚至高于王权的；而清代的王妃则必须服从皇帝，"戏剧性的冲突"就不好原作了。《七剑》之后的一些故事，则是在某些主角上取其精神面貌与西方小说人物的相似，而不是故事的模拟。如《白发魔女传》主角玉罗刹，身上有安娜·卡列尼娜不能忍受上流社会的虚伪，敢于和它公开冲突的影子；《云海玉弓缘》男主角金世遗，身上有约翰·克里斯朵夫宁可与社会闹翻，也要维持精神自由的影子，女主角厉胜男，身上有卡门不顾个人恩怨，要求个人自由的影子。

从《七剑下天山》开始，我也尝试运用一些西方小说的技巧，如用小说人物的眼睛替代作者的眼睛，变"全知观点"为"叙事观点"。……故事的进行用时空交错手法；心理学的运用，如《七剑下天山》中傅青主为桂仲明解梦，《云海玉弓缘》中金世遗最后才发现自己爱的是厉胜男，就都是根据弗洛伊德的潜意识理论。①

梁羽生从西方文学寻找资源，开创新派武侠小说。不过，武侠小说终究是中国的国粹，有着鲜明的中国传统文化特色。对此，梁羽生亦很自觉。他曾经解释过侠的概念：

> 侠的内容那就更丰富了，它的概念也是随着时代而变的。从古人对于侠的要求"言必信，行必果，诺必诚"，到现代武侠小说作家，有的主张要为国为民才是侠之大者，有的认为"做对大多数

---

① 梁羽生：《与武侠小说的不解缘》，梁羽生《笔花六照》，广西师范大学出版社2008年版。

人有利的事情就是侠的行为",有的认为只要是人类某些高贵品质的表现就是侠。

梁羽生武侠小说恪守了中国武侠小说主流的侠文化传统,正邪分明,国家民族利益放在首位;它也汲取了 20 世纪具有重大影响的阶级观念,统治者往往被作为反面人物出现在作品中。

梁羽生不仅以武侠小说名世,而且他的散文随笔、诗词对联都写得很好,是典型的中国才子品质、名士风范。

第二节　台湾名家

白先勇,1937 年生,桂林人,民国著名将领白崇禧的儿子。童年的白先勇先后居住在桂林铁佛寺和风洞山两处,曾在中山小学幼儿班和中山小学就读。

《白先勇传》的作者王晋民认为,桂林七年"是白先勇童年生活最安定、最快乐的黄金时期,那时他是一个个性很外向、爱热闹,不知天高地厚的小孩子。因为那时他的家庭正值《红楼梦》中所说的如'烈火烹油,鲜花着锦'之盛的时期,亲戚朋友很多,十个兄弟姐妹都在一起……"①

1944 年,湘桂大撤退,白先勇迁至重庆。1945 年抗日战争胜利,白先勇迁至南京。1946 年迁至上海。1948 年底迁至广州。1949 年秋南下香港。1952 年到台北与父母团聚。

在台湾,白先勇先后就读于建国中学、成功大学和台湾大学。

1963 年,白先勇到美国爱荷华大学"作家工作室"攻读硕士学位。1965 年,受聘加州大学圣塔·芭芭拉校区东方语文系,开设汉语和中国文学课程。1973 年获得加州大学圣塔·芭芭拉校区终身教职。1981

---

① 王晋民:《白先勇传》,香港华汉文化事业公司 2002 年版。

年晋升教授。

1944 年离开桂林，直到 49 年后的 1993 年，白先勇才第一次重返桂林。2000 年、2004 年、2012 年，白先勇又多次重回桂林。2001 年，白先勇曾专门写了长篇散文《少小离家老大回——我的寻根记》，记述了他的家族来历和故乡记忆。

1958 年 9 月，还在台湾大学外文系二年级就读的白先勇在夏济安主编的《文学杂志》发表短篇小说《金大奶奶》，从此走上文坛。

在长达半个多世纪的时间里，白先勇主要创作了长篇小说《孽子》和《寂寞的十七岁》、《台北人》、《纽约客》三个系列的短篇小说，以及大量的散文随笔。其中，《游园惊梦》、《永远的尹雪艳》、《谪仙记》、《玉卿嫂》、《花桥荣记》等篇章为华人世界耳熟能详，成为 20 世纪华语文学中当之无愧的经典作品。

总体上看，白先勇的小说主要表现了两个题材或者主题：一是被放逐到海外的中国人的生存状态和内心世界，白先勇通过这个题材传达了深刻的沧桑体验，他借用刘禹锡的《乌衣巷》来概括，所谓"朱雀桥边野草花，乌衣巷口夕阳斜，旧时王燕堂前燕，飞入寻常百姓家"。短短 28 个字，以巨大的时间跨度和空间更换，浓缩了中国人典型的情感体验。可以用一个词来描述它，就是"乡愁"。这个"乡愁"，是背井离乡的乡愁，是人生遭遇挫败和放逐的乡愁，它既是时间维度上的，即对不可追回的繁华时光的缅怀；又是空间维度上的，即对江山易主的苍凉空间的痛惜。白先勇的代表作短篇小说集《台北人》形象地诠释了这种中国人的集体无意识。二是精神病人、同性恋、妓女和艾滋病人等社会边缘人群的生存状态和内心世界，白先勇通过这个题材表现了深刻的孤独主题，他借用陈子昂的《登幽州台歌》来隐喻，所谓"前不见古人，后不见来者，念天地之悠悠，独怆然而涕下"。在无始无终的时间、无边无际的空间面前，个体不可避免地会产生"深刻的孤独感"，白先勇通过他的短篇小说，给这种"深刻的孤独感"赋予了具体的生命、文化和历史的内容。当他把陈子昂的《登幽州台歌》置于他的小说集的卷首时，他似乎在暗示我们，他小说所传达的孤独感，正是陈子昂登高临远时"深刻的孤独感"的千年回响。

作为被放逐的华人一代的代表人物，白先勇作品不仅有强烈的乡愁体验，而且有深层的孤独内蕴。孤独是白先勇人生经历中极其重要的生命体验。

在回忆散文《蓦然回首》中，白先勇如此写道：

> 在抗日期间愁云惨雾的重庆，才七八岁，我便染上了二期肺病，躺在床上，跟死神搏斗。医生在灯下举着我的爱克斯光片指给父亲看，父亲脸色一沉，因为我的右边肺尖上照出一个大洞来。这个时候没有肺病特效药，大家谈痨色变，提到肺病两个字便乱使眼色，好像是件极不吉祥的事。家里的亲戚佣人，一走过我房间的窗子便倏地矮了半截弯下身去，不让我看见，一溜烟逃掉，因为怕被我抓进房子里讲"故仔"，我得的是"童子痨"，染上了还了得。一病四年多，我的童年就那样与世隔绝虚度过去，然而我很着急，因为我知道外面世界有许许多多好玩的事情发生，我没份参加。

这场疾病，对白先勇的人生和文学显然产生了重大影响。在"烈火烹油，鲜花着锦"的童年经历之后，紧接着是与世隔绝的少年虚度。这种人生的大起大落，其影响心灵的强度或许超过鲁迅"从小康之家坠入困顿"的经历。放逐台北之后，白先勇还经历过他的至亲的孤独体验。当时他在台北上中学，他的三姐白先明因为精神分裂症从美国回到台北。恰恰因为自己曾经有过与世隔绝的经历，白先勇特别能体会明姐的孤独。加上白先勇的同性恋取向，他辗转于大陆、台湾省和美国的人生经历，以及其显赫家族遭遇放逐逐渐沦落的历史，这一切皆成为其孤独感的重要来源。

有论者认为，"白先勇所有作品皆是他的心灵传记。孤独是这部传记重要的生命体验。白先勇短篇小说的孤独感主要有三种类型，分别是生命孤独、文化孤独和历史孤独。生命孤独缘于个体先天性的身体差异，与'众'不同的身体体验使个体无法与主流群体认同，成为茫茫时空孤零零的'那一个'；历史孤独缘于历史中某个辉煌时间的戛然而止，它无法传承而成为时间长河中孤独的片断；文化孤独缘于不同文化圈相互之间的隔膜，空间的迁移使人物难以实现新空间的文化认同。白先勇以生命孤独、文化孤独和历史孤独诠释了人生的孤独体验"①。应该说，这个论断简明地道出了白先勇文学创作的价值所在。

《花桥荣记》是白先勇小说的代表作之一。作品主人公卢先生是中学教员，孤独地流落在台湾。好心的花桥荣记米粉店老板娘为他介绍了侄女秀华，却遭婉拒，因为他的感情仍然生活在往昔之中，仍然爱恋着故乡桂林的未婚妻罗家姑娘。他喜欢用弦子拉桂林戏《平贵别窑》。罗家姑娘一度有了消息，十根金条作花销，即可接来。卢先生倾尽 15 年积蓄，结果遇上骗局，人财两空，团圆美梦粉碎。卢先生因此精神崩溃，竟跟洗衣妇阿春乱搞起来，原来一往情深的爱恋变成兽性发作的情欲，最后终于客死台北。

《花桥荣记》收进了白先勇的小说集《台北人》，它典型地阐释了白先勇全部小说创作的重要主题——放逐的悲剧。卢先生从桂林流落到台湾是一种放逐，失去家园的放逐；卢先生从富豪子弟沦落为教书先生又是一种放逐，由尊至卑的放逐；卢先生从优雅的教养、执着的坚守到粗鄙的做派、瓦解的意志也是一种放逐，道德、操守、人格的放逐。可以说，卢先生从政治到经济、从文化到人格，都被彻底放逐了。最后卢先生的死亡，则是生命的放逐。其实，在物质生命死亡之前，卢先生的精神生命已经先行消逝了。

这篇小说在艺术上也代表了白先勇的特色。首先，是凄清的悲剧氛围，无论是卢先生的落难遭遇，还是老板娘的叙述口吻，无不流露出今不如昔的感伤色彩，这种叙述风格与主题内容相当合拍；其次，是写实和象征的高度融合，通篇文字纯为写实，但整体造型、心理刻画和结构安排却表现了一种强烈的象征意蕴，言外有意，韵味深长；最后，作品

---

① 李咏梅：《论白先勇短篇小说的孤独主题》，《南方文坛》2014 年第 2 期。

在风俗描写上颇有地方特色，语言表现也十分简洁、含蓄。

白先勇的作品并不多，半个多世纪，只创作了一部长篇小说、几十部短篇小说和几十篇散文。但他的作品品质极高，影响极大，以至于中国现代小说史家夏志清认为"白先勇是当代短篇小说家中少见的奇才"，"在艺术成就上可和白先勇后期小说相比或超越他的成就的，从鲁迅到张爱玲也不过五六人"。

1999 年，全球都在对 20 世纪人类的文化成就进行盘点。1999 年 3 月，白先勇的《台北人》高票入选由台湾媒体评选的 30 部作品构成的"台湾文学经典"。1999 年 6 月，白先勇的《台北人》入选香港媒体评选的"二十世纪中文小说一百强"，仅次于鲁迅的《呐喊》、沈从文的《边城》、老舍的《骆驼祥子》、张爱玲的《传奇》、钱锺书的《围城》和茅盾的《子夜》，名列第七，是进入前十名的唯一当代作品。1999 年 8 月，白先勇的《台北人》入选大陆媒体评选的 20 世纪"百年百种优秀中国文学图书"。

2003 年 7 月，白先勇成为台湾第七届"国家文艺奖"文学类获奖者。颁奖理由是："白先勇的文学创作，对战后台湾社会特殊阶层人物，充满人性关怀，作品融入古典小说与西方现代小说的精髓，具有原创力与艺术性，允为台湾现代文学的典范。另外，与文学同侪创办的《现代文学》，引介西方现代思潮，鼓励文学创作，对台湾文学发展有一定的影响。"

2004 年，在"北京文学节"，白先勇获得"北京作家最喜爱的海外华语作家奖"。

由此可见，白先勇的文学成就得到了两岸四地的高度认同，是名副其实的 20 世纪中国文学经典作家。

作为最具影响力的海外华人作家之一，白先勇受到学术界广泛的关注，中山大学王晋民、中国社会科学院袁良骏、南京大学刘俊以及海外的欧阳子等都写过有关白先勇的研究专著，而有关白先勇的论文，更是数量庞大，不胜枚举。

白先勇不仅是一个杰出的作家，同时也是一个杰出的文学出版家和昆曲推广人。作为一个文学出版家，白先勇创办了对台湾文学具有深远影响的杂志《现代文学》。从 1960 年 3 月《现代文学》创刊号问世，到 1984 年 1 月《现代文学》宣告终刊，除了 1973 年到 1977 年将近四年时间停刊外，《现代文学》总共出版了 73 期，包括前期的 51 期和后期的 22 期。前期的《现代文学》一方面为台湾文坛系统引进西方现代主义文学，另一方面发表大量有关中国古典文学的研究论文，一代台湾杰出作家如白先勇、王文兴、欧阳子、陈若曦、陈映真、林怀民、丛甦、黄春明、李昂等通过《现代文学》成名和成熟，王祯和、李黎、施叔青、三毛、荆棘等通过《现代文学》走上文学创作的道路。后期《现代文学》推出了一批台湾文学新秀，如王拓、黄凡、张大春、宋泽莱、蒋勋、罗青等，同时，《现代文学》还组织了诸如民国抗战文学和大陆"文革"文学等一批专号，表现出明显的大中华文学观。办刊长达 20 年的《现代文学》成为 20 世纪 60 年代至 80 年代台湾文学的重要组成部分，堪称这一时期台湾文学的缩影，它的终结，标志着台湾一个时代文学的结束。

作为昆曲推广人，白先勇制作青春版昆曲《牡丹亭》，使昆曲这一世界文化遗产重新焕发青春。2001 年，昆曲入选联合国教科文组织第一批 19 项"人类口头和非物质遗产代表作"。白先勇制作昆曲由来已久。1983 年，白先勇在台湾制作了一台包含《闺塾》和《惊梦》两折的昆曲《牡丹亭》，这是他第一次制作昆曲；1992 年，白先勇再次在台湾制作由海峡两岸名伶合作演出的昆曲《牡丹亭》，使台湾出现了昆曲热；2002 年，白先勇开始制作青春版昆曲《牡丹亭》，2004 年，白先勇带着青春版昆曲《牡丹亭》进院校，出国门，到全球各地巡演，8 年间，创造了昆曲剧目演出 200 多场、现场观众累计超过 50 万人次的纪录。2006 年，青春版《牡丹亭》在欧美国家巡演 12 场。此后，美国加州大学伯克利分校、密歇根大学等高等学府相继开设了昆曲课，白先勇成为继梅兰芳之后，第一个向世界介绍昆曲的华人。从纵向看，白先勇传承制作昆曲，恢复了古老遗产的艺术生命；从横向看，白先勇传播推广昆曲，扩大了中华文化的影响力；其纵横结合，揭开了 21 世纪中华文化复兴的序幕。

广西是白先勇家族的发祥地，也是白先勇个人生命的初始地。回到故乡的白先勇最开心的事情就是吃米粉、看桂剧、说桂林话。他曾经写过多篇桂林题材的短篇小说，其中，《玉卿嫂》和《花桥荣记》中有关桂林米粉、桂剧、桂林话的描写打动过许多人。桂林话、桂剧、桂林米粉伴随了他的童年生活，广西的自然风光和人文景象是白先勇生命体验的原型、情感记忆的底片，是白先勇小说文化乡愁的基因。

第三节　硅谷女史

陈谦，自幼生长于广西南宁，广西大学工程类本科毕业，1989 年春赴美国爱达荷大学留学，获电机工程硕士学位，曾长期供职于芯片设计业界。现居美国硅谷。主要作品有长篇小说《爱在无爱的硅谷》、中篇小说《无穷镜》、《繁枝》、《莲露》、《特蕾莎的流氓犯》、《望断南飞雁》、《覆水》等，《望断南飞雁》、《繁枝》获"人民文学奖"，《特蕾莎的流氓犯》获首届郁达夫小说奖，《望断南飞雁》、《繁枝》、《莲露》均入选当年度中国小说学会的中国小说排行榜。

陈谦小说大都讲述改革开放以后赴美的华人的生活故事。概略地说，陈谦小说有如下几个特点。

一是小说人物多为大陆中学名校学霸、大学名校精英，以优异成绩到美国后继续攻读学位，成为高科技人才，智商极高，经过打拼，获得了优越的生活境遇，实现了各自的美国梦。比如《望断南飞雁》中的王镭是高考理科状元，沛宁虽然略逊一筹，但同样是高考的佼佼者，在美国打拼多年之后，王镭成了布朗大学的终身教授，她所领导的研究名声在外，研究成果在顶尖杂志《自然》、《科学》、《细胞》上全面开花，沛宁成了俄勒冈大学教授；又比如《繁枝》中的锦芯，中学毕业考上北京大学，到美国后在伯克利加大读了化学博士，发表了许多论文，还有专利发明，在南旧金山市的大型上市生物制药公司

"海湾药业"任中心实验室主任；还比如《无穷镜》中的珊映，高中毕业如愿考进上海交大，研究生毕业后到美国斯坦福大学攻读博士学位，秉承斯坦福"通过创业改变世界"的传统，获得博士学位后开始了创业历程。

二是小说的人物多出身高级知识分子家庭，从小受过良好教育，树立了雄心壮志，充满奋斗进取精神。比如《望断南飞雁》中沛宁的父亲是广西数一数二的胸外科大夫，母亲也曾在自治区人民医院做五官科大夫，王镭的父母双双从上海支边到广西，在广西大学教书，王镭父母对独生女儿王镭的期望是成为居里夫人那样的大科学家，连女儿的名字都是如此直奔主题；又比如《繁枝》中的锦芯，父亲是广西农科院的农作物栽培专家，母亲毕业于北京师范大学俄语专业，在广西民族学院工作，锦芯父母结婚的时候，母亲还给大家用俄语背诵《静静的顿河》，从小就教育女儿锦芯要自立、自强，不能有靠男人的念头；还比如《无穷镜》中的珊映，父亲毕业于上海交大，母亲毕业于广西师大，父亲"文化大革命"后又考回上海交大并留校任教，在父亲的影响下，珊映从小就立志要考父亲的大学，并终于如愿以偿，在珊映去美国的前夜，父亲对她说："大部分的人活在这世上，都像一炷燃在风中的香，一生能安然燃尽，就是福气；可有些人不愿做一炷香，要做那夜空里绽放的烟花，有幸能在短暂一生里燃放出烟花的人是非常幸运的。"父亲的教诲使那夜空里腾空怒放的烟花，成为珊映人生目标的一个具象。

三是小说人物貌似美满的婚姻大都存在问题。比如《望断南飞雁》中的沛宁，舍弃了咄咄逼人的王镭，选择了温顺的大专生南雁。离开了王镭，沛宁在南雁面前感觉非常放松，他全身心投入事业，然而，令他完全没有想到的是，外表平庸的南雁，同样有一个顽强的美国梦，与南雁生活十多年，沛宁从来没有在意南雁的志向，甚至瞧不起南雁的志向，最终的结果是，南雁离家出走，追寻她的美国梦去了，一对夫唱妇随的夫妻，因各有其志而分道扬镳；还比如《繁枝》中锦芯，在北大求学的时候接受了志达浪漫的求婚，跟随志达到美国求学，但后来锦芯也意识到，这种初恋导致的婚姻，因为抽芽早，养分不足，容易滑入平淡，果然，后来志达回国创业，爱上了一个小歌女，招致了从小性格强势的锦芯的仇恨；还比如《无穷镜》中的珊映，到斯坦福报到的第一天，遇见了康丰，一见钟情，两年后结婚，康丰所在公司上市后，康丰适时卖出股票，实现了账务独立的梦想，在洛斯阿图斯山间有了自己的"理想住处"，然而，珊映却为了实现自己的"烟花"梦想，不愿过生儿育女的正常生活，康丰认识到真正的爱不是单方面的，是照应彼此的需要，他承认自己没有真正理解珊映，提出了离婚。

四是小说人物多是在人生目标接近实现的时候，生活出了问题。比如《望断南飞雁》中的沛宁到美国后花 5 年时间获得博士学位，然后是 3 年的博士后，之后用了 8 年时间去争取终身教授资格，当终身教授资格已经完全没有悬念之后，他的妻子南雁离开了他，一个美满幸福的家庭面临解体；又比如《繁枝》中的志达，在互联网的黄金时期加入了"湾景网络"，上市后获得了巨额的收益，接着回国内发展，很快找到风险投资，公司估值直线上升，上市指日可待，恰在此时，他发生了婚外恋，幸福人生遭到改写；还比如《无穷镜》中的珊映对做出能直接影响甚至改变人们生活方式的产品更有兴趣，她在硅谷组建了自己的红珊技术公司，完成了可供第二代谷歌眼镜使用的裸眼 3D 图像处理芯片，在尼克和戴维的帮助下，红珊公司第二轮融资胜利在望，甚至可能被谷歌收购，珊映离成功只有一步之遥了，然而这时候，珊映发现尼克、戴维与她在一起讨论产品的照片被传到了网上，由于尼克的特殊身份，这些照片有可能使珊映的融资计划毁于一旦。

五是小说主要人物多有广西背景。作为广西籍作家，陈谦这一点表现特别突出，甚至远超过生活在国内的广西籍作家。她的小说《覆水》、《特蕾莎的流氓犯》、《望断南飞雁》、《繁枝》、《莲露》、《无穷镜》无一例外地有广西背景，《覆水》中的依群原来在中国南疆小城里的街道铁器厂做绘图员，哥哥依宁曾在大瑶山插队多年；《特蕾莎的流氓犯》中的女主人公 17 岁才离开南宁，男主人公青年时也曾经跟随父亲到桂北生活；《莲露》的主人公莲露的生父是广西百色人，她 4 岁时母亲跟父亲到了桂林生活，后来莲露随母亲到桂林上学，学会了一口桂林话，长成一个矜持的桂林女孩；《望断南飞雁》中的沛宁和王镭都是南宁人，是南宁三中的同学，南雁是北海人，南雁的母亲家里是桂东的大地主，桂系领袖黄绍竑是家族里的伯父；《繁枝》中的锦芯、立蕙少年时代都生活在南宁西郊广西农科院；《无穷镜》中珊映的父亲是广西人，大学毕业分配回家乡，珊映在百色山区度过童年，直到父亲考回母校并留校之后才离开广西到上海安家。值得注意的是，陈谦小说所涉及的广西地域多为实写，城市的地名、学校名、机构名等往往都是实有其地、实有其学校、实有其机构的，小说往往还涉及广西的物产、自然与人文风光，这些元素给陈谦的小说打上了鲜明的地域烙印。

六是陈谦的小说充满哲理性的思考。仅就中篇小说《无穷镜》而论，至少涉及三个层面的哲理思考。

第一个层面，是关于时代的思考。小说标题提示了这一思考。人类进入了高科技的网络时代，人的行为被"无穷镜"、"无穷尽"地监视，无处不在的"无穷境"的科学技术，使人几无隐私可言，个人自由陷入极大的危机。

第二个层面，是关于人性的思考。尼克与珊映的对话点出了其中的寓意。对话中，尼克提到啄食顺序。啄食顺序指群居动物经过争斗，让社群地位阶层化，并分出支配等级。以鸡群为例，雄鸡用嘴争斗，斗出鸡群内尊卑次序，居于高位的强者，占有更多资源，包括更多性伴侣，人类同样如此，从小到大，各种大小圈子，争的也是啄食顺序，显示智力优势的自我意识无处不在。

第三个层面，是关于人生的思考。这个思考渗透在陈谦许多小说之中。陈谦小说讲述的大都是事业成功者的故事，那么，事业成功是否意味着人生的全部意义，是否意味着真正的人生幸福，这已经成为陈谦许多小说所追问的问题。陈谦笔下的人物往往目标明确、心志专一、一路奔跑、直奔主题，但他们往往是到了事业巅峰之际，在人生出现问题的时候，才忽然醒悟，人生并不是事业的单面结构，而是生命的圆形状态。人生究竟是选择做一炷缓慢燃烧赢得最长时间的香，还是做那燃烧灿烂的烟花，小说中的人物无法做出非此即彼的回答。在《无穷镜》

中，作者有意引用了美国著名诗人弗罗斯特的诗歌《未行之路》，以隐喻自己对人生道路选择的思考。

　　总体而言，陈谦的小说显示了开阔的文学视野和较高的文学品质，她让人们领略了广西当代文学的另一种风景，作为一个仍在成长的作家，我们有理由对她寄予更高的期待。

第八章　民间想象

第一节　口耳相传

广西是民间文学的沃土。灰姑娘的传说、刘三姐的山歌、壮族的英雄史诗、瑶族的创世神话、侗族的琵琶长歌等，都是广西民间文学的瑰宝。汉代文献保留了《越人歌》，唐代的《酉阳杂俎》留下了灰姑娘的传说，清代李调元搜集广西民歌编纂了《粤风》一书，进入民国，广西民间文学的搜集与整理，也进入了新的时代。

20 世纪 20 年代，中国第一个民间文学刊物，北京大学的《歌谣》周刊刊登过一批广西民歌。1928 年，中山大学学生石声汉到广西瑶山调查，搜集了 197 首瑶歌，刊登在中山大学 1928 年出版的《瑶山调查专号》。20 世纪 30 年代，广西本土的报刊也开始重视民歌的搜集，《南宁民国日报》（南宁）辟出版面刊登广西民歌，引起了搜集广西民歌的热潮，大量民歌刊登在该报上，甚至有搜集者称："我宁愿唱山歌不读文章！"

下面这首是 1932 年 6 月 18 日《南宁民国日报》刊登的民歌：

> 日头下岭去红红，妹今骑马我骑龙；
> 白马上山龙下海，未知何日得相逢！

下面这首是 1932 年 6 月 25 日《南宁民国日报》刊登的民歌：

怎得变，沙洲怎得变成田；

怎得变成衫纽扣，时时扣在妹身边。

下面这首是 1935 年 7 月 6 日《南宁民国日报》刊登的民歌：

昨夜同妹吻吻嘴，今晨洗脸尚闻香；

手执蒲葵摇一扇，无风七日还清凉。

南宁民国日报社曾经编印过一本民歌集《民间苦乐》，广西国民基础教育研究院编印过一本民歌集《广西童谣》，这两本集子搜集的范围只限于邕宁一县，而且都是拾零所得凑集起来的。① 一些外省学者对广西民歌也有兴趣，比如湖南的黄芝冈，他搜集了大量广西民歌，曾在陈望道主编的《太白》上发表了多篇有关广西民歌的文章，还写过长篇论文《刘三妹的传说》。

1935 年，胡适乘船游览漓江的时候，记录了 30 多首船上桂林女子唱的山歌，他认为其中有些是"绝妙的民歌"，其中有这样几首：

高山高岭一根藤，藤上开花十九层。

你要看花尽你看，你要摘花万不能。

要吃笋子三月三，要吃甜藕等塘干，

要吃大鱼长放线；想连小妹耐得烦。

买米要买一斩白，连双要连好脚色。

十字街头背锁链，旁人取笑也抵得。

民间文学同样有着鲜明的时代特征。抗战时期，民间创作的山歌也

---

① 林其英：《关于广西民歌》，《公余生活》1940 年第 3 卷第 8—9 期。

多有抗战主题出现。下面三首山歌来自 1937 年 6 月 26 日桂林出版的《广西日报》：

　　　　千样事业我不想，只想当兵去吃粮；
　　　　有时捉到日本鬼，拿来慢慢割肝肠。

　　　　不怕日本兵器良，青年救国理应当；
　　　　责任虽重不足畏，军民联合战线长。

　　　　日本占我东四省，我们努力去当兵；
　　　　大家联合去抗日，杀绝矮鬼享太平。

　　这些山歌是当时的文化人在南宁附近乡村实习的时候，出版了一种民众壁报，向民众征求的稿子。

　　抗战时期，大批文化人涌入桂林，其中，不乏民间文学的热爱者。来自上海的陈志良在桂林省立特种教育师资训练所、汉民中学等机构任教，他对民间文学有着非同寻常的热情，其《广西特种部族歌谣集》搜集了不少广西少数民族民歌，是民国时期重要的广西民间文学作品专集。

　　如果说民国时期民间文学的搜集和整理更多来自少数文人的专业爱好和文化责任感，那么，1949 年以后，民间文学的搜集和整理则变成了自上而下的国家行为。1958 年以后，成为壮族自治区的广西，曾经有过三次较大规模的政府主导的民间文学普查搜集活动。

　　第一次是 1958 年，经广西壮族自治区党委宣传部批准，从区直属文化单位和当时的广西师范学院抽调专人组成壮族文学史编辑室。又由编辑室的十多个干部和广西师范学院 50 多个师生组成了壮族文学史调查队，深入到壮族地区 32 个县市进行调查，搜集材料，在占有相当材料的基础上，1959 年，由编辑室编写出了壮族文学史初稿，并于 1960 年出版了《广西壮族文学》。

第二次是 1962 年，由广西民间文学研究会筹委会组织瑶族文学调查搜集队，对瑶族聚居的 15 个县的瑶族民间文学进行全面普查，编印了 13 本《瑶族文学资料》，还附带编辑了 3 集《侗族文学资料》、3 集《苗族文学资料》和 1 集《毛南族文学资料》。

第三次是 1985 年，根据文化部、国家民委和中国民间文艺研究会的通知要求，为编辑出版"三套集成"（《中国民间故事集》、《中国歌谣集成》、《中国谚语集成》）广西卷组织全区各地、市、县进行普查搜集采录活动，共搜集到民间故事 9685 篇，歌谣 52520 首，谚语 53150 条。分别出版了农冠品主编的《中国歌谣集成·广西卷》、过伟主编的《中国民间故事集成·广西卷》和黎浩邦主编的《中国谚语集成·广西卷》。

这三次大规模的民间文学普查，为广西搜集整理了海量的民间文学作品，它们从民间的口传文学变成了可以藏之名山、传之后世的历史文献。

其中最典型的莫过于壮族创世神话史诗《布洛陀》和瑶族创世神话史诗《密洛陀》。它们是迄今为止搜集整理出来的规模和影响均较大的广西创世神话史诗。

"布洛陀"是壮语译音，"布"是男性长者，"洛"是知道，"洛陀"是知道很多或者什么都知道，"布洛陀"合起来就是"无事不知晓的老人"的意思。目前的布洛陀神话散文版本主要有覃建才搜集整理的《保洛陀》和何承文整理的《布碌陀》。史诗版本主要有覃承勤搜集翻译的《布洛陀》和张声震主持的《布洛陀经诗译注》。根据《壮族文学史》，《布洛陀》是壮族的一部古老而又宏伟的创世史诗。它以诗歌的语言和形式，生动地叙述了天地日月的形成、人类的起源、各种牲畜和农作物的来历，以及远古人们的社会生活等，热情地赞颂了布洛陀这个被称为壮民族始祖的神化人物和他创世的伟大的业绩。这部长达近万行的神话史诗《布洛陀》主要流传于红水河流域的巴马、东兰、凤山、天峨、南丹、河池、宜山、都安、马山，以及右江流域的百色、田阳、田东、平果等县份。在历代壮族人民的心目中，《布洛陀》是一部百科全书，在壮民族的精神生活中占有特殊且重要的地位。有一首壮歌如此评价布洛陀的价值：

　　　　百张好树叶，难凑花一朵；

　　　　千百本厚书，不比布洛陀。①

　　密洛陀是自称布努的瑶民所崇拜的创世女神，密洛陀神话广泛流传于布努瑶分布的都安、大化、巴马、田东、隆安、东兰、凤山、凌云等县。根据农学冠等人的《瑶族文学史》（修订本），《密洛陀》是瑶族先民解释天地万物起源的百科全书，瑶民称之为杂密，有万事之本的意思。目前的《密洛陀》散文本主要有大化七百弄蓝老勇口述，黄昌铅、蒙冠雄、陆文祥采录的版本，收入1984年广西人民出版社出版的《瑶族民间故事选》，另一个是由巴马东山蒙老三口述、蒙灵采录的版本，收入1987年广西师范学院民间文学研究所编印的《广西少数民族及汉族民间故事》。蒙冠雄是《密洛陀》史诗最早的发现者，《密洛陀》史诗目前有多个版本，黄书光记录的《密洛陀》收在广西民间文学研究会编印的《瑶族文学资料》中，莎红整理的1100多行的《密洛陀》发表于1965年第1期的《民间文学》，蒙冠雄、潘泉脉、蓝克宽整理的3300多行的《密洛陀》刊于广西民族出版社1986年出版的《广西瑶族社会历史调查》第7集，蓝怀昌、蓝书京、蒙通顺搜集翻译整理的《密洛陀》达14000多行，1988年由中国民间文艺出版社出版，蒙海清、蒙松毅搜集翻译整理的新本《密洛陀》达10000多行，1999年由广西民族出版社出版。②

　　哪怕是进入了20世纪，八桂大地仍然保留了大量的口传神话，而且这些神话具有明显的系统性。其中，壮族有关姆六甲、布洛陀、布伯、伏羲兄妹的神话就形成了一个代际体系。第一代是姆六甲，是万物

---

①　以上有关《布洛陀》的介绍来自欧阳若修、周作秋、黄绍清、曾庆全编著《壮族文学史》第一册，广西人民出版社1986年版，第51—54页。

②　农学冠等人的《瑶族文学史》（修订本），广西民族出版社2001年版，第37、85、86页。

之母，创造大自然的神。第二代是布洛陀，是备受敬爱的劳动者。第三代是布伯，作为布洛陀的儿子，他与雷王、龙王展开顽强的斗争。第四代是伏羲兄妹，他们担当了再造人类的重任。[①] 此外，瑶族的盘瓠神话、密洛陀神话，苗族的顶洛神话，仫佬族、毛南族的婆王神话都是卓有特色的广西神话。

婆王在仫佬族和毛南族中都是掌管生育的女神：

> 婆王掌管着一座极大的花山，日日忙碌着护理花山上的花。
>
> 人是婆王花山上的花。
>
> 她把花的生魂送给谁家，谁家就生小孩。送红花是女孩，送白花是男孩。婆王花山上的花长得茂盛，开得鲜艳，人间的小孩就平安成长，不生病，身体健壮。如果花山上的花生了虫，小孩就生病，有灾难。婆王给花除了虫，孩子的病就会好。婆王在花山上淋花。花湿了水。小孩睡觉时，全身冒汗，衣衫湿透。人死了，生魂回到花山上，还原为花。再由婆王送给他人。这人便到别家投胎去了。

这是龙殿宝 1990 年根据从民间采集得来的口述材料编写而成[②]，由此可见，神话直到 20 世纪末还存活在广西民间众多师公、民间故事讲述者的脑海中。

第二节　文人整理

这些保存在广西各族人民记忆中的民间文学，都是由一批禀赋文化自觉意识的民间文学工作者搜集整理出来的。肖甘牛、蓝鸿恩、莎红、

---

① 参见欧阳若修、周作秋、黄绍清、曾庆全编著《壮族文学史》第一册，广西人民出版社 1986 年版，第 24—25 页。

② 参见龙殿宝、吴盛枝、过伟《仫佬族文学史》，广西教育出版社 1993 年版，第 22 页。

侬易天、黄勇刹、农冠品等，正是数以千计的广西民间文学工作者中的佼佼者。

肖甘牛，1905 年生于广西永福县矮岭乡马陂村，原名肖钟棠，1920 年考入桂林师范学校，1932 年考入上海大学文学院文学系，听过鲁迅的课，并深受鲁迅影响，后根据鲁迅诗句"横眉冷对千夫指，俯首甘为孺子牛"取笔名肖甘牛。早在民国时期，肖甘牛即出版过《悲讯》、《中国文辞辨正》、《中国修辞学讲话》几本著作，并曾到台湾采风。1956 年，肖甘牛辞教从文，举家到大苗山安家落户，采集了大量民间故事，出版了许多民间文学作品，据郭燕晖统计，肖甘牛出版的图书中，故事传说集 17 本，长诗集 5 本，散文小说集 4 本，电影文学剧本 5 个，连环画册 25 本，再加上其他戏剧本、游记本等，有 63 本之多。以字数计，则逾千万字。肖甘牛的一生，确实如他本人所说："七十年来文学迷，一生心血化为书。"他搜集整理民间文学，民族方面没有局限于他的族别壮族，地域方面没有局限于他的籍贯广西，而是涉及许多民族，如苗族、壮族、瑶族、仫佬族、高山族，不仅搜集整理广西的民间文学，而且搜集整理了台湾的民间文学。

值得特别指出的是，肖甘牛搜集整理的民间文学作品，许多已经成为人们耳熟能详的经典，如《一幅壮锦》、《刘三姐》、《红铜鼓》、《金芦笙》、《龙牙颗颗钉满天》、《灯花》、《画眉泉》、《长发妹》等。

唐代以来，刘三姐传说广泛流传于两广地区。1954 年，覃桂清在宜山下枧河中枧村搜集了许多关于刘三姐的材料，由于覃桂清要到大苗山工作，就把材料交给了刚调到宜山高中的肖甘牛。肖甘牛专门到下枧河一带从各方面深入搜集材料，最后整理成民间传说《刘三姐》，发表于 1956 年第 9 期《新观察》。

《刘三姐》发表后，肖甘牛和宜山桂剧团的编导一起把它改编成桂剧。不久，柳州市彩调团将其改编成彩调剧，演出产生轰动效应。1960 年广西举行全区《刘三姐》专题会演，再由自治区组成演出团到北京和全国各大城市巡演，誉满全国。与此同时，电影编剧乔羽在柳州市《刘三姐》第五方案的基础上改编成电影文学剧本，公映后受到全国乃至世界观众的追捧。①

　　肖甘牛的《刘三姐》与原本《刘三姐》的一个核心不同，就是将阻止三姐不得而恼怒砍藤让三姐掉下河里的哥哥改成了为欲娶刘三姐做小老婆不遂而怀恨砍藤的财主莫仁怀。这个改动非常重要，它给刘三姐传说增加了阶级斗争的内涵，突出了穷人与富人的对立，契合了当时的主流意识形态，触动了当时社会的神经，再加上传说本身引人入胜的情节和动人心魄的山歌，使之获得了远超以往广度与深度的传播。

　　《灯花》中的都林把一株百合花带回家种在石臼里，在中秋节晚上，油灯灯芯开了一朵大红花，红花里有一个穿白衣裙的姑娘。姑娘与都林成了夫妻，过着勤劳恩爱的生活。富裕后的都林变得懒惰，灯花里出来个孔雀，托起姑娘飞进月亮去了。都林坐吃山空，卖光财产，最后发现灯花姑娘留下的两幅花绣，一幅绣的是他们俩白天在梯田里收获满山的稻谷，另一幅绣的是他们俩夜晚一个编筐一个绣花。都林幡然悔悟，恢复了勤劳的美德，一个中秋节的夜晚，灯花姑娘又来到了都林家。

　　这个民间传说译成日文后创造了一段佳话。惨遭家庭不幸的日本妇女北岛岁枝读了这个故事后，放弃了轻生的念头，携儿带女来到中国，经康克清的关照，专程到柳州看望和感谢肖甘牛。一个民间传说，拯救了日本母亲儿女一家三人，成为民间文化交流一个极其动人的跨国故事。

　　蓝鸿恩，1924 年生于广西马山，壮族，抗战期间考入时在重庆的复旦大学，1958 年开始投入民间文学的搜集整理和研究工作。蓝鸿恩搜集整理的民间文学主要有《布伯的故事》、《赶山鞭》、《祖宗神树》、《梁山伯与祝英台》、《神弓宝剑》、《公颇的故事》等。

　　远古，天地离得很近。雷王住在天上，管刮风下雨，闪电打雷。布伯是地上人类的首领，能耕田种地，会放牧打猎。雷王发现人间生活很好，自己只得些人间供的香火，过得很清贫，于是要求收租。收租的结

---

① 参见覃桂清《刘三姐纵横》，广西民族出版 1992 年版，第 198—199 页。

果让他不满意，于是，他不再给人类供雨水。布伯带人到天河，扒开铜闸给地上放水。雷王知道后，把天升高，断了人类上天的路，只留下岜赤山的日月树作为天梯。布伯逼迫龙王给人间放水。龙王放水后逃到深海去了。人类又面临水荒，父老乡亲请师公求雨，并要求布伯向神灵下跪认罪。布伯受到孩子们的嘲笑，不开心，通过日月树爬上天去，正遇上雷将陆盟在补天河，布伯追进雷王殿，逼迫雷王给人间降雨。布伯离开后，雷王反悔，电闪雷鸣倾盆大雨到人间找布伯算账，被布伯擒获。雷王骗布伯的儿女伏依兄妹给他水喝，喝水之后，雷王有了力气，逃回天上。他感谢伏依兄妹救了他，拔下一颗牙齿送给他们。雷王决天河，龙王放海水，地上洪水滔天。布伯乘坐伞船驶向天门找雷王算账。雷王赶紧退水，布伯从天上掉下，撞山而亡，变成了天上的启明星。伏依兄妹躲在雷王牙齿长成的葫芦里，逃过了洪水这一劫。水退后，地上只剩下伏依兄妹，他们得到启明星的启示，兄妹结婚，生下一个肉团，他们把肉团砍碎，变成许多人，人类又开始繁衍下来。

这个神话中，布伯是人类的代表，雷王是神的代表，是自然的代表。布伯与雷王的矛盾冲突，构成了人与自然的关系。过去对这个神话的解读多是赞颂布伯，通过赞颂布伯赞颂人对神的反抗，对自然的挑战。不过，今天重读布伯的故事，我们或许可以发现一些新的内涵，即人与自然其实是一种共生的关系，人类有智慧，但人类不能滥用智慧，过度张扬人的智慧，暴殄天物，同样会走到为害人类的反面。因此，如何协调人与自然的关系，成为这个神话传说隐含的寓意。

《赶山鞭》讲述秦始皇用南海龙王三公主送给民工们的针铸就了一根铁鞭，他用这根铁鞭将北方和中原的山赶到南方，想用这些山填海，以扩大他的疆土。当群山到达壮族聚居区的时候，三公主偷走了铁鞭。秦始皇失去了赶山鞭，山也就无法前进，留在了八桂大地。

这个神话传说与秦始皇征服岭南有关，值得注意的是，正史对秦始皇统一岭南多是积极的评价，民间传说对秦始皇似乎好感不多。同时，从传说中我们也发现，秦始皇征服岭南的脚步最后是遭遇了海洋的阻力。海洋既给予了秦始皇特殊的力量，也阻遏了他野心的无限增长。

　　蓝鸿恩不仅是民间文学的搜集整理者，而且还是民间文学的研究者。他撰写了许多民间文学研究论著，代表作有《广西民间文学散论》。

　　蓝鸿恩的民间文学研究有许多真知灼见。比如，在《壮族神话简论》中，他通过多学科知识梳理出壮族的神话谱系，第一代姆六甲，是万物之母，创造大自然的神。第二代是布洛陀，是备受敬爱的劳动者。第三代是布伯，作为布洛陀的儿子，他与雷王、龙王展开顽强的斗争。第四代是伏羲兄妹，他们担当了再造人类的重任。又比如，在《〈灰姑娘〉与〈达架〉》一文中，他把德国格林童话中灰姑娘的故事、中国唐代《酉阳杂俎》中《支诺皋部》叶限的故事以及壮族传说《达架与达仑》的故事进行了比较研究，由此推测灰姑娘故事最早流传于壮族地区，是公元9世纪在广西壮族流行的地道的民间故事。他的这一研究成果得到国际同行的高度评价，被认为是给世界灰姑娘研究投入了一道强光。

　　莎红，1925年生于广西贵县，1958年开始从事民间文学的搜集整理工作。他在这方面的主要成就是搜集整理了壮族长诗《布伯》和瑶族长诗《密洛陀》。莎红本人并不懂瑶语，但他深知《密洛陀》的价值。他请懂瑶语的蒙冠雄给他当翻译，"瑶族歌手唱一句，蒙冠雄就译一句，莎红就记一句。如此日日夜夜地工作了几个月，莎红从巴马、东兰、田东、都安、南丹等县的歌手中搜集到七份《密洛陀》的原始材料，记下了厚厚的一沓沓稿子。回到南宁后，经过反复比较，莎红发现巴马县的那份稿子在结构上比较完整，整理时就以它为基础，同时吸取另外几份的长处，终于将瑶族第一部创世史诗整理出来了。1965年1月，《密洛陀》在《民间文学》杂志发表了。没有文字的瑶族，终于有了一部用文字表达的民族史诗"①。

　　侬易天，1927年生于广西龙州，1954年开始从事民间文学工作。搜集整理的民间文学作品主要有《莫一大王》、《逃军粮》、《花山壁画的传说》、《谷种和狗尾巴》等。

---

　　① 李建平：《莎红》，赵志忠主编《20世纪中国少数民族文学百家评传》，辽宁民族出版社2007年版。

《花山壁画的传说》讲述花山壁画的来历。宁明那利有个叫勐卡的青年，力大无穷，他想造反，但无兵马，于是在纸上画了兵马，约定100天之后纸上兵马可以变成真实兵马。不幸的是，到了第90多天，他的母亲不小心打开了装纸画的箱子，那些兵马飞了出来。岜耀屯的一个砍柴人有一天为了找自己掉落的柴刀到了明江一个岩洞边，发现里边有许多武士，有人通报了皇帝，皇帝认为这些武士一定是勐卡的兵马，派兵攻打，武士们被全数杀光，鲜血、人头和尸首到处都是，映到明江边的峭壁上，形成了现在的壁画。

黄勇刹，1929年生于广西田阳，母亲是当地著名的民歌歌手，从小酷爱山歌。1958年，他参加了柳州彩调《刘三姐》的创编工作，1960年参加自治区的"刘三姐"会演和歌剧《刘三姐》的创编。他还与人合作整理出版了民间长诗《莫一大王》、《嘹歌·唱离乱》、《马骨胡之歌》，创作了《歌王传》。此外，他还有《歌海漫记》、《采风的脚印》和《壮族歌谣概论》等民间文学理论著作。

莫一大王是红水河流域诸县市人民家喻户晓的人物。他长得身高臂长，虎背熊腰，本是贫家子弟，因为吞食了牛牯的珍珠而获得神力，"手扶树木树木倒，脚踩石头石头崩"。后被国家征调作为"狼兵"抵御外侮，败强敌于国门之外。莫一大王的神力成为皇帝的心腹大患，皇帝派兵到壮乡征剿，莫一大王后来被皇帝用计砍了头，他的魂魄变成地龙蜂，将进剿的皇兵叮瞎了眼睛，叮肿了身体。从此，皇兵再不敢欺压壮家人。

黄勇刹指出："作为半神半人的民族英雄，莫一大王的长短故事、传说、长短歌谣唱本，可以说是遍布于广西壮族自治区的每一个角落。而且，几乎是各地都有他的独特构造的小庙。从全自治区范围来看，这种物质的小庙虽然被摧毁了，但这种精神的小庙却几乎是到处都还存在于人们的脑海中。"①

黄勇刹不仅在民间文学搜集、整理以及再创作方面卓有建树，在民

---

① 黄勇刹：《壮族歌谣概论》，广西民族出版社1983年版，第102页。

间文学理论方面也有贡献。他的"取之于民，还之于民"的民间文学观来自他的民间文学实践，确实是从事民间文学事业的真知灼见。他高度重视第一手材料的搜集和整理，在谈到《布洛托》、《布伯》和《莫一大王》时，他说："以上三部长诗，可以说是我们壮族的民族史诗类的代表作。我们民族先民的形象、性格、心理素质及生活特色等方面，反映得相当的鲜明、突出和高度的概括。只有把这三部代表作忠实地整理出版，我们壮族文学史特别是谈到歌谣史时，才能避免过去存在的以论代史的通病。"黄勇刹所说的以论代史的通病在学术界是普遍存在的，正因此，他才反复强调："要先拿出作品，然后才能做好文学史及文学史论的工作。否则，我们民族史诗的形象是无法树立起来的。"①

农冠品，1936 年生于广西大新，1960 年毕业于广西师范学院中文系，他搜集整理的民间文学作品主要有叙事长诗《特华之歌》、《达备之歌》、《鹦哥王》、《顶洛》，民间传说有《妈勒访天边》、《天高由来》、《雁的故事》等。

《妈勒访天边》讲述一位壮族母亲寻找天边的故事。最初，壮族人聚集在一起，商量派谁去寻找天边。老年人说他们干不了重活，但可以走路，他们去合适；年轻人说他们年轻力壮，他们去合适；孩子们说天边远，他们小，可以走很多年，他们去合适；最后是一位年轻的孕妇说，她和肚子里的孩子合起来可以走最长的时间，她去最合适。于是这位妈勒离开家乡，向东方走去了。走了几个月，她生下了一个男孩，母子俩继续走，走了好几十年，还没有走到，最后，妈妈老了，留了下来，叫儿子继续向前走。

这个故事虽然非常短小，但极其感人，称得上有情有理，既有打动人的情感，又有启示人的哲理。首先，它寄托了古代壮族人对天边的想象，对更广阔世界的向往；其次，它表现了壮族人的智慧，几代人都表达了寻找天边的理由，但最后最合适的是妈勒，这个选择显然是正确的；最后，它传达了壮族人的信念，愿望的实现不可能一蹴而就，但壮

---

① 黄勇刹：《壮族歌谣概论》，广西民族出版社 1983 年版，第 106 页。

族先民愿意用漫长的岁月去实现自己的目标。正因此，妈勒访天边，也成了壮族精神的象征。

像许多民间文学的搜集整理者一样，农冠品也进行民间文学研究。不过，他与其他的研究者稍有不同的是，他本人是壮族，但他的研究对象并不局限于他的民族。他曾撰写过长篇论文《广西各族民间长诗初谈》，对 20 世纪 50 年代至 80 年代初的广西民间长诗整理情况进行了梳理，在梳理的基础上，他指出："广西各民族民间长诗蕴藏的方式有共同处，也有不同处。如壮族的民间长诗，主要寄存方式是在师公唱本里，一首长诗有时是一个唱本单独存在，有时是一个唱本包括若干首长诗。瑶族民间长诗，有艺术价值的则寄存在民间歌手、民间艺人的心腹里；有相当数量的瑶族长诗、长歌存在'唱还愿'用的唱本里，但艺术价值较低。广西苗族长诗，如过去人们所称的'八大苗歌'，全都由民族歌手用口头演唱。不管蕴藏与寄存的方式如何，总是寄存在民间。"① 这种基于全面梳理的判断是令人信服的，农冠品的研究，为广西民间文学学术史的梳理提供了一定的基础。

除了上述民间文学的搜集整理者之外，广西还有一批民族民间文学的研究者，代表人物主要有欧阳若修、过伟、柯炽、周作秋、黄绍清、蒙书翰、农学冠、黎浩邦、王光荣、黄桂秋、过竹、廖明君、韦苏文、覃德清、杨树喆等人。

过伟，1928 年出生，曾就读于清华大学，他参与了《仫佬族文学史》、《毛南族文学史》、《京族文学史》的写作，著有《中国女神》、《侗族民间叙事文学》等著作。其中，《中国女神》是他用力最巨的著作，学者谭达先认为："本书总结 20 世纪 80—90 年代中国创世神话群大发现，广义神话群大发现，是这两个发现之集大成式的学术成果。神话资料无比丰富新颖，展示了一个极其绚丽多姿的中国女神世界。"②

韦苏文民间文学的研究专著主要有《壮族悲文化》、《广西民间文

---

① 农冠品：《广西各族民间长诗初谈》，刊于《广西民间文学丛刊》第 6 期，广西民间文学研究会编辑，1982 年印刷。

② 谭达先：《〈中国女神〉序》，过伟《中国女神》，广西教育出版社 2000 年版。

学》和《民间故事心理学》。韦苏文的《民间故事心理学》以人类民间故事为研究对象，包括了民间故事的界定、民间故事的传承、民间故事的万物有灵观念、民间故事的自然宇宙观念、民间故事的民族意识、民间故事的性意识和民间故事的文化心态等章节，力求从学理上对民间故事的心理意识进行系统研究，显示出广西民间文学学者超越地区视域的雄心。

民间文学赋予广西山川、风物人文的内涵，民间文学给予广西历史、人物艺术的想象，民间文学还为广西当代的文学艺术提供了珍贵的素材和营养，在广西诸多当代文学艺术名著中，我们常常可以看到民间文学的哺育。民间传说《刘三姐》之于电影《刘三姐》、桂剧《刘三姐》和实景演出《印象·刘三姐》、民间传说《百鸟衣》之于诗歌《百鸟衣》、民间传说《妈勒访天边》之于舞剧《妈勒访天边》，充满梦想气质的广西民间文学，带给了广西文学艺术许多光荣。

下　篇

广西多民族文学个案阐释

1997 年，中国文坛出现了广西三剑客这个概念，它指的是汉族东西、仫佬族鬼子、汉族李冯三位广西小说家。在广西三剑客这个概念出现前后，文学桂军概念逐渐进入人们的视野。文学桂军特指 20 世纪至 21 世纪之交崛起于中国文坛的广西文学团队，除了广西三剑客之外，还包括汉族聂震宁、汉族张宗栻、汉族梅帅元、汉族李逊、汉族张仁胜、汉族林白、汉族杨克、壮族黄佩华、壮族凡一平、汉族沈东子、回族海力洪、壮族李约热、瑶族潘红日、汉族刘春、汉族陈谦、汉族杨映川、汉族黄咏梅等人。2015 年，中国文坛又出现了广西后三剑客的概念，它指的是土家族田耳、汉族朱山坡、瑶族光盘三位广西小说家。前后"三剑客"和文学桂军等概念的相继出现，显示出广西文坛后继有人，人才辈出，也显示了广西多民族文学共同发展的有利态势。

下面选取东西、鬼子、李冯、黄佩华、凡一平、光盘、林白、黄咏梅八位小说家的小说进行解读，以呈现广西多民族作家文学创作所具有的独创性、丰富性和深刻性。①

① 作者曾经对聂震宁、张宗栻、李逊、沈东子等人的小说创作进行过专门解读，收入《转型的解读》一书，这里不再收入。此外，作者还对梅帅元、张仁胜、陈谦等人的小说作过专门论述，因为与上篇内容有所重复，这里也不再收入。

第一章 非常世界

第一节 秘密地带

东西是一个很注意评论家反馈的小说家。他曾经转述过他的中篇小说《没有语言的生活》评论的三句话。第一句是鲁迅文学奖评委的评语——"他们的身体虽然残疾，但是他们的精神是健康的。"第二、第三句是评论家的评语——"它表达了今天我们看不见、听不到、说不出的这种状态"。"这个小说表达了我们今天沟通的困难。"①

笔者认为，将这三句话整合起来，或者能发现东西小说的一些秘密。

《没有语言的生活》写的是一个由瞎子、聋子和哑巴组成的家庭。父亲王老柄是瞎子，儿子王家宽是聋子，媳妇蔡玉珍是哑巴。这个小说最直观的价值是让读者看到了东西的才华。因为瞎子、聋子和哑巴组成的家庭是不能用语言直接交流的，东西却用语言表现了这样一种没有语言的生活。瞎子、聋子和哑巴组建的家庭无法像健康人那样用语言实现直接的交流，但小说中的王老柄父子儿媳三人，却突破了交流的障碍，实现了交流。

王老柄父子儿媳包括后来出生的王胜利祖孙三代四人组成的家庭其实是一个隐喻，一个与健康人（现代人、正常人、理性人）组成的世

---

① 《东西：文学活在影像时代》，胡野秋《六零派文学对话录》，商务印书馆2012年版，第164页。

界相对应的世界的隐喻。

这个与健康人相对应的人可以理解为残疾人，与现代人相对应的人可以理解为非现代人，与正常人相对应的人可以理解为非正常人，与理性人相对应的人可以理解为非理性人。

概括地说，前者可以理解为主流的人主流的世界，后者可以理解为边缘的人边缘的世界。

如果认同以上的判断，那么，我们可以一层层地推论《没有语言的生活》的价值。

首先，《没有语言的生活》的具象价值在于写出了一个由瞎子、聋子和哑巴组成的残疾人的世界。这些残疾人无法像健康人一样交流，但他们终于创造出一种交流的方式，实现他们自己的交流。东西引领我们走进了这样一个残疾人的世界，让读者领略了瞎子、聋子和哑巴交流的风景。

其次，《没有语言的生活》的抽象价值在于写出了一个与主流世界与相对应的边缘世界。这个世界表面看没有语言，实际上并非没有语言。东西听到、看见并说出了这个边缘世界的语言，这个边缘世界自有其奇异的风景。

再次，《没有语言的生活》的表层价值在于写出了主流与边缘两个世界的疏离。边缘世界努力进入主流世界，终于不得其门而入。两个世界渐行渐远，不能融合。就像是王家宽祖孙三代一家人，虽然努力进入村庄主流世界，但始终不被接纳，最终只好从村庄消失，迁移到小河对岸，定居在村庄坟场，过自我放逐且自给自足的生活。

最后，《没有语言的生活》的深层价值在于以边缘世界比照出了主流世界的缺陷。表面看是王家宽祖孙三代一家人所代表的边缘世界过着没有语言的生活，其实是与王家比邻而居的村庄主流世界过着没有语言的生活。用东西的话说就是："我们主要是在提醒那些看得见、听得到、说得出的人，也就是观众，当这个世界已经没有爱情的时候，当我们觉得这个世界上可能已经没有语言的时候，我们却看到了这三个稍微残疾的、在器官上有障碍的人告诉我们，什么是有语言的生活，什么是真正的爱情，什么叫爱。其实他们是反过来在提醒我们，什么叫健康……"

我们不妨在东西的思路上继续往前走，探询一下主流世界的爱与边缘世界的爱究竟有什么不同。

短篇小说《我们的感情》中的男主人公延安与女主人公肖文在办公室对面坐了7年，也调了7年的情。他们口齿伶俐，语言丰富，相互挑逗，彼此调侃，什么话都说完了，但从来没有发生过关系。终于获得了一次两人单独出差的机会。

第一个晚上，虽然俩人互相试探，但最后肖文终于拒绝了延安，第一个夜晚相安无事地过去了。

第二个晚上，肖文的同学蒋宏水宴请肖文和延安。蒋宏水讲述了大学时代他对肖文的恋情，当年蒋宏水曾经用一张白纸在海水里浸泡了五分钟，然后悄悄送给了生病住院的肖文，说是给肖文带来了大海。这个故事非常动人，充分显示了语言的力量。但肖文不承认，说这是蒋宏水编的故事。而蒋宏水讲述这些爱情故事的时候，仿佛是把那些故事当作下酒菜慢慢吃掉。受了蒋宏水故事的感染，这个晚上，延安和肖文之间发生了故事。只是，在故事的过程中，延安遵守肖文的规则，一言不发。

事情发生之后，因为事情的整个过程没有说话，延安无法确证事情是否发生过。他因此得出结论，没有语言的性关系，等于梦遗。

延安与肖文的爱情因为没有语言的交流，难以确证。小说中，延安始终无法证实他是否与肖文发生过关系，肖文也无法确证延安对她是否确有爱情。这种无法确证的感觉最后导致他们双方进入了一种类似幻觉的状态中，延安在幻觉中对肖文开枪射杀，肖文饮弹身亡。

整个小说，写得扑朔迷离。延安与肖文之间是否真的有爱情，是否真的发生过故事，实在难以确认。甚至连蒋宏水讲述的故事是否真的发生过，也无法证实。小说题名"我们的感情"，应该是隐喻现代人感情的迷失。他们虽然口若悬河，能说出各种动听的语言，讲述各种感人的故事，他们过着有语言的生活，也不乏调情的对象，但是，他们的语言无法与他们的现实感情融为一体，他们的故事也让人怀疑是纯属虚构的，简言之，他们无法成为爱情的见证。

与《我们的感情》相对应，东西后来又写过一篇短篇小说《你不知道她有多美》。

与延安、肖文的现代理性相比，《你不知道她有多美》中的春雷具有边缘人的性质。

延安、肖文都是现代职场中的人物，可能是公务员，也可能是企业白领。日常生活中，他们都循规蹈矩，除了语言越轨之外，不越雷池一步。小说中甚至有一个细节，表现出肖文强烈的理性意识。她有一个黑皮小本，除了名字、电话号码、通信地址、账号和密码之外，专门有一页记录了玫瑰的特点。诸如不同的颜色、不同的数量代表不同的爱。肖文按图索骥去解读爱情，就像现代人按照各种现代社会规则去生活。

相比之下，少年时代的春雷尚未长大成人，还没有完全被现代性俘虏，还保留着许多自然人的遗存，类似边缘人。

青葵是念哥的新婚妻子，非常漂亮、温柔，而且善良。少年春雷非常迷恋她，在春雷的心目中，青葵就是天使，是仙女下凡。春雷想尽一切办法接近青葵，因为迷恋青葵，春雷每天在笔记本上画青葵，越画越像，画得比青葵的相片还像；他每天站在走廊上朗诵诗歌，故意读错，以获得青葵的纠正，竟获得全校朗诵第一名。对青葵的迷恋给了春雷无限动力，以至于在震惊世界的唐山大地震中，从四楼掉到地上的春雷，被那些落下的玻璃扎到身上，变成了一个长满玻璃的刺猬，却因为一心想着青葵而毫无痛感，并因为误以为青葵去了机场而坚持走到了机场。直到到达机场之后，得知了青葵的死讯，才有了痛觉，身体像着了火一般，痛不欲生。

从小说的叙述我们可以看出，正是因为春雷还是一个理性尚未健全的少年，还没有被现代社会的伦理规则完全俘虏，他才可能保有对青葵那种真正的爱。这种爱又反过来爆发出巨大的能量，不仅帮助春雷忘记了痛感，而且帮助春雷战胜了死亡。有句话说的是，比死亡更强大的力量是爱情。如果这句话还是真理，或者，它只能适用于那些尚未被理性完全启蒙的边缘人，只能适用于那个尚未被现代性彻底征服的边缘世界。而对于那些已经高度理性的现代人，对于那个已经密布各种现代规则的主流世界，爱情可能只是神话，是幻想，抑或幻觉，就像《我们的感情》中的两位男女主人公，他们可以无限度地调情，但仍然不知爱情为何物。

真正的爱情只能在边缘世界，在边缘人身上存在。这个结论在东西另外两部小说中可以继续得到对比性的证实。这两部小说分别是短篇小说《秘密地带》和中篇小说《救命》。

《秘密地带》中的城市青年成光因为失恋而投水自杀，落入河水后进入了另一个世界——莲花河谷。莲花河谷住着几十户人家，炊烟飘荡，雾霭缠绕，早晨的阳光洒落下来，与烟和雾打成一片，仿如人间仙境。

莲花是莲花河谷一个美丽善良的姑娘，她救出了成光。但成光执意要死，不接受姑娘们送来的食物。莲花答应帮成光找到他的恋人慕秋秋，成光停止了绝食。在莲花的陪伴下，成光游览了莲花河谷的许多风景，他意识到这些景物曾经在他的脑海里出现过，是他一直在寻找的地方。成光在劳动中逐渐快乐起来。

成光无意中发现留在衬衣里的女友慕秋秋的照片，心情又变得沉重。成光曾经与慕秋秋相爱6年，慕秋秋因为成光什么都没有而移情别恋，抛弃成光跟别人走了。成光因此投水自杀。

成光在伤心中触犯了莲花村的规矩，要受到惩罚。莲花跪求谢大爷不要惩罚成光，她可以替罪。成光被莲花的真情感动，两人相爱。

成光没有耐心接受姑娘们的考验，他以为他在莲花河谷不可能获得爱情，再次投水自杀。莲花为救成光而跳起了谁都不会跳的师公舞——《你不活我也不活了》。成光得救，莲花晕倒。

成光每天面对两棵鸳鸯树默念99遍莲花的名字，终于感动了莲花。莲花不顾小棉的阻拦，决定用自己的生命去换取与成光相爱的机会。莲花与成光终于相见。而一个夜晚之后，莲花消失了。

成光在等待莲花的过程中不知不觉回到了城市。他告诉朋友们，他真的找到了那么一个地方，那个地方叫莲花河谷，那个地方没有烦恼，没有疾病，没有哭泣，没有脏话，人们平等相处，吃的都是素食；姑娘特别漂亮，人们都很善良，身体健康，长命百岁；有山有水，空气清新，特别适于人类居住……朋友们不相信成光的说法，认为他的病还没有好。成光到医院跟医生诉说，医生问他是不是再进来住一段时间。成光终于找到了前女友慕秋秋，他告诉慕秋秋他找到了那个地方，慕秋秋说他的病越来越严重了。

最后，成光变卖了家产，离开了城市，下定决心到莲花河谷隐居。当他找到莲花河谷，发现村庄已经荡然无存，莲花家的方向横躺着一块石碑，上面刻着：夜郎国公主谢莲花战死之地。

成光到河边的鸳鸯树下呼喊莲花的名字。莲花终于出现。莲花说成光应该明白，他们分别属于阴阳两界。成光表示不愿分离，真的愿意与莲花永远在一起。那个消失了的村庄，终于从河谷里冒了出来。

小说里的主人公成光是一个精神病患者。在现实中他因为没有财富而得不到慕秋秋的爱情。自杀后却在莲花河谷遇到了与他相爱的姑娘莲花。《秘密地带》这部小说，显然是将阴阳两界进行了对比。阳界就好比主流世界，以财富、权力为价值，在这个主流世界找不到真爱；阴界就好比边缘世界，以美丽善良为价值，真爱在边缘世界存在。成光进入阴界后才实现了他的理想。阴界成为他心目中的世外桃源，也是作者试图呈现的每个人心中的秘密地带。

第二节　反义大楼

在莲花河谷，成光找到了他理想的爱情。在现实世界，人们哪怕以性命作抵押，也无法获得爱情。这样的情形，在中篇小说《救命》再次得到呈现。

《救命》的女主人公麦可可因为男友郑石油不与她结婚而准备跳楼自杀。孙畅为了救她而假说郑石油是他的学生，并承诺自己会保证郑石油与她结婚。麦可可得救后不久，郑石油人间蒸发。麦可可在孙畅当老师的教室跳楼受伤。在医院，孙畅和妻子小玲答应麦可可一定找到郑石油，麦可可同意暂时不寻死。然而，寻找不果，孙畅和小玲将真相告诉了麦可可，没想到，麦可可当天夜晚就割腕自杀。孙畅无奈，只好假装自己是郑石油，再次将麦可可从死神手里救出来。通过网络人肉搜索，发现郑石油在国外，并且是与一个半老徐娘在一起。麦可可暂时停止了自杀的想法。麦可可记得孙畅曾经的承诺，当时孙畅为救她而假装自己是郑石油并愿意与她结婚，麦可可因此有与孙畅结婚的念头。孙畅为解脱自己，给麦可可介绍了一位教政治的匡老师。麦可可与匡老师交往了一段时间。匡老师发现麦可可爱的是孙畅。孙畅为了兑现承诺，被迫与麦可可结婚。婚后的孙畅，每天都在回忆他与小玲的婚姻生活。

东西曾经对《救命》做过阐释。①

他指出，在这部小说里，他的第一个兴奋点是"救命"时该不该说假话。的确，这个兴奋点成为小说情节的一个重要推动力。麦可可不断自杀，孙畅为了营救麦可可，不断承诺，承诺中自然有不少善意的谎言。故事就在孙畅的假话和麦可可的较真中推进。

麦可可为爱情而活。爱情消失，生命就失去了意义。她是宁可不要命，也要爱情。东西说："为了让这个人活着，我要为她寻找种种活着的理由。"这是小说的第二个兴奋点。这个寻找活着的理由的过程，就是一个寻找生命意义的过程。小说中有一段孙畅与小玲的对话：

> 小玲问："孙畅，你为什么而活着？"
>
> 孙畅说："为了你和孙不网能过上有尊严的生活。"
>
> "其实这就是爱情，只不过附加了一个结晶。也许，麦可可的想法没错。"
>
> 孙畅反问："那你活着的理由是什么？"
>
> 小玲说："为了给你和孙不网洗衣服、煮饭。"
>
> "我们的理由都不崇高，和年少时的想法大不一样。"

---

① 东西：《我们内心的尴尬》，东西《谁看透了我们》，江苏文艺出版社 2011 年版，第34—35 页。

"但是实用。"

"什么都讲实用，包括理想。你说，世界上还有多少人在问活着的理由？"

"不知道。也许有百分之五十的人会问，也许只有百分之十，也许就麦可可一个人。为什么问这个问题的人会发疯呢？"

小说中为麦可可做治疗的牛医生说："想活着就别想事，一想准得死。"这似乎是一句箴言。

麦可可想要爱情，为爱情九死而不悔。然而，像麦可可这样的人，似乎只能是疯子。

"为什么问这个问题的人会发疯呢？"

这是小说中人物的提问，也未尝不是作者的提问。

值得注意的是，《救命》中的麦可可恰恰是一个疯子。她只为爱情活着。与小说中其他人物相比，她是一个执拗的生命意义的追问者和守护者。她没有变通，没有妥协。而那些正常人，则过着实用而津津有味的生活。就像小说中对孙畅一家三口午餐食物的描写："一盘每百克含蛋白质 23.3 克的鸡肉、一盘有生血功能的菠菜、一盘防癌的红薯，外加一碗解表散寒的香菜豆腐鱼头汤。"这是一顿高度物质主义、高度现代理性的午餐。人类的饮食被分解为纯粹的物质成分，精神的内涵被完全剔除。如果说麦可可是纯粹的精神存在，那么《救命》中的其他人，则更接近纯粹的物质存在。

至此，我们发现，东西小说中那些对爱情执着的人物，往往是非常态的。麦可可是疯子，成光是精神病患者，莲花是死者，春雷是理性尚未健全的少年，王家宽和蔡玉珍是残疾人。这些爱情的执着者，几乎无一例外，都生活在与主流世界相对的边缘世界，属于与主流人相对的边缘人。

也就是说，东西通过他的小说，有意无意地呈现了两个世界：一个是主流世界，这个世界由理性正常的人们所主宰；另一个是边缘世界，这个世界寄居着一批非理性非常态的人。

在阅读东西小说的时候，笔者经常思考一个问题：那就是东西为什么如此着迷于书写这样一个非理性非常态的边缘世界，为什么如此着迷于书写这样一群非理性非常态的边缘人？

只有将东西笔下的主流世界与边缘世界、理性正常的人与非理性非正常的人两相对照，才可能发现东西的创作意图：他试图通过这个边缘世界的描述，照见我们这个主流世界存在的各种缺陷；他试图通过这些边缘人物的塑造，反思我们这些理性正常的人的种种痼疾。

东西写过一篇短篇小说《雨天的粮食》。小说讲述向阳公社粮所所长范建国的故事。作为粮所所长，范建国威风、潇洒、霸道，每年毫不留情地征收社员的粮食。直到有一天深夜，粮所失火，范建国的人生被彻底改变。

小说描写受到处罚的范建国去公社最偏远的生产队桃村化粮。为了去桃村，他必须爬过几座大山，还要走漫长的荒无人烟的路。最后到达桃村，已经是第二天的早晨。而在桃村，他只看到一个正在为孩子哺乳的妇女。这位名叫汪雪芹的妇女，正好是去年被他利用职权玩弄过的一位女性。在范建国的记忆中，汪雪芹圆脸、大眼睛、臂膀结实丰润，而现在的汪雪芹，除了奶子洁白丰满之外，其余的地方十分瘦削。

小说有一段描写，完全写实，不带感情，也不渲染和夸张：

> 吃饭的时候，范建国问煮饭的妇女，怎么村里没见一个人？妇女说社员们都出工了。范建国说，小孩呢？妇女说上山打野菜去了。范建国问，老人呢？妇女说，哪里还有老人？能劳动的下地了，不能劳动的早就饿死了。

这种白描式的书写，读者倘不用心，可能会轻易滑过。然而，如果仔细阅读，我们会发现，作者在这里隐藏了非常强烈的感情，寄托了对那个时代强烈的控诉和批判。只是，小说的控诉和批判不是用评判式的语言进行的，而是使用了隐喻的手法。在小说结尾，作者写道："昔日英俊潇洒的白脸所长范建国从这个世界消失了，取而代之的是一位疯子。"有意思的是，东西小说又出现了一个疯子。为什么东西要为范建国这样一个主流世界的理性正常人设计一个疯子的结局？可能的理由是，范建国因为一次渎职而堕入了边缘世界。置身这个边缘世界，他看到了真相，看到了主流世界的各种荒诞和不义，他的同情心被重新唤醒，他不得不变成疯子。

一旦提到同情心，人们会发现，东西许多小说不仅与爱情相关，更与同情相涉。如果说前面几篇小说人们只读出了爱情，那么，这种阅读显然是浮浅的。因为这些小说有爱情的后面，还隐藏着深刻的同情。《没有语言的生活》固然写出了王家宽一家沟通的艰难，但同样衬托出其他村民的麻木与无情。《救命》固然写出了麦可可执着于爱情的癫狂，写出了孙畅夫妇被承诺纠缠的麻烦。然而，正如东西所说："麦可可同时也是试金石。我不爱她，但必须救她，这是人生而有之的'恻隐之心'。正是因为孙畅和小玲的这'一救'，才证明了我们还有做人的资格。"①"恻隐之心"正是同情之心。同情，同样是东西小说反复书写的一个情感主题。

短篇小说《我们的父亲》讲述了一个丧父的故事。父亲来到居住在省城的小儿子的家。正赶上小儿子的妻子怀孕，小儿子又被单位领导派去出差。父亲只好离开小儿子家，去了在县城生活的女儿的家。女儿一家非常讲卫生，吃饭前会将每双筷子用酒精消毒。然而，女儿为每个家庭成员的筷子消毒，却没有为父亲的筷子消毒，父亲因此离开女儿家而去了在县城做公安局局长的大儿子家。大儿子正好不在家，儿媳妇在家接待，父亲停留了一会儿就离开了。无家可归的父亲重新走进了夜色浓重的县城，从此失踪。

小儿子去县城寻找父亲的过程中遇到侄儿，侄儿说十多天前曾经过一个人，有点像叔公。小儿子去县医院太平房调查，果然发现了父亲的遗物。女婿是县医院的院长，他对此事毫不知情。小儿子又到了公安局，找到了公安局的相关记录，一位老人在十字街口摔倒，由一位踩三

---

① 东西：《我们内心的尴尬》，东西《谁看透了我们》，江苏文艺出版社 2011 年版，第 34—35 页。

轮车的男人送往县医院，老头被送到医院时已经断气。而这份电话记录的领导签字，正是父亲的大儿子。父亲的大儿子是县公安局局长。

小儿子、大儿子、女婿等人找到埋葬父亲的地方，打算将父亲用棺材装上重新安葬。然而，当他们扒开埋葬父亲的土堆，却发现空无一人。

"我们的父亲到哪里去了？"

这是小说结尾的追问。

如果我们只是追问父亲尸骨的下落，显然是不够的。问题的关键在于，即便在父亲尚未身亡的时候，父亲已经被儿女们从他们的世界上放逐了。在儿女们的内心世界，没有父亲的位置。人类曾经最重要的感情——父子亲情，在这里已经没有地位。主流世界的这些理性正常的人，驱逐了曾经神圣的亲情。如果连父子亲情都被放逐，人类还有什么理由要求同情？

在现代人心的沙漠上，哪里去寻找同情呢？

东西专门写过一篇关于同情的小说，即《伊拉克炮弹》。

村庄里各家各户装了大锅盖之后，每天夜晚，王长跑终于可以看电视娱乐了。那段时间，正好是美国对伊拉克实行斩首计划的日子，小布什终于向伊拉克宣战。美军飞机上的炮弹将伊拉克港口城市乌姆盖斯尔炸成火海。王长跑在电视前看得眼睛一眨不眨，除了上厕所几乎没有离开过椅子。小说写道：

> 电视里，英国士兵向伊拉克平民分发粮食和水。王长跑看到那些面黄肌瘦、手臂纤细、肚皮鼓凸的孩童，眼睛忽地一热，泪水不知不觉滑出眼眶。伊拉克的孩子没有妈，大帅的妈也死得早，王长跑越想感情越脆弱，满脸都是泪水。

> 电视上的战争场面每天都在更新，但王长跑看花了眼，不管是布什讲话，或者萨达姆下令给纳西里耶阵亡将士家属发抚恤金，始终都有一个孩子的头像叠在画面上。那个孩子的头大得像

堆在屋角的南瓜，眼窝深深像村头的那口井，满脸都是害怕的饿了的表情，更可怜的是他还穿着一件打补丁的衣服。……王长跑对衣服上的补丁再熟悉不过了，就是现在他也能找出当年外婆给他缝补的衣服，毫不夸张地说，他曾经的补丁比那个孩子的补丁还大还密。

因为同情那些伊拉克平民，王长跑甚至给美国总统布什写了一封信，信中写道：

总统先生：

你好！你说你的炮弹是轰炸军事目标，其实伤害了好多平民。那都是些和我们谷里村一样的平头百姓，生活条件艰苦，没有特权，也不搞腐败。他们老老实实地生活，规规矩矩地做人，从来没得罪过你，你的炮弹为什么要落在他们头上？有本事，你让炮弹直接命中大人物，别让老百姓流血……

王长跑是一个农民，生活在需要依靠锅盖才能收看电视的乡村，干的是插秧、施肥、种玉米、扛木头的活，然而，正是这样的一个"穷者"，却具有"兼济天下"的胸怀，怀抱着对伊拉克平民的"同情"。而与之相对应的"达者"的世界，却麻木不仁，"独善其身"。

值得注意的是，王长跑不仅是"穷者"，而且是一个失明者。他因为眼疾而出现各种幻觉，他所看到的电视上的许多画面，缘于他的眼疾，是因为眼疾造成的重影、幻象所致。

在理性正常的现代人心中，没有"同情"的位置，他们从来看不见、听不到、说不出他人的苦难；只有在非理性、非正常的边缘人，像王长跑这种患了眼疾，"看不见"的边缘人那里，才可能看见、听到、说出他人的苦难。

至此，我们可以对上述东西的小说做一个小小的概括。

东西的小说为我们塑造了一群疏离于现代理性的人物，他们有的是瞎子、有的是聋子、有的是哑巴、有的是精神病患者、有的是理性尚未健全的少年，这些人物看不见、听不到、说不出，他们疏离于我们置身其中的主流世界，或者说，他们被主流世界遗弃和放逐。东西写出了他们生存的苦难和艰难，写出了他们被主流世界遗弃的痛苦，写出了他们的压抑和愤懑。

这只是东西小说表层的内容。

与这种表层内容相对应的，东西小说通过这些看不见、听不到、说不出的人物，看见、听到和说出了主流世界的痼疾和缺陷，揭露了主流世界的虚伪、冷漠和麻木，揭露出主流人物业已失去"做人的资格"。

当主流世界日趋虚伪、冷漠和麻木的时候，东西让我们看到，爱与同情，这些现代主流世界业已消失的情感，还保留在这些看不见、听不到、说不出的边缘人物的内心世界，还存活于边缘世界。

这是一个巨大的悖论。东西既让我们看到了现实的残酷，也让我们看到了现实的希望。

那么，究竟是什么力量造成了主流世界的虚伪、冷漠和麻木？究竟是什么力量推动主流世界与边缘世界渐行渐远？在这一章的结尾，笔者还想探究一下这个问题。

东西写过一篇短篇小说《反义词大楼》。这是一座共有 18 层的大楼。

> 我一直不知道这幢楼是干什么用的，它的外面没挂任何招牌。每天早晨，有许许多多的名牌车，像甲虫一样挤在大楼前的空地上，等候他们的主人。它们的主人大都西装革履油头粉面。他们在进入大楼时，会遇到门卫最严格的检查和盘问。

> 凡是进入这幢大楼的人员，必须经过一楼的培训合格之后，才能上到二楼，以此类推中，一层又一层，当你每一层都合格之后，才能到达十八楼。

这幢反义词大楼，让我们联想到哲学中的总体性概念，"总体性犹如空气，我们每天都在呼吸它，受它支配，听命于它，但是我们从来没有看见它……"① 这是汪民安先生对总体性的描述。如果说哲学家的描述过于抽象，那么，小说家的描述则给我们带来了具象。随着小说情节的推进，我们可以看到，在反义词大楼，现代人的生成是权力、暴力和金钱逐次规训的结果。人，正是由于接受过反义词大楼的规训，最后成为理性正常的现代人。

哲学家认为我们从来没有看见过总体性，小说家却虚构了一座可以让我们联想到总体性的大楼。当东西在写作或读书劳累的时候抬头打量这座反义词大楼的时候，他应该能够洞悉这座反义词大楼的秘密，他应该能够看见、听到并说出这座总体性大楼的风景。

---

① 汪民安：《后现代性的谱系》，汪民安等主编《后现代性的哲学话语》，浙江人民出版社2000年版，第1页。

第二章　灵魂苦难

第一节　双重变异

鬼子的小说创作可分为三个阶段。第一阶段为 20 世纪 80 年代中期，这是他的起步阶段。当时他还是一个小学教师，在《青春》上发表了小说处女作《妈妈和她的衣袖》，这篇小说发表后不久就被《小说选刊》转载。第二阶段是 20 世纪 80 年代末到 90 年代初，这是他的实验阶段。他在《收获》相继发表了两篇小说，短篇《古弄》和中篇《家癌》，这两篇小说带有明显的拉美魔幻现实主义小说的痕迹，当时他受拉美小说家卡彭铁尔的影响较大。第三阶段为 20 世纪 90 年代中期以后，这是他的自觉阶段。1995 年，他看了大量外国影碟，这些外国影碟给他的小说创作很多启示。他从这些外国影碟里面发现了"人的本能里所依赖所向往的一种东西，那是一种被人的生存的状态所认定的，是永恒的，是没有被任何一种政治污染的……"① 与此同时，他读了大量当时文坛负有盛名的小说家的作品，"清楚他们都写了些什么"②，进而找到了自己文学创作的位置与发挥的方向。1996 年，《谁开的门》、《走进意外》、《农村弟弟》三部中篇相继在《作家》、《花城》、《钟山》三种刊物发表。可以说，鬼子正是以这几部作品完成了他小说

---

① 鬼子：《艰难的行走》，昆仑出版社 2002 年版，第 39 页。
② 同上书，第 40—41 页。

叙述方式的转型，并确立了理解生活与人性的鲜明的个人风格。从1997 年到 2004 年，鬼子连续在《人民文学》发表了《被雨淋湿的河》、《上午打瞌睡的女孩》、《瓦城上空的麦田》、《大年夜》等中篇小说，这些作品都在文坛产生了广泛的影响。

回顾鬼子的创作道路，可以发现，鬼子最初写小说有点类似灵机一动或一时冲动的行为。作为一个受过师范教育的小学教师，他自然接受过当时影响极大的现实主义文学的影响，他讲故事的天赋也成就了他。第二个阶段，他陆续接受了专门的文学教育，可以想见，对于鬼子而言，这是一个比较漫长的抵抗与适应、放弃与接受掺合在一起的过程。在"各领风骚数百天"的中国文坛，来自桂西北山区的鬼子更多认同的是拉美魔幻现实主义文学。这种认同落实到鬼子的小说创作，表现为对神秘性小说素材的偏爱和对叙述结构的重视，表现为从对人的外在现实性的关注转变为对人的心灵性的关注。这已经是现代主义性质的小说形态。同是在这个阶段，鬼子为通俗文学极为活跃的图书市场写作了一批通俗小说，这种写作经历帮助鬼子较为清楚地了解了读者的趣味，逐渐完善了如何创造读者阅读期待的叙述技巧。这种叙述技巧的核心就是设计具有悬念和某种特殊氛围的故事。

分析鬼子前面两个阶段的小说创作可以发现，鬼子第一个阶段的文学经验是形式现实主义性质的。进入第二个阶段，鬼子几乎完全放弃了现实主义模式，他同时进行两种小说的写作：一种可称为纯文学小说，表现为故事的神秘性和叙述的"迷宫"性，其阅读效果是陌生化的；另一种是通俗小说，表现为悬念、惊险、离奇，其阅读效果是扣人心弦的。值得注意的是，鬼子同时进行这两种小说写作时，这两种小说是井水不犯河水的。他的纯文学小说努力追求文学自身的价值，走了疏离读者的极端；他的通俗小说一味迎合读者，走了放弃文学价值的极端。鬼子是一个反思意识很强的小说家。他在不断调整自己的创作方法以提高其作品价值。他自己说过："我现在每一年都用一个固定时间，把中国乃至世界那些大师们的一些最好的作品，放在一起阅读比较，有的作品我不知道从头到尾看了多少遍，但我每一次阅读都会淘汰大量的作品，为什么呢？因为每一次阅读这些作品我都会在心里给它们打分，估定这些作品所能达到的文学高度。"① 这种不同时期的反复阅读使鬼子对文学作品有了一种能够穿透时间障碍的理解。因为许多文学作品是在某种社会时代的氛围中产生影响的。不同时期的反复阅读使鬼子既认识到现实的力量，同时也发现了某种能够使文学作品具有永恒魅力的品质。这种认识与发现使鬼子很善于捕捉那种具有现实力量的素材以引起同时代读者的阅读兴趣，同时，他也很注意不被这种素材的现实性局限，他努力在现实的素材中挖掘出能够超越现实的内容，从而使他的作品不至于在素材的现实性丧失之后艺术魅力同样丧失殆尽。于是，当鬼子进入其创作的第三个阶段，显而易见，他在一个新的高度上将前面两个阶段的各种追求作了一个巧妙的调和。首先，鬼子表现了回归现实主义的精神。当然，这时候鬼子的现实主义已经不是第一阶段那种形式现实主义。形式现实主义是披着现实主义的外衣表达主流话语。鬼子回归的是更具有本质意义的现实主义。这种现实主义关注社会中的人和人的社会性，并且，这种人及人的社会性尚未被主流话语所规范。其次，虽然像通常的现实主义一样，鬼子的现实主义具有对现实社会的深入观察，敏锐地触及社会现实动向和复杂的社会现实问题。但由于鬼子曾经有过第二阶段魔幻现实主义的训练，这使他已经不满足于停留在对社会现实的发现，这更像社会学家的工作。鬼子是在发现社会现实的基础上，进一步发现这种社会现实状态中的人心。所以，鬼子第三阶段的小说具有的是现实主义的形和现代主义的心。更确切地说，他是穿透现实主义抵达了现代主义。最后，鬼子的通俗写作经验使他有能力将读者带入小说阅读状态，他的叙述技巧使他的小说具有了较强的可读性。这就形成了鬼子小说所具有的三种特色要素：对社会现实的敏锐把握、心灵的穿透力和波诡云谲的叙述策略。

关于对社会现实的敏锐把握。新时期以来，在脱离了传统主流话语的小说叙事中，余华始作俑的暴力叙事和方方始作俑的苦难叙事曾经给

① 鬼子：《鬼子的"鬼"话》，《东方丛刊》2004 年第四期。

人们留下了深刻的记忆。当鬼子出现之后，许多人都觉得鬼子小说中最触目惊心的是苦难。鬼子因此成了"写苦难的高手"①。但人们往往容易忽略的是，鬼子小说同样充满了暴力的血腥。因此，准确地说，鬼子小说交织着苦难与暴力的双重叙事。比如《上午打瞌睡的女孩》中写到的那种下岗职工家庭中的苦难确实令人心酸，而《被雨淋湿的河》、《农村弟弟》和《伤心的黑羊》中的暴力则因为司空见惯而令人骇异。与余华和方方不同的是，余华的暴力叙事往往植根于青春冲动或文革教育，方方的苦难叙事根源则在当代历史。鬼子苦难与暴力的双重叙事则直接根源于当下的社会现实。客观地说，余华、方方叙述的暴力和苦难由于来自某种历史根源，其原因几乎是人所皆知的。小说家在进行这种叙事时更需要驰骋叙事的才华，而不太需要思想的发现。然而，鬼子叙写的苦难与暴力却植根于当下的社会现实，这不仅需要表现的勇气，即鬼子敢于写出我们貌似繁荣祥和的现实社会内部存在的苦难和暴力；而且需要发现的洞察力，因为这些苦难和暴力并非空穴来风，而有着深刻的社会现实根源。这是鬼子小说现实性更强的原因。所以，陈晓明称之为直接现实主义。近几年，收入差距形成了弱势群体，弱势群体造成的社会问题日益成为人们关注的焦点。然而，这些问题在鬼子 1996 年以后的小说中已经得到大面积的触及。比如《被雨淋湿的河》所写的农民工欠薪问题，《上午打瞌睡的女孩》所写的下岗职工生存问题，都是现实社会中的客观存在。鬼子早在七八年前就将这些问题作了如此深入尖锐的揭露，人们不得不承认其目光的敏锐犀利。尤其可贵的是，鬼子不仅写到了这种具体可感的社会问题，他的笔触其实已经深入到对社会整体的深层把握。社会学专家惯于用数据呈现现实社会中不同阶层的差异，鬼子则通过形象生动的描绘呈现了这种不同社会阶层难以弥合的裂缝。《农村弟弟》和《瓦城上空的麦田》呈现的是城市与乡村的裂缝，这种裂缝的深刻甚至到了亲子弑母、父子陌路的程度。《学生作文》呈现的是同一城市中强势群体和平民阶层的裂缝，这种裂缝甚至导致一个

---

① 鬼子：《鬼子的"鬼"话》，《东方丛刊》2004 年第四期。

偶然的事情引爆一个恶性的事件。严格地说，鬼子所关注的这些现实同时也是以"河北三驾马车"为代表的"新的现实主义冲击波"关注的对象，但是，鬼子的态度却与"新的现实主义冲击波"不同。"新的现实主义冲击波"仍然站在主流立场，他们在反映社会现实的同时也是装饰社会现实，好像是先用一把刀捅开了伤口，然后又敷衍塞责地将伤口掩饰起来。鬼子的小说却没有任何装饰社会现实的企图，仅仅像一把冷静又冷酷的刀，捅出社会现实血淋淋的伤口。

不过，鬼子并非有这种见血的嗜好。他最突出的成绩还在于塑造了一批与新时期以来大批优秀小说家笔下人物不同的人物形象。像《被雨淋湿的河》中的晓雷、《上午打瞌睡的女孩》中的寒露、《瓦城上空的麦田》中的"我"、《学生作文》中的刘水、《农村弟弟》中的马思、《苏通之死》中的苏通，等等。在传统现实主义作品中，这些弱势的人物是极其值得同情的对象。然而，鬼子最大的独特性在于，他并没有将道德的天平简单地倾向这个弱势群体。只要我们冷静客观，我们会不无惊讶地发现，这些确实值得同情的弱势群体同时也是确实需要审判的：晓雷和马思出场之前，已经隐匿了杀人的前科；依据作品的逻辑，寒露最终会成为妓女；苏通虽然写出了富于道德激情的文学作品，但仍然陷入了道德堕落。无论这些人物的罪恶如何事出有因，但他们本身的素质构成同样需要反思。他们或许不乏正义感，但却十分缺乏正义理性。与此同时，"我"与刘水这样前途不明的人物，其前途同样令人充满忧患的想象。毕竟，社会现实的裂缝和其自身的素质构成使他们最终成为反社会人物的结果成为最大可能。因此，鬼子不仅写出了一个令人触目惊心的现实存在，而且暗示了一种更为令人忧患的未来。这就是说，尽管鬼子写出了深刻的社会现实裂缝，但他并没有将赞成票投给分歧乃至对立着的任何一方，他呈现的是一个完整的复杂现实。他的作品更像一把双刃剑，在刺向现实的时候，两个方向的伤口同时呈现。显而易见，我们生存其间的社会矛盾重重、危机四伏，手持双刃剑的鬼子，仿佛一个目光冷峻的大夫，冷静地解剖着社会与人性的双重变异。

第二节 双重穿越

关于心灵的穿透力。如果鬼子小说只有对社会现实以及人的社会性的敏锐把握，那么，他的小说就是纯粹现实主义的。但是，鬼子小说不仅止于此。他在洞察社会现实的巨大矛盾和危机的同时，追问的目光直逼人的灵魂。《谁开的门》叙述一个犯罪故事：罪犯因为要找女朋友的麻烦撞进了主人公胡子的家，阴差阳错强奸了胡子的妻子。小说一开始将读者引向夫妻双方究竟是谁给罪犯开门这个问题，给人感觉似乎是一个侦破小说。然而，跟着作者的叙述走下去，就会发现主人公家里的门究竟是谁打开的已经变得不重要了。因为，接下去发生的故事使读者发现了两道更重要的门：一道是罪犯对胡子的妻子产生犯罪动机并完成犯罪行为的心理之门，另一道是胡子对刘警员的丈夫产生犯罪动机并完成犯罪行为的心理之门。于是，《谁开的门》这部小说实际是由三道门构成。在小说里，第二道门的意义大于第一道门的意义，第三道门的意义又大过第二道门的意义。因为，第一道门的打开更多出于偶然，第二道门的打开则有了怯懦的个人原因起作用，第三道门则涉及更复杂的社会与个人的心理因素。显而易见，鬼子已经将犯罪的物理之门引向了犯罪的心理之门，换言之，鬼子关注的已经不仅止于现实中发生的事实，他更关注现实事件背后的社会心理和人性特质。从对事件的关注转化为对心灵的关注，这几乎成为鬼子小说叙事的醒目标志，同时也显示了鬼子小说非同寻常的心灵穿透力。

《苏通之死》和《谁开的门》有异曲同工之妙。小说由两个故事构成：一是作家苏通所写的一部现实主义小说中讲述的故事，二是苏通本人的故事。这是一部特别能够显示鬼子小说创作反思能力的小说。一个习惯现实主义小说思维的读者可能更关注第一个，即苏通小说讲述的故事：作为弱势群体的李后山因为与村长的纠纷被村长列入了被拘留罚款的名单，李后山被捕后一度逃脱，并在小说叙述人也就是苏通的劝说下向村长承认了错误并赔偿了损失。事情本该至此结束，但小说结尾告诉读者，李后山并没有真正获得自由，他再次出现在被关押的人群中。作为工作队成员的苏通目睹这番情景，终于失望地消失了。显而易见，这个故事主要写的是当下中国乡村日趋激化的权利与权力的冲突，弱势群体不仅在经济上日趋贫困，而且在政治上也处于权利被权力剥夺的被压迫状态。可以想象，苏通写的是一部现实批判性很强的小说，用小说里的评语：这是一部让人的心灵受到震撼的绝对现实主义的大作品。但鬼子在承认《苏通之死》貌似现实主义小说的前提下明确表示这部小说不是"传统意义上的现实主义"，鬼子认为："其方法应该说是现代主义的，从内容到形式，都是对我国'当下'现实主义的一种反叛，其中明显使用了许多'元小说'的手法。"① 这里姑且不论这部小说的形式方法，仅仅从小说的第二个故事，人们可以发现，鬼子确实有意将读者对李后山事件的关注引向了对苏通这个人物的关注。第二个故事讲述写出了如此尖锐深刻的小说的苏通始终不愿意修改小说结尾而导致小说始终得不到发表，不久，苏通在朋友的帮助下从瓦县调到了瓦城，在瓦城出版社任职，并因为其文学观念赢得了中文系研究生路意的芳心而建立了家庭。这时，中国的出版业正经历社会效益主导到市场效益主导的转型，作为编辑的苏通头脑灵活，常有能取得惊人市场效益的点子，从而常有可观的收入。后来，苏通出于对出版局局长管理方式的不满愤然辞职，同时还与路意离了婚，成为一名过着纸醉金迷、放浪形骸生活的书商。尽管如此，苏通仍对自己那部未刊的小说耿耿于怀。每当发现与自己小说题材类似的作品，如《万家诉讼》、《被告山杠爷》时，心情就变得特别复杂，并因此养成了一个在妓女肚皮上发表作品的习惯。最后，苏通终于因纵欲过度死在一个妓女怀里。一个具有深刻敏锐的现实主义激情的作家，最终毁灭于现实。可以说，苏通曾发现过一个政治权力扭曲的现实，但他未曾发现一个性格扭曲以及金钱异化的现实。面对第一种现实，苏通很大程度上扮

---

① 鬼子：《艰难的行走》，昆仑出版社 2002 年版，第 46 页。

演了一个正义者甚至胜利者的角色；面对第二种现实，苏通却成为陷溺者和同谋。人们常常对别人的困境洞若观火，对自己的局限漠然无知。于是，当小说从第一个故事转入第二个故事，当读者的关注点从李后山与村长的纠纷转向苏通的人格扭曲和心灵变异，鬼子的现实敏感力就上升成为心灵的穿透力。

　　鬼子曾有过这样的说法："我每次阅读大量的大师作品后，都发现一个极重要的问题，即文学可以是各种各样，但在我的消化系统里，我觉得最至高无上的作品永远是关于人的灵魂的苦难。而不光是生存的苦难，仅仅写生存的苦难是很低级的。"① 在中篇小说《大年夜》里，鬼子的叙述意图变得更加明确。故事仍然发生在瓦镇。主人公莫高粱除夕那天上街要完成两件事，一是儿子让他买一把扫把打扫房间以过新年，二是帮李所长收费。在街上他遇到了一个卖扫把的老阿婆，因无钱交费莫高粱拿走了一把她的扫把用来抵该交的费。将扫把拿回家后莫高粱想起老阿婆头一天的费也没交，又找到她欲再拿一把扫把。老阿婆不愿。莫高粱就将她带到李所长的办公室，关在了楼上的一个小矮房里。莫高粱继续到街上收费的时候与一个卖菜的光头发生了冲突，竟被光头飞起的扁担打死。莫高粱的灵魂首先是回家，未看到儿子却看到了扫把，于是想起被他关在小矮房里的老阿婆，赶紧赶到小矮房，发现老阿婆已经处于弥留之际，瘪瘪的肚子里没有一点粮食的影子，只有一团鸟蛋大的消化不掉的野菜。他又赶到李所长的家，想叫李所长去救老阿婆，但未成。他知道老阿婆必死无疑，有了忏悔之意，跪着回到小矮房，在悔恨交加中开始了与刚刚死去的老阿婆的对话。在对话中莫高粱才知道老阿婆一贫如洗，家里最后的余粮也被偷光，在饥饿中等待去广东打工的孙女回家已经好几天了。由于阴间也有过年夜的习俗，莫高粱陪老阿婆到阴间的街上卖扫把，很快卖完了，还有一个小女孩想买却买不到了，这时候，莫高粱对老阿婆表示自己如果没有拿走那两把扫把就好了。关于《大年夜》的主题，鬼子有过陈

---

① 鬼子：《鬼子的"鬼"话》，《东方丛刊》2004年第四期。

述："人类有时候最恐惧的是小人物给小人物造成的悲剧。这能给人留下较大的思维空间。因为大人物对小人物造成的悲剧，你不说我也知道。这也很平常。但是小人物对小人物造成的悲剧，你就不得不问人到底是怎么回事。"① 人到底是怎么回事？这是一个极其有力的追问。鬼子用了几乎一半的篇幅来写死后莫高粱的灵魂漫游记，用莫高粱灵魂的所见、所闻、所悔来拷问人的灵魂，确如刊载这篇小说的《人民文学》所发的编者留言所说："文学直指人心的力量也正在这种对灵魂的不屈不挠的揭露，它要穿过我们的躲闪、伪装、托词和幻觉，它能够对人生提出根本的、不可逃避的问题。"②

关于波诡云谲的叙述策略。写过不少通俗小说的鬼子谙熟阅读心理，懂得如何有效地调动读者的阅读兴奋。他依靠的办法主要有两点。一是小说的题材，如前面已经提及的暴力犯罪叙事以及对社会阴暗面和人性阴暗面的涉及。鬼子小说中的暴力犯罪叙事很多。《被雨淋湿的河》的主人公晓雷采用暴力杀了克扣民工工钱的老板，《谁开的门》的主人公胡子在被暴力伤害后采用暴力杀死了用文字对他造成心理伤害的刘警员的丈夫，《学生作文》中刘水的父亲在醉眼惺忪的状态中成了杀人犯。暴力在鬼子的小说中出现得突然、出乎意料而又轻而易举，往往是一桩暴力带来了另一桩暴力，形成暴力的连环套。如果说暴力是鬼子小说中男人们一触即发的行为，那么，妓女则是鬼子小说中女人们可能的归宿。《被雨淋湿的河》中的晓雨、《上午打瞌睡的女孩》中的寒露都被暗示了成为妓女的可能，甚至连《伤心的黑羊》，鬼子还为完全正义的女主人公葛叶设想了一个电影版命运结局："还有一种故事和它的结尾是最有力量的，这可以在《伤心的黑羊》的电影中完成，那就是被轮奸的葛叶，后来在瓦城当起了妓女，而当她为念书的弟弟挣够了钱后，伤痕累累地回到了山里，却惊人地发现，原来被她父亲（小说中是杀人犯李黑，电影里可以把李黑去掉，那杀人犯就是葛叶的父亲）

① 《跨越时空与灵魂对话——鬼子中篇小说〈大年夜〉讨论会实录》，《河池学院学报》2004 年第 5 期。

② 《留言》，《人民文学》2004 年第 9 期。

剥掉了皮的一只黑羊，仍然活在山上，此后，一只被剥掉了皮的黑羊和一个身心充满创伤的女孩生活在了一起……"① 显而易见，暴力犯罪叙事和社会及人性阴暗面的叙述能够有效地吸引读者的注意力。与此同时，鬼子很擅长通过悬念、突转等叙述方法把故事叙述得跌宕起伏、扣人心弦。这里，不妨以《农村弟弟》为例分析其调动读者阅读情绪的叙述技巧。

在鬼子最有影响的一批小说中，《农村弟弟》不仅具有强烈的现实性，而且兼有深刻的历史感。可以说，小说叙述了父母与儿女两代人的故事。生活在城市的父亲因为一次下乡到瓦村的经历而与一位农村女子苟合生下了一个男孩马思，即小说叙述者马克的农村弟弟。马思成年后试图进城生活而不得。在此过程中，马克的母亲与父亲相继死去。马思为了改变自己的命运不惜谋杀了自己的犯罪同伙李条，为此得到县长的关照获得了考上乡干部改变农民身份的机会。毫无疑问，这个小说的聚焦点在马思身上，马思为改变农民身份，不仅违了天伦之孝，而且犯了人伦之义，最终还死于仇杀。但马思的母亲和马思的女友玉梅所代表的两代农村女子的形象同样值得注意。马思的母亲因为与马思的父亲有了孩子而一厢情愿含辛茹苦独身一辈子，这是一代农村女子形象；玉梅在县长家做保姆被县长的儿子引诱成奸，后来被男友李条发现，李条意欲惩罚县长太太而给了马思"见义勇为"的机会。为了安抚知情者玉梅，马思与玉梅成了朋友并让玉梅为他怀了身孕。最后，马思当了乡干部后意欲抛弃玉梅而被玉梅的弟弟杀死。显而易见，玉梅这样新一代的农村女子与其上一代同样屈辱的农村女子马思的母亲有了截然不同的经历和品质。鬼子叙述出来的这个对比是极其触目惊心的。小说一开头就进入高潮：首先写明自己有一个同父异母的弟弟，接着写父亲第一次见到弟弟的情景，再写母亲得知此事的惊讶。大开大阖，时空跳跃，短短一二千字，就用迭起的高潮将读者紧紧抓住。第二部分写成年后的马思进城与父亲共同生活，马思与继母的正面冲突同样写得惊心动魄。第三部分

---

① 鬼子：《艰难的行走》，昆仑出版社 2002 年版，第 56 页。

追述马思用大柴刀砍杀生母的情景。仅从开头的三个部分，如此大的时空跨度和如此惊心动魄的细节场面，可以想象，读者不可能不被作者带进他创设的凶险情境。同时，这些扣人心弦的场面全部烘托了一个人物，即马思，从而使读者对马思的命运有了强烈的好奇，随着后面故事情节的展开，阴谋被揭露，阴暗被洞穿，为改变命运铤而走险，为报仇雪恨以武犯禁，这一切，确有令人无法释卷的阅读引力。

创设强烈的行为动机，制造强劲的情节动力，更是鬼子小说叙述策略的一大特色。改变底层身份和苦难命运，这是鬼子小说中人物最强烈的行为动机，这一点毋庸置疑。落实到具体的小说情节，推动情节不断发展的动力却需要匠心独运。《谁开的门》中罪犯强暴胡子的妻子只是故事的引子，而这个事件留在胡子心中的阴影则成了后来胡子犯罪的重要动机。但仅有动机仍然不够。罪犯的落网使胡子的软弱性格曝光，刘警员的丈夫以此为报料不断对胡子的心理进行伤害成为胡子犯罪的动力源。《伤心的黑羊》中李黑因为朋友之义而与其雇主发生冲突而犯下杀人之罪，葛叶的父亲又因为朋友之义而犯了窝藏罪犯之罪，葛叶的父亲被捕导致了葛叶姐弟失去生活来源，从而为田野的犯罪创造了条件。事件与事件之间的因果关系形成了情节发展强劲的推动力。《瓦城上空的麦田》的主人公李四因子女忘了他的生日而不满，顺水推舟在儿女面前制造了自己车祸死亡的假象，儿女信以为真，将伪消息传达给了母亲并导致了母亲的死亡，从而堵塞了李四坦然说明真相的后路。尽管小说叙述者反复试图说明真相，但都遭到怀疑心极重的李四子女的拒绝，最终，制造自己死亡假象的李四弄假成真以车祸身亡。小说就这样一环扣一环，形成了一个情节动力连环套，最终将李四送上了黄泉路。由此可见，正是因为鬼子的小说具有险象环生、悬念丛生的情节动力，才造就了其小说扣人心弦的阅读引力。

作为在中国世纪之交的文坛产生了广泛影响力的小说家广西三剑客之一，鬼子的小说引起了诸多评论家的关注，陈思和在读鬼子《被雨淋湿的河》时，"被作家对现实生活中各种矛盾的大胆揭露和批判精神所感动"，"认定了这是近年来青年作家里很少见的具有现实震撼力的作品"，在谈到鬼子另一篇小说《学生作文》时，陈思和指出这个作品"是对现实的巨大穿透，生活的本相由此充分地展示出来"。并认为"鬼子的小说有一种难得的愤怒"，《学生作文》成功地"将这种愤怒上升为小说美学境界"①。丁帆在分析《瓦城上空的麦田》时，认为"作品写出了乡土社会迁徙者与都市文化发生碰撞时灵魂世界的至深悲剧"，并强调，以这个作品为考察视角，"能够看到中国乡土小说在进入新世纪后一个新的支撑点和新的走向"②。程文超在讨论鬼子的《瓦城三部曲》时认为："鬼子平平淡淡地叙述着他们的故事，却在思考着我们时代最深刻的问题。他的思想正在走向我们时代思想的最前列，体现着我们时代的思想力度。"③

①　陈思和：《不可一世论文学》，人民文学出版社 2003 年版，第 258—259 页。
②　丁帆：《论近期小说中乡土与都市的精神蜕变》，《文学评论》2003 年第三期。
③　程文超：《鬼子的"鬼"》，《当代作家评论》2004 年第一期。

第三章　抵抗世俗

第一节　戏仿历史

李冯，1968 年生于南宁，1984 年考入南京大学化学系，后转入中文系，1992 年毕业于南京大学中文系，获文学硕士学位。曾在广西大学中文系任教，1996 年辞职，定居北京成为自由撰稿人。早在南京大学求学阶段，李冯即已成为韩东作为实际主编和灵魂人物的民间文学刊物《他们》的撰稿人之一，据他自己说，当时他曾受韩东较大影响，其最早的小说韩东曾篇篇过目。1995 年前后成为张艺谋策划的电影《武则天》剧本的多名写作者中的一个。1997 年，李冯成为广西首批签约作家之一，1998 年，与东西、鬼子被命名为广西三剑客，同年荣获《钟山》、《大家》、《山花》、《作家》及《作家报》举办的"联网四重奏"优秀作家奖。在传统写作之外，李冯还加入网络小说写作，也是在 1998 年，李冯与一些作家组成"浪点潮"文学社，1999 年，他与邱华栋、李大卫联合创作了首部网上接龙中篇小说《网上跑过斑点狗》。李冯历年来在《人民文学》、《收获》、《花城》、《钟山》、《大家》等重要文学刊物发表大量小说。小说创作之外，李冯兼写剧本。张艺谋两部最重要的武侠大片《英雄》、《十面埋伏》均由李冯编剧。目前，李冯公开出版的作品主要有长篇小说《孔子》（河南文艺出版社 2000 年版）、《碎爸爸》（长春出版社 1998 年版）、小说集《庐隐之死》（海天出版社 1996 年版)、《中国故事》(中国广播电视出版社 1997 年版)、《唐朝》(广西民族出版社 1999 年版)、《今夜无人入睡》(湖北教育出版社 2000 年版)、《广西当代作家丛书·李冯卷》(漓江出版社 2002 年版)、《拯救逍遥老太婆》(中国妇女出版社 2004 年版),以及电影小说《英雄》(中国戏剧出版社 2002 年版)、《十面埋伏》(星岛出版有限公司 2004 年版)。

三剑客中,李冯的作品特点最鲜明,最容易命名。李冯的小说明显分为两类:一类是戏仿历史题材,另一类是现实经验题材。由于两类小说均有鲜明的文体独立性,我们不妨分头评述。

针对李冯的戏仿历史题材,评论家将其命名为"戏仿小说"①。由此可见李冯小说文体形式的鲜明性。戏仿小说指的是李冯那批对经典文本进行改写的小说。这里的经典文本不仅包括历史上存在的文学名著,如《西游记》、《水浒传》、《金瓶梅》、《三言》、《二拍》、《论语》、《纪念》、《骆驼祥子》等,也包括那些著名历史人物的传记资料,如孔子、施耐庵、利玛窦、庐隐、石评梅、徐志摩等人的传记。作为对经典文本的改写,李冯的戏仿小说往往采取这样的叙事策略:把不同经典文本的材料重新组合、拼贴,结构成一个新的文本。这情形有点类似鲁迅的《故事新编》,或许与西方的后设小说也有某种形式上的联系,表面看它们都不具备原创性,只是一种"后创作",可称作"对摹本的摹仿",是一种在经典文本基础上以经典文本为故事材料而产生的新文本。显而易见,这种叙事策略带有明显的游戏色彩,称作戏仿颇为贴切。不过,游戏不是戏仿小说的唯一目的。戏仿小说在对经典文本进行戏仿的同时,就包含了对经典文本以及对经典文本接受历史的反思,这种反思的结果往往是对经典文本进行重新阐释,以改变读者习以为常的对于经典文本的接受模式。因此,戏仿小说亦可称为"探究意义的小说"。如果用李冯的小说标题来概括李冯的戏仿小说,可以这样说:李冯是通过对人们耳熟能详的"中国故事"的改写来发出人们还相当陌

---

① 参见徐肖楠《李冯的戏仿小说》,《作家》1997 年第 9 期。

生的"另一种声音"。

比如，《英雄》以荆轲刺秦为本讲述的武侠故事，就尽可能传达与经典文本不同的声音。作品分三次讲述这样一个故事。

第一次是无名讲述，讲述的是他如何利用人性的弱点，即残剑、飞雪、长空三人间的情色关系，实现了自己的愿望。这个故事的内在意义是情色，英雄难过美人关。

第二次是秦王的讲述，讲述的是无名、残剑、飞雪、长空如何合作，后面三人如何将自己的生命献给了无名，以帮助无名完成刺秦的使命。现在，无名终于实现了他们的愿望，他已经抵达十步以内击杀秦王的范围。秦王跑不了，但也不打算跑了，既然无名等人如此仗义，秦王也受了感动，他愿意以自己的生命殉了这义。这是一个义的故事，朋友间的义的故事。中国有很多这样的故事，如文献中的荆轲刺秦，又如古龙的小说《流星、蝴蝶、剑》。朋友义气也是中国文化的一个母题。《水浒传》就讲述这个母题。秦王的讲述破解了无名的讲述，证明了无名的虚构。

第三次又是无名的讲述。无名告诉秦王他的讲述没有错，无名确实想杀秦王。但有一个关键处秦王判断错了。就是当初残剑已经获得了杀秦王的机会而没有杀。这一次无名欲杀秦王，残剑愿意阻止他而终于未果。残剑告诉无名他何以不杀秦王反而保护秦王的原因，是出于公义，是出于对连年战争的拒绝，不杀秦王不是为了秦王，而是为了天下。无名不以为然，但当他面对秦王，他理解了残剑，于是他放弃了复仇，结果不是秦王以生命殉了无名、残剑等人之间的朋友私义，而是无名以生命殉了秦王代表的天下公义。这是一个关于公义的故事。

许多人对《英雄》表示不以为然。这里有一个关键点，就是秦王是否真能代表天下公义？还有，国家是否能凌驾于个人之上？这个问题本书不打算讨论。但从《英雄》的构思我们可以发现，李冯喜欢反省甚至颠覆那些几乎成为"盖棺定论"的结论。他总能从经典叙述中找到某个缝隙，并将之撕开，从中开辟出一个供他自由驰骋的、随意发挥的空间。这既得益于他的反省能力，也得益于他的叙述能力。

有评论家指出，《另一种声音》中的孙悟空"在历经丧失法力、'沦为'女人、娼妓、仆妇之后，经过穿越漫长岁月的流浪，以一个普通西装男子的形象步入一座现代都市，完成了由神话英雄（甚至是民族英雄）向普通人的降落"①。同样，《我作为英雄武松的生活片断》也是通过对武松打虎、杀嫂等事件的"悬搁"，以实现对一个传奇英雄的解构。还有，《纪念》通过把徐志摩的浪漫爱情与钱锺书同名小说中的偷情故事巧妙叠加，并且把中国20世纪有关科学救国的救亡理想编织其中，从而构成对爱情理想和科学理想的双重反讽。以上三个作品，分别对中国人心目中的三种英雄典型，即神话英雄、传奇英雄和浪漫英雄进行调侃，在调侃的过程中，作品消解的不仅是三种英雄典型，进一步，它还消解了这三种英雄身后的文化背景，即神话理想，传奇理想和爱情理想。

值得注意的是，李冯的调侃并没有走到极端，在消解的过程中，李冯会不知不觉生成一种建构的欲望。《另一种声音》中的孙悟空最后高兴地发现"尾巴不见了"。《我作为英雄武松的生活片断》中的武松觉悟到："从此我将获得一个真正的绰号——行者，将名副其实地这么生活，不再替人负过，也不再轻易杀人。"《纪念》中的才叔，在丧失了青春时代的所有狂热之后，仍然意识到："在生活里，在人们的心中，是有一些东西能比这飞机飞得更高，也更为重要。"毫无疑问，这三个人物的觉悟都是意味深长的，就孙悟空而言，经过千百年的演变，他实现了神话英雄向普通人的转型，由此可能创生出一种具有现代性的平民理想；就武松而言，他拒绝了千百年来人们加在他身上的关于传奇英雄的种种阐释，认可了行者这样一种人文主义的形象内涵；就才叔而言，他最后的觉悟在于承认物质世界之外还存在一种更纯正的精神意义。所有这一切表明李冯的调侃并未坠入精神上的虚无主义，相反，他在调侃了既有的意义之后，仍在努力地寻找，抑或发明意义。②

这种寻找和发明的努力在长篇小说《孔子》中表现得最为明显。

---

① 戴锦华：《拼图游戏》，《花城》1997年第3期。
② 参见邵建《意义形态》，《花城》1996年第4期。

李冯写《孔子》，其初衷是"调侃中国第一人"（试图对孔子这个中国头号文化英雄的精神价值进行游戏性的消解）。然而，李冯最终呈现在读者面前的《孔子》却不是一个单纯的解构式的文本，而是对孔子的精神价值作了某种转换。他消解了孔子那种涂抹了 2000 多年的厚重的圣人光泽，还原了孔子作为一个博学多思且敏于实践的教师的形象。其实，李冯许多这类戏仿之作采取的都是一种还原的叙事策略，把历史为人物虚设和想象的种种附加装饰剥去，呈现出一个真实平凡的面孔。孔子这位至圣先师在李冯笔下也未能有所例外：圣人成为凡人，英雄成为普通人。

从叙事艺术的角度来看，《孔子》不失为一部用心讲究的长篇小说。作品从始至终贯穿着《诗经》的一个意象："匪兕匪虎，率彼旷野。"孔子曾在人生绝境中用这句诗向子路、子贡、颜回这三个他最著名的学生提问。同时，这句诗所创造的意象也恰恰构成孔子一生的象征。李冯非常敏锐地抓住了与这个意象相关的孔子一生的核心事件，即孔子从 54 岁开始的长达 14 年的周游列国。李冯称之为旅行。与杨书案、井上靖的《孔子》完全不同（20 世纪 80 年代，中国作家杨书案和日本作家井上靖都创作了以孔子生平及其学说为题材的长篇小说《孔子》），李冯的《孔子》完全放弃了阐发孔子学说的意图，他把思考的镜头定格在旅行这一事件上。于是，李冯的《孔子》容易使读者联想到《旧约·出埃及记》。这意味着李冯的《孔子》是一部高度象征化的文本，它超越了旧日阐释孔子学说的传统思维模式，把孔子的人生上升到哲学的层面。不仅孔子的学说是一种哲学，而且孔子的人生就标志了一种哲学。《孔子》正是通过对孔子这次长达 14 年的旅行，对孔子"匪兕匪虎，率彼旷野"人生状态的反复的、多重视角的追问，从而对孔子这一巨大的精神存在创生出一种言语之外的意义。孔子的精神价值不仅存在于孔子那些睿智隽永的言语之中，而且存在于孔子那次完美、纯粹的旅行中。旅行作为人生的象征，内蕴着一种带着凡人体温的哲学。唯其如此，才能阐释出关于孔子的全新意义："作为一个人，他对人生的领悟是完美的。他虽然从没有治好过哑巴瘫子或给穷人变出过黄金，没有给过人们宗教，但他一直温暖着我们肉体之中的灵魂。"

不过，面对经典神话，有时候李冯的反讽会让人难以接受。他曾写过一组《卡通情色故事集》，分别以"精卫填海"、"夸父逐日"和"愚公移山"的神话传说为题材，王一川称之为"对古代寓言故事的一种现代戏拟形式"，"填海"被写成了"填内心欲望之海"，"逐日"被写成了"对欲望的追求"，"愚公精神"也被"戏拟地用于填补欲望之海中"，王一川认为，"这系列故事含有显著的渎神精神，体现了反神话策略……从故事内容所写看，汇集的是非主流生活中一些社会畸变心态，显得自雅变俗，由庄趋谐。这又带着后现代社会的一些精神特征，如反正统、亚文化、雅俗趋同等"①。杨联芬说得更为直接，认为这组作品"颠覆传统、亵渎经典的叙述方式，显然属于'后现代'，表现的是一种挑战正统、解构权威的叛逆者与玩世者的姿态"②。在李冯笔下也许不存在什么神圣。这可能与他曾经有过的在大学里学习化学的经历有关，他似乎更乐于用显微镜来检测人，对经典作品中的人物取一种分析与实验的态度。

第二节　宿命激情

李冯这种态度不仅见于他的戏仿小说，而且见于他的现实经验题材的小说。但无论李冯写什么题材，他笔下的人物似乎都有一种特殊的激情，或许可以称之为"宿命一样的激情"。精卫、夸父、愚公这些神话人物固然如此，其现实题材作品中的人物也不例外。长篇小说《碎爸爸》，短篇小说《一周半》、《在天上》、《过江》、《一千万和青岛海滨》，以及《拯救逍遥老太婆》都属于这个题材。甚至其中一些作品还能看到李冯本人生活的影子。《在天上》讲述的是一位努力将自己从化学系转到中文系的大一男生的故事，这个故事显然与李冯本人的经历吻

① 王一川：《烦闷中出昂奋》，《芙蓉》2004 年第 6 期。
② 杨联芬：《阅读札记》，《芙蓉》2004 年第 6 期。

合。这位大一男生在小说中以叙述者"我"的身份出现。他的周围生活着这样一些人物，同宿舍的室友"陕西人"、"湖北人"不是疯子就是神经质，"江阴人"则有偷盗的恶习。同班的女友有做"干姐姐"的嗜好，在与学弟的友谊中掺杂一些暧昧的情感因素。一群老乡是狂热的足球爱好者，这种爱好已经达到妄想狂的程度。"我"虽然才17岁，但已经"陷入某种自艾自怨又略带自毁的情绪"，逃课数周，已经无法完成原来专业的功课了。在"干姐姐"的提示下，"我"产生了转到中文系的念头，与此同时，在老乡的带动下，每天晚上，"我"都离开宿舍到楼顶天台睡觉。就这样，"我"在大学一年级的最后一个月，从身体到内心都开始了与室友的疏离。转系并不是一件一蹴而就的事情，"我"完全在一种莫名的情绪中以一种迷狂的姿态开始了转系的行动。在这个过程中，他还遇到了一个比他更狂热的转系女生铁梅，每天背着一大包文学名著和自己写的好几个短篇小说在化学系与中文系之间奔走。最后，"我"以弄虚作假的办法破解了两系为转系学生设立的悖论障碍并通过考试转系成功。小说取名为《在天上》，一方面指的是"我"前后睡了好几个星期的楼顶天台，另一方面，这个天台成为"我"逃避这个充满了疯子同学的世界中"最后属于我个人还不至于让我心烦的空间"。小说最后写到新的学期到来了，每晚入睡之前，"我"常常是走到了天台的护栏边，俯视着底下或对面宿舍楼中的灯火"。当他看到中文系迎接新生的旗子和拎着大包小包的中文系新生，小说这样写道：

突然间，某种惊栗般的感觉如电流袭击了我。因为我奇怪地预感到了，在那些将成为我同学的新生中，也许隐藏着更多如铁梅一样的狂热分子或湖北人一样的疯子，他们将再度置身于我的四周，并将我的生活轨迹改变。那改变我的东西，有人称之为文学。难道，我将真不得不喜欢文学，并如湖北人那样，开始为莫名的虚无的苦恼而发狂吗？但我也意识到了，不管我以后如何荒唐我都不太轻易相信现实，而把一部分对于生活美好的理解留在了天台上。

其实，回想"我"的转系成功以及这种心态的形成是很有趣的。首先，现实已经让"我"产生了深刻的厌倦，但"我"并没有改变这一切的愿望。是"干姐姐"提醒了"我"转系的念头，并为我弄清了转系的程序。同时，老乡为"我"提供了一个到楼顶天台睡觉避开现实困扰的机会。湖北人的疯狂又提醒了"我"弄虚作假的办法，而系副主任的忙碌和办公室老太太的大意又使"我"的弄虚作假得以成功。这一切仿佛冥冥之中"天上的旨意"，以合力的方式促成了"我"的成功。确实，李冯不仅写出了一种充满了不同于常态的另类的现实，更写出了一种接近宿命的冥冥中的"神秘"。应该说，李冯对这冥冥中的"神秘"更为好奇、更加充满热情。"天台上"也就是"天上"的存在，成为一种拉动作品中人物"向上"的神秘力量。

《一周半》讲述"我"辞职到北京从事职业写作的最初十来天的故事。这篇小说中所有人物的名字都用了真名，"我"就是李冯，可以想象，故事也多半属于真事。因为老吴的鼓励，"我"辞去了在广西某大学的教职，准备到北京像美国作家一样租房子写作。在贺奕的帮助下，"我"和老吴果然以月租两千元的租金租住了一套两居室，开始了两个男人的共同生活。租房子写作听起来是一件颇为浪漫的事情，尤其对于"写作比什么都重要"的"伟大狂热与富有献身精神者"。然而，现实生活却似乎随时都在消解可能存在的浪漫。付了房租之后还得买家具，手头的拮据使"我"意识到"我们的生存是多么的可悲啊"。做饭、搞卫生、记账（两人共同生活必须建立的公账），以及双方不甚和谐的生活方式，使"自由撰稿人"的生活变得坚硬乏味。这时候能够使生活稍稍变得温柔的就是女人。老吴对"我"的昔日女友带来的光头女同伴产生了短暂的兴趣。但同样因为女人，使"我"开始了对自己"北京之行"的反省：

> 我们来北京的目的究竟是什么呢？我察觉这个问题已经越来越说不清楚。我们似乎想追逐某种狂欢，但这狂欢其实却是不存在的。我和老吴口口声声说为写作而献身，但明天的情形却是可能被

投进奇怪的女人怀抱里。

　　然而，即使是女人也没有能够让老吴安静下来，在第二次与光头女孩见面的时候，老吴走着走着突然从两个女孩旁边消失了。"是不是他也意识到这次聚会的虚无呢？"等到"我"回到租住房吃了饭再度见到老吴的时候，老吴做出了离开北京的决定。从"我"把老吴从火车站接回来到把老吴送到火车站，前后只有一周半的时间。《一周半》既写出了生活的平庸琐碎，同时也写出了主人公的"内心不安"。

　　李冯笔下这些现实生活中的人物确实与众不同。他们可能是作者及其圈子里某种真实生活的写照，同时也可能呈现了某种生活的真实。在这篇小说里，"我"不断地反省自己到北京的目的：

　　　　我记得当时给自己的解释，是想做一个快乐的疯子。在我刚写作的时候，我曾经很羡慕书上读到的那些外国作家，他们不需要公职，住在租来的房子里写作。我觉得这种生活很刺激。因此可以说，我辞职是想实现某种幼稚的理想。当然也可以说我算是个不顾后果的疯子。

　　这些"不顾后果的疯子"被某种内心不安驱使着，"那是一种剧烈、像疾病一样不时地莫名的发作，想使他居无定所，四处漂泊。他不可能战胜它，因此当它发作时便只好由着它"。平庸的生活与不安的内心很容易造成分裂。在《一周半》里，老吴的离开北京或许就是分裂所造成的崩溃的明显案例。

　　与《在天上》、《一周半》中主人公的内心不安相比，《拯救逍遥老太婆》的"我"虽然仍然是一个自由撰稿人，但其生活状态却显得格外平静：

　　　　早上睡到八点多起床，进厨房热一杯牛奶，啃两块面包，然后坐电梯下楼，推自行车出地下存车库，往我租的一处房子写东西；

中午回来，微波炉热饭，小睡一会儿再去写；傍晚回来烧菜兼预备第二天午饭，一边听音乐；吃完看电视，打几个电话，最后上跑步机锻炼，洗澡睡觉。

"我自认为过得平淡、有规律和秘密。""我"对生活的自我评价应该说是客观的。平淡而有规律不必解释，但"秘密"一词却显示了主人公的与众不同。在他租住的地方，人们拎的不是垃圾就是花盆白菜，而"我"怀里通常抱着一两本书。其实这里的秘密不仅表现在"我"是一个写作者以及写作时的价值取向，尽管"我"写的东西有两种，一种来自订货，两块钱一个字，另一种是纯文学，五到八分钱一个字，而"我"宁肯花时间写五分钱一个字的纯文学。这样的秘密还是比较容易理解的。"我"的秘密可能更深刻地隐藏在内心深处。"我"结识了一个与女儿租住房子共同生活的残疾丑陋的老太婆，并产生了帮助她的冲动。帮助人的冲动也许是平凡的，但是，对于"我"而言，这种冲动却与平常的助人为乐不一样。"那间拥挤的破屋子，有一种真实的力量，令我不能忘怀，引诱着秘密封闭的我。"因为这对母女的贫穷，"我"在与她们的交往中似乎也产生了一种"拯救心态"，"在这个人人精神不安的时代，我渴望获得一个简明、量化、有利人、从而也产生自我价值的身份"。"我"有头痛病，老太婆有针灸术，能在一分钟内使"我"的头痛消失。不过，与老太婆神奇的针灸术相比，"我"更受吸引的是老太婆外表冷漠内心逍遥的生活状态，尤其是她从不示人的强烈的痛苦及其奇异的抵抗。因为老太婆先天体弱、浑身是病，经常被病痛折磨，发作时"好似被悲惨之箭射中，正承受着炼狱之苦"。也许，正是老太婆对痛苦的承爱力量所抵达的内心逍遥的境界迷住了表面平淡其实"陷入某种悲观迷茫"的"我"。表面看是"我"想拯救老太婆于物质贫困的生活，实际上"我"是想借老太婆这种"谁也不依靠"的内心力量实现"自我拯救"。

在描写青年人涉世体验的小说里，王蒙和刘震云笔下的两个小林曾经给予读者深刻的印象。在王蒙和刘震云笔下，有一种高于现实的

"有价值的生活"存在。尽管两个小林都被现实本身所磨损，但这种"有价值的生活"的存在几乎是无可置疑的。然而，李冯这些同样描写青年人涉世体验的小说，却失去了这种毋庸置疑的价值判断。毫无疑问，主人公们的内心世界与外部生存方式都与众不同，但他们并未享有两个小林曾经有过的道德优越感或意识形态优越感。李冯笔下的人物只是意识到自己与世俗生活之间存在的鸿沟，意识到自己与世俗价值观的分裂，他们无法跨越这道鸿沟抹平这种分裂，也许中国20世纪90年代以来的社会文化语境已经为他们提供了一定的栖身之所，他们开始以另类的方式出现在中国社会版图之中。显而易见，李冯为我们提供了大批在传统阅读中难以见到、难以理解的人物形象，这种人物形象的出现，显示出我们赖以生存的社会业已出现的巨大变化。

　　在谈及李冯时，陈晓明这样说过："几年前，我曾说过朱文可能是90年代最好的小说家，读了李冯的小说，我可能要在某种程度上修改我的意见。"他认为从李冯的小说中，"可以最真切体会到当代'新人类'的生存方式和生活态度"，并表示，"能够把日常性写得如此透彻，也可见李冯笔力非同一般"①。两年后，当陈晓明"又见广西三剑客"，他在具体分析李冯的短篇小说《一周半》时说："李冯写出了一部分'藏匿于高校的异类'不安分的生活幻想，一种在商业主义时代的小资产阶级生活幼稚病"，他甚至认为"李冯的小说在趣味和风格方面有点类似汪曾祺……他们都可以在平淡之处，显示出生活的隽永和不可磨灭的痕迹"②。

---

① 《后现代的间隙》，云南人民出版社2001年版，第228—230页。
② 《又见广西三剑客》，《南方文坛》2000年第二期。

第四章　文化记忆

第一节　涉过红水

　　广西有一个桂西北作家群，也可以称为桂西作家群。在桂西北作家群中，壮族作家黄佩华具有最明显的文学地域和民族身份意识。他在小说中经常以第一人称的口气说到"我的家乡桂西北"，他有意识地将壮族的风俗比如山歌、法事纳入其小说情节。作为一个桂西北壮族作家，黄佩华有三个故乡：第一个是他的老家岩怀，岩怀在滇桂边界，是一个偏僻的山村，黄佩华出生前几年，父亲带着全家人从封闭的山村岩怀搬迁到了相对开阔的平用。第二个故乡是平用，它与岩怀最大的区别在于，岩怀只有山，平用却有河，有一条驮娘江。因为驮娘江的存在，平用成了贫瘠的桂西北的鱼米乡。平用是黄佩华的出生地，也是黄佩华家族命运发生逆转的地方。黄佩华很自然地将平用给他的家族带来的好运归功于驮娘江。于是，驮娘江成了黄佩华眷恋不已的河流。然而，离平用村数十公里，还有一条规模更大、长度更长的江，那就是红水河，这是黄佩华的第三个故乡。对于黄佩华而言，红水河的意义已经超越了家族内涵，具有了民族意味。因为，作为广西最大的河流，红水河是真正意义上的壮族的母亲河。迄今为止，黄佩华最重要的小说主要以驮娘江和红水河为背景，河流成为他小说创作中最为生气勃勃、源远流长的元素。这里要讨论的就是黄佩华红水河题材的小说，即《红水河三部曲》。

20 世纪 80 年代中期的广西文坛曾有过一个被命名为"百越境界"的文化寻根运动，一批作家、诗人专门到红水河流域采风。红水河是广西西部跨越云南、贵州边境，最后流向广西腹地的广西第一大河，其与左、右江覆盖的桂西地区正好是广西壮族自治区的壮族核心区域，称得上是广西壮族人民的母亲河。这条河流保留了壮族先民丰厚的历史文化记忆，是广西文坛文化寻根的重要目标。当然，当年的采风者走向红水河，不完全是为了寻找历史记忆，更可能出于一种想象未来的冲动。这是因为，当时的红水河已经进入水利开发阶段，作为当时中国最大，至今仍排名第二的水利工程，引进了大量现代化的工程技术。于是，荒蛮的自然人文与前沿的现代科技形成了强烈的反差。这种强烈的时空对比使许多采风的文人激动不已。他们创作了一批堪称广西文学名篇的作品，比如杨克的诗歌《红河之死》、《大迁移》，梅帅元的小说《红水河》，林白薇的散文《山那边》，等等。

　　也许是受到红水河水利工程所暗示的现代生活的引诱，杨克、林白纷纷离开广西，到了中国现代化生活的前沿城市广州和北京，他们发动的"百越境界"文化寻根行动自然无以为继。不过，这些当时生活在南宁，通过采风去了解红水河的汉族作家可能没有想到，有一个并不比他们年轻的文学新人，凭着天生的对这条河流的了解，进入了文坛，他就是壮族作家，西林人黄佩华。

　　西林是广西最西部的县，发源于云南的南盘江正是在西林进入广西境内，之后在云南、贵州、广西三省边境横向游弋数百公里，直到进入天峨县境内之后，正式以红水河的名字纵向南下，以巨大的落差向广西腹地奔去。

　　迄今为止，黄佩华写了三部红水河题材的小说，不妨称之为黄佩华的《红水河三部曲》。它们是中篇小说《红河湾上的孤屋》（《三月三》1988 年 5 月）、《涉过红水》（《当代》1993 年 3 月）和长篇小说《生生长流》（长江文艺出版社 2002 年版）。

　　黄佩华是知道杨克、梅帅元等人的"百越境界"寻根行动的，也知道红水河是"百越境界"寻根运动的一个重要寻根对象（另一个对象是宁明花山）。但是，认真阅读黄佩华的《红水河三部曲》，可以发现，黄佩华的红水河题材作品与"百越境界"作家们的红水河题材作品在精神气质和价值取向上有重大不同。

将黄佩华红水河题材作品的两部中篇小说与"百越境界"作家杨克的相关题材的诗歌、林白相关题材的散文相比：精神气质方面，"百越境界"作家的红水河题材作品多半呈现热烈、快节奏、昂扬雄壮的风格，黄佩华的红水河题材作品却弥漫着一种孤独、压抑、沉闷的格调；价值取向上，"百越境界"作家的红水河题材作品有鲜明的现代化倾向，是面向未来的，黄佩华的红水河题材作品则执着于描写一种原始封闭的生活，是面向过去的。

如果说这种表达过于抽象，那么，就让我们具体分析黄佩华这两部中篇小说的故事内容吧。

《红河湾上的孤屋》中的主人公遇害后漂流到红河上一个与世隔绝的河湾，在数十年的时间里，过着野人一样的生活，直接从大自然那里获得最原始的维持生命的食物，大自然成为他的救命恩人。值得注意的是，这个被社会遗弃，返璞归真的原始人，并没有泯灭文明人所应该具有的天良，当他有一天遇到同类，仍然能以牺牲自己生命的代价实践对他人的拯救。

《涉过红水》更为离奇，主人公赖以生存的是一个叫野猪窝的村子。野猪窝三面靠山，一面傍着红水河，不足五亩地的面积上生活着巴桑、合社、鲁维和板央一家三代人。数十年前，保安团长的一家被烟匪血洗，庞大的家族只剩下儿子巴桑一个人。巴桑当时抱着一截木头跳进了波涛汹涌的红水河，最后被河水冲到野猪窝保存了一条性命。从此，他一个人在野猪窝与野猪为邻生活了好些年。直到有一年，曾经生过8个孩子却无一存活的合社因绝望而跳进红水河自尽，被河水冲到野猪窝得到巴桑的救助，两人结合生下了鲁维。又是许多年之后，巴桑再次救了因生父拒绝相认而绝望投江的板央，鲁维与板央结婚生子。这个由跳进红水河的幸存者组成的家庭得以在红水河边上的野猪窝休养生息。

在野猪窝生活了半个多世纪，巴桑从一个年轻力壮的青年变成了一个衰弱无力的老者。数十年来，他持之以恒做着一件事，就是将红水河上游冲下来的遇难者的死尸打捞、命名并掩埋，每年还要给这些亡灵修墓铲草，插香祭祀。直到有一天，他得知即将修建的红水河水电站会将这一带河谷包括他赖以生存的野猪窝淹没，巴桑又开始将那些亡灵的骨骸一一装进坛罐，转移到野猪窝的一个岩洞里的高处，虽然红河水会淹没岩洞，却淹不了岩洞里的高地。小说结尾，巴桑和合社在洪水来临之前终于将十多坛亡灵骨骸搬到了岩洞里的高地，相依在幽暗的岩洞里，两位老人以一种大功告成的心情，视死如归地眼看着上涨的红水河将他们生活了数十年的野猪窝和岩洞吞没。

许多黄佩华小说的研究者都认真阅读过《涉过红水》这部作品，且公认这是黄佩华的力作。不过，一旦谈到这个小说的思想意蕴，研究者大都语焉不详。虽然论及这部小说表现了壮民族的文化心理，但究竟是一种什么样的文化心理，却没有具体的阐释。李建平等著的《广西文学50年》在论及这部小说时，更是坦率地认为："这篇小说表面上难以看出什么主题。"①

不过，黄佩华却有一篇貌似与这篇小说不相关的散文，不经意地泄露了这部小说的思想秘密。这篇题为《我的桂西北》的散文中有一段话是这样说的："数年前，我曾经写过一个叫《涉过红水》的小说，文中的主人公都是以这个河段的几个村子的名字取的。现在，当年的这些村子都被水淹没了，他们永远消失在水里了。或许，在许多年后，这些真正意义上的村子只能在小说里找到它们的模样了。"②

这段文字对理解黄佩华所有小说创作有着重要意义。具体到《涉过红水》这篇小说，它使我们意识到，小说所写的巴桑、合社、鲁维、板央对自己的身世讳莫如深的人物，既是小说的主人公，同时也是红水河流域一个个鲜为人知、随着红水河水利工程的兴修最终消失的村庄。如此看来，当作者以一种看似极其超脱的姿态写巴桑对亡灵的保护的时候，他可能是在表示对一种即将消逝的生存形态的追记；而巴

① 李建平等：《广西文学50年》，漓江出版社2005年版，第356页。
② 黄佩华：《我的桂西北》，《广西当代作家丛书·黄佩华卷》，漓江出版社2002年版。

桑与合社最后淹没于洪水之中，也暗示了现代化进程对传统生活方式的毁灭性冲击。

至此，我们终于可以明白，同样是红水河题材，黄佩华与"百越境界"作家群的分野何在了。"百越境界"作家群的红水河文化寻根，落脚点在中国现代化进程的宏大叙事，他们以异乡人的胸怀，在红水河的新（水利工程所代表的现代科学技术）与旧（原始蛮荒的红水河土著生活形态）的对比中感受时代前进的律动。而在红水河本土成长起来的黄佩华，虽然也感受到红水河水利工程传递的现代化信息，但他却本能地涌起另一种情怀，那就是对一种即将消失的生活方式的挽悼。黄佩华所做的，是一种真正意义的寻根。《涉过红水》中巴桑凭悼亡灵的行为或许是一种原始生命的文化本能。黄佩华对巴桑这种文化本能的叙述，则寄托了他对自己曾生于斯长于斯的土地的深厚感情，表达了他试图通过文学的手段将桂西北的原生态生活加以表现的意愿。如今，随着全世界对人类物质与非物质文化遗产的日益重视，人们重读黄佩华的这些作品，可能会意识到作者的难能可贵。他以一种最质朴的生命意识，表现了红水河对他笔下人物的生命恩赐，是红水河给予了这些人休养生息、承传繁衍的生存形态。他以一种本能的文学敏感，意识到了那些即将消逝的生存形态的价值，以一种近乎素描的方式，对这种即将消逝的生活形态做了最后的记录。也许，黄佩华之后的土著作家，已经不再有像黄佩华这种对于红水河流域原生态生活的直接体验。黄佩华的这些红水河题材的小说，随着时间的推移，或许能越来越呈现其多元的意义。

20 世纪 80 年代的中国人最强烈的感觉可能是生活周而复始的不变，渴望改变成为许多中国人本能的冲动。"百越境界"作家群虽然有着寻根的名义，最后表达的仍然是进步的追求。当时有一位广西作家还发表过一篇颇有影响的短篇小说，那就是聂震宁的《长乐》。作者通过这篇小说表达了对中国社会数百年不变、中国人总是知足常乐的物质与人文状态的不满。

显而易见，黄佩华这两部红水河题材小说没有汇入当时中国文坛的现代化潮流，它们脱离了当时文坛的主流叙事，甚至反其道而行之，不仅不对红水河的现代化进程进行正面表现，而且基本抽掉了小说人物与社会的联系，集中写人物与自然的关系，表现红水河流域原始蛮荒的生活状态，可以称之为自然叙事。我们知道，自然、社会、自我是人生需要面对的三个世界。随着人类生存能力的日趋加强，人与自然的关系逐渐淡化，人与社会的关系变得越来越密切。因此，社会叙事逐渐成为文学作品的核心叙事。社会叙事的一个重要内容就是时代的变化。"变化"成为这种叙事的内在诉求。相比之下，自然叙事更容易突出人生恒定的一面，"不变"成为其叙事的重要特征。20 世纪 80 年代的中国文学充满了对"变化"的渴望，黄佩华对"不变"的生活状态的刻意描写，他将小说叙事的重心放在人与自然的关系上，当然有某种脱离时代的嫌疑，对更习惯人与社会关系文学叙事的读者来说，确实不易把握，这是其小说主题意蕴难以解释的原因。

第二节　生生长流

在《涉过红水》发表数年之后，黄佩华开始了《红水河三部曲》的第三部长篇小说《生生长流》的写作。《红水河三部曲》的第三部与前两部的最大不同，在于作者的叙事重心从自然转向了社会，《生生长流》是一部社会叙事作品。小说一改前两部红水河题材作品那种孤独、封闭的审美格局，进入了一种开放、流动的叙事模式。从小说的标题、时间框架以及开头可以看出，《生生长流》的作者有写一部中国的《百年孤独》的企图，也有为壮民族写一部史诗的雄心。然而，从小说的叙事很快可以看出，宏大叙事并不是作者明智的选择，面对时代的云谲波诡和历史的波澜壮阔，他多少有点力不从心，无法将他笔下的人物推向时代的风口浪尖，也不能站在某段历史的端口高屋建瓴。不过，《生生长流》还是让黄佩华发现了他的才能，他熟悉乡土人物的轶事与传奇，善于发现乡土人物的独特性格。乡土人物的轶事与传奇虽然不能演绎大时代的风云，但能见出小人物的本性；乡土人物的独特性格虽然并不打算与中国现代文学的国民性思考沟通，但的确给黄佩华的小说叙事带来了勃勃生气。最后成书的《生生长流》形成了由八个独立中篇形成的长篇架构，散漫的轶事和传奇构成了小说的主体，人物的独特性格增强了小说的吸引力。批评家马相武曾经对这部小说做过颇为精彩的分析，诸如这样的看法："小说叙事难以完全理性地把握族系中的生命之流的本质"、"这些人物在社会大漩涡中到处冲撞表现出了某种盲目性，但他们自身内部的生命冲动却是永不停息"。① 显而易见，马相武已经意识到黄佩华缺乏对宏大历史的把握能力，不擅长对文学素材进入理性的、整体化的思维，虽然他的小说中社会形态也经历着渐进的变化，但他对这种社会形态演变的本质和历史发展的规律并没有多少兴趣。不过，马相武的另一句话却表明，黄佩华关注那些在社会时代中随波逐流的人物，他所关注的并不是这些人物的现代社会意识，而是他们质朴强劲的生命本真和面对现代社会的生存能力。

《生生长流》8 个独立中篇讲述的是农氏家族 8 个人物的故事，黄佩华用力最大的是农氏家族的创始人农宝田。这个活了 99 岁的百年老人，经历了晚清、民国、中华人民共和国多个朝代，走过越南、云南许多地方，生育了 13 个子女，活下来的 4 男 2 女又生养了数十个子孙后代。作者以农宝田为主人公，自然有书写百年中国历史的愿望。但是，最后形成文字的农宝田的事迹，并不能与历史进程环环相扣，无法承担史诗的情节，只能作为乡村消遣的逸闻趣事。好在作者及时调整了自己的创作意图，没有强求将农宝田那些无法支撑大历史的逸闻趣事演绎成一个长篇，而是让农宝田的子孙各自为政，独立出场。一旦消解了长篇史诗的意图，系列中篇的结构反而成就了这部作品的妙趣横生。可以说，除百年老人的故事之外，其他人物的故事都称得上首尾贯通，引人入胜。

农宝田的三儿子农兴良机缘巧合成了魔公，靠为别人做鬼事谋生。

---

① 马相武：《红河家族叙事与乡村现实主义——评长篇小说〈生生长流〉》，《南方文坛》2003 年第三期。

鬼事这种掺杂着科学和迷信的行为是壮族的一种风俗。作为一个著名的魔公，农兴良的遭遇与农宝田相比更能体现时代的演变。民国时代，农兴良靠做法事闻名遐迩；进入中华人民共和国，农兴良弃鬼事做人事，但免不了暗地里还要帮人觅龙驱鬼；改革开放时代，农兴良的地理八卦知识又在寻找矿脉方面起了重要作用，再次被社会所重视。

农宝田的七儿子农兴发的经历更具有时代推手造就的戏剧性。他的故事贯穿了三个女人和三种身份。第一个女人是初恋情人阿莲，可惜的是还未结婚农兴发就被抓了壮丁，成了一位国民党士兵；淮海战役中，农兴发成了解放军的俘虏后加入了解放军，后来随军入朝参战，负伤后得到一家朝鲜母女的救助，并与朝鲜姑娘有了一段情缘；在归队途中农兴发被美军俘虏，最后到了台湾，与老乡韦志隆的遗孀丹妮同居了数年。

农宝田的孙子农才立是一个演奏天才，他的马骨胡演奏得极好，但他性格中有一种接近邪恶的放纵，这种秉性导致他尚未真正成年就不得已娶了一位精神有点障碍的女孩。后来他的老师发现了他的演奏天才，他因此进了省一级的文工团并成为文工团里最优秀的演奏者。由于他完全不谙社会的游戏规则，终于被文工团放逐，沦落为靠二胡换口饭吃的民间艺人。

农宝田的孙女农玉秀做中学生的时候因美貌得到教师的关照，考上了华南工学院，成为农氏家族第一个大学生。大学期间，又因美貌被一个品质恶劣的高干子弟同学追求，在躲避这一厢情愿的骚扰的过程中，农玉秀与同学中学习成绩很好的同乡陈华恋爱了。毕业后双双分配回了广西水电部门并如愿结合。不幸的是新婚的陈华有性障碍。农玉秀因为没有真正的婚姻生活而变得憔悴。虽然农玉秀在陈华的默许下与别人有了孩子，但她与陈华的婚姻还是破裂了。第二次婚姻仍然不幸，农玉秀的第二任丈夫孙伟文不久因"四清运动"蒙冤进了监狱，后越狱潜逃失踪，农玉秀单方面与之离婚后又与前夫陈华复婚。没想到后来孙伟文又回来了，农玉秀再次与陈华分手与孙伟文复婚。然而，平反后的孙伟文春风得意有了外遇，农玉秀再一次婚姻破裂，孩子上大学后，她过上了独居的生活。

作为一部家族史的文学作品，《生生长流》不是一部编年史，而是一部列传。8 个经过经心选择的人物成为这部列传的传主。在 8 个人物列传里，只有曾祖父农宝田的故事可以称得上是自然叙事，农宝田年轻时代的闯荡江湖洋溢着较为浓郁的自然气息。其他 7 个人物列传则完全进入了社会叙事模式。这些人物不再像《红水河三部曲》前两部的主人公那样，主要生活在自然环境中，其命运主要在自然环境中展开；农宝田的这些儿子、孙子甚至重孙们，他们的生存环境已经主要是社会。虽然农兴良的魔公才能、农才立的演奏才能、农玉秀的美丽容貌都带有明显的自然基因的性质，但是，不得不承认，这些农氏家族的传人们，在 20 世纪的后面大半个世纪中，他们面临的关系主要已经不是人与自然的关系，而是人与社会的关系。

在社会叙事的文学模式中，作者关注的往往是历史规律和时代精神这些宏大的普世的命题。但从上面转述的故事看，尽管《生生长流》在长达将近百年的历史框架中展示了农氏家庭 8 个重要人物的人生命运，其中，百年中国发生的重要事件如内战、朝鲜战争、三年困难、文革、上山下乡、改革开放都得到了直接的描述，但是，作者的写作雄心并不是以个人命运写时代风云，他更关注的是这些从红水河的自然世界进入了现代社会的农氏传人在现代社会的命运沉浮。

对于许多现实主义作家而言，他们写人物在现代社会的命运浮沉，可能会寄寓他们对社会现实的批判，就像老舍写《骆驼祥子》，祥子的不幸指向的是社会的不公；也像茅盾的《子夜》，吴荪甫的悲剧实际是中国民族资本主义的悲剧。但是，黄佩华的思路显然与老舍、茅盾这种社会历史宏大叙事的思路不同。这种不同首先在于他笔下的人物与老舍、茅盾这些作家笔下的人物不同。老舍、茅盾笔下的人物或贫穷困顿，或野心勃勃，但都有一个共同点，就是早已接受了社会的驯化，是社会化了的文明人。然而，黄佩华的人物却并非如此，他们生活在桂西北这样一个千百年来社会主流漠不关心的地区，过着半原始的向自然讨生活的日子，他们离自然近，离社会远，对自然有一种天然的亲近，对社会有一种本能的疏离。《红水河三部曲》中的《红河边上的孤屋》和

《涉过红水》中的主人公很大程度就生活在远离社会的自然之中。但是，这些曾经偏安于自然的族群，进入 20 世纪之后，无可逃避地要汇入现代社会之中，主动或被动、积极或消极地接受现代社会的大浪淘沙，适者生存，优胜劣汰。黄佩华在书写这些以人为中心的红水河人物列传时，习惯了宏大叙事思维的读者，努力寻找作品中关于历史规律、关于时代精神的寄托，但总是一无所获，根源在于黄佩华的立意并不在历史反思或社会批判，他笔下的人物其实还处在适应社会、适应文明的阶段，他们是现代社会的闯入者、陌生人，在社会的夹缝里求生存，他们的社会意识还处于较为蒙昧的状态，无法成为社会反思的承担者或时代精神的代言人。

总而言之，《红水河三部曲》展示了两种叙事：自然叙事和社会叙事。自然叙事面对即将消逝的红水河流域的传统生活形态，通过再现壮民族近乎原始的生活，为我们保留了一份特别的民族生存记忆。社会叙事跟踪记录了红水河壮族子民进入现代社会、融入现代社会的过程，在这个过程中，他们与生俱来的某些天赋和才能或得到现代社会的认可，或受到现代社会的排斥，无论认可或排斥，对于这些携带着诸多自然蛮野气质的红水河壮族子民而言，如何成为现代社会的适者，成为现代社会的优胜者，恰是黄佩华孜孜关注的问题。

《红水河三部曲》大都写到了红水河上游天生桥水电站对红水河流域壮民族生活的影响。在《生生长流》中，这种影响的最直观的结果就是：农氏家族的老家"农家寨就将被水淹没在库区水下"，小说最后结束在"红河的葬礼"的仪式中。对于黄佩华创造的小说世界，这个葬礼其实意味着壮民族那种自然状态的人生形态的消逝。如果黄佩华仅仅创作了《红水河三部曲》的前两部，那么，我们可以说他写的是壮民族自然状态生活方式的挽歌；但是，有了《生生长流》，我们发现，挽歌已经无法概括黄佩华红水河题材作品的情感意蕴。《生生长流》表达了这样的情感体验：壮民族随着红水河的潮流，从人类的自然主导状态进入了人类的社会主导状态，这个在自然的红水河潮流中生息繁衍的民族，在社会的红水河波浪中同样会生生长流。

第五章 乡村隐秘

第一节 走出乡村

新乡土小说这个概念 20 世纪 90 年代已经出现，但至今没有产生很大的影响。造成这种局面的根本原因不是理论阐述不完备，而是缺乏代表作家和代表作品的支撑。

2005 年以来，壮族作家凡一平在写作了大量城市题材小说之后，开始了创作题材的乡土回归。迄今为止，凡一平为我们奉献了三部乡村题材的小说力作，分别是中篇小说《撒谎的村庄》、《扑克》和《上岭村的谋杀》。这三部小说实现了凡一平个人小说创作的重大突破，在当下乡村题材小说创作中独树一帜，充分显示了新乡土小说的审美力量。

对于凡一平来说，他生命中有三个地方是非常重要的。第一个是他的故乡广西河池市，第二个是他文学创作初出茅庐之后求学深造的中国大都市上海，第三个则是他 1991 年以后定居的广西首府南宁。

这三个地方，凡一平在河池生活了 25 年，在上海求学两年，在南宁定居至今已经 22 年。

河池位于广西西北部，与贵州相邻。1964 年，凡一平出生于河池南部的都安县菁盛乡上岭村，他曾经专门写过一篇题为《上岭》的文章，文章开头就写道："从桂北都安瑶族自治县往东十三公里，再沿红水河顺流而下四十公里，在三级公路的对岸，有一个被竹林和青山拥抱的村庄，就是上岭。我 16 岁以前的全部生活和记忆，就在这里。"①

在 25 岁以前，凡一平基本生活在河池。这 25 年时光，前面 16 年完全属于上岭村；1980 年至 1983 年，凡一平 16 岁到 19 岁的时候，在宜州的河池师专求学 3 年；1983 年至 1989 年，凡一平 19 岁到 25 岁这段光阴，他大学专科毕业后回到都安工作了 6 年。

1982 年，还在河池师专求学的凡一平，在《诗刊》发表了他的诗歌处女作《一个小学教师之死》，考虑到 20 世纪 80 年代初文学特别是诗歌的影响，可以想见这首诗给凡一平带来了巨大的荣耀。当然，我们也可视之为凡一平文学职业生涯的开端。

凡一平早期的创作大多取材于他的乡土和乡亲。温存超的《追飞机的玉米人——凡一平的生活和创作》一书中，为我们披露了凡一平当年创作《一个小学教师之死》这首诗歌的过程。最初，凡一平想写一首诗表达他对自己做乡村教师的父母的感情，但找不到合适的角度。在与师兄兼文友田湘、闻程交谈的时候，听闻程讲述了一位女教师不甘凌辱决绝而死，其学生为之送葬，每逢清明还到其坟墓献花的故事。"死"和"送葬"，让凡一平蕴藉在心中的情感找到了合适的形象，原来左冲右突找不到出口的构思，终于豁然开朗。②

1988 年，凡一平在《青春》发表了纪实小说《官场沉浮录》。许多人都注意到这篇小说因为某些人的"对号入座"，给凡一平的现实生活带来了一些麻烦。然而，这篇小说毁誉的巨大反差，或许对凡一平的文学创作有着更深层的影响。不过，很快地，对于凡一平来说，一个更重要的机会降临了，他得到文本作家协会的推荐到复旦大学作家班学习深造。

上海自 1843 年正式开埠，仅仅用了 20 来年的时间，其外贸出口就超过了中国最早的通商口岸广州。从此，上海将这一荣誉保持了 120 多年。"在新文化运动的第二个十年，中国的文化中心历史性地转移到了

---

① 凡一平：《上岭》，覃瑞强主编《重返故乡》，广西人民出版社 2011 年版。
② 温存超：《追飞机的玉米人——凡一平的生活和创作》，广西师范大学出版社 2011 年版，第 49 页。

上海。这个自晚清始新兴市民文化的大本营，风云际会，诞生了不同凡响的海派文化。"① 不过，凡一平在上海求学的 1989 年至 1991 年，对于上海来说是很特殊的两年。因为 1978 年以后，中国南方的深圳因为邓小平的设计，成为改革开放的桥头堡。1986 年，广东的外贸出口重新超过上海，居全国第一。然后，1992 年，同样是因为邓小平的南方谈话，上海又迎来了一个历史性的机遇，创造了海派文化的复兴。这种既具历史性又具戏剧性的变化，不知是否为 1989 年至 1991 年在上海求学的凡一平感受到？不过，从凡一平上海求学以后小说创作的变化，我们可以感受到上海这座城市对凡一平的深刻影响。

在《"身份焦虑"与"浑身是戏"——壮族小说家凡一平小说论》（刊于《民族文学研究》2007 年第 1 期）这篇文章中，笔者曾经谈到，1992 年是凡一平文学创作的一个重要的分水岭。因为在这一年，凡一平的身份发生了重要变化，终于从广西的贫困地区都安落籍广西首府南宁。于是，就在这一年，凡一平的文学创作出现了诸多变化，其中一个重要的变化就是创作题材从乡村转移到城市。

6 年之后，当笔者再一次回望凡一平的创作历程时，笔者愿意修改当年的结论：凡一平小说创作的变化，在他的上海求学阶段业已发生。

在上海求学以前，凡一平虽然在上岭村、宜州县城、菁盛乡、都安县城等地生活、学习和工作，这些地方虽然有所差异，但总体而言，它们都是广西的贫困地区，他们共享的都是广西山区的乡村文化。而上海，作为中国第一大都市，虽然在凡一平求学期间处于衰落状态，但海派文化海纳百川、有容乃大的气势，显然是长期被山峦遮蔽局限的凡一平未曾体验过的。因此，对于凡一平而言，上海求学，知识的增长、技巧的增进，固然明显；但更深层的，不易为人察觉的，应该是价值观的变化。而这一点，在凡一平上海求学以后的作品中，表现得非常明显。

如果把中国人分成四种类型：农民、士民、官民和市民，那么，市民文化是中国最薄弱的文化。广西是中国欠发达的地区，其最大特点之

---

① 杨东平：《城市季风——北京和上海的文化精神》，东方出版社 1994 年版，第 4 页。

一就是市民文化不发达。作为中国市民文化的大本营，海派文化与整个广西文化完全不同。因此，当凡一平从一个农民文化地区进入中国的市民文化大本营，他内心必然遭遇强劲的文化冲击。

在《"身份焦虑"与"浑身是戏"——壮族小说家凡一平小说论》这篇文章中，笔者认为："凡一平小说的人物具有两种特别令人关注的内涵特质，一是身份焦虑，二是角色多元。"这是凡一平小说特别令人着迷也特别令人不解的地方。经过这几年的阅读和思考，笔者以为，凡一平小说人物的身份焦虑不仅来自他从乡村到城市的身份改变，而且来自他从单一的农民文化圈到多元的市民文化圈所遭遇的文化冲击。市民文化的价值观对凡一平的创作产生了根本性的颠覆，在上海求学之前，凡一平"小说的价值倾向基本称得上是非分明、善恶对立"。上海求学之后，"凡一平小说中的人物在善与恶、是与非、正义与邪恶、贞洁与淫荡的道德边界游走，价值判断遭遇悬隔抑或莫衷一是"。

这种变化使凡一平的小说脱胎换骨。1995 年，凡一平的中篇小说《女人漂亮男人聪明》在《上海文学》第 2 期被列入"新市民小说"栏目发表。"新市民小说"是《上海文学》着力打造的一个文学概念，凡一平的小说被纳入"新市民小说"体系，由此可以看出凡一平小说所具有的与其与生俱来的本土文化气质相异的文化气质。

第二节　回返乡村

《"身份焦虑"与"浑身是戏"——壮族小说家凡一平小说论》对这种文化气质做了较深入的分析，本书试图通过对《撒谎的村庄》、《扑克》和《上岭村的谋杀》三部小说的解读，从乡土、乡情和乡思三个层面，对凡一平的故乡文化心理进行阐释。

故乡对一个作家的重要性是不言而喻的，许多文学史事实都证明了故乡是作家最重要的写作资源。对于凡一平来说，这一点也不例外。然而，故乡作为写作资源得以激活，却需要某些契机。上海求学之前，凡一平写乡土乡亲，那是一种自发行为。上海求学之后，凡一平的写作在相当长一段时间里与乡土渐行渐远，写了大量以市民文化为底蕴的城市小说。

直到 2005 年，凡一平写出了中篇小说《撒谎的村庄》，用他的话说，这是他对他敬畏的乡村、故土奉献的试探之作。① 仔细琢磨这句话的意思，可以感觉到，这时候的凡一平重写乡土、乡情、乡思，已经上升为一种自觉行为。

乡土，顾名思义，即故乡的土地，是作者关于故乡自然形貌、自然地理的文化记忆。

在《上岭》那篇散文中，凡一平告诉我们，他的祖籍地上岭这个地名第一次出现在书里，是在他写的长篇小说《顺口溜》里。有意思的是，《顺口溜》也是出版于 2005 年。那么，可以肯定的是，2005 年，在离开故乡 16 年后，凡一平开始比较有意识地将他的故乡记忆纳入小说创作。

《撒谎的村庄》的故事发生在菁盛公社（乡）的火卖村。故事的主人公蓝宝贵是菁盛公社的照相师傅，1978 年，他与火卖村女孩韦美秀发生了一夜情而被迫成为韦家的上门女婿。半年后蓝宝贵考上了北京大学，然而，一个月后，韦美秀生下了一对龙凤胎后身亡，蓝宝贵被迫放弃学业，留在火卖村当了小学教师。尽管数年后蓝宝贵证实了韦美秀生下的并不是他的亲生儿女，真正的父亲是当时菁盛公社的放映员苏放。但是，善良而懦弱的蓝宝贵因为不忍心乡村的孩子们没有老师而继续留在了火卖村，并因为不忍心韦龙和韦凤两个孩子成为孤儿，而与火卖村全体村民保护着韦龙与韦凤是他的孩子的这个谎言。火卖村因此成为一个撒谎的村庄。

《撒谎的村庄》是一个充满悬念的故事，而不是一部具有深度的小说。小说中的人物性格都比较简单。韦秀美单纯而向往山外的世界，苏放轻佻而不负责任，蓝宝贵善良懦弱而忍辱负重。此外，整个火卖村的

---

① 温存超：《追飞机的玉米人——凡一平的生活和创作》，广西师范大学出版社 2011 年版，第 294 页。

村民仿佛沉默的大多数，为了村庄的名誉，他们明知真情，却仍然制造了韦美秀早产身亡的谎言，使无辜的蓝宝贵成为谎言的牺牲品。这些村民面目不清、性格不明，他们有善意，也有私心，但无论善意还是私心，这些人物形象因为缺乏内心的深度和情感的强度而无法给读者留下深刻或者鲜明的印象。

"撒谎的村庄"，无论如何，这是一个绝妙的标题，是可能成为杰作的标题，因为这个标题透露了某种乡村集体无意识的信息。它提醒我们，韦美秀、苏放、蓝宝贵其实都不是这个题目所概括的主角，真正的主角应该是村庄的全体村民，是村民的集体无意识。但是，或许是因为初次回归乡土，凡一平没有像他写《跪下》、《顺口溜》、《寻枪记》、《理发师》那样洒脱不羁，他更多地在故事上做文章，将故事写得一波三折，巧合多多，但是，在开掘人物内心世界上，他顾虑重重，欲言又止。他为火卖村进行了撒谎的定性，但他自己似乎也坠入了编织谎言的圈套。虽然他的编织动机也是出于善意，但是，对于透视人性真相的小说，他似乎有点背道而驰。

凡一平自己很清楚，《撒谎的村庄》是他对他敬畏的乡村、故土奉献的试探之作。因为有敬畏，因此缩手缩脚；既然是奉献，就不敢揭露真相；由于是试探，所以不可能鞭辟入里。可以说，凡一平已经敏感到了乡土、乡村、乡亲所包含的丰富深刻的信息，但他或许是无力，或许是因为有情，终于不敢揭开乡土、乡村、乡亲那潘多拉的瓶盖。

不过，《撒谎的村庄》的写作，仍然激活了凡一平的故乡记忆，这个记忆，在《撒谎的村庄》中，主要是关于乡土的记忆。

除了故事的起承转合，《撒谎的村庄》最引人注意的是景物描写。有相当长一段时间，凡一平的小说脱离了乡土的自然景物描写。《撒谎的村庄》最成功的地方，恰恰是乡村景物的回归。小说开头不久后就写道：

　　火卖村不通公路，惟一一条通外面的路是祖祖辈辈脚踏出来的，因为都想走捷径，所以路就特别直，也特别陡。从山上往下望，路就像一根垂直的绳子，而照相师傅就像绳子那端的一只瓶子，慢慢地被吊上来。①

山路犹如一根垂直的绳子，这肯定是凡一平最鲜明的故乡记忆之一。因为，几年后凡一平另外一篇中篇小说《扑克》又一次使用了这个比喻："山路狭小而陡峭，就像是从山顶垂直扔下来的绳子，王新云和警察则像两个拖油瓶，慢慢地往上吊。"显然，凡一平的故乡记忆，最初是从山路这种自然地貌开始复活的。如果读者细心就可以发现，恰恰是从《撒谎的村庄》开始，景物描写越来越多地出现在凡一平的小说里。

青山如黛，草木如同锦绣，包裹着如婴儿一般娇小的村子。村子的房前屋后，是碧绿的菜园。土生土长的鸡鸭，就在菜园外走动，觅食它们最喜欢的东西。更远处的梯田边，是一排排挺拔的树木，一团团火焰燃烧在梯田的上空，那是木棉树盛开的花朵。②

值得注意的是，当熟悉了城市文明的凡一平重新观察乡村自然景物的时候，他获得了一种糅合了农业文明与工业文明的想象力。在《最后一颗子弹》中有一段非常绝妙的景物描写文字：

重峦叠嶂的山像一架机器，尖硬繁杂的石块像无数的齿轮，蜿蜒崎岖的路像丈量不尽的链条，而活动在它们之上的一行人，就像是制造或输送出去的产品，并且大都非常贵重。③

这样的景物描写可圈可点，可以作为写作的经典案例。

然而，促使凡一平乡土记忆复活的原因是什么呢？在笔者看来，或

---

① 凡一平、章明：《撒谎的村庄》，上海译文出版社 2006 年版，第 52—53 页。
② 同上书，第 53 页。
③ 同上书，第 44 页。

许是乡村自然形貌产生了巨大变化，原生态乡村消失的可能性促使凡一平用文字来实现他对乡土记忆的缅怀。

这个猜测并非空穴来风。当凡一平为《撒谎的村庄》想象外景地的时候，他想象故事发生在一个封闭而又盛开着木棉花的村庄。在他童年和少年的记忆中，到处都是这样的村庄：

> 四面环山，山坡匍匐着松落的石头，石头缝和石头上长着青草和苔藓，像是粗粝的、结着菜垢的锅面。山底是松散的房屋和肤浅的土地。房屋冒出炊烟，像是锅底还在温热的玉米窝头。土地长着庄稼，主要是玉米，其次是红薯、木薯和黄豆，它们露在浅土上，像是铺在一个巨大囤仓底部的粮食。事实上它们都是粮食。在每一块地的地头，都长有树。最多也是最高的是木棉树，它有着粗糙乃至丑陋的躯干，却能绽放着最鲜红、硕大、美丽的花朵。最少和最矮的是草芒，但这就不是树了，是拿来烧火的柴禾。还有，在村庄里找不到水。水是山民最珍贵的东西，比油还珍贵。还有，上下山看不到路。但路肯定是有的，只是因为太小、太陡峭和弯曲，而且没有开凿过的痕迹，只有人和牛羊的脚踩踏过的印痕，让没有走过的人不相信这就是路。①

然而，当他跟着摄制组，坐着车在崎岖、蜿蜒、陡峭、刺激和危险的村级公路上爬行为《撒谎的村庄》寻找外景地的时候，才发现要找到与他记忆吻合的场景或环境已经很难。

显然，快速扩张的现代化已经改变了乡村，"摄制组所经过和看过的村庄，不是地头或屋后建起了水柜，架接了电杆和电线，就是通了机耕路"②。

消失的总是珍贵的，仔细阅读凡一平的小说，可以发现，自《撒谎的村庄》之后，乡土记忆中的景物描写越来越多地出现在凡一平作品中。

---

① 凡一平：《卡雅》，《作家》2008 年第 3 期。
② 同上。

第三节　审视乡村

如果说《撒谎的村庄》更多局限于关于乡土的书写，从自然地理的层面复苏了凡一平的故乡记忆，那么，发表于《花城》2008 年第 1 期的中篇小说《扑克》，则深入到了乡情的层面。

乡情，可以理解为对故乡的感情，但这里的故乡不仅是自然地理意义上的故乡，而且包含了人物对故乡及其生命本原的情感记忆。

5 岁时被拐卖的王新云 19 年以后从一则印刷在扑克上的寻子启事中发现了自己的来历。这时的王新云已经 25 岁，父亲是浙江王牌服装集团的总裁，一个身家过亿的企业家。他本人毕业于北京广播电视学院，是浙东电视台文艺部助理编导、记者，得到他的直接上司，文艺部主任、有夫之妇宋海燕的悉心栽培和宠护。两人间正进行着如火如荼的婚外情。

王新云按图索骥找到了自己的故乡——广西都安县菁盛乡内曹村乜鸡屯。"站在菁盛的集市上，王新云已经看不到和记忆里相对应或吻合的房子、店铺和路面。这里的一切都已经翻新。但是王新云能感觉到，他现在站着的地方，就是当年父亲卖猪的地方，也是他被拐卖的起点。"王新云找到了他被拐卖的起点，同时也就意味着找到了他血脉的来源、生命的起点，他作为人的七情六欲、喜怒哀乐的情感的最初来源。

他终于走进了生于斯长于斯的家。小说的描写触目惊心：

这个作别了十九年的家现在已经变得破败不堪，墙壁大开裂缝，东歪西斜，屋瓦漏洞百出，堂屋空空如也。黄警官走到没有门的内屋入口，站住。王新云的视线越过黄警官的肩膀，看见一根横着的绳索，联系着两张床。黄警官走近两步，王新云跟进两步。黄警官轻轻掀开一张床的蚊帐，一个白发如雪的老婆子兀立床上！像个女魔。她的眼眶凹陷，却眼球凸出，而眼神呆滞。或许因为在黄警官的身后，也或许断定是自己的生母，王新云并没有受太多的惊吓。他所惊讶的是生母苍老的容颜超过了他的预想，还有，生母瘦小的身骨令他心颤。绳索的一端并不系着床，而是拴在生母的腰上！另一端呢？王新云移步上前，抓着绳索，拉了拉绳索的另一端。另一张床上有了动静，像人在翻身。王新云掀开另一张床的蚊帐，只见一个男子在睡觉，绳索的另一端也系在腰上。这应该就是自己的哥哥了。王新云想，那究竟是大哥呢还是二哥？生母和哥哥为什么要用绳子相互拴着？是谁怕谁跑丢？黄警官这时朝睡觉的哥哥喊道，阿大，起来咯！王新云终于知晓睡觉的哥哥是大哥。①

　　王新云面对的这个维系着他的血脉的家，父亲是劳改释放犯，母亲是疯子，大哥是傻子，根据小说后面的叙述，我们得知，二哥虽然考上了大学，但因为家庭变故，放弃了上大学的机会，在广州从事男妓的职业。

　　小说正面描写了王新云生父韦元恩寻子的执着，并在与韦元恩的执着的对比中，尽可能表现不敢认家、不敢认父的王新云的内心冲突和内心挣扎。

　　《扑克》发表后，引起了较多的关注。笔者也曾以课程作业的形式，让中文专业的学生评论这部作品。大多数人都在"富爸爸"与"穷爸爸"的对立中讨论王新云形象，对王新云进行道德评判。然而，在笔者看来，凡一平写《扑克》这部小说，显然不仅是为了宣示某种道德教义，应该有更深层的内心冲动。那么，这种内心冲动来自何处呢？

　　有必要从一个更宽广的范围去理解这部小说。凡一平讲述这个故事的深层动机应该是基于他内心深处对故乡、对乡村的情感。众所周知的是，我们对故乡、对乡村忽略太久了，我们对我们生命的根源、对我们

---

① 凡一平：《扑克》，《花城》2008 年第 1 期。

血液的根脉忽略得太久了。就像王新云，因为某种缘故，离开了故乡、离开了乡村。或许最初的离开是一种痛苦，然而，在现代化的进程中，离开者最终或许会感到幸运。面对极端贫穷、极端封闭的乡村，有几个人能够像《撒谎的村庄》的主人公蓝宝贵那样选择留下呢？

然而，无论怎么样，《扑克》中的王新云终于因为某种机缘找到了他的故乡、他的家、他的根。虽然他没有在现实层面上认祖归宗，但在内心深处，他无疑拥有对这个根、对这个家的认同。生活在现实中的王新云，他有他的利害考虑；处于内心挣扎的王新云，却有着难能可贵的忏悔。小说中有这样一段王新云的心理描写：

> 现在，王新云觉得，他必须向另一个人下跪，那就是自己的亲生父亲。他来到隔壁的卧室，那是安置亲生父亲的房间。他跪在亲生父亲跟前，涕泗滂沱地说阿爸，对不起，阿爸，我明明已经知道你就是我的亲生父亲，却没有认你。因为我不知道该怎么办？我现在生活得很幸福，真的很幸福。这幸福是养父给我的，我怕我认了你，我的幸福就会失去。阿爸，原谅我。原谅我，阿爸！

比较一下《跪下》中的宋杨、《顺口溜》中的彭文联，就可以知道，与这两个同样有内心矛盾的人物相比，王新云的内心冲突何等激烈和深刻，从而上升到忏悔的层面。而这种激烈和深刻，这种忏悔，正是因为对故乡、对家、对生命之根的发现。

因此，乡情可以理解为对生命之根的感情。这是人性中极其深层的感情。而它一旦唤醒，当会产生难以想象的震撼力。

为什么王新云面对失而复得的故乡会选择离开，为什么王新云面对失而复得的亲情会选择放弃？仅仅指责王新云的背叛是不够的。我们应该正视王新云这种选择的现实合理性。否则，我们只能堕入肤浅的道德理想主义，而无法体会人性深层的矛盾和挣扎。

在笔者看来，正是因为有了《撒谎的村庄》中温情的乡土记忆的复活，有了《扑克》纠结的乡情的重新发现，才有了《上岭村的谋杀》

有关故乡、有关乡村严峻的思考。

也就是说，在这里，乡思并不意味着对故乡的思念，而意味着对故乡、对乡村、对乡亲的反思。

上岭村的青壮男人们大都在外打工，村庄里除了妇女，剩下的男人多是老弱病残。复员军人韦三得或是利诱，或是胁迫，或是强暴，与许多村妇长期私通。韦三得的流氓恶霸行为让整个上岭村的男人蒙羞忍辱，上岭成为一个混乱、悲情的村庄。

小说分成三部，采用了倒叙的手法。

第一部写的是 2010 年春节前的一天，韦三得突然上吊身亡。大年初一，警方得到韦三得不是自杀而是他杀的匿名举报，进入上岭村对村民逐个进行调查。数日后，村支书韦江山的儿子，转业在南宁民族学院做保卫干部的韦波承认是他谋杀了韦三得，被捕入狱。韦三得之案得以了结。

第二部回溯到 2008 年，南宁大学的学生黄康贤有一天无意中遇到了他的初中同学唐艳。唐艳是黄康贤的梦中情人。当年他们一起考上了重点高中。最终唐艳没有到高中报到，给黄康贤留下了不解之谜。这次相遇，两人迅速坠入爱河。根据观察，黄康贤知道唐艳在南宁从事的是色情服务。不久，唐艳对黄康贤不辞而别。黄康贤回上岭过寒假，终于得知唐艳当年不上高中的原因是遭遇了韦三得的强暴。韦三得的种种劣迹，促使黄康贤与怀疑韦三得挖了他家祖坟的韦波兄弟走到了一起，黄康贤又争取了因为妻子与韦三得通奸而对韦三得恨之入骨的韦民全、韦民先兄弟俩的合作，韦三得终于落入了他们设计的圈套。

第三部写 2011 年黄康贤毕业后回到大成乡派出所做见习警察，所长田殷因为不相信当年韦三得案件的调查结果，将"上岭村 2.15 案询问笔录"全部给了黄康贤，要求黄康贤重回上岭村进行秘密调查。从这些询问笔录，黄康贤知晓了上岭村许多男人和女人的秘密。一天，韦昌英的妻子苏春葵与韦茂双的妻子蓝彩妹发生冲突，黄康贤无意中介入得罪了苏春葵。苏春葵利用她掌握的信息向黄康贤父子提出各种要求，黄康贤被迫答应了苏春葵与之通奸的要求。黄宝央为了帮助儿子黄康贤摆脱困境，谋杀了苏春葵。警方调查后，结论是苏春葵偶然失足跌入粪池身亡。苏春葵的丈夫韦昌英不接受警方的死亡鉴定，苏春葵被谋杀终于证实，但无法找到凶手。后来，韦昌英发现了黄康贤与苏春葵私通的秘密并报告了警方。在真相即将大白之际，黄康贤自杀身亡。

小说虽然集中围绕谋杀案叙述，但却建构了多重视角。

有集体视角。通过上岭村主流视角，我们看到的是一个道德败坏、死有余辜的韦三得，他打断了黄宝央的腿，挖了韦江山的祖坟，强破了唐艳的处女身，奸淫了众多上岭村男性的妻子。

有个体视角。如黄康贤，他的父亲被韦三得打断腿，他的梦中情人被韦三得强奸。

有男性视角。绝大多数男性眼里，韦三得奸淫妇女，引发众怒。

有女性视角。部分女性眼里，韦三得竟然是一个好男人，她们甚至为之争风吃醋。

主流视角视韦三得为恶棍流氓，罪不容赦；非主流视角则认为韦三得之所以堕落到这个地步，与当年村支书韦江山剥夺了他的参军机会有关。于是，韦三得的恶行包含了向这个不义的社会报复的因素。

多重视角的建构，是对传统乡村文化意识的超越。只有经过城市文明的洗礼，才可能建构这种多重视角，进而获得相对客观的观察事物的方法，使小说的内涵更为丰富，更具弹性。

性在中国长期以来是一个讳莫如深的话题。20 世纪 80 年代以后，随着张贤亮、王安忆、苏童、贾平凹、陈忠实等一批作家的书写，禁区终于冲决。世纪之交，卫慧、棉棉等 70 后作家以其作品呈现了与前辈作家完全不同的性态度。近年来，章诒和的《刘氏女》、《杨氏女》再次重拾性话题，产生了不小的影响。然而，在笔者看来，迄今为止，对中国乡村性现状的描写，《上岭村的谋杀》最真实、最有力，也最深刻。

通过《上岭村的谋杀》，凡一平写出了中国乡村惊心动魄的性现实。他不仅写出了中国乡村现实中性资源的匮乏，而且写出了中国乡村妇女性意识、性观念的变化，写出了被隐秘性意识牵连着的乡村价值观、道德观的深层变化。由于性本身的隐蔽性质，凡一平实际上是通过性的描写，撕开了乡村那捂得严严实实的帷幕，揭露了乡村的深层真相。"上岭村谋杀案"的告破，就像小说中所写："在这个混乱的村庄，已经没有什么可能守可以守的秘密了。把什么都说穿了说破了也好，说穿了说破了反而就简单了，清楚了。"

比较《撒谎的村庄》、《扑克》和《上岭村的谋杀》三部小说，可以发现，三部小说都试图写出乡村主人群像，写出中国农民群像，写出那沉默的大多数，然而，《撒谎的村庄》中的村民面目晦暗不清，性格暧昧不明，《扑克》中的农民性格偏执愚钝、形象难以理喻，他们承载的是作者的思想、理念，依靠作者的扶助和推动；只有到了《上岭村的谋杀》，虽然人物众多，然而每个人物都鲜活生动，合情合理，他们有真实的感情、鲜明的性格，他们受伤害、受欺辱，有痛苦、有怨恨，但也有隐忍、有希望，他们承载着自己的血肉，有着自己的灵魂，张扬着自己的生命活力，散发着自己的生命气息，这是真正活着的中国农民，他们从作者的笔下站立起来，栩栩如生，震撼人心。

如果说《撒谎的村庄》因为被作者的故乡温情引导而回避了乡村的真相，《扑克》因为过多纠结血缘身份与社会身份的冲突而导向伦理道德评判，那么长篇小说《上岭村的谋杀》则超越了这两部中篇小说的局限——它真实，迄今还鲜有作品如此真实地呈现当下中国乡村赤裸裸的社会现实；它深刻，在这个作品中，凡一平没有被情感或者道德所遮蔽，他直抵社会的深处，言说人性的大彻大悟；它善意，在这个作品中，凡一平寄托了他对故乡、对乡村的大爱，这种大爱既是悲悯，也是关怀，还有拯救之心；它有力，有力的观察、有力的陈述、有力的分析、有力的追问、有力的开阖以及有力的思考贯穿了整部小说；它美，构思之奇崛、叙述之简洁、描写之传神、布局之周密、悬念之引人入胜、人物形象之鲜明生动，涉及问题之复杂深入，处处显示了文学之美。

今日的中国，乡村引起了越来越多的关注。乡村的混乱、乡村的衰败、乡村的堕落、乡村的消失……尽管写乡村的文学作品不少，但或者隔靴搔痒，或者云山雾罩，在这种气氛中，《上岭村的谋杀》单刀直入，一剑封喉，从一个刁钻的角度，将乡村的隐秘和盘托出。

毫无疑问，《上岭村的谋杀》不仅实现了凡一平小说创作的自我超越，而且堪称近年中国文坛的一部力作。因为它的出现，新乡土小说获得了有力的支撑。新乡土小说，不仅要唤起我们对乡土的体认，而且要接通我们与乡土的血脉，在这个基础之上，还必须抵达对今日乡村现实的反思。这是新乡土小说的力量所在，《上岭村的谋杀》以其情感的深切、思想的深刻和技巧的深湛，显示了这种力量。

第六章　价值重建

第一节　怪异人物

瑶族作家光盘，原名盘文波，1964 年 10 月生于广西桂林全州县东山瑶族乡。据其自述，其祖辈于 200 年前从湘江边搬迁至瑶乡，"入赘"瑶族。光盘 1987 年大学毕业，20 世纪 90 年代开始发表小说。2000年以来，出版了《摸摸我下巴》、《请你枪毙我》、《王痞子的欲望》和《毒药》4 部长篇小说，以及《对牛说话》、《我是凶手》、《谁在走廊》、《穿过半月谷》、《灵魂漂》、《柔软的刀子》、《我是如何失踪的》和《错乱》等数十部中短篇小说。其中，短篇小说《对牛说话》获《广西文学》首届"广西青年文学奖"（2003），长篇小说《王痞子的欲望》获广西第五届文艺创作"铜鼓奖"（2006）。

光盘的小说主要取材于 20 世纪 90 年代以来的中国社会现实。20世纪 90 年代以来的中国是一个大转型中的中国。一方面是经济上的计划经济转型为市场经济，另一方面是偏于保守的社会转型为急剧开放的社会。社会的大转型造就了人心的大动荡。光盘置身于这样一个大转型、大变革的时代，社会的光怪陆离、人性的变幻莫测、命运的云谲波诡以及价值观念的跌宕起伏，这种种生活的资源，经过他小说家思维的演绎，形成了其小说两个很醒目的特点，即情节的荒诞和人物的变态。

长篇小说《王痞子的欲望》是体现光盘小说这两个特点的典型之

作。作品中的主人公王痞子在一场大火中得到刘少爷的救助，为了报答救命恩人，王痞子发誓要生个女儿给刘少爷做妾。第一胎生的是男孩，第二胎生的还是男孩，第三胎虽然生了女孩，却死于非命。尽管不断遭受命运的捉弄，但王痞子仍然一意孤行，以包养妓女、纳妾、娶养女等诸多方式，不择手段地实现自己的愿望，最后他的小妾云芳怀着身孕被日本人杀害，他的养女王玫瑰也命丧黄泉，王痞子本人也死在他意欲报恩的对象刘少爷的枪下。

在这部小说里，令人震惊的并不是故事情节的一波三折，而是人物不可理喻的心理动机和行为选择。王痞子显然是一个精神错乱的人物，他似乎具有中国传统的报恩美德，但其报恩的方式却违背传统人伦；他具有为实现梦想不屈不挠的意志，他的执着却以殃及无辜为代价。这个小说虽然以民国为人物生活的背景，但我们可以从中感觉到它的现实寓言性质：它以荒诞的情节和变态的人物，折射了今天利令智昏、礼崩乐坏的现实。

短篇小说《对牛说话》是一篇较有深度的作品。在一次轮船相撞事件中，肖像与一头牛被海潮冲到了一个孤岛。当意识到自己没有希望生还之后，肖像压抑不住内心的冲动，对牛讲述了隐藏在心底的秘密：在一次野外摄影活动中，肖像戴着面罩对薇薇实施了强奸。此后，他以薇薇曾经被强奸的知情人身份不断对薇薇进行胁迫以满足自己升官发财的欲望，最后导致薇薇精神分裂。显然，这篇小说涉及人的原罪意识。肖像在死亡之前的倾诉貌似忏悔的冲动，但这种冲动是不真实的。小说的深刻之处在于紧接着的叙事：当肖像苏醒过来之后，他发现了自己被营救的事实，这时候，杀牛灭口成为他的当务之急。这篇短篇小说可以看作是一个现代寓言，当主人公一回到现实，恶又成为他独一无二的选择。

从光盘的小说可以看出，他有较强的叙述能力，能构想较为奇崛的情节和怪异的人物。值得注意的是，这些奇崛的情节并非单纯来自作者的想象，而是有着明显的现实依据，光盘小说中大量出现的性、暴力，对金钱、权力的追逐，以及信仰的缺失、社会的失范都是我们司空见惯的现实。光盘喜欢将这些社会负面现象一网打尽，在他的小说中做一个夸张而有力的呈现。这种做法既来自他对自己叙述能力的自信，也多少与文学阅读市场的引导有关。因此，他迅速地将社会乱象纳入其小说叙述之中，让我们看到这个时代的传奇。与此同时，光盘又是一个不满足于复制社会现象的小说家，他深知小说最终的价值在于对人的发现，对人性的深刻的理解，因此，他的小说不仅呈现混乱的社会现象，呈现变异的人物性格，他更希望深入到人物的内心世界，探究人的欲望如何在社会的万有引力中泛滥。他笔下的时代是一个刚从禁锢中解放出来的时代，解放既带来了活力、创造力这些善的因素，也带来了破坏力和毁灭力这些恶魔性因素。失范的社会产生失控的人。如同作者本人为长篇小说《摸摸我下巴》所做的概括："写惊慌的男人，写沸腾的女人。"无论男人还是女人都像打开了的潘多拉的瓶子，人对自己已然失去了控制，从而在时代的大潮中随波逐流。

读光盘的小说可以让我们联想到三个当代小说家。一个是王朔。王朔的小说写出了中国社会 20 世纪 80 至 90 年代转型初期的社会乱象，由于有一个高度禁锢的社会作为前提，王朔呈现的人物行为具有解构的力量。相比之下，光盘笔下的人物行为虽然也有突破禁忌的特征，但这些行为已经丧失了与之对抗的力量，只是显示出人物精神境界的自甘堕落。第二个是余华。余华的小说同样写出了社会乱象，但余华的人物性格、故事情节单纯，细节描写更有力，由于其小说常常有一个明确的历史跨度，而余华又拥有出色的历史记忆，因此，其小说叙事与社会历史之间具有生动而深刻的隐喻关系。相比之下，光盘笔下的社会乱象由于没有"历史的景深"而丧失了现实的深度，故事情节虽然异彩纷呈，但丧失了历史灵魂。第三个是东西。东西以社会乱象为背景，以反讽的语言和荒诞的人物，力图写出人心的真实，匠心独运的叙事和苦心经营的哲理成为其小说醒目的标志。相比之下，光盘虽然也追求叙事的怪诞和哲理的深度，但缺乏东西那种艺术上的精雕细刻和哲理思考的从容不迫，他虽然力求走进人物的内心世界，呈现欲望的传奇，荒诞的胜景，但却因为没有对社会万象进行有机的消化，而只是写出了人物欲望的皮相，没有写出人物欲望的深层内涵。

　　不过，光盘的小说也有他的独到之处。不妨还是以王朔的小说作为参照：王朔的小说对 20 世纪 80 年代的中国社会确实有巨大的解构力量，它有力地揭露了那个时代主流意识形态的虚假，但随着 20 世纪 80 年代的文化语境成为历史，王朔的解构力量就成了无的放矢，其审美的魅力也就随时代的流逝而流逝。换言之，王朔的小说只建构，不解构，它只有以 20 世纪 80 年代的中国社会主流意识形态为解构前提才能体现其价值。在这一点上，2009 年以来，光盘的小说显示了他独特的价值。虽然他仍然为我们呈现了社会乱象、时代狂潮，但从他新近的小说我们可以看到他对 21 世纪中国社会价值重建及中国人内心道德回归的要求的敏感回应，看到良知与道义是怎样从人心的荒原上一点点地复活。

　　中篇小说《枪响了》围绕孤儿涛涛写出了三种人物形象。一种是监护人官建山，迷失于金钱和性，与光盘多数小说中的人物类似，最后因为钱财被人谋害；第二种是涛涛养父的堂姐马叶桠，出于同情她表达了对涛涛的关心；第三种是秘书，她以质朴的天性给予了涛涛关爱。由于官建山对秘书的苛刻，秘书最终离开了涛涛，涛涛在历经多种情感挫折之后进了孤儿院，成了一个对任何人都不信任的孩子。这篇小说显然是一个悲剧，它叙述了涛涛从一个心理健康的孩子成为一个心理残缺的孩子的全过程，而导致这一结果的原因，恰恰在于那些与涛涛有着最亲密关系的亲人，他们对金钱和性的贪欲不仅葬送了自己，而且危及了下一代。值得注意的是，作者过去的小说往往将重心放在官建山这类人物身上，但这个作品则将大量篇幅放在具有爱心的秘书和马叶桠身上。这样的情节安排一方面使人们意识到善良与道义尚存，另一方面，涛涛的命运实际上也对秘书、马叶桠这样平凡的大多数构成了一种提醒，人生除了金钱之外，还有更重要的价值存在。

　　中篇小说《我是如何失踪的？》中的宋钢和李仁爱夫妇因为救助一个婴儿而失去了自己的孩子，他们费尽心血将养子宋思水抚养成人。大学毕业后的宋思水开始寻找自己亲生父母，在养父的帮助下，找到了曾经丢失孩子的唐恩柱、张桂红夫妇，但当唐恩柱住院做手术的时候，宋思水发现自己与唐恩柱并没有血缘关系，他寻找亲生父母的努力成为泡影。小说标题《我是如何失踪的？》将小说的结果最终落在宋思水身世再次成为不解之谜，宋思水成了一个没有来历的人物。不过，整篇小说主要叙述的则是宋钢夫妇含辛茹苦、忍辱负重将宋思水养大成人的过程，以及宋思水在成长过程中因为被怀疑不是宋钢夫妇的亲生孩子而受到种种歧视，还写到宋钢在误认为唐恩柱、张桂红是宋思水亲生父母之后的内心矛盾，写到唐恩柱看到张桂红丧子后精神崩溃而受到的内心折磨，善良与自私、偏见与公正成为小说中交织一体的存在。不过，宋思水成长后所表现出来的精神境界因为缺乏铺垫而出人意料，这或许显示出作者努力淡化其小说灰暗、冷漠的特质，作者似乎想告诉人们，爱仍然是安抚人生的最重要的力量。

第二节　荒诞寓言

中篇小说《错乱》可能是最能体现光盘小说情节荒诞、人物变态这一特质的作品。富商孙国良得了精神分裂症，回到家乡玫瑰镇疗养。然而，故乡似乎已经丧失了它本来的淳朴，孙国良相继受到街坊、同学和陌生人的诈骗。他以为这一切都是自己精神错乱的缘故，于是请杀手公司雇人杀死自己以防自己继续作恶。杀手公司多次引诱孙国良自杀而未果，最后孙国良因失手杀了杀手公司的人而被捕，但仍然因为精神分裂症得以免刑。而杀手公司则因为损失了自己的人而宣布解散。

《错乱》这篇小说在光盘的众多小说中有较为独特的价值。一方面，小说写出了当下中国普遍的道德缺失，哪怕是在"礼失求诸野"的乡村，通常认为乡村是传统道德最后的防线，然而，在作者笔下，孙国良的故乡玫瑰镇也已经世风日下，人心不古；另一方面，小说也写出了善良和道义的坚守以及人的内心的自我拯救，小说中那对卖菜的夫妇或许可以成为道义的象征，孙国良试图结束自己的生命或许可以理解为良心的发现，而杀手公司的自主解散，是否意味着以某种以恶谋利的制度受到怀疑？

中篇小说《桂林不浪漫的故事》表面看起来平铺直叙，波澜不惊，故事情节也非常合乎现实逻辑，但认真推究，平静的表面下却藏着惊涛骇浪。主人公周国忠是一个离异的单身男人，从不嫖娟，也不和别的女人上床。经老同学介绍，他认识了漂亮女孩小唐，在几天的游玩中，两人产生了暧昧之情。小唐因身体不好住进了医院，最后不治身亡。检验结果是，小唐患的是艾滋病。周国忠立刻成为最危险的被传染人。结局还算幸运，经检验，周国忠没有感染病毒。事后他回想，虽然他已经与小唐同床，但小唐使出最大力量对他进行了抵抗，两人并没有真正发生关系。这个抵抗成为对周国忠最关键的拯救。

周国忠是幸运的，也许是他的善意使小唐对他产生了保护之心，他恪守的绅士风度使他没有乘人之危，而小唐的道德底线也决定了她没有有意加害于周国忠。这各种因素最终保护了周国忠不被感染。这篇小说也因此获得了一个有惊无险的结局。

光盘的小说往往把一个情节和一种心理推到极端，听凭情节和心理的自身逻辑发展。长篇小说《王痞子的欲望》如此，长篇小说《英雄水雷》亦如此。

《英雄水雷》中的水雷实际上是水皮和雷加武两个人物的姓氏。水皮是张镇人，雷加武是唐镇人。张镇和唐镇虽然相邻，却属于不同的省份。

张镇人水皮烤红薯引发了山火，在救火过程中受了轻伤，因火势过猛，水皮逃离了火灾现场。几乎同时，雄村发生了一场火灾，运送特殊物资的卡车不幸起火，五个押送人员得到一位不明身份的年轻人的救助。结果，当水皮来到雄村火车站，被押送人员误认为救助他们和抢救国家财产的救火英雄。尽管水皮从来没有冒领这错误的荣誉，但来自上方的认定使水皮定格为救火英雄。

真正的救火者其实是唐镇人雷加武。因为口音的原因，雷加武被押送人员误认为是张镇人。这个误解进一步导致张镇人水皮成了救火英雄。雷加武对押送人员实施救助之后分手，得到押送人员回头找他的承诺。然而，由于押送人员后来误以为水皮是救火英雄，雷加武始终未能等到押送人员的到来。

于是，小说出现了这样的悖谬局面：一方面，水皮从来不承认自己是救火英雄，却被强加了许多荣誉，甚至出版了《救火英雄水皮的故事》；另一方面，雷加武虽然是真正的救火英雄，却从来没有等到英雄的官方认定，雷加武对自己救助事迹的讲述，全部被当成谎言，陷入众叛亲离的状态。

荒谬，也许是人们阅读这部作品最直观的感受。然而，仔细思考小说的各种貌似荒谬的情节，或许会发现令人震惊的真实感。当水皮被误认为英雄之后，加诸其身的是举世之誉；当雷加武被误认为骗子之后，加诸其身的是举世之毁。这种现象在中国是否司空见惯？尽管水皮说不出任何抢救国家财产的事迹，但有关方面却能炮制出《救火英雄水皮的故事》，这样的事情在中国似乎也不陌生。值得注意的是，小说全部情节及其荒谬感完全建立在"说普通话的人"善意的误会。这个误会一旦形成，荒谬就开始以自身的逻辑运行。于是，一方面，我们在理智上清楚地意识到所有情节的荒谬；另一方面，我们又在生活中反复经历类似荒谬的体验。

真相，因为善良的误会而被遮蔽。小说引发的思考是多层次的。首先，小说探讨了流行中国社会千百年的英雄情节。社会对英雄的膜拜，完全抵达非理性的程度。其次，小说实际触及一个很深的命题，即真与善的冲突。认定水皮为救火英雄，其出发点无疑是善。然而，不仅一个善意的误会需要无数的谎言去论证，从而造成了整个社会的伪善，而且善的出发点因为扭曲了真相，还会带来了一系列恶的后果。最后，小说关于"普通话"的叙述，水皮成为英雄来自"普通话"的误会，雷加武陷入悲剧缘于"普通话"的疏忽，诚如一位读者指出的："在《英雄水雷》中，'普通话'的语言才是权力，被'普通话'认可的就是真理……"①这种话语权与事实真相的脱节，是否可以引起我们对获得如此大授权的

① 滕玉敏：《从"被英雄"到话语权》，光盘《英雄水雷》附录，漓江出版社2014年版。

"普通话"的质疑？

前面提到《对牛说话》是一个现代寓言，之所以这样说是因为小说借用了拟人化的手段，以人牛对话的方式结构小说。其实，光盘的绝大多数小说都可以理解为今天这个转型时代的寓言，它们以荒诞的情节和变态的人物隐喻了今天的社会万象和人的欲望。毫无疑问，光盘呈现出的现实总体上是灰暗的，《王痞子的欲望》所表现出来的人性的不可理喻，《摸摸你下巴》所表现出来的人性的迷乱，《对牛说话》所表现出来的人性原罪的无可救药，《枪响了》中的涛涛丧失了对人的信任，《我是如何失踪的？》里的主人公身份最终下落不明，《错乱》中的乡村也不再是一片道德伊甸园，《桂林不浪漫的故事》中的男欢女爱危机四伏，但是，我们还是看到，随着时间的推移，光盘的小说出现了某些温暖的因素，比如《枪响了》中爱心的存在占了较大的比重，《我是如何失踪的？》里善良最后成为小说的主调，《错乱》中的孙国良试图通过结束自己的生命来结束自己的罪恶，《桂林不浪漫的故事》中主人公得以幸免于艾滋病的感染。对道德底线的坚守、正邪善恶各种力量的博弈、超越了血缘关系的爱的存在，这一切似乎表明，光盘的小说已经告别了单纯表现人欲横流、人性扭曲的状态，开始了对人性、对人生、对人道的更为全面的理解和把握，它同时也隐喻着我们这个时代，正在从唯利是图的价值观中挣扎出来，从随波逐流的状态中超拔出来，开始了价值体系的重建，那个被康德所迷恋的宇宙的星空和心中的道德律，正在重新焕发她的魅力。

第七章　个人战争

第一节　大学之前

　　"百越境界"时期的林白主要还是诗人的身份，1986 年，她在《人民文学》发表了短篇小说《从河边到岸上》之后，逐渐开始了诗人向小说家身份的转移。1989 年，她在《上海文学》发表中篇小说《同心爱者不能分手》，小说家的身份终于定型。随着《回廊之椅》、《瓶中之水》中短篇小说以及《一个人的战争》等长篇小说的发表，林白终于成为中国女性主义小说家的代表人物。长篇小说《一个人的战争》初刊于《花城》1994 年第 2 期。经作家多次修改，收入江苏文艺出版社 1997 年出版的《林白文集》第 2 卷，被认为是当代女性主义文学的代表作。此外，林白还有《说吧，房间》、《守望空心岁月》、《玻璃虫》、《万物花开》、《妇女闲聊录》、《致一九七五》等多部长篇小说问世。

　　林白是一个专注于女性写作的作家。她的小说写女性的欲望、写女性的性别的成长、写女性的自恋。为此，她被认为是中国女性主义文学的代表作家。在中国当代小说史上，林白是真正意义上的女性小说的开创者之一。她的开创性主要体现在三个方面：一是对女性的性别意识、性别体验、性别情感有了专门的关注，这就与男性的性别意识划清了界线；二是她讲述的是女性的私人生活，这种私人生活几乎与社会无关，从而与社会小说划清了界线，成就了一种个人化写作；三是她的小说多少受了西方当代女性主义理论和女性文学创作的影响，表现了女性的性别独立意识。

1999 年以来出版的几部有代表性的高校中国当代文学史教材，如洪子诚的《中国当代文学史》、陈思和的《中国当代文学史教程》、於可训的《中国当代文学概说》、吴秀明的《中国当代文学史写真》都将林白作为 20 世纪 90 年代中国女性小说家的代表人物进行论述。陈思和认为林白"常用'回忆'的方式叙述，对女性个人体验进行极端化的描述，善于捕捉女性内心的复杂微妙的涌动。她的这种封闭的自我指涉的写作，特别是有些关于自恋、同性恋的描写，在当代文学创作上有很大的革命性和突破意义"。并认为《一个人的战争》"对于女性的性意识与身体欲望的觉醒过程作了真实而具体的描述，而且许多细节的描写超越了世俗道德的约束，因此，被研究者视为一部当代中国女性意识的代表作"①。"直接写出了女性感官的爱，刻画出女性对肉体的感受与迷恋，营造出了至为热烈而坦荡的个人经验世界……创造出了女性写作独特的审美精神。"②

长篇小说《一个人的战争》写的就是女主人公，生长在南方偏僻小城 B 镇的多米的成长故事。洪子诚主编的《中国当代文学史》指出，"小说中关于女性的性体验和身体感受的描写引起过很大争议"③。争议主要围绕小说中关于女性性体验和身体感受的描写而展开。

小说从多米幼年时代的心理体验写起，重点写了多米插队期间的成名欲望以及这种欲望的受挫，多米大学时代孤独压抑的生活，大学毕业以后与同性恋者南丹的交往、单身旅行途中的遭遇男性和初夜经历及一次如火如荼的失败的爱情。在题材领域，林白开拓了一个巨大的写作空间，即对女性自身身体的关注，可称之为女性身体的写作。就个人倾向而言，林白的小说喜欢以女性为主人公，男性在林白的笔下都呈现模糊

---

① 陈思和主编：《新时期文学概说》，广西师范大学出版社 2001 年版。
② 陈思和主编：《中国当代文学史教程》，复旦大学出版社 1999 年版，第 352 页。
③ 洪子诚：《中国当代文学史》，北京大学出版社 1999 年版。

的形象。

《一个人的战争》有一个题记，解释了这个题目的意思：

> 一个人的战争意味着一个巴掌自己拍自己，一面墙自己挡住自己，一朵花自己毁灭自己。一个人的战争意味着一个女人自己嫁给自己。
>
> 这个女人在镜子里看自己，既充满自恋的爱意，又怀有隐隐的自虐之心。任何一个自己嫁给自己的女人都十足地拥有不可调和的两面性，就像一匹双头的怪兽。

小说一共五个部分，四章加一个尾声。

第一章的标题是《一个人的战争》，以多米的同性体验为主题。讲述的是多米与女人的故事，探究多米的性别取向。小说具体涉及这样一些情节。多米五六岁的时候就开始了"对自己的凝视和抚摸"，她甚至引诱邻居女孩莉莉玩过一次生孩子的游戏。少年时她经历过对一个文工团演员姚琼身体的迷恋。大学毕业后多米在图书馆工作，一个名叫南丹的女大学生对她十分迷恋，并对她进行了同性恋启蒙。与这些情节相联系，小说更值得注意的是多米的心理。小说讲述多米的成长故事，这里的成长很重要的一部分是心理的成长。所以我们可以认为这是一部心理小说。林白以她的《一个人的战争》打开了女性的心理。当然，这种打开并不是简单明了的。因为人的心理本身就是一种复杂微妙的存在。与其说林白是在揭开女性心理，不如说林白是在探究女性心理。熟悉林白生活经历的人都知道这部小说有相当的自传色彩，因此，林白对女性心理的探究也就具有相当程度的自我心理探究的成分。在这一章里，我们可以读到许多不肯定判断，诸如"我是否天生就与众不同呢"、"我真正感兴趣的也许是女人"、"我有些怀疑自己是具有同性恋倾向的那一类人"、"我十分害怕我是天生的同性恋者"，"我希望得出这样的结论：在一个同性恋者与一个女性崇拜者之间，我是后者而不是前者"等。这些判断其实也是多米对自己进行的心理分析。由于多米有许多同性恋的迹象，于是，分析基本围绕着多米对自己是否是同性恋者的探究展开。

第二章的标题是《飞翔与下坠》，讲述多米与社会的关系，表现多米的事业理想。这个基调实际上在第一章就已经奠定了。"从小我就立下了大志，要做一个有出息的人"、"当时我满脑子想的是出名"、"我向来是事业第一，爱情第二"。第二章开始叙述这个主题。多米从小就有一种事业成功的欲望。这种欲望可以具体表现为走出 B 镇。小说有一段描写：

> B 镇的孩子们从小就想到远处去，谁走得最远，谁就最有出息，谁的哥哥姐姐在 N 城工作（N 城是我们这个省份最辉煌的地方），那是全班连班主任在内都要羡慕的。
> 谁走得最远
> 谁就最有出息
> 谁要有出息
> 谁就要到远处去
> 这是我们牢不可破的观念。远处是哪里？不是西藏，不是新疆，也不是美国（这是一个远到不存在的地方），而是
> N 城
> 还有一个最终极的远处，那就是：
> 北京

从小说透露的信息，我们可以知道，多米的大学时代是非常孤独的。多米是"文化大革命"后的第一届大学生，真正的天之骄子。那么，她为什么这样呢？小说倒叙了多米的知青生活。多米从小就对电影有特别的热爱。如小说中所写的，"所有的电影和它们消散已久的主题曲都是我的所爱"。18 岁的时候多米在她插队的公社操场看电影《创业》，而生出一种"从凡俗的日常生活中"超脱出来的奋斗力量，并且她想到了要写电影，发现以写作寻找出路是一件最适合她的事情。这时

候天下起了雨，小说这样写道：

> 雨点迅猛地击落在多米身上，她的脸和手背迅速被雨水打中，水的感觉立刻从指尖末梢传到了心里，在一片冰凉湿润中写电影的念头像雷声一样远去，而一些坚硬、有力的字句却迈着雄健的步伐，越过雷声，像雨水一样自天而降，这些句子在到达多米的那一刻由冰冷变为灼热，发出唑唑的声响，变成一片大火，顷刻燃遍了多米的全身。
>
> 这些字句排列起来就是一首诗。

这是多米最初的诗。它的名字叫《暴风雨》。

后来多米写了9首诗，抄了1首诗共10首寄给了《N城文艺》。这10首诗显示的才华使N城文联的编辑非常欣赏，决定选取其中数首发表。那时正是一个百废俱兴的时代。电影厂也因为多米的诗看中了多米，决定调多米到电影厂做编剧。这时候的多米已经报名参加当年的高考，电影厂的同志要求她放弃考试，她也当场答应。因为，尽管多米最不怕的就是考试，她8岁就读过《红岩》，中学数学统考曾获全县第一，各科成绩在全年级中总是领先，她甚至认为只有科学才是真正高尚的事业，但到电影厂做一名编剧的诱惑还是彻底打动了她，"当科学家是理想，搞电影却是梦境啊！"19岁的多米正处在做梦的年龄，这样的诱惑她无法抗拒。

幸好她最后还是参加了考试。这是她在离考试的日子只有十多天才做出的决定。考试之后，她开始了去电影厂的等待。结果，她等来的是不幸的消息。她抄袭的那首诗被人揭发了，她去电影厂的事情落了空。这是一个巨大的羞耻，恰好与不久前多米收获的巨大的光荣形成强烈的对比。19岁的女孩，就这样同时体验了飞翔与下坠。小说以非常强有力的笔调写出了这种对比。这是只有诗人才可能写出来的语言。这次抄袭事件对多米的打击是致命的。用小说的话说："所有的光荣和梦想，一切的辉煌全都坠入了深渊，从那里起直到现在，我还是没有从阴影中升脱出来。我的智力肯定已经受到了损伤，精神也已七零八落，永远失却了 19 岁以前那种完整、坚定以及一往无前。"

第二节　大学以后

《一个人的战争》第三章的标题是《随意挑选的风景》，围绕旅行讲述多米与男人的故事。大学毕业的多米决定终身不嫁，摒弃一切物质享受，过最简朴的生活，把钱省下来做路费，游历全中国。第一年她去了北京，第二年她去了北海，后来某一年，她带着 140 元进行了一次遍及西南几省的漫游。她的路线是这样的：从 N 城出发，先到武汉，从武汉坐船经三峡到重庆，乘火车到成都，从成都到峨眉山，上峨眉山，之后从成都到贵阳，从贵阳到六盘水，再搭货车到云南文山，经麻栗坡、富宁到百色，从百色回 N 城。

这次旅行对多米颇有意义。旅途上，她认识了一批批男人，其中一个船员引诱了她，践踏了她的初夜。但多米还是义无反顾地完成了这次旅行。旅行体验对多米具有某种象征含义，如小说中写的；"我深信某些事情正在前面等着我，它有着变幻莫测的面孔，幽深而神秘，它的一双美丽的眼睛穿越层层空间在未来的时间里盯着我。我深信，有某个契约让我出门远行，这个契约说：你要只身一人，走到一个不为人知的地方去，那里必须没有你的亲人熟人，你将经历艰难与危险，在那以后，你将获得一种能力。"

事实上这次旅行对多米而言有三方面意义。一是她接触了许多男人。对于长期孤独的多米这是一个直接认识人、认识男人、认识人性的好机会。二是她登上了峨眉山金顶，她把这次登山当作她整个人生的隐喻，从而有人生隐喻的意义。她事先认为：只要登上金顶，她的一生就是成功的，不然就是失败的。结果她登上了金顶："这是我的一个很大的胜利，我开始从大学时代的低潮走出来，一夜之间，我的性格变得开朗了，同时，就是这一夜之间，我的字体也变了，这是令我十分奇怪的一件事。我工作之后，我的字体沿袭了大学时代的瘦、软、犹豫，看起来十分难看，但我下山后，中间没有经过任何过渡，一写出来就遒劲、挺拔，一去委琐之气，之后有很长一段时间，认识和不认识我的人都说我的字像出自男性之手。"她甚至认为这是她"生命中到达的一个顶峰"。三是她直接领略了许多她过去不知道的风俗民情、地域文化，为她的知识和经验充实了宽度。

第四章的标题是《傻瓜爱情》，讲述多米与爱情的故事。有过知青经历、大学经历以及职业经历的多米一直没有过爱情经验。她从图书馆调到了电影厂，这对她是一个重要的里程碑，因为知青时期她去电影厂的机会因抄袭事件而丢失，这次回到电影厂，对她多少有一点心理疗伤的作用。在30岁的时候，她迷上了导演N。小说对尚未与爱情相遇的多米的心理写得栩栩如生：

> 认识N的时候我30岁，这是一个充满焦灼的年龄，自25岁之后，我的焦灼逐年增加，生日使我绝望，使我黯然神伤，我想我都30岁了，我还没有疯狂地爱过一个男人，我真是白白地过了这30年啊！我在睡梦里看到自己的暮年骤然而至，我的头发脱落，牙齿松动，脸上布满皱纹，我的身上从未接受过爱情的抚摸，我皮肤中的水分一点点全都白白地流失了，我的周围空空荡荡，我像一个幽灵在生活着，我离人群越来越远，我对真实的人越来越不喜欢，我日益生活在文学和幻觉中，我吃得越来越少，我的体重越来越轻，我担心哪天一觉睡醒，我真的变成了一个幽灵，再也无法返回人间。
>
> 我离正常人类的康庄大道越来越远了，如果再往前走我就永远无法返回了。这个意识使我悚然心惊，我还没有生活过，我不愿意成为幽灵，我必得拯救我自己，因此我发誓我一定要疯狂地爱一次，我明白，如果再不爱一次我就来不及了。

心理暗示是很起作用的。多米果然疯狂地爱了一次。这次爱情，用叙述者的话说就是"只有在古典浪漫主义戏剧里才能看到"，小说叙述了大量多米热恋 N 的心理，比如有一段这样的描写：

> 在那个时期，我生活的主要内容就是到阳台、过道、楼道、楼顶、平台、卫生间，看他窗口的灯光。只要亮着灯，我就会不顾一切地要去找他。我在深夜里化浓妆，戴耳环，穿戴整齐去找他。穿过楼前的空地，我总是怕人看到，我走上 8 层的楼梯，在他的门口总是双腿发软，我总是把耳朵贴近他的门听声音，我担心碰到别人。他的屋里总是有人，一般他住在厂里的时候就是他要工作的时候，他的工作方式就是跟他的合作伙伴谈他将要上的片子。在这样的夜晚，我总是听到他的门里传出别人的声音，我只有走开。
>
> 我下 8 楼回到自己的房间，把耳环摘掉，把妆洗掉，我的妆白化了，衣服也白换了。

值得注意的是，小说是以一种回望的姿态叙述这次爱情的，所以，尽管当爱情处于过去进行时态的时候堪称轰轰烈烈，如火如荼，但一进入现在完成时态，就充满了分析和反省。一种结论是："事隔多年，当我心如止水，我才明智地看到，爱情真是无比残酷的一件事，爱得越深越悲惨，我想起德国著名导演法斯宾德的影片《爱比死残酷》，我一直没有看到这部影片，但这个像太阳一样刺眼的片名就像一把尖刀插进我的生命中，经历过残酷爱情的人，有谁能经过刀刃与火焰、遍体鳞伤之后而不向往平静的死亡呢。能穿越爱情的人是真正的有福的人。"但还有另一种结论，尽管多米曾经对 N 一往情深，甚至曾对好友这样表示："我说这辈子我不会再爱别人了，不管 N 发生什么事情，他结不结婚，反正我一辈子爱他。"但后来的事实是："到北京不到半年我就把 N 淡忘了，我本来坚信我会爱他一辈子的。"以至小说这样叙述：

> 这么快就把 N 忘了使我感到吃惊，我真正体会到了爱情的脆弱多变，我曾经坚信，我是可以为 N 去死的。夏天的时候 N 正在 C

城，我在 N 城听说那边常有打冷枪的，我便一次次地想象 N 被流弹击中的情形，他在街头被子弹击中，修长的身体像在慢镜头中一样缓缓地倒下来，鲜红的血从他的胸口喷涌而出，天无限的蓝，太阳是黑的，我感到心如刀割，万念俱灰。我想在他的追悼会上我会以什么身份出现呢，我穿什么衣服呢，我将穿一身白色连衣裙，或一身黑色连衣裙，同时我又想，如果他这次不死，如果他在冬天里出车祸死，我将穿黑色的毛衣和黑色的长筒靴子，我将在众人面前痛哭，我不可能止住我的哭声和眼泪，然后我将照顾他的母亲，听她讲他小时候的故事，这就是他死后我最大的精神食粮，我会告诉他母亲我曾经怀过他的一个孩子，为了他的事业我做出了巨大的牺牲。

　　我一次又一次地想象他的死，于是我的眼前再次出现了乌黑的枪口，我紧紧盯着这黑洞，我想只要有一颗子弹飞向他，我一定惊叫一声扑向前，用自己的身体挡住这颗子弹。我感到自己胸口热乎乎的，鲜血从心上呼啦啦地流出来，然后倒在马路上，他将眼含热泪把我抱起来，我则在他怀里幸福地咽上最后一口气。

当初疯狂的爱和后来淡漠的忘，使小说不得不做出这样的反思："这使我想到一个严重的问题，当初我是不是真正爱过？我爱的是不是他？我想我根本没有爱过他，我爱的其实是自己的爱情，在长期平淡单调的生活中，我的爱情是一些来自自身的虚拟的火焰，我爱的正是这些火焰。"其实，小说的这番反思，表达了一种共同心理。这里不妨提供一个佐证，武汉大学哲学系的彭富春教授写了一部自传，其中有一节叙述他大学时代的初恋感觉。当时他被班上一位女生吸引，认为这个女生是世界上最可爱的女人。彭富春这样写道："她可爱在什么地方，我也说不清楚，也许是她的眼神，是她的笑容，是她说话的神情和走路的姿态，也许还有很多很多。但我印象最深的还是她的苍白的脸，是它所透露出来的冷漠和高傲，以及包含的若有所思和一股淡淡的忧郁。这张脸如同魔鬼的脸，袭击了我的心灵。"后来彭富春以递交情书的方式向这位女同学表达了他的感情，但遭到了拒绝。彭富春写道："对于这样的结果，我并没有非常沮丧，更没有想到去发疯或者自杀，相反感到很平静，我终于了结了一件事情，心灵有一种释放后的轻盈之感。"后来他分析自己的初恋心理，他追问："我真的爱她吗？也许我爱的是一种观念，而将这种观念投射在她身上。她不过是被我的观念所美化了，神化了。也许她根本不符合我的观念。"① 彭富春这番追问是否有助于我们理解多米的爱情呢？回到小说《一个人的战争》，我们意识到，当叙述者得出这样的结论时，爱情实际上已经解构了。美国学者弗·杰姆逊曾经在他那个影响了一代中国学者的著名演讲中谈到过四种深度模式：一种是黑格尔——马克思的现象与本质的深度模式，第二种是弗洛伊德的"明显"与"隐含"的深度模式，第三种是存在主义的确实性与非确实性的深度模式，第四种是符号学的所指与能指的浓度模式。杰姆逊认为，后现代主义是取消深度模式的理论。② 联系到林白叙述的这一桩傻瓜爱情，可以说，林白这个故事实在是一个取消深度模式的典型案例。我们上面引述了小说描写的诸多现象，但最后我们发现，本质丢失了；我们看到了明显，却找不到隐含；仔细琢磨这个故事，我们感到确实性与非确实性的界线已经不复存在，想象究竟意味着真实，抑或完全就是虚构？在这场爱情中，能指始终存在，所指却暧昧难寻。爱情究竟是真实的存在，还是一种想象的幻觉，抑或第三种存在？如果这些问题得不到答案，我们又怎样去厘定爱情的本质，又怎样去对爱情进行追问，甚至，爱情是否经得起追问也是一个问题。的确，在这样一个后现代时代，古典爱情不得不面临解构。也许爱情依然存在，但它需要一个不同于古典理想的重新定义，也就是重新建构。但这似乎已经属于后后现代的任务了。

尾声"逃离"写的是多米嫁给了一个老人，过着孤独的生活。

在很大程度上，《一个人的战争》是一部心理小说。自从弗洛伊德

---

① 参见彭富春《漫游者说——我的自白》中"初恋的苦恼"，百花文艺出版社 2002 年版。

② 参见《后现代主义与文化理论——弗·杰姆逊教授讲演录》，陕西师范大学出版社 1986 年版，第 183—185 页。

建立他的精神分析学说以来，心理成为文学作品特别关注的对象。但由于种种原因，个人的心理最后总是被强大的社会心理规范。具体到女性小说家的小说，最典型的也许是杨沫的《青春之歌》。小说涉及大量林道静的心理活动，但这些心理活动无不拥有非常明确的社会存在的解释。甚至在择偶这样一个非常私人的心理领域，林道静也非常"自然"地将她对江华的选择与对党的选择联系到一起。然而，到了林白的《一个人的战争》，这种局面被打破了。并不是说这个小说没有涉及社会。其实，就上面对小说的复述可以看出，这部小说是充满了时代感的，近几十年中国的社会文化变迁在小说中有相当充分的展现。但是，作者始终将小说定位在"一个人的战争"的层面上。她的焦点始终瞄准着多米的内心世界，进行一种所谓"个人化"的写作。社会尽管是一个客观存在，但在多米的个人世界中却是相对而言的一个被遗忘了的天地。多米与女人，多米与事业，多米与男人，多米与爱情，这四大主题关注的是人的自然存在和文化存在而非社会存在。第一章中反复写到多米的皮肤饥渴，这显然是人的自然存在。第三章写多米：

> 常常不由自主地听从一个男人，男性的声音总是使她起一种本能的反应，她情不自禁地把身体转向那个声音，不管这声音来自什么方向，她总是觉得它来自她的上方，她情不自禁地像向日葵那样朝向她的头顶，她仰望着这个异性的声音，这是她不自觉的一个姿势。
>
> 有时意识到她要反抗的就是这个姿势，但她反抗之后重新又回到这个姿势，就像两只胳臂，下垂的时候总是比举起的时候轻松、自然。
>
> 谁能抗拒万有引力呢？

这仍然是人的自然存在。而第一章关于同性恋、第二章关于事业心以及第四章关于爱情的有关描写，就侧重写人的文化存在。因为，正如人无法抗拒自然界的万有引力，人同样无法摆脱漫长的文明历史对人的文化设计。同性恋因此注定要遇上巨大的文化障碍，事业心几乎成为人的本能，爱情需要总会在某个时刻如期而至。

除了鲜明的女性意识之外，林白小说还有比较明显的地域文化色彩。有研究者指出："红水河文化、桂林山水文化和移民文化的多元共生与兼容并包为广西造成了一种'神奇的现实'。这一神奇的现实中最引人瞩目的风景是神巫思维和少数民族风俗。"研究者从广西文化元素的视角分析林白小说，认为林白小说受神巫思维的影响，充满对神秘事物的津津乐道，比如《一个人的战争》中的主人公多米出生的 B 镇"是一个与鬼最接近的地方"，即鬼门关。《辞海》中对"鬼门关"这一词条的解释有："鬼门关，在今广西北流县城东南 8 公里处。"出生北流并在北流生活到 20 岁才离开的林白在小说里写道：

> 我 8 岁的时候曾经跟学校去鬼门关附近看一个溶洞，溶洞比鬼门关有名，晋代葛洪曾在那里炼过丹，徐霞客也去过，洞里有一条阴气逼人的暗河，幽深神秘之极，没有电灯，点着松明，洞里的阴风把松明弄得一闪一闪的，让人想到鬼魂们正是从这条河里漫出来，这条暗河正是鬼门关地带山洞里的河啊！有关河流是地狱入口处的秘密，就是在这个时候窥见的。B 镇的文人们将暗河流经的 3 个石洞分别命名为"勾漏"、"桃源"、"白沙"。洞外是桂林山水那样的山，水一样的绿色柔软的草，好像不是跟鬼有关，而是跟天堂有关。

林白与所有广西最优秀的作家一样，作品中似乎总有一种与神秘意识沟通的体验，总带着一种与寻根、与魔幻相关的内涵，也许正是寻根思潮和拉丁美洲魔幻现实主义文学激活了广西作家深受神秘思维影响的创作灵感。①

---

① 参见黄伟林《边缘的崛起》，《民族文学》1999 年第 6 期。

第八章　悲悯情怀

第一节　内在伤感

　　黄咏梅，女，1974 年生于广西梧州市。1991 年至 1998 年在广西师范大学中文系读本科和研究生，获文学硕士学位。毕业后到广州《羊城晚报》工作。她从 10 岁开始写诗，是当时著名的校园诗人。上大学前就出版有诗集《寻找青鸟》，大学期间出版诗集《少女的憧憬》。2002 年开始小说创作，其小说《负一层》、《单双》分别进入 2005 年、2006 年"中国小说学会年度小说排行榜"。至今，她已经出版有长篇小说《一本正经》，以及中短篇小说集《把梦想喂肥》和《隐身登录》。

　　生于 20 世纪 70 年代的黄咏梅与她的同代女作家有所不同，这种不同主要表现在这样三个方面：一是她没有把目光锁定于女性私生活，而是将目光投向了一个需要人们关注的城市草根市民的生活，体现了一个作家的人文情怀；二是她的小说具有浓郁的粤文化风味，与她生长的地域环境有深刻的联系；三是她的小说既有中国传统乡土文学的情景诗意，又有现代小说的内心探究，体现了将传统与现代熔为一炉的努力。著名评论家洪治纲先生认为："她的所有小说，都是将叙事空间不断地推向都市生活的底层，推向日常生活的各种缝隙之中，并从中打开种种微妙而又丰富的人性世界，建立起自己特殊的精神想象和审美趣味。""黄咏梅的小说虽然叙述的都是那些柔弱的人，卑微的人，沉默的人，他们被强悍的都市秩序遮蔽得严严实实，以至于常常成为一种被忽略的存在，但是，黄咏梅却从他们的精神深处，缓缓地打开了许多细腻而又丰实的心灵镜像，并让我们于蓦然回首之间，看到了作者的某种悲悯情怀。"①

黄咏梅本质上是一个诗人，她的小说有一种深刻的感伤。这种感伤来自她对人生、对生命的诗性体验。

长篇小说《一本正经》应该是黄咏梅写作时间比较早的作品，最初动笔显然受了当时时尚女性写作的影响，写的是都市小资生活。主人公陈夕研究生毕业后到广州做报纸编辑。她的学历、职业以及写作才能使她成了都市小资一族。小说主要写了她与袁林、金天两任男友和宁可、欧阳小鸽两位女友的交往，还写了单位里的前辈女同事李平，以及贺彬、突突和肖一飞这些文学界人物对她的影响。这部小说的内容可以分为两个层面：一个层面是21世纪以来中国大都市光怪陆离的社会现象，年轻一代的性爱与婚姻、同性恋酒吧、权力与腐败、商业化写作、住房的压力，从这些内容，可以看出，黄咏梅的"小资写作"并不局限于个人化写作或者私人化写作，她既写到了年轻一代非常个人化甚至私人化的生活，也写出了与此相关的社会现象，在个人化写作与社会化写作中找到了一个平衡。另一个层面是陈夕对自己生活的反思。她是一个受过良好教育的年轻女性，出身于一个传统道德根基深厚的家庭。她进入社会后有意无意地寻找她的榜样。在陈夕的心目中，李平是一个有过理想爱情并且忠贞于爱情的中年女性。遗憾的是，这个形象最后被李平自己毁灭了。随着报社老总东窗事发，李平与老总的秘密关系彻底曝光。李平罪行的败露显然对陈夕的人生观产生了巨大的冲击，她因此对爱情、对信仰产生了怀疑。显然，黄咏梅与一些同时代女作家的个人化写作不同，她没有将她笔下的主人公写成一个唯感性存在的形象，陈夕经常不由自主地对自己的行为、生活方式有某种程度的反思，她不会茫然地认为自己的所作所为和人生选择完全正确，也不是完全按着感官的指引去过每一天。虽然我们看到感性存在对陈夕有巨大的推动力量，但

① 洪治纲：《卑微而丰实的心灵镜像——黄咏梅小说论》，《文学界》2005年第10期。

是，精神生活在她那里也并非只是一片废墟。

这部小说已经显示了黄咏梅与所谓"70后女作家"的差异，她的作品里有一种沉重的东西，她不仅看到自己，而且看到像李平那样的前辈；她不仅看到自己的现在，而且在思考自己的将来。这种对人生过去、现在和未来的整体把握，这种对自我之外的世界的关注，使她对生命、对人生的体验变得更为复杂，也更有深度。

《多宝路的风》写的是广州原住民的生活。多宝路是广州旧城区西部的一条老街，过去的多宝路曾经是一条非常繁荣的商业街，如今，繁荣不再，日显颓势。就像小说中主人公陈乐宜的母亲妈子，一个漂亮的西关女，但如今已经人老珠黄，风华不再，风头被外来的"四川婆"完全压住。丈夫死后，每天都要坐公共汽车从西关到东山喝下午茶。陈乐宜成了自己上司耿锵的情人，当上了耿锵的实习老婆。两年过去，她终于不再愿意扮演这样的角色，离开了耿锵。妈子去世后，乐宜突然感觉到了恐慌，赶紧把自己嫁给了一个海员。几年以后，海员中风，不能出海了。乐宜将结婚时的新房卖了出去，搬回了多宝路。她也像她的母亲一样，喜欢坐公共汽车从西关到东山。像陈乐宜这样的广州原住民，文化程度不高，也没有天生丽质，他们世居广州城区，成为本土民俗的主体构成。但新时代的风已经吹进了多宝路，他们的生活方式、生活节奏以及社会地位都受到了冲击。黄咏梅这类小说一方面写活了广州的风土民情，另一方面，也写出了这种传统市民生活面临的巨大挑战。

与《一本正经》相比，中篇小说《多宝路的风》显然更为凝重，凝聚了作者对生命和人生的沧桑之感。小说中专门写到一个在茶楼里唱粤剧的女人的身世，"她很小就从西关被嫁到东山当童养媳，等到那个男的长大识性以后，好日子要来了，谁知男人却离家出走，听说跟一个湖南妹跑了"。这个人物的身世虽然不是乐宜身世的翻版，但确实有点异曲同工，乐宜人生的悲剧感在这里已经提前预告。今天的凄凉与昔日的辉煌相对照，的确令人产生一种对命运无可奈何、无力抗拒的情绪。

中篇小说《骑楼》的故事是以黄咏梅的故乡梧州为背景的。小说一开始就写道："要知道，我生长的这个小山城在六十年代曾经是多么的辉煌，有'小香港'之称。《骑楼》中的"我"与小军是高中同学，两人高考落榜后很快就恋爱了，"我"做了一家茶楼的服务员，小军做了空调安装维修员。"我"家住的是那种叫骑楼的老房子，"我"睡在阁楼上，从花窗看出去，就是骑楼外的小街。小军经常与"我"在阁楼约会。高中时代的小军曾经是一个小有名气的校园诗人。"我"深爱小军。"我"悄悄存钱，希望买一间与骑楼不同的有空调、有茶色玻璃的新房子。高中同学聚会，"我"意识到老同学并不关心"我"和小军在这个城市的生活，只是想告诉"我"这个城市以外的我们不能领略的新鲜。另一个没有考上大学的女同学阿靓努力在同学面前推销保险。聚会后不久，小军向"我"借了5000元钱买了阿靓那里的意外保险。这5000元是"我"的全部积蓄。小军的工作是给新开发区的公寓安装空调，他喜欢这种高空作业的感觉，有一次，他在23层楼的外墙上安空调，恰好一架小飞机飞过，离他很近，好像伸手就可以摸到。他安空调时还认识了一个叫简单的高三女生，简单漂亮，有教养，准备考上海交大，小军喜欢她。因为简单，小军重新开始写诗。小军最后从23楼的高空中摔下来死了，他是从简单家的窗外飘下去的。"我"是小军意外保险的受益人，但因为小军的死可能是有预谋的自杀，索赔一直没有结果。

　　这篇小说读起来令人感伤，表层的故事似乎在说明，考上大学和没有考上大学的同学之间有一道不可逾越的鸿沟，但深层却写出了中国当下不同社会阶层无法弥合的分离，而由于作者特有的诗性笔触，小说更是传达出无法圆满的人生况味，写出了人在命运面前的无奈与无辜。小说中借小军与"我"在水中船上做爱的情节写了这样一段文字："小军把我变成了水。江湖是什么？江湖是水，水是女人，女人是男人，男人是逃避，逃避是酒，酒是水，水是江湖。"这段有点类似绕口令的文字，在本该充满激情、快乐、诗意的场景中出现，显得是那么不和谐，又是那么真实，人的社会处境甚至将人与生俱来的快乐抹上了深深的忧伤，这样的描写使黄咏梅与时尚写作中的醉生梦死彻底划清了界线。

　　《多宝路的风》隐藏了过去与现在的对比，《骑楼》隐藏了边缘与主流的对比，中篇小说《档案》则呈现了都市与乡村、体制内与体制外的对比。小说的叙述人"我"是管山人，大学毕业后被分配到广州人才交流中心档案科，这个科托管着广州一个区十万人的档案。"我"有一个堂哥李振声在广州某房地产公司担任副总经理，算得上一个成功人士。因为家里穷，孩子多，李振声从小就被"我"的大伯送给了一位李姓人家，精明的大伯没想到恰恰是这个送给别人的孩子最后有了出息。长期以来，李振声与生父一家从无往来。有一天，"我"忽然接到了李振声的一个电话。原来，李振声得到了一个到政府部门任职的机会，档案因此变得重要。档案记录着一个人曾经的人生阶段，李振声大学时代曾经因为爬进女生浴室看女生洗澡而受过处分。由于到政府任职的人必须历史清白，因此，李振声找到"我"帮助他删除这个"不良记录"。"我"是管山人，从小接受过管山人"走人情"这一人情传统的熏陶，"我"的父亲也希望他能帮助李振声解决这个问题，"我"的大伯更是想通过这件事让李振声认祖归宗。终于，"我"冒着违反纪律的风险将李振声的档案取了出来，打算销毁其中的"不良记录"，没想到档案里根本不存在这个记录。尽管如此，"我"还是跟李振声表示自己完成了他交代的任务，算是给李振声做了个人情。然而，达到了目的的李振声，从此消失在"我"的视野范围之内。"我"冒着风险做下的人情，到了擅长"走关系"李振声那里，变成了一场空。

小说专门对"走人情"和"走关系"做了对比：

> 我认定李振声有一天会帮我，因为他无论如何都欠我一个人情。我们管山人，一年到头都喜欢做人情。人情不是白做的，是种瓜得瓜，种豆得豆的盼头。

> 我父亲哪里知道，在农村里走人情这种事情，一旦被挪到大城市里，就成了走关系了。而关系是多么脆弱，多么容易断的一种东西啊，它没有什么血缘之分，更没有什么情感可言。它就是屋檐下，蜘蛛捕食时，紧锣密鼓的一次织网。

　　"走人情"和"走关系"成为都市人与农村人的不同生态和心态，这是《档案》最直截了当的呈现。不过，《档案》还有一个深层的内涵，即对档案、命运、血缘、现代这些重要人生概念之间关系的思考。

　　档案是人的社会化存在，对于生活在体制内的中国人来说尤为重要，它强调的是人的社会存在的清白；血缘是人与生俱来的自然存在，在农业文明时代极其重要，它重视的是人的家族遗传的高贵。在小说里，档案的重要性似乎已经超过了血缘的重要性，主人公李振声可以不在乎血缘，但不得不在乎档案。从这里，可以看出中国的社会体制对体制内的人的巨大制约力量，也可以看出现代化进程对人的深刻影响。然而，具有讽刺意味的是，如此重要的档案，是可以通过"走人情"的方式修改的。这实际上显示了现行体制的虚假、脆弱和漏洞。这是小说现实批判层面上的意义。

　　农业文明规范的人们，通过"走人情"获得身份认同，都市文明规范的人们，通过"走关系"获得身份认同。在小说里，档案、命运和血缘这几个词语具有某种相似性，都指涉着人生的经历或者某些不可更改的内涵。血缘是一种不可更改的自然存在，命运也应该不可抗拒，档案是不可修改的人生经历的记录。然而，这一切不可改变的东西，到了现代，都失去了它的本性，可以通过利益交换的方式任意改变。黄咏梅在《档案》这篇小说里所要表现的，不仅是某个社会问题，而是对现代社会与传统社会两者间巨大差异的感喟，小说叙述者"我"介于农业文明和都市文明的交叉地带，他既不可能像他的父母那样在"走人情"的传统风俗中安身立命，又没有能力像他的堂哥那样在"走关系"的现代理性中栖身。可以说，《档案》的深层意蕴写出了现代人精神家园的崩溃和心灵情感的荒芜。当失去了情感的故乡，现代人的心灵去哪里栖居？

　　黄咏梅小说中内在的伤感在《单双》、《契爷》、《暖死亡》、《隐身登录》这些作品中表现得更为明显。如果说《骑楼》、《档案》所传达出来的伤感还可能将读者引向社会学的思考，那么，《契爷》、《隐身登录》这批作品中的主人公由于先天的身体缺陷，使黄咏梅小说的伤感直接表现为生命本身的伤感。在这些作品中，命运的悲剧感以绝对的姿态存在，无法逃避，无法隐藏。如果说《骑楼》、《档案》中人与人之间的鸿沟还是人为制造的，那么，《契爷》、《隐身登录》这些作品中人与人之间的差异则是命中注定。是否可以说，因为《契爷》、《隐身登录》这些作品，黄咏梅那种隐蔽在字里行间的带有小资情绪的伤感情怀上升成了思虑众生的悲悯情怀。

第二节　粤味修辞

诗人出身的黄咏梅对小说艺术是非常用心的。首先，作为一个深受岭南文化熏陶的小说家，她的小说在语言和风俗表现方面，极具岭南文化色彩，深得岭南传统韵味。《多宝路的风》写到广州人喜欢在煲汤的时候放一小把薏米，因为薏米有去湿的功用，而广州这个城市湿气太重。薏米煲汤本身就是岭南人特别是广州人的一个风俗习惯，但黄咏梅不仅及于此，进一步，她专门阐释了"去湿"这个词在广州文化中的多重词义。还是这篇小说，提到吃在广州时，作者不忘借主人公的口，辨析"一碟菜"和"一条菜"的不同含义，前者是饭桌上的菜，后者是床上的女人。《草暖》中主人公草暖的口头禅是一句白话方言——"是但啦"，这句话有"随便"的意思，不过，在小说里，作者并不是为了写方言而写方言，她是将这个方言与草暖那种"随便"的性格融为一体，写出了草暖独特的文化性格。如果说语言是岭南地域文化的一个"言简意丰"的载体，那么，风俗则是岭南文化一个"诗意盎然"的载体。《档案》中对岭南乡村风俗"炮期"有较完整的描写：

　　要知道，我们这个村，跟中国千万个自然村一样，除了盛产贫穷之外，还大量地繁殖人情。过节走乡串亲的队伍是非常壮观的。过年的时候，我们这里最隆重的节目就是"炮期"。炮期这种传统风俗，是以每个家庭为单位进行的一种集体大串门。轮到哪个家族摆炮期，乡邻们就会拎些礼物来赶"炮期"，吃肉喝酒。当然，更大的意义在于联络感情。比如说，按照约定，每年的正月初四，是我们廖姓家人的"炮期"。那一天，我们廖姓家人就开始张罗了。一桌又一桌子的流水席，在晒谷场上从早摆到晚。只要有人来了，就开一桌。谁家人摆得多，就证明谁家人际关系好。就好像收获季节，谁家晒谷场谷子堆得多，谁家就收成好。所以，"炮期"往往成为各家各户收割人情的时刻。好像人情做足了，就等于你家里的粮仓丰收了。

很难想象，如果没有对乡村风俗"炮期"的描写，《档案》这篇小说会如此血肉丰满，主题表达会如此充实润泽。

其次，作为一个诗人，黄咏梅的小说有一种内蕴的诗性思维方式。这种诗性思维的显性表现是小说喜欢频繁使用比喻的修辞手法，其小说中明喻随处可见，《骑楼》里有一段非常精彩充满诗意的比喻：

> 她最喜欢"打捞"把船篷掀开，他们在荡漾的船上露天做爱，然后躺在天空下喝啤酒。遇到晴天，满天的星星让她仿佛回到了老家萤火虫满天飞的田野。"打捞"问，你知道那些天上的星都是什么？她说不知道。"打捞"说，那是他每天晚上扔上去的啤酒瓶盖儿。她笑死了。拍着"打捞"的大肚子说，那里面装的啤酒不就都是露水？后来有一次，"打捞"再问起她那些天上的星星是什么的时候，她还说不知道。"打捞"说，那是他扑满里的钱币，摇下来一些，她就不用上班不用被茶楼的男人"吃豆腐"了。

在《隐身登录》中，作者写道："'报应'是一个人扔向另一个人的定时炸弹，它不知道什么时候会来，但是它一定会来，而且一来就是厄运，是人必须要承受的。"《多宝路的风》写"习惯和感情就像是上唇和下唇，不动的时候声色全无，稍微一动，谁也离不了谁"。这些比喻都甚为精妙。在《负一层》中，作者这样写道：

　　阿甘心里总是充满了疑问。真的，即便她从来没有将这些问号挂在嘴上，但是在午间休息时，她总是喜欢从大酒店的负一层车库里，坐观光电梯一直升到 30 层顶楼，攀上小露台，对着整幅天空，将那些问号挂上去，就像母亲在烧鹅店里挂烧鹅一样……阿甘的问号，也这样天天挂到了天上……

在许多地方，黄咏梅的小说还隐藏着不少暗喻。比如，《负一层》中的主人公阿甘做的是在酒店负一层管理泊车的工作，一个月收入不到1000 元，这个负一层既是她的工作环境，也可以理解为是她的生存环境的暗喻。《骑楼》中的骑楼既是岭南的传统建筑，也暗喻着主人公小军空调安装工的职业，进而，还暗喻着小军的人生理想，他身处底层，却向往着那个他不可企及的世界。作品这样写道：

　　小军说，他最喜欢在高楼装空调，腰间别着绳子，站在只有一个人能容身的铁架上，人可以自由地转身，爬高爬低。

　　小军最难忘的，就是他那次在二十三楼外墙的架上，正好一架播种的小飞机低低地掠过，那么近，仿佛可以伸手触到。他就单腿站在边缘，看下去，是蚂蚁的世界。飞机的盘旋牵动了风，风把他的衣服吹得鼓胀，自己像是跟着那架飞机飞了起来。

可以看出，黄咏梅小说中比喻的内涵不是简单平面的，它意蕴丰厚，富有深度。

除了比喻，作者还喜欢使用暗示和象征手法。如《多宝路的风》写到女主人公乐宜对情人耿锵的情感变化，是从乐宜发现她送给耿锵的衬衣被文胸扣钩出丝后开始的，这个细节暗示了耿锵妻子的存在，这个存在使乐宜的情感受到了伤害。紧接着，耿锵皮鞋鞋垫上绣的鸳鸯，再次暗示耿锵有一个体贴入微的好妻子。这两个细节，最后导致乐宜主动与耿锵分手。这种暗示的修辞手法，使黄咏梅的小说韵味深远。

如果说比喻、暗示属于黄咏梅小说修辞的零部件，那么，象征则成为黄咏梅小说修辞的整体构思方式。《档案》中的档案本身既象征着现实的体制，也具有命运的象征意味。《骑楼》中的骑楼既是实体性质的岭南特色建筑，又是主人公职业的暗喻，更重要的，它还构成了整个小说的整体象征，象征着主人公悬空的、不着边际、危机四伏的人生状态。事实上，《隐身登录》、《负一层》、《单双》这些小说的标题本身就是充满象征意蕴的，它们与小说的内容构成了一个象征的整体。这几篇小说无一例外地以我们社会中的弱势人物为主人公，在现实层面上它们体现了黄咏梅小说对现实社会的关怀，在超现实层面上，它们传达了黄咏梅对人生、对命运的悲悯情怀。这种悲悯，是从小说所有的情节叙述、环境描写以及人物刻画中升华出来的，通过黄咏梅小说中高度意象化的思维方式，成就了黄咏梅小说修辞特有的诗意象征。

结　语

广西多民族文学审美呈现

从 20 世纪到 21 世纪，从中华民国到中华人民共和国，广西多民族文学经历了逾百年的历程。民国初期，广西多民族作家通过到北京、上海、广州等发达地区求学向外省作家学习从旧文学进入新文学。抗日战争时期，桂林一度成为中国文化中心，广西多民族作家与外省作家济济一堂，新文学的种子在广西这片土地生根结果；与此同时，广西部分多民族作家奔赴延安，获得延安文学的真传。进入中华人民共和国，前17 年，广西多民族作家逐渐形成民族自觉，以壮族文学为代表的少数民族文学得到迅速的发展。新时期，广西多民族作家在西方现代主义文学的启示下，经历"百越境界"的理性反思，越过"十万大山"的观念屏障，获得了建立在民族传统、地域文化、国际视野基础之上的文化自觉，终于形成了以位于中国文坛前沿的广西三剑客、广西后三剑客、《南方文坛》三大品牌为核心的文学桂军团队。这个由多民族作家组成的"文学桂军"团队，其与土地的深刻联系，与民族的血脉相通，其在艺术品质上的神出鬼没、荒诞魔幻又极尽真实、透彻凌厉，显示出与中原作家、江南作家等迥然不同的审美特质。尤其值得指出的是，这个文学桂军团队的代表性人物，不仅有汉族作家，也不仅有壮族作家，更有瑶族作家、仫佬族作家、土家族作家、回族作家，正在或将要实现多民族文学的共同发展。

第一章　审美呈现

第一节　开放视野

20 世纪 90 年代中期以后，中国文坛出现了一个引人注目的文学团队，即文学桂军。文学桂军长期以来不受重视，它的突然上升的势头，以及广西所处的中国边缘位置，很快被概括为"边缘的崛起"①。两度荣获鲁迅文学奖、许多作家涉足影视编剧以及小说家创意的"山水实景演出"的成功，文学桂军这种崛起的突兀性使人们想起举世闻名的桂林喀斯特地貌，平地拔起，没有铺垫，不假依托，犹如"南天一柱"，矗立在中国的南部边疆，光彩夺目。

这个在中国边缘地带崛起的文学桂军，是一个多民族构成的文学团队。根据中华人民共和国民族识别的结果，广西共有 12 个世居民族，分别是汉、壮、瑶、苗、侗、回、京、彝、水、仫佬、毛南、仡佬。在这 12 个世居民族中，壮族、瑶族、仫佬族、毛南族、京族 5 个民族的主要聚居地是广西。京族还是中国唯一濒海而居的民族。活跃于 21 世纪中国文坛的文学桂军，包括了汉族、壮族、瑶族、仫佬族、毛南族、

① 最早以"边缘的崛起"形容文学桂军的是黄伟林的文章《边缘的崛起》，发表于《民族文学》1999 年第 6 期，2006 年 6 月 15 日北京大学教授张颐武在《文艺报》也发表了《边缘的崛起》一文，谈的是广西作家对中国电影文化的贡献。此外，《南方文坛》主编张燕玲也发表过《边缘的崛起》同名文章。

京族、侗族、回族等多民族的作家代表。代表人物主要有汉族的梅帅元、林白、黄继树、聂震宁、东西、张燕玲、张仁胜、李冯、陈谦、杨映川、黄咏梅、杨克、刘春、朱山坡、蒋锦璐、谢凌洁，壮族的冯艺、黄佩华、凡一平、严风华、石才夫、覃瑞强、黄伟林、蒙飞、梁越、李约热、黄土路，瑶族的蓝怀昌、光盘、纪尘、班源泽，仫佬族的潘琦、常剑钧、鬼子、潘红日、包晓泉、何述强，京族的何思源、苏凯，毛南族的谭自安、莫景春，侗族的吴虹飞，回族的海力洪，等等。

活跃于 21 世纪的广西多民族作家，生活在一个文化相对开放的时代。如果说广西多民族前辈作家主要接受的是单一的社会主义现实主义文学教育，其文学创作在很大程度上可以归属于单一的社会主义现实主义文学，那么，活跃于当下的广西少数民族作家接受的文学教育则趋于多元。关于这一点，汉族作家东西在一篇谈及他的壮族作家朋友的文章中就专门指出："他们读过《诗经》、《三国演义》和《红楼梦》，读过鲁迅、卡夫卡、托尔斯泰和巴尔扎克，看过美国好莱坞的电影，吃过麦当劳。"① 开放的文化视野使广西多民族作家的文学创作不再像他们的前辈那样局限于"主流意识形态 + 山歌"的单一模式，体现出强烈的创新意识，其文学作品的审美形态丰富多姿，现实主义、现代主义和后现代主义三种文学形态在广西多民族作家的创作中都有精彩的表现。

壮族小说家黄佩华基本遵循了现实主义的创作原则，他的小说大多以他的故乡——桂西北红水河流域为背景，如长篇小说《生生长流》写的是红水河流域一个农氏家族的家族史。全书共 8 章，塑造了 8 个人物形象，也可以当作 8 个独立的中篇小说阅读。其中一个人物农兴发还与台湾有关。农兴发的故事贯穿了三个女人和三种身份。第一个女人是初恋情人阿莲，可惜还未结婚农兴发就被抓了壮丁，成了一位国民党士兵；淮海战役中，农兴发成了解放军的俘虏后加入了解放军，后来随军入朝参战，负伤后得到一家朝鲜母女的救助，并与朝鲜姑娘有了一段情缘；在归队途中农兴发被美军俘虏，最后到了台湾，与老乡韦志隆的遗

---

① 东西：《壮族 我的第一个文化样本》，《中国国家地理》2011 年第 8 期。

嫘丹妮同居了数年。《生生长流》在长达将近百年的历史框架中展示了农氏家庭8个重要人物的命运，其中，百年中国发生的重要事件如国共内战、朝鲜战争、三年困难、"文化大革命"、上山下乡、改革开放都得到了直接的描述。黄佩华将个人命运与时代风云熔为一炉，他关注的是这些从红水河的自然世界进入了现代社会的壮族族群在现代社会的命运沉浮，表现出鲜明的现实主义创作追求。

仫佬族小说家鬼子的作品更趋于现代主义文学形态。他的中篇小说《被雨淋湿的河》获中国作家协会第二届鲁迅文学奖，还被收入台湾人间出版社出版的《大陆五十年名作家名作大系》。2002年，鬼子在《人民文学》上发表了一篇中篇小说《瓦城上空的麦田》。小说写一个山里的农民李四60岁生日那天盼望他那3个在瓦城工作的孩子回家庆贺他的生日。但他的孩子都没有来。李四很愤怒，带上身份证自己上了瓦城，希望用这样的特殊行为引起孩子的注意从而记起父亲的生日。但他的3个儿子都没有意识到父亲的反常，也没有想起父亲的生日。李四甚至制造了自己车祸死亡的假象，打算让儿子醒悟。结果儿子们信以为真，以为父亲真的死了，安葬了"父亲"。最后，李四试图让儿子们相信他还活着，但儿子们不再相信，认为这是一个骗局。李四终于无法证明自己的身份，最后选择了车祸死亡。

这个故事很离奇，儿子不相信近在眼前的父亲，却要求父亲以身份证证明自己的身份。但是，结合如今发生在中国社会各种千奇百怪的现象，却令人感觉到这个作品有一种深刻的真实。小说从社会问题入手，很像现实主义文学的思维方式，但它的出口却是现代主义的。"小说表面上讲述了像李四这样的城市边缘人、乡村局外人的故事，提供了乡村主人热切向往进入城市的欲望事实，提供了乡村社会与城市社会各自逻辑的冲突事实，提供了城市边缘人艰难的生存事实，所有这些事实都是现实存在的。然而，鬼子的写作虽然包容了这种种社会矛盾，显示了所有这些矛盾的存在，但他没有止步，《瓦城上空的麦田》将思想从这种现实主义思维超拔出来，从社会现实的提问提升为心灵问题的追问，将身份的现实主义问题转化为身份的现代主义问题，从而使这部作品产生了传统现实主义小说所不具有的思想深度和叙述精度。"①

壮族小说家凡一平的小说包含了较明显的后现代主义文学元素。其小说的后现代性主要体现为他的小说人物的角色多元性。换言之，凡一平小说中的人物往往能够扮演多种角色。"《浑身是戏》中的男主人公宋扬本是一位小说家，却意外地被一个电影摄制组请去扮演一个影片中的杀手，从无演员经验的宋扬竟然有出色的表现……《跪下》的主人公宋扬，似乎更是一个表演天才，头一次参加圣诞节聚会就以一个警察的身份出色地扮演了归国天才画家的角色。……《变性人手记》中的夏妆做了变性手术后，把一个男性角色表演得天衣无缝。《顺口溜》的主人公彰文联，似乎也能在教授、处长、副市长、情人、朋友多种角色变换中游刃有余。《卧底》中的主人公黄山永以一个司机身份突然接受卧底的任务，同样无师自通出色地完成了任务。《理发师》的理发师陆平既是逃亡者，又是情人，还是无功受禄的将军和改造自新的战犯。……当下中国很少有一个小说家像凡一平小说中人物的角色那样变化多端，反差强烈。"② 后现代的一个重要表征是人丧失了自我本质，人的共同性遭遇了解构。凡一平小说人物的角色多元性正是人的本质丧失后的结果。他的中篇小说《扑克》对此有相当明显的隐喻。小说主人公王新云从小被拐卖，长大后遇到了生父，但他的现实处境已经使他不愿意回到他本来的人生轨道。凡一平写这个故事，目的已经不是传统的伦理教谕，而是隐喻丧失了本质的现代人所具有的多种可能以及无根的游走状态。

无论是现实主义、现代主义还是后现代主义，广西多民族作家都面临着与自己的民族文化传统脱节的现实。这实际上也是中国当代多民族作家相同的境遇。黄佩华有一部中篇小说《涉过红水》，小说写了巴桑、合社、鲁维、板央4个对自己的身世讳莫如深的人物。从黄佩华的一篇题为《我的桂西北》的散文中得知，这4个奇怪的名字既是小说

① 黄伟林：《对身份的现代主义追问》，《民族文学研究》2005年第3期。
② 黄伟林：《"身份焦虑"与"浑身是戏"——壮族小说家凡一平小说论》，《民族文学研究》2007年第1期。

的主人公，同时也是红水河流域一个个鲜为人知、随着红水河水利工程的兴修最终消失的村庄。如此看来，作者是在表示对一种即将消逝的生存形态的追记，这些人物最终淹没于洪水之中，暗示了现代化进程对传统生活方式的灭顶性冲击。

这样的思辨隐藏了广西少数民族新生代作家的文化自觉。文化自觉是费孝通先生提出的一个概念，"指生活在一定文化中的人对其文化有'自知之明'，明白它的来历，形成过程，所具的特色和它发展的趋向……文化自觉是一个艰巨的过程，只有在认识自己的文化、理解所接触到的多种文化的基础上，才有条件在这个正在形成中的多元文化的世界里确立自己的位置，然后经过自主的适应，和其他文化一起，取长补短，共同建立一个有共同认可的基本秩序和一套各种文化都能和平共处、各抒所长、联手发展的共处守则"[1]。

第二节　文化自觉

文化自觉首先表现在广西多民族作家开始努力去全面认识广西的多民族构成和民族特点。2010 年，广西民族出版社出版了全套 12 本《广西世居民族文化丛书》。这套书的作者绝大部分都是广西多民族作家。如严风华写壮族的《壮行天下》、何述强写仫佬族的《风兮仫佬》、冯艺写瑶族的《瑶风鸣翠》、包晓泉写京族的《京色海岸》、蒙飞写侗族的《侗情如歌》等。这套书每个民族一本，以这个民族的历史文化为核心内容。"过去人们常常认为广西少数民族特色不鲜明，读了这套丛书，将彻底改变这种误解。仅以音乐这个项目而论，我们可以发现，广西不仅有壮族的山歌和天琴，而且有京族的唱哈和独弦，不仅有苗族的唱鼓和芦笙，而且有瑶族的史诗和长鼓。""广西文化的多样性是与广西复杂的地理位置、地质地貌联系在一起的。过去，人们通常认为广西

---

[1]　费孝通：《反思·对话·文化自觉》，费孝通《文化的生与死》，上海人民出版社 2009 年版。

就是一个山区，但是，真正进入广西，会发现广西也有大量的平原，更重要的，还有大片的海域，不仅沿边，而且沿海。无论是山地文化还是海洋文化发育得都很充分。"①

文化自觉也表现在广西多民族作家对自身民族重要历史人物的实事求是的认识和评价。比如，陆荣廷是老桂系首脑，是晚清民初广西的政治军事领袖。过去，人们包括广西人本身对陆荣廷的认识是肤浅的、概念化的，只是将他作为反动军阀的代表人物。2011 年，壮族青年作家梁越在线装书局出版了《陆荣廷评传》，改写了原来沉淀在人们心目中陆荣廷的形象，还原了陆荣廷的真实面貌。著名壮族学者梁庭望专门为之写序，指出"陆荣廷是壮族的一位时代英雄，在中国 20 世纪初期大动荡的年代，对中国历史的转折起过重大的作用，有大功于国，没有他在危急关头出马，清朝之后中国很可能又产生一个坐稳江山的新封建王朝"。进一步，梁庭望认为："梁越的新著贵在勇敢，贵在实事求是，其中的不少篇章具有颠覆的力量。"②

文化自觉还表现在广西多民族作家已经意识到自身与其民族文化根脉的脱节，为了重续传统，他们发起了文学"重返故乡"的行动。

"重返故乡"指的是《广西文学》杂志设立的一个文学栏目。2006年底，任职《广西文学》编辑的壮族小说家李约热对小说来稿中大量远离现实的虚构作品表示强烈不满，并得到《广西日报》编辑部同仁的共鸣。于是，"一个以故乡故土故里故人的真实故事写作为由的灵魂产生了"③，《广西文学》从 2007 年第 7 期开始，连续 4 年多设立了"重返故乡"的栏目，"约请广西作家以散文的形式，写他自己的一段故事，一段与之生命旅程最重要的灵魂密码和线索，特别是真实地写出目前状态下作家们精神血缘中自己的乡村"④。迄今为止，数十位广西多民族作家为这个栏目贡献了他们的作品。其中包括了凡一平的《上

---

① 黄伟林：《广西多民族文化形象的整体呈现》，《中国民族报》2011 年 6 月 3 日。
② 梁庭望：《陆荣廷评传·序》，梁越《陆荣廷评传》，线装书局 2011 年版。
③ 冯艳冰：《以故乡的名义》，覃瑞强主编《重返故乡》，广西人民出版社 2011 年版。
④ 同上。

岭》、鬼子的《把碎片还给故乡》、黄佩华的《生在平用》、蒙飞的《漂移的家》、石才夫的《在深夜聆听故乡的声音》、黄土路的《父亲传》、潘红日的《家乡的路牵着我的神经》、何述强的《故乡是每个人心中隐秘的神经》、严风华的《出生地》、包晓泉的《牵扯》、光盘的《故乡，一个意义多重的符号》、覃瑞强的《回望古河是故乡》、常剑钧的《家在天河》、李约热的《面对故乡，低下头颅》等广西多民族作家的作品。用作家、编辑冯艳冰女士的话说，将近 5 年时间，"广西的作家们像在进行一场接力跑，举着这根炽热地燃烧着的火炬，一个接一个地向读者们讲述着真实的自我，一个接一个地燃烧着记忆中的秘密，一个接一个地点亮了一盏盏长在心灵深处的烛火"。2011 年 6 月，广西人民出版社出版了 70 万字的《重返故乡》一书。这个栏目现在还在持续，冯艳冰女士称之为"广西作家的精神资源"①。

　　"重返故乡"不仅是一段广西多民族作家的内心经历，而且也是广西多民族作家的一次次身体体验。

　　2008 年 1 月 9 日至 10 日，《广西文学》杂志社与广西作协组织作家赴都安瑶族自治县举行"重返故乡"文学活动，鬼子、凡一平、黄佩华、蒙飞、覃瑞强、潘红日、冯艳冰、韦露、李约热及都安籍作家潘莹宇、谭云鹏等参加了此次活动。都安是广西著名瑶族作家蓝怀昌、壮族凡一平、李约热等人的故乡，这次"重返故乡"活动，作家们去的是壮族青年作家周龙的故乡大兴乡弄奸屯——一个被大山环抱的地方，作家们认为此次采风活动让他们重返了一次"生命的故乡"和"情感的故乡"，从而思考"精神的故乡"。

　　2011 年 10 月 14 日至 16 日，由《广西文学》再次组织东西、凡一平、黄佩华、覃瑞强、黄伟林、冯艳冰、李约热、蒙飞、黄土路、何述强、蒋菁渠、韦露、谢冬、朱妮等文艺家一行 30 多人到百色西林县开展"重返故乡"活动。西林县地处广西最西端的滇、黔、桂的结合部，是黄佩华、岑隆业、许雪萍等壮族作家的故乡。这次"重返故乡"活

动到了黄佩华的老家西林县八达镇平用屯，作家们亲临黄佩华小说中不断书写的驮娘江，既欣赏了故乡的美景，又体验了故乡的民风民俗，对黄佩华小说有了更深入的理解。西林之行，作家们还参观了晚清重要历史人物壮族岑氏一门三总督的故居和中国近代史上影响很大的"西林教案"发生地。

像这样的"重返故乡"活动，《广西文学》杂志社和广西作协已经组织了5次，分别重返了都安、大化、浦北、西林等广西作家的故乡。"重返故乡"活动，使广西多民族作家重新发现了故乡自然与人文的美。广西多民族作家正是以这种"重返故乡"的方式，重续他们与自身民族的文化血脉，联结他们与自身民族的精神传统，建构他们地理的故乡、历史的故乡和文化的故乡，最终，创造他们文学的故乡。

文化自觉不仅促使广西多民族作家"重返故乡"重续文化本根，而且催生了广西多民族作家的开放意识和"越界"冲动。许多广西多民族作家意识到，不仅要对自身的文化传统有深入的认识，也应该对其他民族、对这个时代的多元文化有深入的认识。因为，只有建立了对自我和他者的双向认识，认识才是完整的。只有完整的认识，只有"越界"产生的文化交流和文化交融，才能形成不同民族和多元文化和谐相处、共生共荣的局面，抵达费孝通所说的"各美其美，美人之美，美美与共，天下大同"的境界。

21世纪以来，广西多民族作家最令人瞩目的现象是他们的跨界创作。跨界创作最显赫的成果是山水实景演出《印象·刘三姐》。山水实景演出的创始人梅帅元是20世纪80年代开始文学创作的广西著名小说家、剧作家，曾提出过对广西多民族作家影响极大的"百越境界"文学观。他创作的将山水实景和舞台演出融为一体的"山水实景演出"，被认为是人类演出史上的革命，成为中国文化产业的一个标杆。目前，梅帅元团队已经在中国9个城市制作了9个实景演出作品，吸引了全世界大量旅游者的眼球，成为中国旅游演艺领域的奇观。

广西多民族作家另一个引人瞩目的跨界创作是他们的影视编剧。21世纪以来，中国大陆一批著名影片如张艺谋导演的《英雄》、《十面埋伏》来自广西汉族作家李冯的编剧，陈逸飞导演的《理发师》、陆川导演的《寻枪》来自广西壮族作家凡一平的编剧，蒋钦民导演的《天上的恋人》来自广西汉族作家东西的编剧，东西的后家庭伦理电视剧三部曲《耳光响亮》、《我们的父亲》和《没有语言的生活》也产生了较大的影响。北京大学张颐武教授撰文指出："根据广西作家的剧本拍摄的电影都显示了广西电影文化的生命力。充满活力的广西电影正是当代中国电影发展中的一个重要组成部分。""广西的想象力为当下的电影文化贡献了重要的资源。"①

　　广西多民族作家中还有一位热衷于跨界创作的女作家，即侗族青年女作家吴虹飞。吴虹飞写小说、诗歌、随笔，她的访谈更是别具一格，被认为是"为人物报道提供了一种行之有效的范式"。不过，吴虹飞真正的越界创作是音乐，她组建了摇滚乐队《幸福大街》，并担任乐队主唱，被认为是"国内最具个人风格的摇滚歌手之一"。广西有"歌海"之誉，民间传说有歌仙刘三姐的故事，歌墟是广西重要的文化景观。壮族、侗族、苗族、京族、仫佬族无不能歌善舞，侗族大歌更是世界闻名。作为一个侗族女作家，吴虹飞一边带着"幸福大街"乐队到各个城市进行西方化的巡回演唱，一边进行着民族化的侗族音乐收集工作。

　　跨界有时候不仅指的是的一种写作行为，对于广西多民族作家而言，有时候它还原的是它的本义：越过自己民族的疆界，到其他民族的领地去体验和认知。汉族作家梅帅元的实景演出推广到了呼伦贝尔大草原，作为一个汉族作家，他尽可能体验蒙古族的文化传统和内心世界。瑶族女作家纪尘，独自一人行走西藏、新疆、印度、尼泊尔、蒙古，以乔丽盼为笔名的《行疆记》记录了她行走新疆的旅程。瑶族是一个行走的民族，过去，瑶族的行走往往是为了生存，纪尘的行走边疆和国外，成为对其他民族、其他国家的文化体验、文化认知。壮族作家梁越大学毕业后离开广西去了新疆，长达10年的时间，"曾经亲自走过比如六月天也会下大雪的巴里坤天山口门子达坂；在阿尔泰山分水岭处的中

---

① 张颐武：《边缘的崛起》，《文艺报》2006年6月15日。

蒙边界上一去就是五趟，历时四年；漂流过从未有人漂流过的布尔根河，体会当年张骞乘木槎渡野河或眩雷河（伊犁河）时的感受"。"我还曾经走过青海荒原的大非川，唐大将薛仁贵的五万大军曾在此全军覆没；额纳济旗的居延海，此处曾是汉匈战争攻防最前线；宁夏沙坡头的黄河岸边，此处是游牧民族攻略中原的必经渡口；负重20公斤徒步罗布泊70公里，去寻访楼兰古城，因为楼兰国度神秘迷人；帕米尔高原塔什库尔干的大同谷地，我当时进入的时候根本没有路，要骑马和牦牛走一个星期，要趟过三条河流，翻过三个艰险的冰达坂；在伊犁三年的日子里，我还走过昭苏、特克斯一直到查布察尔的天山古道……"① 10年的西域行走，梁越写出了以张骞出使西域为题材的长篇小说《西去的使节》。

开放视野成就了多元审美形态，文化自觉催生了跨界创作冲动。广西多民族作家既"重返故乡"，又走向世界，以文化自觉的心态正视中国当下复杂的社会现实以及复杂现实所导致的人性变异和人文价值的分崩离析，并力图对这一切提出自己的思考。其文学创作不仅呈现了中国当下社会的成长，展示了壮、瑶、仫佬、京、毛南、侗、回各民族的现实境遇和文化生态，也揭示了中国当下社会一些隐蔽的危机。他们的文学探索不仅使广西这片曾经为人遗忘的百越大地变得知名而引人关注，而且为中华民族文化的创新和发展提供了典型样本和案例。

---

① 梁越：《西去的使节·后记》，外文出版社 2005 年版。

第二章　独秀南国

第一节　新的集结

在陆地、韦其麟等壮族作家给中国文坛留下美好记忆之后，20 世纪 90 年代中期以来，中国文坛出现了一个引人注目的文学团队，即文学桂军。

如果说 20 世纪 80 年代的广西文学是一片被遗忘的土地，20 世纪 90 年代的广西文学实现了边缘的崛起，那么，进入 21 世纪，广西文学在崛起的高度上呈现出多元共生的格局，开始了新一轮的集结。

对比 20 世纪末与 21 世纪初的广西文坛，我们可以发现，在 21 世纪的这十多年里，广西文学出现了长足的进步。

第一，知名作家增多。20 世纪末，"广西三剑客"异峰突起；21 世纪初，文学桂军蔚为大观。原来只有东西、鬼子、李冯在中国文坛爆得大名，如今，除广西三剑客外，黄佩华、凡一平、李约热、朱山坡、蒙飞、潘红日、盘文波、黄土路均有不俗表现，其中，2010 年以来，黄佩华、李约热、凡一平相继在《作家》发表长篇小说《杀牛坪》、《欺男》和《上岭村的谋杀》，同时，蒙飞也相继出版了长篇小说《节日》和《组委会》，这些作品既深入中国当代历史，又直面中国当下现实，受到传统文坛和网络媒体的广泛关注。这四位作家皆为壮族，或可称之为中国 21 世纪小说界的"壮族四君子"。尤其值得指出的是，多年来，广西文坛基本是人才外流的局面，2010 年以后，开始出现外省成名作家流入广西的现象，如鲁迅文学奖获得者田耳从湖南到广西生活和工作，朱自清文学奖获得者江苏作家朱千华长期旅居南宁，撰写了大量岭南文化地理散文。

第二，女性作家增多。20 世纪末，广西女作家林白一枝独秀，21 世纪初，广西女作家整体崛起，杨映川、黄咏梅、蒋锦璐、纪尘、谢凌洁、陶丽群、王勇英、辛夷坞等，其中，特别是辛夷坞，被媒体认为是当下最炙手可热的 80 后女作家、青春文学新领军人物。她独创"暖伤青春"系列女性情感小说，其所有作品均长居销量排行榜冠军位置，并陆续被改编成影视作品，累计销量突破 1500 万册。茅盾文学奖评委，著名评论家张燕玲以"玫瑰花开"形容广西女作家的成长，认为"她们以不俗的文学品质和创作实绩，打破了此前文学桂军男性作家一统文坛的格局"①。

第三，文学品牌增多。20 世纪末，广西文坛只有"桂西北作家群"一个文学品牌，21 世纪初，相思湖作家群、独秀作家群、北部湾作家群、天门关作家群、河池作家群、都安作家群，一系列文学品牌进入文坛视野，充分显示了广西作家的文化自觉。

第四，获奖作品增多。2001 年，继东西的中篇小说《没有语言的生活》获得首届鲁迅文学奖之后，鬼子的中篇小说《被雨淋湿的河》获第二届鲁迅文学奖。之后，东西获得中华文学基金会第十届庄重文文学奖，他的长篇小说《后悔录》获得传媒盛典"2005 年度小说奖"。鬼子的《被雨淋湿的河》、黄佩华的《远风俗》、岑隆业和韦一凡的《百色大地宣言》获第七届，冯艺的《桂海苍茫》获第八届，蒙飞和黄新荣的壮文长篇小说《节日》获第九届，钟日胜的报告文学《非洲小城的中国医生》获第十届全国少数民族文学创作骏马奖。

第五，海外影响增强。20 世纪末，广西文学虽然在国内有一定影响，但在海外影响相对较弱。21 世纪以来，许多广西文学被译成外语，

① 张燕玲：《从茅盾文学奖看广西近年长篇小说创作》，《广西日报》2005 年 4 月 27 日。

在海外产生了较大的影响。在新一代海外华语作家中，广西籍女作家陈谦影响较大。

在这方面，东西的成绩尤为突出。其长篇小说《后悔录》已经有韩文和中国台湾繁体字版，另有一批中短篇小说被译成日文、德文和希腊文多种文字。特别值得指出的是，世界上的文学大国法国对东西小说高度重视，翻译出版了多部东西的中短篇小说集，如《把嘴角挂在耳边》（法文版）由法国黎明出版社于2007年1月出版，《没有语言的生活》（法文版）由法国黎明出版社2010年2月出版，《救命》（法文版）由法国黎明出版社2013年2月出版，《你不知道她有多美》（法文版）由法国黎明出版社2013年2月出版。东西作品的法文翻译达拉斯女士共译了东西的《权力》、《天上掉下的友谊》、《雨天的粮食》、《我们的父亲》和《把嘴角挂在耳边》5篇短篇小说，她经过一年的努力才把以上小说翻译完毕，她说东西的小说既有现实性，又有寓言性，叙述调子独特、有味道。显然，她真正进入并领悟了东西的小说。

鬼子《上午打瞌睡的女孩》被译成英文，《被雨淋湿的河》被译成俄文，《古弄》和《遭遇深夜》被译成日文。《被雨淋湿的河》被收入《大陆50年名作家名作大系》，由台湾人间出版社出版。

李冯多部作品被译成日文刊登在日本的《中国小说季刊》，并在日本出过一本小说集《もうひとりの孙悟空》，由日本中央公论新社于2001年6月出版，译者饭塚容。

法国安妮·居里安博士曾写有《中国文化边界旁的一种文学》，对张泽忠的作品有所论述。

黄伟林对旅美女作家陈谦小说的研究，分别由《今天》、《香港文学》等海外重要文学刊物刊登。

活跃于21世纪的广西作家，生活在一个文化相对开放的时代。如果说广西前辈作家主要接受的是单一的社会主义现实主义文学教育，其文学创作在很大程度上可以归属于单一的社会主义现实主义文学，那么，活跃于21世纪的广西作家接受的文学教育则趋于多元。关于这一点，作家东西在一篇谈及他的壮族作家朋友的文章中就专门指出："他们读过《诗经》、《三国演义》和《红楼梦》，读过鲁迅、卡夫卡、托尔斯泰和巴尔扎克，看过美国好莱坞的电影，吃过麦当劳。"① 开放的文化视野使广西多民族作家的文学创作不再像他们的前辈那样局限于"主流意识形态＋山歌"的单一模式，体现出强烈的创新意识，其文学作品的审美形态丰富多姿，现实主义、现代主义和后现代主义三种文学形态在广西多民族作家的创作中都有精彩的表现。

第二节 新的品质

21世纪以来，广西文学出现了一些新的品质。

一是土地情感。

传统文学作品对土地有很深的感情。这种感情随着现代化的进程越来越淡薄。然而，我们应该意识到，土地依然而且永远都是我们的生身之源、立身之本。中国现在存在的许多问题其实都与土地有关。因此，重建对土地的感情、重建对土地的爱应该是我们今天文学重要的努力方向。艾青的诗歌"为什么我的眼里常含泪水？因为我对这土地爱得深沉……"正是因为拥有这种对土地的爱，我们的国家和民族才能在最艰难的处境中获得最后的胜利。试想，如果我们丧失了这样的土地情怀，我们的国家和民族将出现怎样的未来？

在黄佩华的中篇小说《涉过红水》中我们可以感受到壮族作家特有的土地情怀。这个小说写了巴桑、合社、鲁维、板央4个对自己的身世讳莫如深的人物。这4个奇怪的名字既是小说的主人公，同时也是红水河流域一个个鲜为人知、随着红水河水利工程的兴修最终消失的村庄。无论是土地还是村庄，都是有生命的。黄佩华通过这样一个故事，表达了壮族对自己消失的土地、消失的村庄、消失的文化的缅怀。

从《撒谎的村庄》开始，凡一平的小说越来越注意对自然环境、自

---

① 东西：《壮族 我的第一个文化样本》，《中国国家地理》2011年第8期。

然地理和自然风物的描写。在此之前的相当长一段时间，凡一平以写城市题材著称。如今，自然描写重新回归凡一平的文学作品，自然在凡一平笔下复活。之所以如此，也是因为他发现他少年记忆中村庄已经很难找到，土地在现代化进程中变得面目全非，这是否也会造成人类情感的面目全非呢？

二是现实关怀。

如何写出真实的乡村、真实的农民，这始终是中国文学面临的问题。前年有一本纪实作品《中国在梁庄》产生了较大的影响，这个纪实作品写到了许多中国乡村存在的问题。

在广西作家这里，我们可以看到比中国文坛许多乡村题材作品更惊心动魄的书写。

李约热的《巡逻记》，写出了乡村赌博的盛况。其实，赌博本身只是一个道具，小说表现的是今日中国乡村价值体系的崩溃，乡村文化的荒漠化。

乡村价值体系的整体崩溃在凡一平的长篇小说《上岭村的谋杀》中有更加真实凌厉的书写。如果说李约热写了一个赌徒的乡村，那么，凡一平则写了一个男性资源匮乏的乡村。韦三得这个人物可以说是今日中国乡村的一个典型人物，甚至可以作为中国当下社会现实的某种隐喻和象征。

2008 年，被《小说选刊》第 10 期转载的朱山坡短篇小说《陪夜的女人》为我们见证了作者面对社会所发现的鲜为人知的现实。

正如评论家张燕玲所指出，广西作家写出了一个"失血的村庄"："在城市现代化的快速崛起之中，许多被透支的乡村不仅因土地的荒原化和野生化，而丧失了元气；而且，为摆脱贫困而生的投机赌博、失学和暴力正日益加重了乡村的生存和精神危机，而这些在危机中的老弱病残和问题少年正像有毒的蘑菇无根地留守在我们这个农业大国广袤的乡村土地上，他们便是今天乡村最后的背影；如果回避和缺乏警醒，他们还将是乡村的枯萎的明天。"①

---

① 张燕玲：《失血的村庄——读李约热的〈巡逻记〉》，《中华文学选刊》2006 年第 7 期。

三是追问自我。

文学中有一个永恒的问题，就是追问自我，追问自己是谁，追问自己从哪里来，到哪里去。

凡一平的中篇小说《扑克》以想象和现实的深度结合演绎了这个追问。小说主人公王新云5岁的时候被拐卖，19年后无意中发现了自己的亲父母、新兄弟，发现了自己的故乡。然而，在巨大的贫富悬殊和文化差异面前，王新云选择了对血缘伦理、对生身故乡的逃避。人是血缘的人，是文化的人，还是经济的人？人究竟是什么？拐卖儿童已经成为当下中国社会一个焦点现象，它撕裂了无数中国父母和中国儿童的心。凡一平直接触及了这个社会现实，但他并没有停留于问题小说的层面，他展开了对人、对人性、对自我的永恒追问。

四是人物复活。

文学是人学，最好的文学只能是那些塑造了典型人物的文学。很长时间以来，文学为追逐所谓深刻的思想和奇特的故事而牺牲了人物。鲜活的，能够留在读者心目中的人物形象与我们久违了。如今，我们可以共享的中国现代小说人物还只是阿Q、祥林嫂、高觉慧、高觉新、骆驼祥子、方鸿渐，我们同时代的作家，能够让读者津津乐道的人物实在不多。

在凡一平最新的长篇小说《上岭村的谋杀》中，我们发现了一批栩栩如生的人物。如黄康贤父子、韦江山父子、唐艳父女，黄宝央那4个姓韦的兄弟，承担了小说开头结尾使命的韦昌英夫妇，以及警察田殷，当然，韦三得这个人物更是全书一个聚焦式的人物。一部15万字的长篇小说，竟然有十多个人物给读者留下了栩栩如生的印象，这一点非常可贵。这些人物，全是日常生活中可以遇到的活生生的人物，一点没有拔高，也一点没有降低，没有变形，没有夸张，这是最难写的。笔者记得凡一平好几部作品，如《理发师》，都是为姜文量身打造的。而到了《上岭村的谋杀》，凡一平不再为这些影视明星量身打造了，他写的是他的兄弟姐妹，他的父老乡亲，这些人的坚忍与懦弱，这些人的努力和无奈，这些人的快乐和隐伤，完全被凡一平写出来了。凡一平揭开了中国乡村最隐秘的一角，既需要勇气，也需要智慧。

　　同样，东西的小说为我们塑造了一群疏离于现代理性的人物，他们有的是瞎子、有的是聋子、有的是哑巴、有的是精神病患者、有的是理性尚未健全的少年，这些人物看不见、听不到、说不出，他们疏离于我们置身其中的主流世界，或者说，他们被主流世界遗弃和放逐。东西写出了他们生存的苦难和艰难，写出了他们被主流世界遗弃的痛苦，写出了他们的压抑和愤懑。

　　东西小说通过这些看不见、听不到、说不出的人物，看见、听到和说出了主流世界的痼疾和缺陷，揭露了主流世界的虚伪、冷漠和麻木，揭露出主流人物业已失去"做人的资格"。用张燕玲的话说："它在历史、政治与人性的错综关系中对中国人复杂的精神生活做出了有力的分析和表现。"①

　　当主流世界日趋虚伪、冷漠和麻木的时候，东西让我们看到，爱与同情，这些现代主流世界业已消失的情感，还保留在这些看不见、听不到、说不出的边缘人物的内心世界，还存活于边缘世界。

　　这是一个巨大的悖论。东西既让我们看到了现实的残酷，也让我们看到了现实的希望。

　　五是品质提升。

　　如果说过去广西文学多是在题材领域让人耳目一新，那么，如今，广西作家已经在艺术品质的创新和超越方面引人关注。所谓艺术品质，指的是作品在思想内涵和艺术修辞方面所达到的境界。在这个方面，东西的小说创作尤为突出。21 世纪以来，东西出版了长篇小说《后悔录》，在《收获》、《花城》等名刊发表了一系列中短篇小说如《救命》、《双份老赵》、《请勿谈论庄天海》、《蹲下时看见了什么》等。这些作品内涵的深刻、思想的尖锐、构思的新颖以及小说修辞的妙用，改变并提升了长期以来广西文学的气质。像《请勿谈论庄天海》中那个无所不在又无从把握的庄天海，《蹲下时看见了什么》中那条条可以通

---

　　①　张燕玲：《人心的后悔录——东西的新作〈后悔录〉》，《文艺报》2005 年 12 月 13 日。

往大路却又因为各种利益被堵塞的路径，充满了意象的绝妙。一个人物，一条道路，与其说是呈现荒诞，不如说是暗藏玄机。东西的小说，确实暗藏了思想的玄机，隐喻了现实的处境，追问着人物的灵魂。他的小说内涵、小说意象、小说语言和小说修辞，让我们感受到广西文学卓然独立的思想艺术品质，感受到我们的本土作家所抵达的心灵高度。

第三节　新的文学

基于以上广西文学新的品质，可以认为，21 世纪出现了一种新广西文学。

什么叫新广西文学？

新广西文学是建立在新广西基础之上的文学。

什么叫新广西？

新广西是太平洋—南海视域下的广西，是中国—东盟视域下的广西，是风生水起北部湾的广西。以 21 世纪全球战略视野来观照，广西虽然还是这片山、还是这片水，但是，原来的山水已经生发出全新的意义。

广西既与云贵高原融为一体成为中国西部的一个重要组成部分，又与中国当下最发达的经济圈珠江三角洲紧密相连；广西的西部紧靠云贵高原孕育有丰富多彩的少数民族文化，广西的南部与越南接壤构成了悠久而敏感的边疆文化，广西的东南与珠江三角洲相邻呼吸着中国经济最前沿的气息，广西的北部因为秦始皇修建的灵渠与长江流域沟通而融入了中原文化，广西因为拥有北部湾这片海域，滋生出与大陆文化截然不同的海洋文化。

广西是中国与东盟的结合部，是中国东部与西部的结合部，是中国陆地与海洋的结合部，是中国汉族文化与少数民族文化的结合部。这四个结合部决定了广西文化的多元与丰富。

这是"桂海苍茫"的广西，这是"红土黑衣"的广西，这是"沿着河走"的广西，冯艺 21 世纪创作的三部散文集，形象而生动地概括了广西丰富多元的人文地理和人文生态。

中国其他省区很少拥有这样多元的文化生态，中国其他省区很少具有如此重要的政治、经济和文化的内涵。新视域造就了新广西。

新广西文学正是建立在新广西基础上的文学。

新广西文学的创作者，不仅应该具有传统生活经历，而且应该具有现代生活经历，对广西传统文化和现代城市文化皆有深刻的浸润，既有传统文化的深情，又有现代文明的视野，在此基础上重新审视脚下这片土地，发掘和珍惜广西宝贵的文化遗存，了解并正视这片土地的现实状况，能够"指出最美好的，并把他从最坏的东西区别开来"。

文学桂军在中国南疆崛起，一度引起文坛的关注。不过，这种关注远远不够。人们普遍只注意到文学桂军的底层书写、苦难叙事，没有注意到广西文学的多元文化构成。事实上，广西文学在很大程度上已经成为中国文学的缩影，激情澎湃的海洋文学、敏感婉曲的边疆文学、五彩缤纷的少数民族文学、深邃精致的汉族文学，各种文学类型的发育都很充分。

可以说，从新广西文学，既可以感受到中国内部经济发展的速度和力度，感受到这种速度和力度造成的对传统生态和心态的撞伤感和撕裂感，也可以感受到中国与外部世界如与东盟国家的融合和分歧，感受到中国向前发展时面临的内与外的阻力与动力。中国当下社会各种隐蔽的危机和蓬勃的生机在广西文学都得到了深刻的书写，仅仅从这些方面，我们也应该对广西文学投入更多的关注。

凡一平的《撒谎的村庄》、《扑克》和《上岭村的谋杀》可以视为凡一平的新新乡土小说三部曲。其中，《撒谎的村庄》表达了作者重返故乡的土地情感，《扑克》表达了作者重续民族生命血脉的理念，《上岭村的谋杀》写出了活生生的乡村现实，揭露了壮族乡村隐秘的一角，塑造了新的社会生态背景中的新一代广西人形象，其情感体验、思想内涵和叙事技巧都达到了相当高度。

东西的小说无论在思想还是在艺术上都日臻成熟，叙事语言渐入化境，是当下中国文坛最具影响力的小说家之一，其作品也因为思想的精警、构思的精彩、语言的精妙、叙事的精湛、质地的精美得到评论家和读者的广泛好评。尽管已经有许多评论家对东西作品进行了各种各样的解读，但是，到目前为止，东西小说的价值并没有被很好地破译。东西是一个值得多维解读和长期解读的作家，其作品的经典性愈来愈明显，广西文坛应该加强文学评论建设，推出这些能够为广西文学和广西文化带来光荣的作家和作品。

的确，新广西文学应该具有这样一些内涵：重建土地的感情，重续民族的血脉，呈现真实的活的乡村。新广西文学也应该有品质和境界的提升，在艺术构思、意象营造、叙事方法、语言修辞诸方面有匠心独运的表现。这是因为时代发展迅猛，无论是广西的生存环境还是广西人都发生了巨大变化，文化自觉的时代，广西文学需要与时俱进。

后　记

　　读书已经成为我重要的生活方式。读书给予我许多快乐，给予我从业谋生的从容。然而，饮水思源，我之所以能够阅读大量的书，与我的父亲和母亲有关。我的父亲黄荫荣生于广西都安。他居住的地方哪怕是在交通发达的今天，离开公路仍然要步行大约半小时的山路。很难想象七八十年前那是一个怎样的环境。父亲凭借读书从都安考进桂林的中专和大学并留在大学工作。大学因此成为我成长的环境。我的母亲张忠敏虽然没有上过大学，但她不厌其烦地帮我从图书馆借书还书。从小学到中学，因为有书籍的陪伴，那个物质高度贫乏的年代，对我而言，仍然充满温馨明媚的记忆。

　　读书的时候，偶尔会看到作者将他的书献给他的亲人或他生命中重要的人。我也曾希望效法此举。那么，本书就是开始。我将这本凝聚了我多年心力的书《广西多民族文学的共同发展》献给我的父亲和母亲，以此感谢他们对我身体和精神的养育之恩！

　　本书的写作与出版得到广西 2014—2015 年重点文学创作扶持项目、"广西特聘专家"专项经费和广西哲学社会科学规划 2013 年度研究课题的资助，特此说明。

黄伟林

2017 年 6 月 29 日改定于广西师范大学育才校区